HEYNE BÜCHER

HAFFMANS KRIMINALROMANE
BEI HEYNE

TIMOTHY WATTS

Knastbrüder

Aus dem Amerikanischen
von
Hans M. Herzog

WILHELM HEYNE VERLAG
MÜNCHEN

HAFFMANS KRIMINALROMANE BEI HEYNE
Herausgegeben von Gerd Haffmans und Bernhard Matt
Nr. 05/77. Im August 1994.

Die Originalausgabe
»Cons«
erschien 1993 bei Soho Press Inc., New York.

Für Eleanore

Deutsche Erstausgabe

Printed in Germany 1994
Konzeption und Gestaltung: Urs Jakob
Umschlagillustration: Mick Reber Studio/Royce Becker,
Durango/Colorado, unter Verwendung des Gemäldes
The Willing Victim, 1992
Umschlaggestaltung: Atelier Ingrid Schütz, München
Gesamtherstellung: Ebner Ulm

ISBN 3-453-07887-X

I

Cully hatte ein Gefühl in der Magengrube. Kälte. Außerdem war es ein vertrautes Gefühl, nichts Neues. Man sah einen Typ, einen Quarterback im Profifootball oder jemand ähnlichen, wie er direkt vor dem Anpfiff ein Spielfeld betrat, und es war genau das gleiche. Cully, die Muskeln angespannt und mit einem etwas mulmigen Gefühl, aber fest entschlossen, ging die Bay Street runter. Die Schultern hochgezogen, weil es angefangen hatte zu regnen, überquerte er die Straße und beschleunigte dann seine Schritte, trabte fast, ein wenig sauer, weil er keine Jacke trug und ihm das Wasser den Nakken runterlief.

Nicht, daß er bewaffnet wäre. Auf so was konnte er verzichten. Doch das Gefühl war da, die Eiseskälte, versetzte ihn zurück in seine Jesse-James-Zeit: junger Draufgänger und Heißsporn zog, mit einer Pistole bewaffnet, los. Gut zu wissen, daß er es noch immer aufbringen konnte. Dieses Gefühl. Man muß es so sehen: Wenn du etwas vorhast – vielleicht etwas nicht besonders Angenehmes – machst du es früher oder später einfach. Er ging jetzt in die Kneipe, und es war egal, was passierte. Schließlich war er nicht in den Regen rausgegangen, die Scheißstraße entlang und naß geworden, damit ihm irgend so ein Arschloch erzählte, er kriege sein Geld nicht.

Ein Auto fuhr vorbei. Die Scheinwerfer blendeten ihn einen Moment lang, und dann erwischten die Reifen eine Pfütze und durchnäßten sein Hosenbein, da er nicht rechtzeitig zurücktrat, weil ihm Dave Ross und sein Geld nicht aus dem Kopf gingen. Aber Cully blieb ruhig. Was nützte es schon? Fühlte er sich vielleicht besser, wenn er dem Auto irgendwas hinterherrief, grob wurde? Ein Wagen voller Marineinfanteristen, unterwegs von Parris Island. Was würde ihm das bringen?

Er dachte sich, es wäre keine schlechte Idee, etwas zu trinken. Er konnte es fast schmecken. »Casey's« betreten und sich setzen, sich ein paar Schnäpse und Biere genehmigen, nachsehen, ob vielleicht Jenny heute nacht Dienst hatte. Er könnte mit ihr reden, ein bißchen am Ball bleiben, er glaubte nämlich, ziemlich nah am Ziel zu sein. Bei seinen letzten paar Kneipenbesuchen war er sich zwar nicht ganz sicher gewesen, glaubte aber, daß sie es sich überlegte. Lachte mit ihm, dachte aber auch darüber nach, ließ ihn wissen, daß sie da war. Das wäre eine Möglichkeit. Aber es würde nicht klappen. Wenn er morgen früh aufwachte, würden ihm die Gedanken an das Geld immer noch im Kopf herumgehen.

Er ging zur Vordertür der Kneipe und öffnete die Tür. Trat ein und blieb stehen, sah Jenny hinter dem Tresen, die andere Kellnerin auch. Beide trugen weiße Blusen und schmale schwarze Krawatten, die ihnen etwa bis an den Bauchnabel reichten. Auf den ersten Blick merkte man vielleicht gar nicht, daß ihre Haare zurückgebunden waren, die von Jenny zu einem langen Pferdeschwanz, und hielt sie vielleicht für Kerle in Anzügen. Aber keine voreiligen Schlüsse. Wenn sie sich einem zuwandten oder hinter dem Tresen hervor ins Licht traten, sah man sofort, daß es Frauen waren. Dann sah man nämlich ihre Beine, besonders die von Jenny. Sie trug einen kurzen schwarzen Rock, balancierte ein Tablett mit Drinks und zeigte über den Knien etwa fünfzehn Zentimeter Oberschenkel. Danach waren alle Zweifel ausgeräumt.

Cully wartete ein Weilchen, betrachtete sie, während er ein wenig Regenwasser von seinen Schultern schüttelte. Starrte ihre Beine an und wie sich das Kleid an ihren Arsch schmiegte, bis sie rüberblickte, um zu sehen, wer hereingekommen war, ihn erkannte und ihm ein Lächeln schenkte. Was aber nicht groß erwidert wurde, weil sich Cully, da er nun schon hier war, konzentrierte. Lächelte ihr kurz zu, nickte, drehte sich dann aber um und musterte den Schuppen, bis sich seine Augen an die Beleuchtung gewöhnt hatten. Dachte: Scheißegal, wo ich nun mal hier bin, kann ich es genausogut hinter mich bringen.

Am Tresen hingen etwa zwanzig Personen. Niemand bestellte etwas zu essen, und die meisten Gäste – falls sie nicht mit einem Mädchen da waren und vielleicht Eindruck schinden wollten, indem sie Weißwein bestellten oder auch einen Beefeater mit Zitronenschnitz – tranken Bier. Kippten ein paar Buds und glotzten auf den Breitwandfernseher über dem Tresen. Atlanta gegen die Chicago Cubs. Jemand hatte ein paar Münzen in die Musicbox gesteckt. Im Hintergrund mischte sich nun Tammy Wynettes Stimme mit der des Sportkommentators, so daß es sich anhörte, als jubelte sie. Ryne Sandberg nahm John Smoltz einen Hit ab, und Tammy sang vor sich hin und klang auf einmal traurig, weil ihre Jungs aus Atlanta ein wenig von der Rolle waren.

Es war ziemlich düster. In die Decke versenkte gedimmte Spotlights gaben Licht, und ein paar zusätzliche Spots baumelten von der Decke bei der hinteren Wand, die jemand mit einem Baseballbild bemalt hatte: ein Cartoon, sämtliche Spieler in altmodischer Sportkleidung, und auf ihren Trikots stand das Wort MUDVILLE. Casey Jones hatte den Schläger erhoben, im Hintergrund sah man ein paar Zuschauer. Als er die Kneipe eröffnete, hatte der Besitzer wohl versucht, Sportfanatiker anzulocken. Hinter dem Tresen hing an einem Haken ein riesiger, vielleicht drei Meter langer Baseballschläger. Wenn man was essen wollte, fand man auf der Speisenkarte Sachen wie Baseball-Bacon-Burger und Homerun-Pommes oder so n Mist. Aber wen juckte das schon. Man könnte die Kneipe zu einem Stadion umbauen, und wer kommen würde, wären immer die gleichen Leute: junge Burschen, seit ein paar Jahren High-School-Abgänger, die in Beaufort wohnten, aber in Savannah drüben in der Papierfabrik arbeiteten. Oder auch Marineinfanteristen, die von Parris Island oder vom Flugplatz in die Stadt kamen, Bier tranken und was aufzureißen versuchten. Die saßen dann an der Theke, markierten den harten Mann, glotzten die Frauen an und stritten sich untereinander.

Cully trat vom Tresen weg in den anderen Raum, wo Tische standen. Auf dem Weg dorthin mußte man ein paar

Stufen hinuntergehen. Dort konnte man sich setzen, ein wenig Abstand von der Menge gewinnen. Jenny oder die andere Kellnerin kam dann runter und nahm die Bestellung auf.

Er sah sofort Dave Ross, der mit Earl Marsh an einem Tisch saß. Zwischen ihnen stand ein Krug Bier. Dave redete gerade, er beugte sich zu Earl hinüber und sprach mit leiser Stimme. Und Earl, der wirkte knülle. Er hatte die Ellbogen aufgestützt und das Kinn in die Hände gelegt. Und diese verschlafene Miene aufgesetzt, an die Cully sich erst gewöhnen mußte, als er mit ihm unten in der Autowerkstatt gearbeitet hatte.

Hinter Ross und Earl Marsh saßen zwei Männer an einem anderen Tisch. Der eine sah wie ein Latino aus, Mexikaner vielleicht, vielleicht auch Indianer, und wandte Cully den Rücken zu. Der Mann auf der anderen Seite des Tisches war weiß. Älter, mit einem Cowboyhut auf dem Kopf und einem hübschen Frackhemd. Er strahlte etwas aus, das Cully bekannt vorkam. Wenn so ein Typ irgendwohin kam, war es egal, ob er vielleicht noch nie dort gewesen war. Sobald er eintrat, führte er sich auf, als gehöre der Laden ihm. Er sah Cully an. Der andere Mann, der Mex, mußte etwas gespürt haben, denn er drehte sich langsam um. Jetzt starrten beide Cully an, und Cully gab den Blick zurück und wartete ab, ob sie womöglich Dave Ross und Earl Marsh kannten. Er wollte rausfinden, wie sie sich verhielten. Er ließ noch ein paar Sekunden verstreichen und entschied dann: Scheißegal, die sehen mich bloß an.

Er ging in den Raum hinunter und weiter zu Dave Ross, trat hinter ihn und wartete stumm darauf, daß ihn einer der beiden bemerkte. Nicht, daß er nichts zu sagen gehabt hätte, aber er dachte sich, er würde ihnen eine kleine Überraschung bereiten. Da unterhalten sie sich gerade angeregt, stecken die Köpfe zusammen, achten nicht darauf, was um sie herum passiert. Und urplötzlich taucht Cully auf. Vielleicht war das ein Vorteil für ihn, würde ihm helfen, die Situation im Griff zu haben.

Dave Ross sah ihn als erster. Er lehnte sich zurück, um

einen Schluck zu trinken, und erstickte fast an seinem Bier, weil direkt neben ihm Cully stand und grinste.

Cully sagte: »Also, ich räume auf, mache den Laden da hinten dicht. Wische die Böden, all so was. Und ich komme ins Grübeln. Wo, verdammt noch mal, seid ihr zwei? Ich sehe ein Bild vor meinem inneren Auge. Ihr beiden, wie ihr hier sitzt und Bier trinkt.«

Ross versuchte zu lächeln. »Wenn du ein Bier willst, ich geb dir eins aus.«

Cully schüttelte den Kopf. Er spürte wieder diese Kälte. War beinahe froh, weil er wußte, warum. Mit manchem anderen Mist, etwa mit ehrlicher Arbeit über die Runden zu kommen, hatte er seine Schwierigkeiten, aber bei so was ..., da kannte er sich aus. Er sagte: »Das könntest du zwar tun. Mir ein Bier ausgeben. Aber es läßt mir trotzdem keine Ruhe, denn vielleicht will ich irgendwann mal allein hierherkommen – du bist vielleicht gerade mal nicht da – und mein Bier selber bezahlen.«

»Ach ja?«

Cully fragte ihn: »Wie mach ich das ... mein Bier hier selber bezahlen? Wie mach ich das, wenn ich kein Geld habe?«

Ross stellte sein Glas hin und sagte: »Herrgott, Junge. Fängst du wieder damit an?« Er schaute Earl Marsh an. Der massige Mann fing an zu grinsen, er saß da, betrunken, und sah Ross und Cully reden. Es machte ihm einen Heidenspaß, das sah Cully. Er sah, wie Ross sich wieder ihm zuwandte und sagte: »Ich hab's dir doch gesagt, als du von mir den Job bekommen hast. Es würde ein Weilchen dauern, bis ich dich bezahlen könnte.«

Cully nickte. Er machte einen Schritt nach rechts, so daß er genau zwischen den beiden Männern stand. »Ja, ich weiß. Aber was ich für ein Weilchen gehalten habe und was du damit meinst, waren zwei verschiedene Dinge.«

Earl legte beide Hände flach auf den Tisch. Das sah Cully aus dem Augenwinkel. Er betrachtete Ross, sah aber, wie sich Earls Muskeln in seinem Arm ballten, als er sie ein wenig anspannte.

Cully sagte zu Ross: »Ich glaube, mir ist am liebsten, wenn du die Schulden bezahlst, die du bei mir hast. Wenn du das jetzt machst, sind wir quitt. Ich finde woanders Arbeit.« Er wartete einen Moment und ergänzte dann: »Wie hört sich das an?« Immer noch in netter Form, langsam sprechend, ließ er sie wissen, daß er immer noch versuchte, die Angelegenheit vernünftig zu regeln.

Er hörte Earl »Scheiß drauf« nuscheln. Und so verlagerte er einen Teil seines Gewichts auf die Zehen, stemmte beide Hände in seine Hüften, ballte sie aber noch nicht.

Als er redete, war es fast ein Flüstern. Er wandte sich direkt an Ross, weil er wußte, daß Earl zu betrunken war, um schnell zu reagieren. Er sagte: »Wie sieht's aus? Willst du diese Sache ohne Streß aus der Welt schaffen?«

Ross musterte ihn und lächelte, drehte sich kurz zu Earl um und blinzelte. Dann wandte er sich wieder an Cully. »Wenn du ein Bier willst, geb ich dir eins aus. Wenn nicht, verpiß dich, aber pronto.«

Cully wartete ein paar Sekunden, dachte: Scheiße, dann mal los. Sah Dave Ross an und grinste. Zuckte mit den Schultern. Ließ den Mann in dem Glauben, er würde gehen. Und dann ließ er seinen Fuß vorschnellen und erwischte ein Bein von Ross' Stuhl. Sah den Gesichtsausdruck des anderen, als er umfiel. Und drehte sich dann zu Earl um.

Earl war kein kleiner Mann. Wenn man neben ihm stand, und na ja, durchschnittlich groß war, wurde einem klar, daß er noch ein gutes Stück größer war, vielleicht eins neunzig ohne Schuhe und dreiundneunzig, fünfundneunzig Kilo schwer, ungefähr in der Größenordnung. Aber seine Muskeln waren schlaff vom vielen Saufen. Er hatte ein paar Stunden mit Ross dagesessen, sich Bier in den Schlund gegossen und nebenbei etliche Seagram's gekippt, vielleicht sieben Stück . . ., er verspürte ein angenehmes Glühen, mit dem er umgehen konnte und das für den Rest des Abends anhielt, und zur Sperrstunde war er trotzdem noch wach.

Earl wachte jeden Morgen auf, blieb vielleicht noch ein Weilchen liegen, um abzuwarten, ob er kotzen mußte, schob dann seine Füße unter den Decken raus, bereit, falls er aufs Klo rennen mußte. Wenn alles in Ordnung war, schlurfte er nach unten und griff sich ein Bier. Eiskalt. Kippte es runter und gab ihm eine Minute Zeit, wartete, ob es unten blieb. Meistens genehmigte er sich noch ein paar Kurze, hielt sich an der Spüle fest und atmete durch die Zähne, kämpfte, den Alkohol im Magen zu behalten. Wartete ab, bis seine Hände nicht mehr zitterten, und kippte dann noch ein Bier. Cully merkte, daß Earl jeden Morgen halb knülle zur Arbeit kam. Im Laufe des Tages einen halben Kasten Bier trank. Wenn er an einem Auto arbeitete, legte er immer mal wieder eine Pause ein; ging zurück zum Kühlschrank hinten im Büro und holte sich ein kühles Blondes.

Es war für ihn überraschend, wie sich Cully bewegte, gegen den Stuhl trat und sich dann ihn vornahm. Earl saß da mit Dave Ross, amüsierte sich, bekam mit, wie Ross Cully auflaufen ließ, und lachte drüber. War nicht auf eine Schlägerei aus, sah sie aber kommen – beobachtete, wie Cully gegen Daves Stuhl trat –, erhob sich und stand da. Als er sich endlich zu einer Reaktion aufraffte, lief er genau in Cullys Faust.

Als Cully gegen den Stuhl trat, spürte er es bereits: das Adrenalin oder was auch immer. Irgend etwas in seinem Inneren übernahm das Kommando. Es war ein gutes Gefühl, Earl so dastehen zu sehen, mit einer Miene, als hätte er sich gerade in die Hosen gemacht. Fast wie in Zeitlupe sah Cully, wie Earl sich aufrappelte, und er maß die Entfernung zwischen sich und Earls Kinn.

Er ließ sich Zeit, wartete ab, bis Earl in voller Größe dastand und, verflucht noch mal, wie eine gottverdammte Zielscheibe aussah. Immer noch mit einem verwirrten Gesichtsausdruck, als Cully auf ihn zuging und seine Faust in Earls Gesicht schmetterte.

Er spürte, wie sie landete, wußte sofort, daß Earl von nun an kein Problem mehr sein würde, und drehte sich zu

Dave Ross um. Der richtete sich gerade auf, hatte sich von seinem Stuhl gelöst und schielte Richtung Theke, ob ihm jemand zu Hilfe kam. Cully, mit einer Beinarbeit wie ein Boxer, tänzelte auf den Zehen, ohne auch nur schwer zu atmen, drehte sich zu Ross um und sagte laut genug, daß die ganze Kneipe es hörte: »Kriege ich mein Geld oder was?«

Ross sah zu Earl Marsh hinüber, der wie ein Schlafender auf dem Boden lag, dann wieder hoch zu Cully, merkte, wie wütend der war, wie er mit geballten Fäusten auf Ross' Antwort wartete. Er sah sich im Raum um. Da waren eine Menge Leute, die ihn kannten. Cully war klar: Falls Ross jetzt nachgab, sprach sich das in ein paar Stunden in der ganzen Stadt herum. Ross drehte sich zu Cully um und sagte: »Leck mich.«

Cully schlug ihn dreimal, seine Fäuste kaum mehr als verschwommene Flecken, er stand da und deckte ihn mit schnellen kurzen Haken ein, hinter denen eine Menge Kraft steckte, und dann versetzte er Ross noch einen Hieb; dieser Knockoutschlag kam irgendwo aus der Hüftgegend, erwischte Ross an der Nase und warf ihn um.

Cully betrachtete die zwei Männer auf dem Boden, beide k. o., und nahm allmählich die Geräusche des Raumes wieder wahr. Doch sie klangen anders. Er hörte den Fernseher mit dem Spiel der Braves und die Musicbox; das Stück erkannte er nicht. Aber damit hatte es sich. Es war kein Stimmengewirr zu hören, es herrschte Schweigen, wo noch vor ein paar Minuten Gespräche einen Geräuschteppich erzeugt hatten. Schließlich schaute er zum Tresen, wo zwanzig Augenpaare seinen Blick erwiderten. Dann drehte er den Kopf, sah den älteren Mann und den Mex, die sich von ihren Plätzen erhoben hatten und ihn anstarrten. Einen Moment lang wußte er nicht recht, was passieren würde. Er stand da, halb geduckt, in seiner Kampfstellung, bereit, falls diese beiden sich als Freunde von Ross entpuppten.

Der Weiße machte einen Schritt auf ihn zu, betrachtete die beiden am Boden liegenden Männer und sah dann wieder Cully an, in der Hand sein Bierglas, das er langsam hob, bis er es in Augenhöhe hielt. Eine Art Gruß. Plötzlich lächelte er Cully an und sagte: »Großer Gott, Junge, Sie haben ja einen Schlag.«

2

Der Knast von Beaufort County lag mitten in der Stadt, an der Charles Street. Er glich vielen anderen Gefängnissen. Ein deprimierendes, weiß getünchtes Backsteingebäude, umgeben von einem vier Meter hohen Stacheldrahtzaun mit roten Plastiksichtblenden in Augenhöhe, damit niemand hinein- oder herausgucken konnte. Das eigentliche Gebäude war oben mit Stacheldraht gespickt, und hell beleuchtete Korridore zogen sich durch den ersten Stock, wo die Zellen lagen. Wenn man als Tourist aus dem Norden oder so durch den Ort fährt und die vielen herrschaftlichen Häuser mit den weißen Säulen vorne betrachtet – vielleicht denkt man an Scarlett O'Hara oder Bill Sherman, wie er das Heer der Union durch Savannah führt und dann hinein nach Beaufort, um später die Kirche von Sheldon draußen am Highway 21 niederzubrennen –, kommt einem die Stadt so verdammt historisch vor. Dann gelangt man zum Gefängnis, und da steht es. Häßlich. Man weiß, was es ist. Man wirft einen Blick drauf und sagt: Oh, da drin sperren sie die Leute ein.

Man betritt das Haus im Erdgeschoß, durch den Flur zur Aufnahme. Hinter dem großen Schreibtisch sitzt der Sergeant, und aus der offenen Tür hinter ihm dringt das Knakken des Radios. Es riecht hauptsächlich nach Desinfektionsmitteln, dazu ein Hauch von Pisse, und ständig hört man gedämpfte Rufe.

Sie steckten Cully in eine Einzelzelle. Die Hilfssheriffs kamen ihn holen, nachdem Dave Ross per Strafanzeige einen Haftbefehl gegen ihn erwirkt hatte. Die Hilfssheriffs sprachen im Countyhospital mit Ross, während er sich die Nase verbinden ließ . . ., der Arzt wurde ein wenig ungehalten, weil Ross ständig auf seinem Stuhl herumrutschte und die Hilfssheriffs andauernd versuchten, sich vor ihn zu stellen. Ross schubste den Arzt weg, sah die beiden Hilfssheriffs an und sagte, vor Schmerz schielend: »Am Arf. Fperrt daf Arfloch ein, if unterfreibe die Pabbiere.« Konnte kaum atmen, so sehr tat ihm die Nase weh.

Die Hilfssheriffs – es waren zwei, weil mittlerweile jeder von der Schlägerei gehört hatte und davon, was Cully mit seinen Fäusten anrichten konnte – fanden ihn in seinem Wohnwagen draußen im Live Oak Park. Cully hatte auf sie gewartet und machte keine Schwierigkeiten. Sie setzten ihn in einen Streifenwagen und fuhren ihn ins Gefängnis, wo sie ihm seine Rechte verlasen und ihn anschließend in eine Zelle sperrten, damit er Zeit zum Nachdenken hatte.

Cully war das recht. Er fand es beschissen, doch das Ende der Welt war es nicht. Er saß da, baute das von der Schlägerei stammende Adrenalinhoch ab und dachte über alles nach, ließ sich durch den Kopf gehen, was in den vier Wochen seit seinem Eintreffen in der Stadt geschehen war. Sie würden ihm Körperverletzung anlasten, was gar nicht so übel klang, falls sie sich nicht entschieden, die Sache hochzuspielen und darauf herumzureiten, daß er schon einmal gesessen hatte. Wenn sie ihn nur schikanieren wollten, tja, damit wurde er fertig. Er saß nicht gern in dieser Zelle, war aber schon in schlimmeren gewesen. Fünf Jahre hatte er im Gefängnis von Raiford gesessen, ein erbärmliches Höllenloch, neben dem dieser Schuppen hier wie ein Country-Club aussah. Nachdem er das überlebt hatte, würde er mit allem fertig.

Er bereute die Schlägerei auch nicht. Sie war einfach fällig gewesen. Vier Wochen lang hatte er für Ross gearbeitet – der Mann erzählte ihm, er werde ihn jeden Moment bezahlen, rückte dann aber überhaupt kein Geld raus. Cully hatte nicht gedrängt, froh darüber, Arbeit zu haben. Doch nach einer Weile hatte es ihn gestört. Er hatte seine Zeit damit verbracht, Autos zu reparieren, und vom Geld gelebt, das sie ihm unten in Raiford gegeben hatten, hatte Bremsbeläge angebracht oder Auspufftöpfe oder so n Dreck, was er, noch bevor er nach Raiford kam, noch bevor er eine Knarre auf irgendwen gerichtet hatte, auch unten in Florida gemacht hatte. Cully saute sich den ganzen Tag lang mit Schmierfett ein, während Ross jeden Nachmittag rüber zu »Casey's« ging, Whisky mit Zitrone und hinterher ein Bier trank und die Kellnerinnen nervte, und die ganze Zeit wartete Cully auf sein Geld.

Er dachte sich, nach der Schlägerei würde er folgendes tun, er würde die Stadt verlassen. Eine gewisse Distanz zwischen sich und Ross legen. Unter Umständen würde er das tun, was er ursprünglich geplant hatte, nämlich weiter nach Norden fahren, bis Pennsylvania, und herausfinden, ob ihn seine Schwester nach zehn Jahren noch erkannte, falls sie ihn hier rausließen. Er wußte nämlich, wie das lief: Ross war von hier, und Cully war neu in der Stadt, und daß ihm das Geld zustand, bedeutete gar nichts.

Dabei brauchte er das Geld wirklich. Wie er so in der Zelle saß und drüber nachdachte, was sollte er ohne es anfangen? Für fünf Wochen Arbeit standen ihm mehr als tausend Dollar zu. Nicht, daß er einen besseren Plan hätte, irgendeine andere Stelle in einer anderen Stadt, wo er mehr Geld bekam, wenn er weiterzog. Nach einer Weile wurde es schwer, Arbeit zu finden. Egal wohin er kam: Früher oder später fanden sie heraus, daß er gesessen hatte.

Ihm fiel einfach kein Ausweg ein. Er saß im Gefängnis fest, in Beaufort, South Carolina. In einer vielleicht zwei mal drei Meter großen Zelle, eine offene Toilette direkt neben der Matratze. Man legt sich aufs Bett, starrt an die Decke, und es passiert nichts weiter, als daß man den Gestank von tausend anderen Kerlen einatmet, die hier gekackt haben. Und wenn man ein Dutzend Mal auf die Spülung drückt, egal. Man hat es einfach im Kopf drin.

Einmal hörte er von irgendeinem Scheißpsychiater unten im Knast von Dade County, bevor sie ihn nach Raiford schickten. Der unterhielt sich mit ihm und sagte: »Der Grund, der wahre Grund, warum Sie Leute berauben, ist, Sie *wollen* erwischt werden.« Cully hatte den Doktor angesehen, wenn er einer war. Dieses Arschloch hatte zwölf Kulis in seiner Hemdtasche stecken. Cully hatte sie gezählt, die Kulis von dem Typ angestarrt und gesagt: »Das glauben Sie also, hm. Und das Geld, das Geld hat wohl nichts damit zu tun?« Und er dachte, was für ein beschissenes Leben ..., studiert, kommt von der Uni und erzählt den Leuten, Raubüberfälle hätten nichts damit zu tun, wie man sich seine Brötchen verdienen will.

Aber diese Arschgeige würde ihn sich jetzt ansehen, wie er in seiner Zelle saß, und einen Steifen kriegen. Der würde Cully durch die Gitterstäbe begaffen und nicken, vielleicht eine Minute warten und dann etwas in sein Notizbuch kritzeln.

Wie auch immer, wenn ihn die Bullen drankriegen, die Sache an die große Glocke hängen wollten, konnte er sich darauf einstellen, eine Zeitlang in einem Sträflingstrupp arbeiten, irgendeine Landstraße entlanggehen und Müll aufsammeln.

Er war seit acht Wochen aus dem Gefängnis. Keine Bewährung, sie ließen ihn nämlich die ganze Chose absitzen, die Kommission lehnte eine vorzeitige Haftentlassung ab, weil er unten in Raiford als Unruhestifter geführt wurde. Wenn sie dich in so einen Laden stecken, mußt du dich schützen, deine Strafe unauffällig absitzen, und zwar ohne umgebracht zu werden oder deinen Arsch so weit aufgerissen zu kriegen, daß jemand versehentlich mit einem Lastwagen durchfahren könnte. Aber das war alles andere als einfach. Sie sehen dich da reinmarschieren, Frischfleisch, und am ersten Tag geht es gleich los. Du mußt folgendes tun: Du mußt dir einen Ruf zulegen, damit dir keiner dumm kommt. Entweder tust du das, oder du hast überhaupt keine Chance.

Die Wärter sehen, was passiert, wissen, was jemand – besonders ein Weißer, der zum erstenmal da drin ist – tun muß, um zu überleben. Es war ohne Belang, daß die meisten Wärter keine zehn Minuten aushalten würden, wenn man sie aus ihren Uniformen schälte, ihnen ihre Schußwaffen wegnähme und sie mitten unter die Häftlinge steckte. Diesen ganzen Mist wissen sie, trotzdem nennen sie dich ein Sicherheitsrisiko.

Langsam wurde er ein wenig frustriert. Da verbringt man

die ganze Zeit im Knast, fünf beschissene Jahre, und andauernd macht man eins, man sagt sich: nie wieder. Cully hatte sich selbst das Versprechen abgenommen, im Leben nie wieder auch nur zehn Cent zu stehlen, falls er Raiford durchstand. Doch was passiert? Er kommt raus und macht sich Richtung Norden auf den Weg, verschwindet aus Miami und versucht, ehrlich zu werden. Er mußte lachen, weil er nämlich schon zweimal um sein Geld betrogen worden war. Einmal von Dave Ross, dem Mann, der sich weigerte, ihm seinen Lohn für das Reparieren von Autos zu zahlen. Und davor unten in Tallahassee, als er für einen Kerl gearbeitet hatte, der ihm zweihundert Dollar versprach, wenn er half, ein Feld zu roden – mörderische Arbeit unter der Sonne Floridas –, und hinterher sagte dieser Typ zu Cully, er habe das Geld nicht. Cully ließ ihn laufen; was zum Teufel hätte er tun sollen? Und doch, als es das zweite Mal passierte, mit Dave Ross, konnte er es nicht auf sich beruhen lassen.

Sein Zellennachbar unten in Raiford, ein großer Italoamerikaner mit gelben Zähnen und schlechter Haut, den jeder Bobo nannte – ein Polizistenmörder –, fragte ihn, kurz bevor Cully entlassen wurde: »Was haste vor, wo du 'ne ganze Weile hier drin warst und sie dich jetzt rauslassen?«

Cully ließ sich Zeit. Er antwortete nicht sofort, weil er zwar seit vollen fünf Jahren davon geträumt hatte, ihm aber immer noch nichts eingefallen war. Er wußte, was er wollte. Was war daran so schwer? Aber wenn ihn jemand fragte: Also, wie willst du's kriegen, dann wußte er darauf keine Antwort. Er saß da, nachdem die Beleuchtung ausgeschaltet worden war, oder zerbrach sich darüber den Kopf, wenn er über den Hof schlenderte, ohne mit den anderen Insassen herumzualbern, ließ seine Phantasie spielen. Was fing er draußen an?

Er war sich zwar nicht sicher, gab aber Bobo zur Antwort: »Kann ich nicht sagen, aber ich glaube nicht, daß ich mir eine Knarre besorgen, irgendwohin gehen und den Leuten ihr Geld abnehmen werde.«

Bobo sagte: »Scheiße. Das sagen sie alle. Und was passiert? Sie sind draußen und vielleicht ein bißchen knapp bei Kasse, und schon fragen sie sich, wie krieg ich leicht ein wenig Geld in die Finger?«

Cully fragte ihn, und dabei beugte er sich vor und betrachtete Bobos Zähne: »Wie kommste auf die Idee, einem eine Knarre unter die Nase zu halten – vielleicht hat er ein Kaliber zwölf unter der Theke – wäre das leicht? Ich mußte aufs Klo rennen, hab mich nicht aus meiner Wohnung getraut, wenn ich wußte, daß ich losziehen und irgendwen ausrauben mußte.«

»Tja, recht haste, aber was weißt du sonst noch?« Bobo sah ihn an und lächelte kopfschüttelnd.

Cully antwortete: »Ich hab mir gedacht, wenn ich hier rauskomme, mach ich vielleicht meinen eigenen Laden auf. Wo man essen kann, so was in der Art.«

Bobo fing an zu lachen, bevor Cully auch nur ausgeredet hatte, saß er auf seinem Bett und hielt sich den Bauch, die Luft pfiff durch seine Nase, so schüttelte es ihn. Er sagte: »Lieber Himmel, ich seh's vor mir. Ein Restaurant.«

Cully hatte massenweise Zeit damit verbracht, Bobo zuzuhören, und was Bobo dachte, war eigentlich schnurzegal. Doch er war sauer, daß er dasitzen und Bobo beim Lachen zuhören mußte und nichts dagegen tun konnte, weil sie Freunde waren. Schließlich befahl er Bobo: »Halt verdammt noch mal das Maul«, was der eine Minute später tat. Aber Cully war immer noch wütend, weil einem Bobo häufig genug auf den Sack ging. Er war nicht bloß häßlich, sondern roch meistens auch noch ziemlich fies.

Aber für einen Lebenslänglichen war er in Ordnung, ein echter Verlierer, der sechs Jahre, bevor Cully nach Raiford kam, während einer Drogenrazzia in Miami einen Bullen getötet hatte. Bobo erzählte Cully einmal – sie hatten etwas Selbstgebrannten gekauft und saßen eines Abends nach der Abdunkelung in ihrer Zelle, betranken sich und alberten herum –, jedenfalls sagte da Bobo: »Das Schlimmste, was ich je getan hab, und ich hab ein paar schlimme Sachen getan, doch das Schlimmste war, daß ich diesen Bullen abgeknallt hab. Später hab ich rausgekriegt, daß er ein Kind hatte.« Er sah Cully an und sagte mit Tränen in den Augen, weil der Schnaps wirkte: »Hier drinnen muß man so tun, als wär das egal. Man muß so tun, als ob es einem scheißegal sei ..., vielleicht hat man gerade vor, irgendeinen anderen umzubringen. Es gibt 'ne Menge Typen, die würden bedenkenlos einen Bullen töten.«

Cully schüttelte den Kopf, eigentlich war es ihm scheißegal, aber er hörte trotzdem zu. Typen wie Bobo, die sitzen da, und man bringt sie in die richtige Stimmung, vielleicht sind sie ein bißchen betrunken, dann erzählen sie einem, wie schlimm es war. Aber Cully war noch keinem begegnet, der einem gesagt hätte, er fühle sich schuldig. Sagte man zu einem von ihnen: Hör mal, irgendwer hat einen Fehler gemacht, eigentlich dürftest du gar nicht hier sein, dann nickten sie, stimmten einem zu und sagten: So isses. Sie würden sich ihren Krempel schnappen und wären schon durch die Tür, bevor man auch nur ausgeredet hätte.

Ein paar Wochen später war er draußen, und Bobo tat, als bräche es ihm das Herz, daß Cully ging. Aber Cully wußte, wie verrückt Bobo auf einen Typ war, der zwei Stock über ihnen einsaß. Bobo hatte Geld gespart, damit er dafür zahlen konnte, daß dieser Typ bei ihm einzog. Bobo wollte den Kerl heiraten, wogegen Cully gar nichts einzuwenden hatte, solange er selbst draußen war, wenn es geschah. Cully dachte, falls ihm jemand – ein Richter beispielsweise – sagte, er werde nie wieder eine Gefängnismauer von außen sehen, würde er sich auch umsehen, was im Angebot war.

Als Cully rauskam, brach er Richtung Norden auf. Ein Wochenende lang rodete er das Feld für den Typ, der ihn nicht bezahlte, dann setzte er sich wieder in einen Bus. Er wollte so viele Kilometer zwischen sich und Florida legen wie möglich. Was er vorhatte, er wollte nach Pennsylvania – sehen wie es seiner Schwester so ging. Doch auf halbem Weg dachte er: Scheiß drauf, und sprang in Beaufort vom Bus.

Das war keine gute Idee.

Sie ließen ihn über Nacht in der Zelle schlafen, am nächsten Morgen holten sie ihn. Cullys Zähne fühlten sich an, als wären sie zusammengeklebt, und er hätte eine Tasse Kaffee gebrauchen können, doch er machte keine Mätzchen und kam mit; ein Hilfssheriff ging mit ihm an der Zellenreihe entlang und dann die Treppe runter zu einem kleinen Büro in der Nähe der Vorderseite des Gebäudes. Ein massiger Mann saß hinter einem Schreibtisch, und ein anderer Mann, der Cully bekannt vorkam, auf einem der beiden anderen Stühle im Zimmer, auf dem Schoß einen Hut, wie ihn John Wayne getragen hätte, einen Stetson. An der Wand über dem Schreibtisch hingen zwei Hirschköpfe, und auch an der gegenüberliegenden Wand hing ein Kopf, kein Hirsch, eher ein Schaf oder eine Ziege mit den mächtigen, nach hinten gekrümmten Hörnern wie auf dem Footballhelm der Los Angeles Rams.

Cully warf einen Blick auf den Mann hinter dem Schreibtisch und wußte, der konnte Schwierigkeiten machen – Sheriff, Staatsanwalt, irgendwas in der Art. Der massige Kerl, der aussah, als gehöre ihm das ganze Gebäude, saß entspannt da und erwiderte Cullys Blick, hatte ein wettergegerbtes Gesicht und einen dicken Wanst, der früher bestimmt viele Leute getäuscht hatte, weil sie ihn deswegen irrtümlich für einen Weichling hielten.

Der Typ auf der anderen Schreibtischseite war älter, ohne Bauch – vielleicht Mitte Fünfzig –, ein hagerer Mann mit einer Bräune wie aus dem Sonnenstudio und weich aussehenden Händen. Er hielt einen Becher Kaffee in den Händen und sah Cully an. Fuhr mit den Fingern an der Krempe des Stetsons entlang. Cully war sich jetzt sicher. Er hatte ihn schon einmal gesehen. Doch er war zu sehr damit beschäftigt, sich zu fragen, was passieren würde, um sich deswegen den Kopf zu zerbrechen.

Cully stand genau in der Tür, und der Hilfssheriff hielt ihn immer noch am Arm fest – keine Handschellen, aber wohin sollte er auch gehen? Nach einer Minute nickte der Mann hinter dem Schreibtisch dem Hilfssheriff zu. Dieser schob Cully in das Zimmer, zu dem einzigen freien Stuhl, schubste ihn mit den Worten »Runter mit dem Arsch« darauf und ging dann zur Tür hinaus.

Cully drehte sich im Sitzen um und betrachtete den älteren Mann. Der nickte Cully langsam zu. Cully, der spürte, daß die Blicke beider Männer auf ihm ruhten, ohne daß einer etwas sagte, fragte sich, was hier eigentlich gespielt wurde.

Der Mann auf der anderen Schreibtischseite zog eine Zigarre aus der Tasche, zündete sie an und musterte Cully. »Junger Mann«, sagte er, »haben Sie eine Ahnung, wer ich bin?«

Cully antwortete: »Ich werde aus meiner Zelle geholt, hier runtergezerrt und Ihnen gegenübergesetzt. Vermutlich sind Sie nicht mein Anwalt.«

»Das stimmt.« Der Mann lachte. »Ich bin kein verdammter Anwalt. Ich bin der Sheriff.« Er beugte sich vor. »Ich will Sie mal was fragen.«

Cully zuckte mit den Achseln und schwieg.

Der Sheriff betrachtete ihn etwa eine halbe Minute lang schweigend, dann sagte er: »Warum zum Teufel haben Sie bloß so was Dämliches getan? Gehen in eine Kneipe und schlagen vor vielleicht drei Dutzend Leuten ein wohlbekanntes Mitglied der Gemeinde krankenhausreif?«

Cully antwortete: »Er schuldete mir Geld.« Er lächelte und sagte: »Das tut er immer noch.« Und er dachte: Was soll das? Der Sheriff . . ., wenn er Spielchen spielen wollte, würde Cully mitmachen, bis er herausfand, wo es langging.

Der Sheriff fragte ihn: »Falls ich Sie hier rausließe, was würden Sie dann tun? Ross weiter verfolgen? Versuchen, Ihr Geld zu kriegen?«

»Weiß nicht. Vielleicht nimmt sich Ross die Zeit und denkt drüber nach, vielleicht sucht er mich. Vielleicht sieht er seine Verfehlung ein, wenn er über alles nachgedacht hat.«

Der ältere Mann prustete vor Lachen, und der Sheriff stimmte ein, dann sagte er, als wäre Cully nicht mehr im Zimmer: »Verstehst du, was ich meine, Herb? Ich bin solchen Leuten schon früher begegnet.« Und weiter: »Ihnen ist wohl nicht klar, was da auf Sie zukommt.«

Cully sah den Mann neben sich an, hätte gern gewußt, wer das war, fragte aber nicht, weil ihn so eine Ahnung beschlich. Er dachte daran, wie der Sheriff ihn gefragt hatte, was er tun würde, wenn er das Gefängnis verlassen könnte, und fragte sich allmählich, ob dieser Typ neben ihm, ob der das vielleicht ermöglichte.

Endlich sprach der ältere Mann. Zum Sheriff sagte er: »Ich glaube, wir werden eine Lösung finden.« Jetzt lächelte er und wandte sich mit süffisantem Grinsen im Gesicht an Cully. Die Hand gab er ihm nicht. Sagte: »Ich heiße Herb Dorrance. Mir gehört eine Farm gleich vor der Stadt. Etwa zehn Kilometer Richtung Gardner's Corner. Kennen Sie diese Gegend hier überhaupt?«

Cully schüttelte den Kopf. »Bin erst seit ein paar Wochen in der Gegend.«

Dorrance nickte. »Das hat mir der Sheriff erzählt.« Er machte eine kurze Pause und fuhr dann fort: »Ich war gestern abend in der Kneipe. Ich habe die Schlägerei gesehen.«

Jetzt fiel es Cully wieder ein, wer er war. Er sah die Kneipe vor sich, wie sie am Abend gewesen war. Er trat ein und suchte Ross. Sah ein paar Leute, die Kellnerinnen – Jenny, die niedliche, und die andere, deren Namen ihm nicht einfiel. Und dann sah er die beiden Männer an einem Tisch sitzen, und vor ihnen standen ein paar Gläser. Der Mexikaner. Und diesen Mann, Dorrance. Der sein Bierglas hob und Cully zuprostete. Irgendeine Bemerkung machte.

Jetzt nickte er und sagte: »Ich erinnere mich.«

Der Sheriff ergriff das Wort. »Mr. Dorrance kam heute vormittag vorbei, um mir mitzuteilen, daß er die Auseinandersetzung beobachtet hatte.«

»Das stimmt.« Dorrance nickte.

»Und«, fuhr der Sheriff fort, »er sagte, es war eine ziemlich faire Auseinandersetzung.« Der Sheriff lächelte langsam. »Ja, Herb hat mir sogar gesagt, auch wenn Sie zwei Kerlen gegenüberstanden und die beiden zahlenmäßig überlegen waren, müßte die Frage eher lauten, ob nicht Sie einen Vorteil hatten.«

Cully redete nicht. Er wartete darauf, daß sie zur Sache kamen. Mit dem Geschwätz aufhörten und ihm sagten, was nun geschehen sollte.

Der Sheriff sagte: »Ich könnte Sie jetzt wieder oben in die Zelle sperren lassen und Sie so lange da lassen, bis ich entscheide, was zu tun ist. Oder Sie könnten sich Herbs Vorschlag anhören.« Er sah Cully an. »Was sagen Sie dazu?«

Cully zuckte mit den Achseln, sah den Sheriff an und beschloß, ein wenig Dampf zu machen. »Wie wär's mit Kaffee?«

Der Sheriff beugte sich vor und legte seine Arme auf den Schreibtisch. »Man hat Ihnen keine Tasse gegeben? Der Zimmerservice ist ohne Kaffee in Ihre Zelle gekommen?«

Cully zuckte wieder mit den Achseln.

Der Sheriff sagte: »Aha. Sie haben die Nacht da oben verbracht und sich bloß gefragt, ob wir Sie vergessen haben. Stimmt das?«

»Schon möglich.«

Der Sheriff starrte ihn einen Moment lang an, dann sagte er: »Ersparen Sie uns Ihre Scheißfragen.«

Cully gab nach, es war die Sache nicht wert, und nickte.

Dorrance räusperte sich. Er sagte: »Also, ich habe Arbeit für Sie. Ich brauche jemanden bei mir draußen. Eine Art Chauffeur für meine Frau. Der sich um die Autos kümmert, sie immer schön volltankt und sie in die Stadt fährt, wenn etwas dran zu tun ist. Dafür sorgt, daß es erledigt wird. Solche Sachen. Und außerdem meine Frau fährt. Wenn sie Besorgungen machen will oder so was.« Er hielt inne, sah den Sheriff an und dann zurück zu Cully, nickte und beugte sich vor. Sagte zu Cully: »Sie sind vorbestraft. Sie schlagen sich gern. Berauben Leute, was auch immer. Vielleicht bewältigen Sie so eine Arbeit nicht. Zuviel Verantwortung.« Dorrance sah Cully an, grinste wieder süffisant, amüsierte sich, so schien es Cully, und sagte: »Ich bin jemand, der bereit ist, Ihnen hier eine Chance zu geben.«

Cully überlegte kurz, dachte darüber nach, weil es fast zu gut klang, um wahr zu sein. Als man ihn aus seiner Zelle holte, hatte er sich vorgestellt, vielleicht in ein Arbeitslager geschickt zu werden oder eine Geldstrafe aufgebrummt zu kriegen, die er unmöglich bezahlen konnte. Die zwei Männer, die ihn beide ansahen, warteten auf seine Antwort. Was sollte er tun, dankbar zu ihren Füßen niedersinken? Er sagte: »Wie wird der Job bezahlt?«

Der Sheriff schnaubte. »Herr im Himmel.« Beugte sich auf seinem Stuhl vor und sagte: »Junge, das ist kein beschissenes Vorstellungsgespräch. Wollen Sie den Job, wollen Sie, daß ich Sie laufenlasse? Machen Sie sich keine Gedanken darüber, wieviel Geld Sie an Land ziehen werden, wie lange es dauert, bis Sie sich aufs Altenteil zurückziehen können.«

Cully sagte: »Ich frage ja bloß.«

Dorrance nickte und sagte zum Sheriff: »Geht schon in Ordnung, Pete. Das ist sein gutes Recht.« Er wandte sich an Cully. »Der Lohn beträgt zweihundert Dollar die Woche. Sie bekommen aber Unterkunft und Verpflegung. Ich habe eine kleine Wohnung über der Garage, und die Köchin wird Ihnen sämtliche Mahlzeiten bringen. Wenn Sie sich mit mir absprechen, können Sie in Ihrer Freizeit kommen und gehen, wann Sie wollen, den Wagen benutzen, falls meine Frau und ich nicht irgendwohin gefahren werden müssen. Sollte das der Fall sein, lasse ich es Sie rechtzeitig wissen.«

Da beschloß Cully, den Mund zu halten. Als er Dorrance von seiner Köchin reden hörte und sich fragte, was für eine Sorte Farmer er wohl sein mochte, verschwand das Bild eines bettelarmen kleinen Farmpächters und von Willie Nelson, wie er bei einem Wohltätigkeitskonzert sang, vor seinem inneren Auge. Der Typ wollte ihm ein Dach über dem Kopf plus Verpflegung geben, ihm zwei Scheine die Woche zahlen. Und ihn dazu noch aus dem Knast holen.

Er sagte: »In Ordnung.«

Dorrance lächelte. »Schön.« Er stand auf und streckte dem Sheriff seine Hand entgegen. »Schönen Dank, Pete.«

Der Sheriff lächelte. »War mir ein Vergnügen.« Er nahm einen Hefter von der Schreibtischplatte und sagte zu Cully: »Ich hab mir aus Florida Ihre Unterlagen faxen lassen und sie Herb gezeigt. Er will Sie immer noch einstellen, wogegen ich nichts einzuwenden habe. Aber glauben Sie bloß nicht, er wüßte über Sie nicht Bescheid.«

Cully hörte ihm zu. Er dachte, vielleicht sollte er es dabei bewenden lassen. Aber er war schließlich nicht in Raiford, wo, wenn du einem Wärter dumm kommst, sie dich in eine Einzelzelle werfen, und da bleibst du, darfst vielleicht eine Stunde am Tag raus. Keiner redet mit dir, nichts zu lesen; du sitzt den ganzen beschissenen Tag allein da, und nach einer Weile wirst du langsam verrückt.

Er sah den Sheriff an und sagte: »Schon klar, ein County-Sheriff mit ner fixen Idee, Sie glauben, jeder, der mal gesessen hat, hat von nichts anderem eine Ahnung.« Er nickte und fuhr fort: »Vielleicht verstehe ich es sogar. Aber ich habe im Moment nicht die Zeit, mir das anzuhören.« Und er fühlte sich besser, weil er sich vorgenommen hatte, als er aus Raiford kam, sich so einen Scheiß von keinem mehr bieten zu lassen. Er warf dem Sheriff noch einen Blick zu, um zu erfahren, ob der irgend etwas tun würde, und wandte sich dann Dorrance zu, wartete, bis der ältere Mann zur Tür ging, und folgte ihm.

Keiner von beiden sagte etwas, als sie auf den Parkplatz hinausgingen, vorbei an den Einsatzwagen und hinüber zu einem weißen Pritschenwagen, der nach Scheiße roch. Cully rümpfte die Nase. »Großer Gott, was ist das, verdammt noch mal, für ein Gestank?«

Dorrance grinste. »Kuhscheiße.« Er wartete kurz und fuhr fort: »Mich turnt das an. Ist bloß Dünger, nichts weiter. Ich brauch ihn auf der Farm. Aber, verstehn Sie, man fährt einfach rum mit so was, das liegt einfach da und stinkt zum Himmel. Und was passiert? Man kommt auf der Straße an Fußgängern vorbei und wirft einen Blick in den Rückspiegel. Man guckt in ihre Gesichter. Sie sehen dem Wagen nach und rümpfen die Nasen.« Er lachte. »Oder, wenn sie nicht drüber nachdenken, heben sie ihre Füße hoch, einen nach dem anderen. Gucken nach, ob sie nicht in einen Hundehaufen getreten sind.«

Cully nickte. »Aha.« Jetzt sah er den Dünger auf der Ladefläche des Wagens und fand es ziemlich merkwürdig für einen erwachsenen Mann, daß ihn das anturnte. Stieg rasch in den Wagen, weil der Gestank in der Kabine nicht so schlimm war. Er sah Dorrance an und sagte: »Wohin fahren wir?«

Dorrance antwortete: »Zu mir.«

Cully dachte drüber nach und fragte: »Was dagegen, am Wohnwagenpark haltzumachen? Ich muß ein paar Sachen abholen.«

Dorrance zögerte erst, dann sagte er: »Einverstanden.«

Sie sahen einander ein paar Sekunden lang stumm an, dann sagte Cully: »Gut.« Dazu lächelte er ein wenig, nahm sich vor abzuwarten, wie sich die Dinge entwickelten, bevor er sich ein Bild über alles machte. »Dann können Sie mir Ihre Farm zeigen.«

3

Unterwegs auf der Route 21 Richtung Gardner's Corner fragte Dorrance: »Verstehen Sie was von Tomaten?«

Cully schüttelte den Kopf. »Unten in Raiford wurde Mais angebaut. Auch ein paar Tomaten. Aber damit hatte ich nie was zu tun.«

»Warum nicht?«

Cully drehte sich um. »Ich galt als Risikohäftling. Uns ließ man nicht auf die Felder raus.« Er beobachtete Dorrance, neugierig auf seine Reaktion, jetzt, wo er im Auto saß, der Sheriff nicht mehr da war und ein Ex-Sträfling auf dem Beifahrersitz saß. Cully sagte es beiläufig, ließ ihn wissen, daß er ein übler Kunde war, wenn der Mann das glauben wollte. Vielleicht hatte er so etwas schon öfter getan. Ex-Sträflinge angestellt, damit er in ihrer Nähe sein konnte. Ihre Geschichte hörte.

Aber Dorrance äußerte sich überhaupt nicht dazu. Er sah Cully an und sagte: »Ich habe tausend Hektar. Ich baue hauptsächlich Tomaten, Erdnüsse und auf ein paar Feldern Tabak an. Aber vorrangig bleibe ich bei Erdnüssen und Tomaten. Die Tomaten verkaufe ich an die Suppenfirmen, und die Erdnüsse landen zwischen zwei Brotscheiben.«

Cully sagte: »Klingt nach einer Menge Land.«

Dorrance schüttelte den Kopf. »Ist es aber nicht. Heutzutage gilt das als ein kleiner Betrieb.« Er lächelte leise. »Aber was soll's. Zum Bezahlen der Rechnungen reicht es.«

Cully wartete ein Weilchen, dann sagte er, was ihm schon die ganze Fahrt über durch den Kopf ging. »Und dann ist Ihnen ganz plötzlich eingefallen, daß Sie einen Chauffeur brauchen?«

Dorrance warf einen kurzen Seitenblick auf Cully und schaute dann zurück auf die Straße. »Ich trage mich schon eine ganze Weile mit dem Gedanken.«

Cully nickte. »Das kann ich mir vorstellen. Sie sehen, wie ich zwei Leute in einer Kneipe zusammenschlage. Sie sehen mich und sagen sich: Ey, seine Fäuste kann er benutzen, ob er wohl auch ein Auto fahren kann?«

»Mehr oder weniger.«

Cully fragte weiter: »Hatten Sie schon mal einen Chauffeur?«

Herb nickte. »Ist schon eine Weile her. Hat nicht funktioniert.«

Cully runzelte die Stirn ein wenig. »Nein?«

»Nein.«

»Vielleicht möchten Sie mir noch etwas erzählen. Etwas, das Sie vergessen haben.«

Dorrance schwieg kurz, doch dann lächelte er. »Nein. Nicht daß ich wüßte. Es ist eine ziemlich ehrliche Angelegenheit.« Der Mann blieb eine Weile stumm, dann sah er Cully an und sagte: »Hören Sie, ich hab gesehen, was der Sheriff in seiner Akte hatte. Sie haben da, na ja, ganz ordentlich in der Klemme gesteckt? Wenn Sie wollen, daß Ihnen das ewig nachhängt, strengen Sie sich ruhig an und erinnern die Leute dran. Das ist die eine Möglichkeit. Oder Sie wollen Arbeit, eine Gelegenheit, weiterzukommen. Das ist die andere.«

Cully ließ sich mit der Antwort Zeit. »So einfach ist das?«

Dorrance fuhr den Pritschenwagen an den Straßenrand und hielt an. Er stellte den Motor ab, drehte sich dann zu Cully um und sah ihn durchdringend an. Schließlich griff er in das Handschuhfach, lächelte einmal und zog eine Pistole heraus. Schweigend betrachtete er die Waffe, hob sie, krümmte seine Finger um den Abzug und sagte mit schneidender Stimme zu Cully: »So einfach ist das, Partner. Im Grunde haben Sie, verdammt noch mal, keine andere Wahl.«

Er kurbelte sein Fenster runter, der Geruch von Kuhmist wehte wieder von der Ladefläche des Wagens herein und mischte sich mit Salzluft aus der Bucht. Er hielt den Arm ins Freie, richtete die Pistole aus und schoß auf ein Geschwindigkeitsbegrenzungsschild auf der anderen Straßenseite.

Cully erschrak, weil er damit nicht gerechnet hatte. Er war Schüsse gewohnt, wegen so etwas zuckte er normalerweise nicht zusammen. Aber verdammt, es war hellichter Tag, und der Typ schoß, na, vielleicht anderthalb Kilometer vor der Stadt mit einer Pistole herum? Das Geräusch war garantiert bis dort zu hören, weil es hier draußen nichts gab außer Salzmarschen. Cully sah ein paar Silberreiher, die sich weiß vor dem Himmel abhoben, erschreckt auffliegen. Dorrance ballerte immer weiter. Alle paar Sekunden betätigte er den Abzug, ohne Cully dabei anzusehen, redete aber immer weiter. Er unterbrach sich immer mal wieder, um die Waffe abzufeuern, dann wartete er, bis der Knall verklungen war, ehe er den Gesprächsfaden wieder aufnahm. Zu Cully sagte er: »Sie können den Job nehmen, die Arbeit so erledigen, wie ich es will.« Die Pistole knallte. »Oder ich wende und bringe Sie zurück zu Ihrem Kumpel, dem Sheriff.« WUMM. Und er traf das verfluchte Schild auch noch jedesmal.

»Ich habe erlebt, was Sie mit dem Sheriff für 'n Scheiß abgezogen haben. ›Wo ist mein Kaffee?‹ Sie sind aufsässig, irgendwie.« Wieder betätigte er den Abzug, zwei- oder dreimal hintereinander, ein einziger lauter Knall; der Schußlärm kam so schnell und laut, daß die Fensterscheiben des Wagens zitterten. Er sagte: »Diese Aufsässigkeit sollten Sie sich abschminken. Und nicht mehr so viele Scheißfragen stellen, vielleicht kommen wir dann miteinander klar.« Er zog seinen Arm wieder ins Wageninnere, saß da, und die Knarre lag in seinem Schoß; der Korditgestank überlagerte fast den des Kuhmists.

Cully fand nicht, daß er übermäßig besorgt wirkte, ob jemand vorbeikommen und ihn fragen könnte, was das sollte, warum er ein Verkehrsschild in Stücke schoß. Dorrance schien etwas einzufallen, er betrachtete die Waffe in seiner Hand, dann lächelte er. Im Sitzen drehte er sich zur Seite, hielt die Pistole hoch und Cully direkt an die Schläfe, ehe der sich auch nur bewegen konnte.

Cully saß einen Moment lang einfach da und sah auf den Pistolenlauf hinab, spürte ganz plötzlich eine Scheißangst, weil er den Mann überhaupt nicht kannte, keine Ahnung hatte, was in dessen Kopf vorging. Ließ sich aber nichts anmerken, dachte: Leck mich, vielleicht war das ja irgendein Test, so wie man unten in Raiford einen anderen Häftling so lange anstarren mußte, bis er wegsah, der Typ hätte dir sonst in den Arsch getreten oder dich aufgeschlitzt, falls du eine falsche Bewegung gemacht hättest. Dorrance, ein Bursche, der am hellichten Tag Geschwindigkeitsbegrenzungsschilder zerschoß, wollte vielleicht bloß irgendwas beweisen. Aber auf Cully wirkte es nicht echt; eher so, als könne Dorrance eine Knarre ziehen und ein Schild kurz und klein schießen, weil die Gefahr nicht sehr groß war, daß das Verkehrsschild zurückschoß. Und doch, der Mann saß da und hielt eine Pistole auf Cullys Gesicht gerichtet.

Cully blieb still sitzen, bereit, sich zu bewegen, wenn es nötig war, ließ sich aber nichts anmerken, während Dorrance anfing zu lächeln, sich die Lippen leckte und dann mit leisem Lachen den Hahn wieder spannte. Und dann, ohne jede Warnung, bevor Cully auch nur daran dachte, etwas zu unternehmen, zog er den Abzug durch.

Cully hätte ihn fast geschlagen. Er spürte es, das Adrenalin pochte durch seine Adern, weil er nicht geglaubt hätte, Dorrance würde so weit gehen. Das Geräusch des auf die leere Kammer fallenden Hahns, während Cully den Atem anhielt, kam ihm fast so laut vor wie die richtigen Schüsse. Er zwang sich, Ruhe zu bewahren, sagte sich, der Mann wollte den dicken Max markieren und glaubte, so müsse man mit Ex-Sträflingen umgehen. Am liebsten hätte Cully dem Kerl seine Faust durchs Gesicht getrieben. Ihm die Pistole abgenommen und zu fressen gegeben. Doch das tat er nicht. Er atmete einmal tief durch, lächelte Dorrance an und sagte: »Hören Sie, wenn man so 'n Mist baut, könnte jemand verletzt werden.«

Dorrance sah ihn ein paar Sekunden lang an und lächelte dann, schenkte Cully einen Blick, als sei ihm dieser Gedanke noch nicht gekommen. Er sagte: »Ja, das wäre gut möglich.«

Er legte die Waffe neben sich auf den Sitz, ließ den Motor

wieder an und legte den Gang ein, doch kurz bevor er auf die Straße bog, drehte er sich zu Cully und sagte: »Aber was soll's, vielleicht liegt's bloß an Ihnen und mir, wir müssen uns eben kennenlernen. Das kann nichts schaden.« Lachend bog er auf die Straße ein, direkt vor einem mit einer Frau und Kindern besetzten Kombi, der ausweichen mußte, um sie nicht zu rammen, und die Frau drückte wie wild auf ihre Hupe.

Cully sah sich um und erblickte den Kombi, der jetzt weit hinter ihnen fuhr, als sei die Frau zu verängstigt, um näherzukommen. Und dann warf er einen Seitenblick auf Herb, der den Pritschenwagen lenkte, als hätte er nichts davon mitbekommen. Cully saß neben seinem neuen Boß und fragte sich: War der Mann irre oder was?

Cully fand, daß Dorrances Anwesen aussah wie auf einem der Fotos, die man in Reiseprospekten sah. Man nahm einen in die Hand, Hochglanzpapier, vorne drauf ein Foto von einem Strand oder auch einem Boot, und dann blätterte man um. Im Inneren befand sich über zwei Seiten das Bild einer bewirtschafteten Plantage, im Vordergrund das von weißen Säulen gestützte Haus. Weiter hinten sah man zu beiden Seiten des Fotos Felder mit endlosen Reihen Mais oder Baumwolle. Vielleicht finden sich ein paar Menschen auf dem Bild. Einige Schwarze arbeiten auf den Feldern ..., aber sie lächeln dabei; lächeln muß sein, damit niemand sie irrtümlich für Sklaven hält.

Cully saß in dem Pritschenwagen, als Dorrance von der Route 21 auf eine lange, geteerte Auffahrt einbog. Die Auffahrt war vielleicht einen knappen halben Kilometer lang, von einer Reihe moosbehangener Eichenbäume beschattet, und Dorrance wies Cully während der Fahrt auf etliches hin. Cully schwieg, als Dorrance ihm die Erdnußfelder und die langen Reihen Tabakpflanzen zeigte. Er nickte, als Dorrance sagte: »Das ist der Hängeschuppen« und fortfuhr, während der Ernte werde der Tabak zum Trocknen in den Schuppen gebracht und danach in die Philip-Morris-Fabrik gefahren.

Dorrance wies auf einen riesigen Apparat, der aus miteinander verbundenen Röhren bestand, an denen etwa alle sieben oder acht Meter ein Autoreifen befestigt war.

»Bewässerung. Das Ding muß ich bewegen können, wann ich will. Es muß in verschiedene Bereiche des Geländes gebracht werden.«

Cully nickte erneut, dann setzte er sich aufrecht hin, um das Haus besser sehen zu können. Es war ihm zwar nicht besonders wichtig, aber ein wenig neugierig war er doch, weil er nicht so recht durchblickte. Dorrance ..., manchmal schien er reich zu sein, erzählte von Hausangestellten, dann wieder fuhr er in seinem zerbeulten Ford-Pritschenwagen herum, der Gestank von Kuhmist hing einem in der Nase, und man wußte nicht recht, ob er nicht jeden Moment pleite ging. Doch als Cully das Haus sah, richtete er sich im Sitz auf.

Das Haus ließ Cully vermuten, daß Dorrance ganz gut über die Runden kam. Es war riesig. Genau wie die Fotos, an die Cully gedacht hatte. Ein großes weißes Haus, an dessen Fassade etliche Säulen bis unter das Dach ragten. Die Auffahrt näherte sich dem Gebäude von rechts und vollführte einen großen Kreis. An dessen anderem Ende, vielleicht dreißig Meter vom Hauptgebäude entfernt, stand die Garage. Von Cullys Position im Wagen aus, in dem Dorrance gerade das Lenkrad einschlug und langsamer wurde, als sie sich dem Haus näherten, konnte er weiter hinten einen Tennisplatz und hinter der Garage eine Ecke eines Swimmingpools sehen. Vom Haus bis zur Garage zogen sich wie eine Art Riesenhecke zahlreiche Fächerpalmen, deren Wedel im Wind raschelten, so daß die ganze Reihe wie ein Trupp ausgeflippter, auf die Köpfe gestellter Hula-Tänzerinnen aussah.

Cully konnte nicht anders. Er sagte: »Großer Gott. Bringt die Landwirtschaft soviel ein?«

Dorrance brachte den Wagen zum Stehen, zog den Zündschlüssel heraus und sagte eine Weile gar nichts. Dann drehte er sich zu Cully um und sagte leise: »Meine Familie hat mir ein wenig Geld hinterlassen.« Das sagte er schnell, ein schwaches Lächeln auf dem Gesicht, so daß Cully sich noch einmal umschaute und dachte: Ein wenig Geld? Wieviel war ein wenig Geld?

Beide stiegen aus. Dorrance ging zu Cullys Seite des Wagens hinüber, berührte ihn am Arm und sagte: »Ich werde Sie herumführen«, dann drehte er sich zur Fassade des Hauses um, wo sich gerade eine Tür öffnete und eine kleine schwarze Frau herauskam.

Dorrance sagte lächelnd: »Ah, Amelia. Das ist Mr. Cullen. Cully. Er wird in dem Apartment über der Garage wohnen. Würden Sie sein Gepäck hinbringen?«

Die Frau nickte, warf einen raschen Blick auf Cully und nahm ihm die Tasche ab. Die beiden Männer warteten einen Moment, beobachteten, wie die Frau auf die Garage zuging, und dann sagte Dorrance: »Das ist Amelia. Die Köchin. Ehrenwort, Sie werden nicht enttäuscht sein.«

Cully nickte und starrte noch kurz der Schwarzen hinterher, ehe er sich wieder dem Haus zuwandte. Zu Dorrance sagte er: »Sie wollten mich herumführen.«

»Genau.« Lächelnd sagte Dorrance: »Wir machen den großen Rundgang. Danach zeige ich Ihnen, wo Sie wohnen werden, dann können Sie sich frisch machen.« Und während er mit Cully im Schlepptau sich vom Haus entfernte, gab er im Laufschritt Erläuterungen.

»In erster Linie bin ich als Aufseher tätig. Ich beschäftige einen Vorarbeiter, Billy Eagle. Sie haben ihn gestern abend im ›Casey's‹ gesehen. Er muß hier irgendwo sein. Sie werden ihn später kennenlernen.« Dorrance blieb stehen, sah Cully an und grinste. »Er ist Mestize, kennt sich aber in der Landwirtschaft aus. Ohne Billy würde der Laden hier wohl keine zwei Wochen laufen. Er hat ein Händchen für so was. Wenn er irgend etwas nicht zum Wachsen bringt, nicht sagt, wann man düngen, wann bewässern oder überhaupt nichts unternehmen soll, tja . . .« Er ließ wieder sein Lächeln aufblitzen, ging um die Seite des Hauses herum zur Garage, gefolgt von Cully. Dorrance zog eine Zigarre aus seiner Tasche und zündete sie an, während ihm Cully mit den Händen in den Hosentaschen folgte, die frische Luft genoß und auf seinem Nacken die Vormittagshitze spürte. Einfach froh war, nicht mehr im Gefängnis zu sein.

Sie gingen zur Rückseite des Hauses, um die Ecke, wurden langsamer, und Cully schaute an Dorrance vorbei in den Garten, wo er eine Seite des Tennisplatzes sowie auf der anderen Seite einen Zipfel des Umkleidezeltes sah.

Dorrance sagte: »Meine Frau spielt gern Tennis. Ich nicht.«

Cully nickte und schwieg. Sah genau hin, während der gesamte Tennisplatz in sein Blickfled rückte und dahinter das Schwimmbecken; den gesamten Pool sah er jetzt zum erstenmal, und weil das Wasser so glitzerte, taten ihm die Augen weh. Zunächst sah er die Frau nicht, bemerkte nur vage jemanden, der sich in der Nähe des Wassers bewegte. Doch dann sah er sie deutlich. Er dachte, daß Dorrance nichts von einer Tochter gesagt hatte, er ging weiter, mit Dorrance an der Seite, und beobachtete die in ihre Richtung blickende Frau. Bemerkte aus den Augenwinkeln, daß Dorrance grüßend eine Hand hob, und dann kam die Frau auf sie zu, in einen schwarzen, an den Hüften ausgeschnittenen Bikini gekleidet. Sie hatte lange, stark gebräunte Beine, als halte sie sich häufig draußen am Pool auf, und eine schmale Taille und kleine, aber hübsch geformte Brüste, soweit Cully sehen konnte. Sie trug eine Sonnenbrille mit großen Gläsern, die den gesamten Bereich um ihre Augen bedeckten. Die Bügel verschwanden in ihren langen blonden Haaren. Cully fand, daß sie wie eine Schauspielerin aussah, die er mal in einem Film gesehen hatte, dessen Titel ihm entfallen war, ein Streifen mit Robert De Niro, in dem er den Boxer Jake La Motta spielte. Die Frau am Pool sah aus wie die Schauspielerin in diesem Streifen, bloß ohne deren Überbiß. Hatte aber die gleichen Wangenknochen. Und einen Körper von der Sorte, die über den Boden zu gleiten schien. Cully konnte den Blick nicht von ihr wenden. Mit ihrem Vater an seiner Seite überlegte er krampfhaft, was er zu ihr sagen könnte.

Und dann bereitete ihm Herb Dorrance eine mordsmäßige Überraschung mit den Worten: »Cully, ich möchte Ihnen meine Frau Michelle vorstellen.«

Cully wollte es zuerst nicht glauben, weil die junge Frau halb so alt wie Dorrance aussah. Erst starrte er sie an, dann wieder zurück auf Dorrance, und da entdeckte er einen irgendwie wütenden Ausdruck in den Augen des Mannes. Als er sich wieder zu der Frau umdrehte, hörte er Dorrance sagen: »Warum ziehst du dir nicht was über.«

4

Also, es lag draußen an der State Road Nummer 16. Sie hatten es nicht mal für nötig gehalten, ihm einen Namen zu geben. Bloß ein Asphaltstreifen unter der Sonne Floridas. Die meisten Leute, die sich die Mühe machen, da raus zu fahren, gehen sowieso ins Gefängnis. Die wissen, wo sie sind. Staatsgefängnis Raiford.

Man fährt so vor sich hin, und da ist es. Wirklich nicht zu übersehen. Großer Gott. Anderthalb Kilometer lang. Die Verwaltungsgebäude auf der einen Seite und das Gefängnis – es hockt da wie irgendein Dinosaurier – auf der anderen Seite.

Wenn man einen Moment Zeit hatte, vielleicht an den Ekken der Gebäude vorbeischaute, sah man die Wachen in ihren Türmen. Jeder mit einem Gewehr vom Kaliber zwölf bewaffnet oder mit einem M-16. Die Wichser hatten ihre Befehle. Wenn man diese Begrenzung überschritt, nur den Versuch machte, sollten sie einen abknallen. Da ging man nicht freiwillig hin. Hier unten machten sie keine Mätzchen. Sie brachten Leute um. Ted Bundy. Typen wie den. Zum Dämlichsein hatten die sich den falschen Ort ausgesucht.

Sie führten Benny durch den Eingangsbereich im Erdgeschoß von Block D. Sein letzter Tag, und sie schickten zwei Wärter – von denen ihm keiner bis ans Kinn reichte – und banden seine Handgelenke an eine Kette um seine Taille. Weil er, na was wohl, einen Ausbruchsversuch unternehmen könnte? Vielleicht ein paar Wärter umlegen und dann probieren, über die Mauer zu klettern? Du liebe Güte. Von dem Moment, wo du hier ankommst, bis zu der Sekunde, wo du abhaust, hängen dir die Arschgeigen an den Nüssen.

Er war unruhig. Lief in seinen Designerjeans herum, knalleng, keine Knastklamotten ... Benny hatte eine Menge

Geld dafür berappt, wußte aber, daß sie das wert waren. Draußen, da tat er immer folgendes, ehe er ins Bett ging: Er überlegte sich, was er am nächsten Tag anziehen wollte. Schaltete über Kabel den Nashville Channel ein und sah sich an, was Kenny Rogers oder Hank jr. wohl trugen. Heute hatte er ein weißes Baumwollhemd an. Über den Kragen lief eine Stickerei, eine bis zu Bennys Hüfte hinunterreichende Borte aus goldenen Blättern, und dazu ein zirka dreißig Zentimeter langes, gitarrespielendes Mädchen auf dem Rükken.

Wenn man vier Jahre in so einem Laden ist, versuchen sie garantiert, einem Gefängniskluft anzuziehen. Nicht mit ihm. Wenn Benny eins wollte, dann wie ein Country-Music-Star aussehen. Sauer machte ihn nur eins: Das einzige, was er hier drin nicht bekommen konnte, seit sie ihn hergeschickt hatten, waren ein Paar flotte Schuhe. Draußen, bevor er hierherkam, konnte er an ihren Schuhen immer erkennen, was für Leute er vor sich hatte. Waren sie der letzte Dreck, war ihnen vielleicht alles scheißegal, dann trugen sie auch ein Paar Kackschuhe.

Sie ließen ihn weitergehen, brachten ihn den Korridor hinunter. Er redete viel – nicht mit den Wärtern, scheiß drauf, sondern tauschte, als er die Zellenreihe entlangging, Scherze mit einigen anderen Gefangenen aus, und zwar mit denen, die nicht zu sauer darüber waren, daß er rauskam. Schenkte ihnen sein Countrygrinsen. He, guckt mal, vor euch steht Glen Campbell und sagt: Leute, amüsiert euch alle. Ein paar von ihnen, denen er im Lauf seiner Zeit hier eins ausgewischt hatte, waren froh, daß er ging, sahen ihn aber nicht an . . ., sie sagten auch nichts zu ihm, denn was passiert, wenn man so was macht? Benny bekommt draußen Schwierigkeiten und fährt wieder ein. Wenn er sich dran erinnert, daß man ihm dumm gekommen ist, was wird dann aus einem?

Alle paar Minuten schob ihn einer der Wärter, legte ihm seine Hand auf den Rücken, gab ihm einen Schubs und sagte: »Halt, verflucht noch mal, den Mund.« Dann sah

Benny ihn an und sagte: »Ey, Sportsfreund, das ist mein großer Tag.« Blieb höflich, ließ den Wärter aber wissen, daß es nichts nützen würde, wenn man ihn zum Schweigen bringen wollte. Dann lächelte er kurz, zeigte allen, daß er es nicht böse meinte.

Sie brachten ihn aus Block D zur Aufnahme, machten etwa alle dreißig Meter halt, um ein verschlossenes Tor zu passieren, wobei Benny jedesmal im Vorbeigehen die Schilder las – zum letztenmal –, das direkt vor der Aufnahme, auf dem KEIN DURCHGANG FÜR BESUCHER! stand, und das andere, kurz bevor man zu der kleinen Kantine neben dem Besucherzimmer kam, ALLE PERSONEN MÜSSEN SICH EINER LEIBESVISITATION UNTERZIEHEN! Benny war zum Lachen, weil er sich in ein paar Minuten wegen so einem Scheiß keine Sorgen mehr machen mußte. Zu seinen Bewachern sagte er: »Was glaubt ihr, wenn ich rauskomme, gehe ich vielleicht in ein Restaurant, wie jeder andere auch. Glaubt ihr, wenn ich weg bin, vergesse ich vielleicht, wo ich bin, und lasse vielleicht meine Unterhose fallen, damit der Kellner in mein Arschloch guckt, ob Besteck fehlt?« Und er lachte darüber, sah den Wärter an und schob eine Erklärung nach: »Ich will damit sagen, ich könnte mittlerweile so daran gewöhnt sein, daß . . .« Er sah die Miene des Wärters und gab es auf. Kopfschüttelnd fuhr er fort: »Sportsfreund, du hast einfach keinen Sinn für Humor.«

Als sie zur Aufnahme kamen, konnte Benny nicht ruhig bleiben. Er trat immerzu von einem Fuß auf den anderen. Wenn man ihn so dastehen sah, ein großer Kerl mit gewellten blonden Haaren, konnte man ihn für irgendeinen Filmstar halten. Gutaussehend, energischer Unterkiefer und eine kleine Narbe direkt über dem Kinn . . ., was sein Aussehen nicht beeinträchtigte. Wenn Frauen ihn sahen – Benny stand beispielsweise am anderen Ende des Zimmers und warf sich in Pose, ohne es zu übertreiben –, verspürten sie den Drang, rüberzugehen und sich mit ihm zu unterhalten. Ihn kennenzulernen, weil er ein lustiger Bursche zu sein schien. Einer von den Typen, die auf 'ner Party alle zum Lachen bringen.

Bis ihn vielleicht irgendwas wütend machte. Einer sagte was Falsches, und er ging hoch. Verwandelte sich vor deinen Augen in jemand völlig anderen.

Der Wärter mit der Akte in der Hand betrat das Kabuff vor Benny und reichte dem Buchhalter die Akte. Er kam wieder raus, sah Benny an und sagte: »Stillgestanden, verdammt.« Und Benny erwiderte: »Ist schon in Ordnung, Sportsfreund.«

Er konnte es schon riechen. Fünf Minuten. Fünf verdammte Minuten, und er würde als freier Mann durch diese Tür spazieren. Sich im Leben nie wieder von einem anderen etwas bieten lassen, egal weshalb. Da rausgehen, in die freie Welt, Mann, und sich ein neues Outfit besorgen. Gleich ein paar davon, die Sorte Klamotten, bei deren Anblick die Leute wüßten, daß er kein Verlierer war. Seit vier Jahren hatte er an diesen Tag gedacht, hatte ihr Spiel gespielt und von dem Tag geträumt, an dem er hier rausgehen und sich das holen würde, was ihm zustand. Ein stinkreicher Mann zu sein. Er würde schon dafür sorgen, daß einige Leute bezahlten.

Der andere Wärter streckte die Hand aus und berührte ihn an der Schulter, blinzelte hinter Benny seinem Partner zu und sagte: »He, Benny, manchmal isses so, wir kommen den ganzen Weg bis hier runter, verstehst du, und ein Häftling glaubt, er ist unterwegs nach draußen; und dann kommt was dazwischen. Beim Papierkram hat jemand Mist gebaut. Irgend so was. Und was meinst du, was passiert, der Häftling kommt nicht raus. Wir müssen ihn wieder raufbringen. Manchmal dauert es eine Woche, bis die Sache geklärt ist.«

Der zweite Wärter nickte. »Passiert andauernd.«

Benny überlegte kurz, dachte: Fickt euch ins Knie, sagte aber lächelnd: »He, hätte nichts dagegen. Steckt mich wieder in dieselbe Zelle, da ist jetzt ein Neuer drin. Ich meine, Sportsfreund, da ist ein hübsches Stück Arsch . . . Vielleicht sollte ich folgendes tun, ich sollte wieder raufgehn, mal sehen, ob ich ihn irgendwo allein erwische. Ihn in Raiford begrüßen.«

Das gefiel den Wärtern nicht; der eine schob ihn in Richtung Tresen, und der andere forderte ihn auf, den Mund zu halten.

Der Mann füllte den Scheck aus und schob das Stück Papier dann Benny zu. »Ihnen stehen vierhundert Dollar zu. Dafür müssen Sie unterschreiben.«

Benny konnte nicht an sich halten. »Vierhundert! Verdammte Scheiße, was reden Sie da? Mann, ich hab viel mehr zu kriegen. Ich hab mir vier Jahre lang auf diesen Feldern den Arsch aufgerissen, da krieg ich viel mehr als vierhundert Dollar.«

Der Buchhalter sah ihn an. »Wenn Sie dagegen Einspruch erheben, schicke ich Sie zurück in die Zelle oben, wo Sie warten können, bis ein Überprüfungsausschuß die Sache entscheidet.« Er lächelte. »Es liegt bei Ihnen.«

Benny stand eine Weile da. Malte sich aus, wenn er eines Tages draußen einen dieser Dreckskerle aufstöberte, würde er denen zeigen, wie eine Begegnung mit Benny aussah, wenn er nicht zusammengeschnürt war wie ein Hausschwein. Sollten sie ihm doch dann Scheiße erzählen, rausfinden, wie weit sie damit kamen. Ihm fiel das viele Geld ein, das draußen auf ihn wartete, er mußte es bloß abholen, und er dachte: Scheiß auf ihre vierhundert Dollar. Er sagte: »He, Sportsfreund, ich verrat Ihnen was, wenn Sie sagen, es sind vierhundert Dollar, nehm ich Ihnen das einfach ab.«

Der Wärter zu seiner Linken fischte einen Schlüsselbund aus seiner Tasche, beugte sich runter und schloß die Handschellen von Bennys Gürtelkette auf. Benny nahm den Stift aus der Hand des Buchhalters und unterschrieb das Haftentlassungsformular. Der Wärter schob den Scheck zu Benny hinüber, dann reichte er ihm einen Pappkoffer, der Bennys Jeans und Hemd enthielt, die er am Tag seiner Einlieferung getragen hatte.

Die beiden Wärter, die ihn aus Block D abgeholt hatten, nahmen ihn wieder an den Armen und begleiteten ihn aus dem Zimmer und durch einen kleinen Hof zum Haupttor.

»He, Benny«, sagte der zu seiner Linken, »was meinst du,

wie lange dauert's, bis du wieder hier bist?« Er sah seinen Partner an. »Was meinste, George, einen Monat?«

George entfernte gerade Bennys Handschellen. Als er fertig war, richtete er sich wieder auf und sah den ersten Wärter an. »Einen Monat? Ich weiß nicht, wenn Benny es schafft, einen Monat draußen zu bleiben, bin ich echt beeindruckt.«

Benny stand da und massierte sich die Handgelenke, während die beiden Arschlöcher ihren Spaß hatten. Er spürte ihn schon. Den Unterschied. Er war zwar immer noch im Gefängnis, hatte noch nicht einmal das Haupttor hinter sich gelassen. Doch er spürte es, wie ein Sprung ins Meer, ein anderes Gefühl auf der Haut. Freiheit. Er spähte mit halbgeschlossenen Augen zur Sonne hoch, dann sah er die beiden Männer neben sich an. Er sagte: »Ich verrat euch was, Sportsfreunde, es kommt ganz darauf an. Als erstes vergewaltige ich eure Mütter. Werde ich dabei erwischt, tja, vielleicht komme ich dann zurück.«

Er wandte sich von den Wärtern ab, sah, wie einer einen Schritt auf ihn zumachte, aber dann anhielt, und ging durch das Tor, ein freier Mann. Er ging weiter, bis er fünfhundert Meter vom Gefängnis entfernt an eine Bushaltestelle kam. Er wußte nicht, wann der Bus kam. War ihm auch egal. Früher oder später würde er kommen.

Er hatte alle Zeit der Welt.

5

Cully zündete sich eine Zigarette an und sah aus dem Fenster seines kleinen Garagenapartments. Gar nicht übel, die Wohnung, die sie ihm gegeben hatten. Zwei Zimmer, ein Schlafzimmer und eine kleine Küche, in der ein Tisch, ein kleiner Herd und ein Kühlschrank standen. Neben dem Schlafzimmer war ein Bad. In der Küche hing ein Telefon an der Wand, und eine Tür im Schlafzimmer führte hinaus auf ein kleines Flachdach, von dem aus man den Hinterhof überblickte. Darunter befand sich die Garage, in der ein schwarzer Cadillac und daneben ein dunkelblauer Porsche, ein 928er, standen.

Es war fast dunkel, und er hatte soeben sein Abendessen verspeist, auf das er gewartet hatte, bis Amelia, die schwarze Köchin, es vom Haupthaus rüberbrachte. Ziemlich leckeres Brathähnchen und ein wenig Gemüse – Bohnen, die Cully aß, und Okra, die er nicht mal ansehen konnte. Er hatte sich gefragt, was sie wohl im Haupthaus aßen. Er hatte versucht, Amelia deswegen aufzuziehen: »Ich möchte nicht dahinterkommen, daß sie etwas Besonderes kriegen, vielleicht mehr Bohnen als ich.« Doch sie hatte ihn nur angesehen, nichts verraten und gesagt: »Sie haben eine Stunde Zeit zum Essen. In einer Stunde komme ich wieder und hole das Geschirr. Wenn Sie nicht fertig sind, können Sie's selbst abwaschen.«

Er hatte das Tablett zurück ins Haus gebracht, nicht gewartet, bis Amelia kam und es abholte. Und dann war er zur Garage zurückgeschlendert und hatte gedacht, am liebsten hätte er jetzt ein paar Bier, und sich gefragt, ob er sich ein Auto nehmen, in die Stadt fahren und ein Sechserpack holen könnte. Sollte er fragen oder es einfach tun?

Er stellte den Fernseher an und sah eine Quizsendung, in der die Teilnehmer den Preis der Preise raten mußten. Cully saß einfach da und konnte das besser als irgendeiner der Mitbewerber im Fernsehen, weil er unten in Raiford mit einer Menge Einbrecher gesessen hatte. Die wußten, was dieser ganze Scheiß wert war, sprachen ständig davon, was man für eine Stereoanlage, einen Fernseher oder solche Sachen bekam und was sie im Einzelhandel wert waren.

Nach einer Weile fand er es langweilig und schaltete das Gerät aus, saß auf dem Bett und überlegte, was er als nächstes tun wollte. Er schreckte auf, als die Swimmingpool-Beleuchtung anging. Er stand am Fenster und sah hinaus, bis Michelle Dorrance aus dem Haupthaus zum Pool hinüberging. Sie trug einen langen weißen Bademantel und Sandalen und hatte einen Drink in der Hand. Sie ging am Schwimmbecken entlang bis zum tiefen Ende. Cully beobachtete sie. Gelegentlich warf er einen kurzen Blick auf die Terrassentür, um zu sehen, ob sich vielleicht ihr Mann zu ihr gesellte. Doch außer ihr kam keiner nach draußen.

Michelle stellte den Drink auf das Sprungbrett und streifte ihre Sandalen ab. Sie schwang den Kopf, ihre Haare glänzten im aufkommenden Mondlicht, und dann löste sie den Gürtel des Bademantels, ließ ihn in einer einzigen Bewegung fallen und trat beiseite. Diesmal trug sie einen weißen Bikini, der in der Nacht deutlich zu sehen war. Cully kam nicht darüber hinweg, wie phantastisch sie aussah. Mit einem Typ wie Dorrance verheiratet. Doppelt so alt wie sie. Was zum Henker machte sie hier, den Tomaten beim Wachsen zusehen?

Einen Moment lang dachte er daran, zum Pool rauszugehen und mit ihr zu reden . . ., herausfinden, was hier eigentlich gespielt wurde. Er konnte es sich vorstellen. Er würde zu ihr hingehen, und sie würde anfangen zu lächeln und sagen: Ich hoffte, Sie würden herunterkommen. Und dann würde sie den Bikini öffnen, Cully bei der Hand nehmen und ihm beim Ausziehen helfen. Sie würden nackt baden, durch das ganze Becken schwimmen, und dann würde er sie packen und hier hinaufbringen.

Er brach seine Tagträume ab, weil es nicht geschehen würde. Er sah sie zum Haupthaus hinüberschauen, dann trat sie an den Beckenrand und sprang hinein.

Als sie auf das Wasser traf, ging Cully zu seiner Zimmertür und öffnete sie, trat auf den kleinen Balkon hinaus und setzte sich auf den einzigen dort stehenden Stuhl. Und dort blieb er, rauchte Zigaretten und beobachtete die Frau, bis er ein Auto vorfahren hörte. Er wandte seinen Blick vom Pool und richtete ihn auf die Auffahrt, wo ein Ford Bronco im Leerlauf vor dem Haus hielt und der mexikanisch aussehende Typ, den er am Abend zuvor mit Herb Dorrance in der Kneipe gesehen hatte, aus der Fahrertür sprang und um das Auto herumging.

Kurz danach tauchte der Mann wieder auf, den Arm einer Frau haltend, ein gutaussehendes Mädchen Anfang Zwanzig. Cully hörte sie kichern, ein wenig wacklig auf den Beinen, sie trug Stöckelschuhe und hielt sich an dem Mexikaner fest; beide schritten durch einen von der vorderen Veranda kommenden Lichtschein und verschwanden im Haus.

Eine Minute später ging der Mexikaner – vielleicht war er auch ein Indianer, Cully hatte sich noch nicht entschieden – ohne die Frau wieder zum Bronco. Cully sah ihn im Wageninnern, wie er einen kurzen Blick auf das Haus warf und dann den Gang einlegte. Cully wartete, bis der Wagen in Richtung Hauptstraße verschwunden war, dann schaute er wieder zum Pool. Beobachtete die Frau im Wasser, wie sie ihre Bahnen schwamm, und er schaute zu, bis sie aufhörte. Sie verließ das Becken am flachen Ende, ging langsam zum Sprungbrett hinüber, wo sie ihren Bademantel aufhob und in der Hand hielt, ohne ihn anzuziehen. Sie nahm ihren Drink in die Hand und stand eine Minute bewegungslos da, dann schaute sie zu Cully auf und hob ihr Glas zu ihm hoch. Einen Moment lang blieb sie so, lächelnd. Ließ ihn wissen, daß sie wußte, daß er da war.

Er rührte sich nicht, bis sie gegangen war, sah zu, wie sie über die betonierte Fläche um den Pool zum Haus ging, dann erhob er sich von seinem Stuhl und drehte sich um, wollte zurück in sein Zimmer. Er war schon fast drin, halb durch die kleine Balkontüröffnung, als er wieder das Kichern hörte. Er blieb stehen, schaute zurück über den Pool und entdeckte endlich, woher es kam: von jenseits des Schwimmbeckens. Von dem Balkon, der seinem direkt gegenüber lag. Herb Dorrance und die Kichernde. Das Mädchen mit einem Glas in der Hand, und Herb, der nicht so aussah, als habe er außer einem Bikiniunterteil viel an, trat aus dem Hausinneren auf den Balkon und schlang seinen Arm um die Taille der jungen Frau. Griff sich eine Brust und schaute dann über den Pool. Cully wußte nicht recht, konnte der Mann ihn sehen, wie er da im Finstern stand? Er fand es erstaunlich, der Mann mit einer anderen Frau, hier in seinem eigenen Haus, und außerdem betrat seine Ehefrau gerade das Haus. Was ging da vor? Und dann entschied er, daß er es vielleicht gar nicht wissen wollte.

Herb Dorrance beobachtete alles von seinem Schlafzimmerfenster aus.

Er hatte Michelle geheiratet, einen Teil seines Lebens dazu benutzt, ihr zu zeigen, daß es in der Welt mehr gab als Gesindel wie ihren ersten Mann oder den Typ, den er gerade eingestellt hatte, Frank Cullen. Er hatte sie in der Bank kennengelernt, hatte dort ein wenig mit ihr geplaudert, geflirtet. Und dann, als ihr Mann die Bank ausgeraubt hatte und dabei festgenommen worden war – sie wurde gefeuert –, war er ihr ein paarmal in der Stadt begegnet.

Er hatte sie einige Male auftreten sehen. Michelle sang, und ein paar Burschen begleiteten sie. Beim erstenmal, in der »Yankee Tavern«, war er einfach hereinspaziert, um ein Bier zu trinken und zu gucken, was passierte. Der Laden war voller Marineinfanteristen gewesen; sie spielten Poolbillard und brüllten Michelle zu, während sie auf der Bühne stand und sich die Seele aus dem Leib sang.

Er konnte nicht fassen, wie gut sie war. Hatte eine Stimme wie ein Engel, sang alte Patsy-Cline-Lieder und ein paar neuere Sachen von Dolly Parton. Er hatte im Hintergrund gesessen und zugehört. Großer Gott, sie unter der Beleuchtung zu betrachten, wie sich ihr Körper bewegte, während sie sang ... Als ginge etwas mit ihr vor, während sie da oben auf der Bühne stand, in einem verräucherten Raum, wo ihr ein paar Burschen zuhörten – daß der Laden vielleicht eine Spelunke war, tat nichts zur Sache. Sie schwankte hin und her und tanzte ein wenig zum Rhythmus des Songs. Sie schien einen Strip hinzulegen, mit dem verdammten Mikrofon einen Liebesakt zu vollführen, jede Strophe des Songs glich einem weiteren Kleidungsstück, das sie auszog. Es war seltsam, denn als er sie noch aus der Bank kannte, hatte er sie für attraktiv gehalten. Ein Mädchen, mit dem er flirtete, wenn er mal in der Bank war. Aber nichts Besonderes. Doch als er sie singen sah, mußte er sie unbedingt haben.

Doch als er sie jetzt beobachtete, die blöde Fotze, wie sie am Rand des Pools entlangschlich und dem primitiven Spinner gegenüber zuprostete, Herrgott. Was bildete die sich eigentlich ein, verflucht? Glaubte sie etwa, sie könnte so eine Scheißschau abziehen, und er ließe ihr das durchgehen? Er überlegte, wen er so etwas in einem Film hatte machen sehen. Vielleicht Bette Davis oder so ähnlich?

Er nahm einen Schluck von seinem Cutty, warf einen Blick ins Schlafzimmer auf die andere Frau, die Hure, die Billy Eagle abgeladen hatte. Das Mädchen war ziemlich jung, das mußte er ihr lassen. Sah aber billig aus. Und besoffen. Man mußte sie sich nur ansehen, wie sie dastand, die braunen Wurzeln ihrer wasserstoffblonden Haare waren zu erkennen, dazu der kurze Lederrock und mindestens zwölf Zentimeter lange Pfennigabsätze. Und ein rückenfreies Oberteil. Eine Zigarette brannte, die Asche am Ende war ungefähr drei Zentimeter lang und fiel, während Herb hinsah, auf den Teppich.

Er schüttelte den Kopf, dachte, er müsse morgen mal ein Wörtchen mit Billy Eagle reden. Mit ihm reden und ihm sagen, er trage wohl eine Sonnenbrille, wenn er diese Schlampen aussuchte; siehst du denn nicht, wie sie bei Licht aussehen? Zu dem Mädchen sagte er: »Hol dir einen Aschenbecher.« Sie sah ihn bloß an, schwankte ein wenig, bis er schließlich ins Zimmer ging und selbst einen holte, einen großen Rauchglasaschenbecher, mit dem er sie am liebsten geschlagen hätte. Wenn das Miststück schon sein Geld nahm, hatte sie gefälligst Benehmen zu lernen.

Er ließ sie einen Drink machen, dann befahl er ihr, auf den Balkon rauszukommen, auf Michelle runterzuschauen, und dann sagte er zu der Blondine: »Also, du wirst folgendes machen.« Er sah zu, wie die Blonde auf seine Frau hinabblickte, sich dann zu ihm umdrehte und sagte: »Alles was du willst, Schatz.«

Sie beobachteten Michelle, wie sie wieder zum Haus ging, dann trat Herb in das Zimmer zurück und nahm seinen Bademantel ab. Abgesehen von einem seiner Frau gehörenden Bikiniunterteil war er nackt. Er hörte Michelle das Haus betreten und die Schritte ihrer nackten Füße auf der Treppe nach oben, dachte wieder daran und wurde wütend. Sie wollte flirten, die anderen Typen vielleicht wissen lassen, was ihnen entging. Eins mußte er in gewissen Abständen tun: sie daran erinnern, wem sie gehörte.

Er ging wieder zu der Blonden auf den Balkon, trat zu ihr, schlang einen Arm um ihre Schulter und packte eine ihrer Titten, schob seine Hand in ihr Oberteil und drückte ihre Möpse. Schaute an ihr vorbei zur Garage, wo er die undeutlichen Umrisse Frank Cullens erkannte, der immer noch auf dem Garagenbalkon saß. Reglos. Fast hätte er etwas gesagt, da er wußte, daß der Mann zu ihm rübersah, doch dann dachte er: Scheiß drauf, soll sich das Arschloch doch wundern, was da vorgeht. Er sah Cully in sein Zimmer zurückgehen und vergaß ihn dann, weil er auf dem Flur seine Frau hörte.

Michelle ging im Bikini durch das Haus, ob sie den Teppich naß machte, war ihr scheißegal. Sie ließ ihren Bademantel im Wohnzimmer fallen und ging weiter, Fußabdrücke auf dem Orientteppich hinterlassend, in den ersten Stock, den Flur entlang zu dem Zimmer, in dem ihr Mann schlief. Auf der anderen Seite des Raumes sah sie Herb die Balkontür schließen und ins Zimmer treten. Du lieber Himmel, er hatte wieder eins ihrer Höschen an, ein schwarzes, so winzig, daß nicht mal sein Pint besonders gut reinpaßte, eine seiner Klöten hing raus. Es sah bescheuert aus, ein fünfzigjähriger Kerl trug ihren Slip, und ein Ei hing raus. Schenkte ihr eines seiner Lächeln und kam quer durch das Zimmer auf sie zu. Sie kannte seinen Gesichtsausdruck, wußte, was er von ihr wollte.

Sie zwang sich, ihn anzulächeln. Reckte beide Arme über ihren Kopf und sagte: »Hast du mir von da draußen zugesehen? Mich beim Schwimmen beobachtet?« Sie spielte ihm was vor, Herrgott noch mal, fragte sich aber, wie sie da rauskam. So schnell wie möglich raus aus dem Zimmer und in ihr eigenes Bett.

Er kam in das Zimmer zurück und sagte: »Ich habe ein wenig Luft geschnappt.«

»Ah-hah.« Sie machte einen Schritt in das Zimmer. Ihr Tonfall wurde ein wenig schleppender, ein Südstaatenmädel, das unglaublich gern mit ihm vögeln würde, aber vielleicht ein klein bißchen zu müde war. Vielleicht nahm er es ihr ab, ließ sie ins Bett gehen.

Doch er sah sie bloß an. Sie hätte wissen müssen, daß er nicht locker lassen würde. Sie sah es, was er gleich tun würde, sie würde den kompletten Auftritt absolvieren müssen. Genau das gleiche tun, was sie immer getan hatte, seit sie sich das erste Mal von ihm in dieses miese kleine Motelzimmer hatte mitnehmen lassen. Ihr war überhaupt nicht danach.

Sie dachte: Bring's so schnell wie möglich hinter dich, ließ sich drauf ein und sagte: »Ich seh's. Du hast wieder diesen Blick.«

Sie ging auf ihn zu, glitt über den Boden, bis sie neben ihm stand. Sie streckte die Hand aus, um sein Gesicht zu berühren, strich ihm über die Wange und fing an, leise zu singen, ein Lied, das sie einmal von Emmylou Harris gehört hatte. Zuerst verhaspelte sie sich beim Text, doch dann bekam sie ihn hin, trat von Herb zurück, sang aber weiter, und Herb fing an zu nicken, als sie sich ein wenig mehr ins Zeug legte. Spürte es, so wie damals vor vier Jahren. Sie war in einem

Club aufgetreten, mit einem Baß und einem Schlagzeug, einer Leadgitarre und vielleicht noch einer Steel-String, wenn sie Glück hatten.

Sie entfernte sich weiter von ihm, sang jetzt laut, als wäre er gar nicht da, dachte drüber nach, lauschte ihrer eigenen Stimme. Oh, die war immer noch gut. Klar, mit einer hübschen Country-Färbung, ein wenig wie Crystal Gayle oder vielleicht sogar wie Emmylou persönlich. Ihr kam der Gedanke, vielleicht würde sie irgendwann wieder damit anfangen. Falls sie je von Herb wegkam, könnte sie ja mal probieren, ob sie nicht vielleicht eine Band auf die Beine brachte. Es hatte Spaß gemacht, vor den Lampen zu stehen. Man konnte so tun, als wär man in der Opry statt in irgendeiner Kaschemme.

Sie griff hinter sich und löste das Oberteil ihres Badeanzugs. Ließ es fallen, sah, wie Herbs Augen größer wurden. Beendete den Song, »My Dear Companion«, so hieß der Titel. Wandte sich von Herb ab, als sei er gar nicht da. Tat, als wäre sie allein, weil er es so mochte, weil er ihr gern zusah, wie sie oben ohne durch das Zimmer schritt, als wäre er draußen vor dem Fenster. Wie ein gottverdammter Spanner. Sie wartete noch eine Minute, ehe sie sich aus dem Unterteil wand, sich Zeit nahm – einen Strip hinlegte, es schwieriger aussehen ließ, als es war.

Jetzt sah sie aus den Augenwinkeln, wie er zu ihr herüberkam. Sie wandte sich mit erstauntem Gesichtsausdruck um, gab sich richtig Mühe, weil es nun losging und hoffentlich in etwa einer Minute vorbei sein würde. Sie spielte ihre Rolle, vielleicht eine Hausfrau, die allein zu Haus ist und plötzlich sieht, daß noch jemand anders da ist. »Herb, was tust du denn zu Hause?« Zwang sich zu vergessen, wie absurd er in ihrem schwarzen Seidenslip aussah. Sie spielte mit und ließ ihn ihre Brüste drücken, griff gleichzeitig nach unten und faßte sich mit einer Hand zwischen die Beine, machte ein Hohlkreuz. Ließ ihn ihr Stöhnen hören, und dann berührte sie ihn, wurde plötzlich wütend, weil er immer noch schlaff war. Sie sah auf seinen verschrumpelten Schniepel hinunter, der sich unter der schwarzen Seide versteckte. Das Ding sah aus, als sei es bewußtlos.

Sie sagte: »Mist.« Schaute dann aber rasch zu ihm auf, weil es dumm war, so etwas zu sagen. Doch er grinste, vielleicht mit Bedacht, um sie wissen zu lassen, daß es nicht von Bedeutung sei, wenn er schlaff bleiben würde, weil sie ihn nicht besonders erregte. Gehörte alles zum Spiel, das er spielte. Irgend etwas wollte er beweisen.

Sie sagte zu ihm: »He, Schatz, ist schon in Ordnung. Wir müssen ihn bloß aufwecken.«

Er antwortete in diesem Tonfall, wütend, als bisse er die Zähne zusammen. »Weißt du, das tust du immer, du beschwerst dich. Sagst zu mir, alles ist okay, alles wird prima.« Er lächelte ein wenig und fuhr fort: »Du glaubst wohl, ich lasse dich dafür arbeiten? Bring dich ins Schwitzen, obwohl es überhaupt nicht nötig wär.« Er wandte sich von ihr ab, ging zum Balkon und öffnete die Türflügel. Am liebsten hätte sie irgend etwas gesagt. Ihm vielleicht erzählt, ihr sei sowieso nicht danach. Daß sie es ja am nächsten Abend noch mal probieren könnten. Oder ihm vielleicht sagen, es gäbe keinen nächsten Abend, mal sehen, wie das wirkte. Suchte sich die Worte im stillen zusammen, weil sie es eigentlich nie wieder tun wollte, ihn nie wieder berühren wollte, doch dann kam das Mädchen vom Balkon herein.

Schon schüttelte Michelle den Kopf, nein. Sagte zu seinem Hinterkopf: »Verdammt noch mal, Herb.«

Herb beachtete sie nicht, brachte die Blondine zu seiner Frau und setzte sich dann aufs Bett.

Michelle wiederholte es, diesmal lauter: »Herb, lieber Gott.«

Doch ihr Gatte faßte jetzt nach unten und berührte sich, sein Pimmel regte sich, und Herb lächelte die beiden Frauen an: »Ist das nicht hübsch.«

Die Blondine musterte Herb einen Moment lang, wartete bis er eine Handbewegung machte, die Hure ansah und sagte: »Auf geht's.« Die Frau drehte sich zu Michelle um, die dastand, als könne sie sich nicht rühren, zusah, wie die Nutte die Hand langsam hob und eine ihrer Brüste berührte, sah aus der Nähe das Gesicht der jungen Frau, etliche Mitesser auf ihrem Nasenrücken. Und sie hörte Herb im Hintergrund sagen: »Das wirst du tun, so verdienst du dir das Geld, das ich dir gebe.«

Michelle stand da, nackt, die andere Frau berührte jetzt ihre beiden Brüste, Michelle wollte wegrennen, wußte aber nicht wohin. Hörte die Hure kichern und sagte: »He, du hast eine hübsche Stimme, weißt du das?«

Zwanzig Minuten später klingelte in Cullys Garagenapartment das Telefon. Zuerst war er erstaunt, weil er vergessen hatte, daß es ein Telefon im Zimmer gab. Einen Moment lang fiel ihm niemand ein, der ihn anrufen könnte, doch dann kam er darauf, es müsse jemand aus dem Haupthaus sein. Er nahm den Hörer ab, fragte sich, ob ihm Herb Dorrance vielleicht befehlen würde, seiner Frau nicht mehr beim Schwimmen zuzuschauen. Es war tatsächlich Dorrance. Doch er teilte Cully lediglich mit, er solle seine Frau am Morgen zum Einkaufen fahren. Cully hörte den Mann reden, seinen schleppenden Tonfall, stellte ihn sich drüben im Haupthaus mit seiner Frau und der anderen vor, der Mann in einem schwarzen Tangaslip.

Dorrance sagte: »Sie wird gegen neun Uhr aufbrechen.«

Cully sagte, das sei in Ordnung. Dann dachte er drüber nach und fragte: »Welchen Wagen soll ich nehmen?«

Herb klang ungeduldig. »Den Cadillac. Die Schlüssel für beide Wagen hängen an einem Brett in der Garage. Wenn Sie wieder zurück sind, können Sie sich umsehen und mit dem vertraut machen, was wir hier haben.«

Cully sagte: »Alles klar«, hörte aber noch, während er sprach, wie der Hörer aufgelegt wurde.

6

Sie fuhren Richtung Stadt, Cully am Lenkrad des Caddys und Michelle auf dem Rücksitz, ihn im Rückspiegel beobachtend. Michelle fragte: »Man nennt Sie Cully?«

Er wußte nicht recht, erwartete man von ihm, »Jawohl Ma'am« zu sagen oder so was? Solche Anreden hatte er sich unten in Raiford angewöhnt, wo man die Wärter »Sir« nannte. Doch ihn störte, daß er sie, eine gutaussehende Frau, auf dem Rücksitz sitzen sah, und nicht recht wußte, wie er antworten sollte. Schließlich lächelte er nur und sagte: »Das stimmt, Cully.«

»Kurzform von Frank Cullen. Stimmt's?«

Er nickte. »Das stimmt.«

Diesmal lächelte sie, ließ ein paar Sekunden verstreichen, ehe sie wieder sprach: »Ehemals Staatsgefängnis von Raiford. Stimmt das auch? Frank Cullen ... Cully ... Ex-Sträfling.« Das sagte sie langsam, mit einer gehörigen Portion Sarkasmus. Es klang fast, als riefe ein kleines Kind jemandem Schimpfnamen zu.

Er schwieg, ihm fiel keine gute Antwort ein. Sie waren unterwegs nach Beaufort, weil sie an diesem Vormittag eine Anzahl verschiedener Läden aufsuchen wollte. Sie waren gerade auf der Highway 21 über den Whale Branch River gefahren, wo der Bundesstaat eine neue Brücke baute, der Straßenverkehr auf zwei Fahrspuren beschränkt war und die entgegenkommenden Autos mit über neunzig Stundenkilometer an Cullys Fenster vorbeirasten. Er mußte sich aufs Fahren konzentrieren.

Er war ohnehin ein bißchen sauer, weil sie ihn heute morgen fast anderthalb Stunden hatte warten lassen, ihm ausrichten ließ, er solle sich um neun Uhr bereit halten, und dann erst kurz vor halb elf auftauchte. Er war aufgestanden und hatte sich angekleidet ..., in dem kleinen Flur vor seinem Zimmer hing ein Anzug. Er wußte zwar nicht, wann der dorthin gebracht worden war, doch er paßte ausgezeichnet, und Cully nahm an, daß es seine neue Chauffeuruniform war. Es war ein seltsames Gefühl, Anzug und Krawatte zu tragen. Es störte ihn, er fühlte sich beim Atmen behindert, und noch bevor Michelle aus dem Haupthaus gekommen war, hatte er die Krawatte gelockert und die obersten Hemdknöpfe geöffnet. Er ging um den Caddy herum, wischte ihn mit einem alten Handtuch ab, das er gefunden hatte, wartete auf sie und rauchte Zigaretten. Als er damit fertig war, ging er in die Garage zurück und verfuhr mit dem Porsche ebenso.

Von der anderen Frau war nichts zu sehen gewesen, und als Michelle endlich ins Freie gekommen war, hatte sie nichts zu ihm gesagt, außer, er solle nach Beaufort fahren, hatte sich von ihrem Mann verabschiedet und Cully danach kaum angesehen. Cully hatte ihr die Tür des Caddys aufgehalten, und sie war in ihrem kurzen Lederrock und einer weißen Seidenbluse direkt an ihm vorbeimarschiert, hatte ihn einen Hauch ihres Parfüms riechen lassen und eine Menge Schenkel gezeigt, als sie auf die Rückbank des Caddys rutschte. Jetzt fragte sie ihn nach seinem Namen, ließ ihn den Ärger in ihrer Stimme hören.

Sie schwieg, bis sie gegenüber der Marine Air Station ankamen. Sie standen vor der Ampel. Cully warf einen Blick nach links, sah sich die drei Kampfflugzeuge in der Nähe des Haupttores des Flugplatzes an und versuchte, nicht in den Rückspiegel zu schauen. Er spürte fast, wie ihr Blick auf ihm ruhte, und wußte nicht, was er deswegen unternehmen sollte. Langsam störte es ihn. Sie konnte den ganzen Tag lang da hinten hocken und Bemerkungen machen, und wie sollte er reagieren? Wäre sie jemand anderes, irgendein Häftling unten in Raiford oder jemand, den Cully bloß in einer Kneipe kennengelernt hätte, wäre die Unterhaltung nie so weit gekommen. Cully hätte sie beendet.

Die Ampel sprang auf Grün um, und sie beugte sich im selben Augenblick vor, als er aufs Gas trat. Sie redete leise, beinahe in sein Ohr, er atmete ihr Parfüm ein, und sie sagte: »Wie kommt es wohl, frage ich mich, daß mein Mann einen Ex-Sträfling einstellt, um mich herumzufahren?«

Er schaute in den Rückspiegel. Sah zu, wie sie sich in den Sitz zurücklehnte, dann zuckte er mit den Achseln. Er wußte nicht, was er über ihren Mann sagen sollte. Wenn er ihr sagte, seiner Meinung nach sei Herb ein Arschloch, würde sie vielleicht sauer. Daher bemerkte er nur: »Keine Ahnung. Vermutlich ist Ihr Mann einer von den Leuten, die einem eine Chance geben wollen.«

Er sah, wie sie ihre Augenbrauen hochzog. »Glauben Sie das wirklich? Glauben Sie nicht vielleicht eher, daß er sich mit Leuten umgeben möchte, die er für Verlierer hält?«

Cully gab sich Mühe, nicht die Beherrschung zu verlieren, zuckte mit den Schultern und richtete den Blick wieder auf die Straße, wollte ihr nicht die Genugtuung einer Antwort geben.

Er fuhr langsamer, weil eine Geschwindigkeitsbegrenzung bestand. Er fuhr am Friedhof und den öffentlichen Tennisplätzen vorbei und mußte dann abrupt auf die Bremse treten, da ein Greyhound nach links in den Busbahnhof einbog und Cully ihn nicht gleich gesehen hatte, weil er mal wieder in den Rückspiegel starrte. Cully saß in dem glänzenden schwarzen Cadillac, atmete Busabgase ein und wurde auf einmal noch wütender, dachte: Verfluchter Mist, erst muß ich mir den Blödsinn ihres Mannes anhören, und jetzt kommt sie mir mit diesem Scheiß. Er umkurvte den Bus mit dem Caddy und jagte ihn dann über die Straße zu dem kleinen Parkplatz der öffentlichen Tennisplätze, wo er eine Staubwolke aufwirbelte, weil er die Bremse durchtrat, so daß die Räder blockierten und rutschend zum Stehen kamen. Er stellte den Motor ab und drehte sich um.

»Hören Sie, ich weiß nicht, vielleicht haben Sie einen Grund, mich zu piesacken. Die Sache ist die, ich kenne Sie nicht. Ich kenne Ihren Mann nicht. Wenn er will, daß ich für ihn arbeite, geht das in Ordnung. Wenn er aber glaubt, ich fahre Sie rum und höre mir für zwei Scheine die Woche Ihr Geschwätz an, dann liegt er schief.«

Sie schwieg eine Weile, saß einfach auf dem Rücksitz des Caddys und sah Cully an, hatte ein mattes Lächeln aufgesetzt. Ließ sich mit ihrer Antwort Zeit. Cully merkte es, sie spielte irgendein Spiel, als wäre sie Schauspielerin, irgend so was. Wartete darauf, daß die Spannung sich aufbaute, dann lächelte sie ihn groß an und sagte: »Cully, Sie nehmen die Dinge zu ernst.«

Sie drehte sich im Sitzen um, bis sie die Tennisplätze ansah, sehr betont, und er saß da und fühlte sich unbehaglich, bis er dachte: Zum Teufel damit, den Motor wieder anließ und in die Carteret Street einbog.

Benny sah den gegenüber vom Busbahnhof abgestellten Cadillac. Doch das hatte nichts zu bedeuten, er erkannte nicht, wer drin saß, außerdem fühlte er sich beschissen, weil er verkatert im Bus gesessen hatte.

In der Nähe von Raiford hatte er einen Bus nach Miami genommen, dort einen Greyhound bestiegen, war am Tag zuvor bis nach Savannah gefahren und dann hinunter in die River Street gegangen, wo die Kneipen waren. War durch die River Street geschlendert, erinnerte sich an die Zeit, als er jünger war. Sie waren aus Beaufort hier runtergefahren, ein paar Typen oder auch Benny allein, hatten die ganze Nacht Bier getrunken und versucht, eine Nummer zu schieben.

Wenn sie nichts zum Vernaschen fanden, zogen sie von Kneipe zu Kneipe und suchten Streit. Benny wartete gewöhnlich, bis er einen Typ allein sah, einen Verlierer, vielleicht mit irgendeiner Schlampe. Dann stellte er sich neben sie an die Theke, ließ ein paar Minuten verstreichen, ehe er gegen den Ellbogen des Typs stieß, so daß der Drecksack sich mit Bier bekleckerte, und dann fragte er ihn, ob er nun Bennys Jacke bezahlen wollte oder was?

Der Typ sah dann Benny an und wußte nicht recht, was er tun sollte, schließlich war ja seine Jacke mit Bier bekleckert, nicht die von Benny. War vielleicht wütend, aber auch verängstigt, denn Benny war auch damals schon ein ziemlicher Brocken. Genüßlich wartete Benny noch ein paar Sekunden, und dann drückte er dem Typ eine. Verpaßte ihm ein paar Kombinationen, wie der Typ in ’nem Film, den er mal gesehen hatte, Chuck Norris. Dieser Knilch wußte, wie man kämpfte. Benny trat den Typ dann erbarmungslos zusammen, während das Mädchen kreischend dabeistand und sich umsah, ob nicht jemand ihrem schwuchteligen Freund zu Hilfe kam. Das gefiel ihm, das Mädchen beim Schreien zu beobachten, während ihr Freund auf dem Boden lag.

Er ging vor den Kneipen die Straße auf und ab und sah sich die Leute an, wartete auf seine Gelegenheit. Schließlich entdeckte er einen, der gut aussah: ein leichtes Opfer. Außerdem schien der Typ Geld zu haben. Er war mächtig rausgeputzt in pre-washed Jeans und einem hübschen Pulli. Eine Lederjacke über den Schultern. Die Jacke war Benny egal, die sah sowieso zu klein aus. Doch der Typ hatte ein Paar Stiefel an, Cowboystiefel, die Benny irgendwie gefielen. Die Sorte, die aussah, als wären sie aus Eidechsleder, vorne so richtig spitz und fünf Zentimeter hohe Absätze.

Nach einer Weile trat Benny zu ihm, lächelte, war nett, wollte ihn aber schon fertigmachen, denn der Typ war ein Arschloch. Er hatte Schaum von seinem Bier über der Oberlippe und schaute ständig an Benny vorbei, hielt in der Bar nach Mädchen Ausschau und beachtete Benny nicht, als der hallo sagte. Benny stellte sich neben ihn, holte sich ein Bier und drehte sich um, lächelte, als sähe er den Typ zum erstenmal. Sagte dann zu ihm: »He, Sportsfreund, das sind ein Paar schicke Stiefel.« Und weiter: »Woher hast du die?« Der Typ beachtete ihn nicht groß, sah Benny endlich an und sagte: »Ich hab sie gekauft.« War richtig unhöflich. Aber Benny mußte es wissen, dachte, er hatte recht, fragte aber trotzdem: »Ja, welche Größe ist das?« Glaubte, der Typ würde sagen, er solle sich verpissen, und so dafür sorgen, daß ihm Benny auf der Stelle eine verpaßte, was ihn aber geärgert hätte, denn dann hätte er ihm die Stiefel nicht abnehmen können. Doch schließlich erzählte es ihm der Typ: »Sechsundvierzig« und ging. Benny trank sein Bier aus und folgte ihm, dachte: saugut, sechsundvierzig.

Er machte den Typ in einer Gasse fertig, ging zu ihm, als er pinkelte, sich all der beschissenen Piña Coladas entledigte oder was er sonst gesoffen hatte. Sah Benny nicht mal, bevor der ihn schlug, ihm, so fest er konnte, eins auf die Nieren haute und ihm dann ein paarmal gegen den Kopf trat, ihm nach dem Fallen die Stiefel von den Füßen zog und dann lächelte, weil sie paßten. Durchsuchte die Hose des Typs, grinste und sagte noch mal: »Saugut«, weil der Kerl ein paar hundert Piepen in seinem Portemonnaie hatte. Danach wäre Benny fast gegangen, dachte, er ließe es dabei bewenden, kam aber wieder zurück und probierte seine neuen Stiefel aus, trat mit dem Gesicht von dem Arschloch ein paar Fieldgoals, weil er in der Kneipe unhöflich gewesen war. Dann stand Benny in der Gasse, wischte mit den Socken des Typen dessen Blut von den Stiefeln und sagte: »Vorhin in der Kneipe war ich nett, war höflich, Sportsfreund. Und du warst grob zu mir. Und jetzt guck dich mal an.«

Er ging zurück zur River Street und mischte sich unter die Leute, betrat weiter unten in der Straße eine Kneipe und betrank sich mit Seargram's Whisky. War ziemlich zufrieden deswegen, lächelte die Leute an und war höflich, jetzt, wo er etwas Geld hatte, schloß Freundschaften und las schließlich eine Junkie-Hure auf, nahm sie mit in ein Motel und gab ihr fünfzig Dollar. Er brachte sie dazu, daß er es ihr in den Arsch besorgte, und hatte seinen Spaß daran, weil er merkte, daß sie es nicht wollte, aber in Schwierigkeiten steckte und das Geld brauchte. Schließlich war sie einverstanden und schrie dann fast, als Benny es tat. Benny zog seine Jeans aus, als er das Mädchen bumste, zog aber die Eidechslederstiefel wieder an und bohrte die Spitzen in die Matratze, während das Mädchen brüllte. Es waren wirklich hübsche Stiefel.

Jetzt war er in Beaufort, vielleicht noch ein wenig verkatert, aber das machte nichts. Er war da. Kein Warten mehr, kein Dienern mehr vor den Wärtern und nicht mehr den ganzen

Tag lang auf seinen Arsch aufpassen, damit ihm nicht irgendein ausgeflippter Bimbo ein Messer reinsteckte. Er würde sich nur so lange hier herumtreiben, bis er sein Geld hatte. Und niemand würde ihn aufhalten.

Als erstes mußte er eine Unterkunft finden. Er konnte runter in die Autowerkstatt gehen, seinen Bruder aufsuchen und vielleicht bei ihm wohnen. Doch er wollte ungestört sein. Nachdem er vier Jahre lang mit ein paar tausend anderen Männern zusammengelebt hatte, wollte er eine Zeitlang allein sein.

Er verließ den Busbahnhof und ging die Carteret Street hinunter in Richtung Dave Ross' Autowerkstatt. Von seinem Bruder Earl hatte er seit ein paar Monaten nichts gehört. Er konnte sich aber nicht vorstellen, daß Earl weggezogen war. Er würde ihn aufsuchen und sich von ihm gegen Vorlage des Gefängnisschecks über vierhundert Dollar etwas Geld borgen.

Er sah zu, wie der Cadillac die Straße runterfuhr, bewunderte ihn, die schnittigen, glänzenden Konturen des großen Wagens, lächelte, so einen wollte er auch kaufen. So einen großen Wagen, vielleicht jemanden anstellen, der ihn herumfuhr, auf dem Rücksitz sitzen, mit einer Bar vielleicht; einen Kassettenrecorder drin haben, etwas Randy Travis einschieben und die Fensterscheiben bis ganz nach oben drehen, das verdammte Ding losdröhnen lassen. Und vielleicht noch zwei Mädels, auf jeder Seite eine, die sich an ihn klammerten und ihre Möpse gegen seinen Arm drückten.

Er lächelte, weil es in Ordnung war, jetzt konnte er so etwas denken. Er war wieder da, und all das Geld wartete auf ihn. Was ihn in gute Laune versetzte.

Er schaute auf die andere Straßenseite, sah einen Laden, der Kleidung verkaufte. Er ging rüber und warf einen Blick in das Schaufenster. Und dann ging er rein, eine nettaussehende Frau kam auf ihn zu, ein wenig alt für ihn, Mitte Vierzig, vielleicht die Mutter von irgendwem, hatte einen Teilzeitjob, während die Kleinen zur Schule gingen. Trotzdem, sie sah ziemlich gut aus, hatte eine prima Figur und ein hübsches Kleid an. Es gefiel Benny, er fand es angenehm, eine Frau zu sehen, die sich solche Mühe gab, vielleicht ein paarmal in der Woche zu einem Jane-Fonda-Video Gymnastik machte. Er sagte: »He, Engel.« Sie lächelte ihn an, und er fuhr fort: »Gefällt mir, man geht in ein Herrenbekleidungsgeschäft, und statt daß irgend so ein Typ ankommt, hat vielleicht keine Ahnung, was mir gut steht, krieg ich Sie.« Sie lächelte noch mehr, sagte: »Also, das ist wirklich eine erfrischende Bemerkung.« Benny machte einen Schritt auf sie zu, berührte sie leicht am Arm. »Engel, ich laß mir jederzeit von einer Frau beim Anziehen helfen.« Blinzelte ihr zu, weil sie überhaupt nicht von ihm abrückte und anfing zu lachen. Sagte: »Besonders von einem hübschen Mädel wie Ihnen.« Schenkte ihr sein Sonntagslächeln. Benny stand da, und seine Zähne blitzten, denn das war eine Sache, wenn man im Gefängnis ist, die kostenlose zahnärztliche Betreuung, man kommt mit einem netten Lächeln wieder raus. Fragte: »Haben Sie irgendwas, das gut zu Eidechslederstiefeln paßt?«

Als er aus dem Laden kam, machte er sich wieder auf den Weg zur Autowerkstatt von Dave Ross. Was um ihn herum vorging, beachtete er überhaupt nicht. Sah den Ford Bronco nicht, der auf der anderen Seite des Greyhound-Parkplatzes stand, mit Billy Eagle auf dem Fahrersitz, eine Atlanta-Braves-Baseballmütze auf dem Schädel, der Benny nachsah, als dieser die Carteret Street hinunterging. Billy, der dachte, Herb hatte recht, als er ihm sagte, er solle hierherkommen und nachsehen, ob Benny auftauchte, hatte den ganzen Morgen lang auf den ersten Bus aus Savannah gewartet. In dem hatte er Benny nicht gesehen und war frühstücken gefahren, hatte sich Zeit gelassen, Eier mit Maisgrieß gegessen, unten im Huddle House ein paar Leute getroffen, die er kannte, und war dann zurückgekommen, um diesen Bus nicht zu verpassen, den einzigen, der an diesem Tag noch aus Georgia kam. Blieb geduldig, weil er sich noch an Benny erinnerte, wie er so war, und sich dachte, falls er zurückkam, was er Billys Meinung nach mit ziemlicher Sicherheit tun würde, dann bestimmt mit dem Bus.

Billy Eagle ließ den Motor an und reihte sich in den fließenden Verkehr ein, fuhr an Benny vorbei und schaute ihn sich an, sah ihn so, wie er vier Jahre zuvor gewesen war. Bösartig. Bloß war Benny jetzt, nachdem er in einem Arbeitslager gewesen war und vier Jahre Zeit gehabt hatte, darüber nachzudenken, sehr wahrscheinlich noch bösartiger.

Billy kam zu dem Schluß, er sollte Herb Dorrance erzählen, daß Benny wieder da war. Mr. Dorrance würde wissen, was zu tun war.

Cully beobachtete Michelle und dachte, sie benahm sich wie eine Königin. Er setzte sie vor einem Laden ab, und sie marschierte hinein. Durch die Schaufenster sah er sie reinkommen, und innerhalb von Sekunden bemühten sich zwei, drei Angestellte um sie. Er blieb draußen im Caddy sitzen und hörte Radio, während sie Sachen anprobierte. Nach einem Weilchen kam sie wieder raus, gefolgt von einem Kartons tragenden Verkäufer. Cully stieg dann aus, ging um den Wagen herum, schloß den Kofferraum auf und verstaute die Einkäufe.

Schließlich sagte sie zu ihm: »Ich habe Durst.« Sie waren etwa drei Stunden lang einkaufen gewesen, und sie kam aus einem Geschäft und stieg in den Wagen; er hielt ihr die Tür auf und wartete auf Anweisungen, wohin er als nächstes fahren sollte. Sie sagte: »Ich brauche einen Drink.« Sie teilte ihm mit, wohin es ging, dirigierte ihn auf der Route 21 zum »Ramada Inn« und sagte, er solle dort auf den Parkplatz fahren.

Nach dem Einparken öffnete sie selbst ihre Tür, beugte sich nach dem Aussteigen wieder in den Caddy und fragte: »Wollen Sie hier hocken, oder wollen Sie mit reinkommen und einen Schluck mit mir trinken?« Er sah sie an, dachte, am liebsten würde er ihr sagen, sie solle sich dünnmachen. Andererseits mußte er aufs Klo und konnte einen Drink und vielleicht ein Häppchen zu essen gebrauchen. Er stieg aus und folgte ihr über den Parkplatz.

Im »Ramada Inn« lief die Klimaanlage. Die Bar war schummrig beleuchtet, in den Ecken standen etliche Plastikpflanzen herum, und noch mehr hingen von der Decke. An einem Ecktisch saßen ein Mann und eine Frau, und ein paar Männer, gestandene Schluckspechte, vorne am Tresen. Er folgte Michelle zu einem Tisch in der Mitte des Raums. Sie nahm Platz, zündete eine Zigarette an und lächelte ihm zu. Sie zogen etliche Blicke auf sich, Cully in seiner Uniform und Michelle. Die Köpfe fuhren herum, als sie eintraten und sie sich setzte, als gehöre ihr der Laden, ohne auch nur zum Tresen zu sehen, wohl wissend, daß der Barkeeper schon unterwegs zu ihnen war.

Cully fragte sich, machte sie so was oft? Einkaufen und dann auf einen Drink haltmachen, um so das Klischee zu erfüllen: Frau kommt allein in eine Bar: Worauf war sie wohl wirklich aus? Bevor sie ihn nach Raiford schickten, wollte er vielleicht bloß ein paar Drinks nehmen, wenn er in eine Kneipe ging, aber im Hinterkopf dachte er ständig daran . . ., wenn er eine gutaussehende Frau bemerkte, ließ er's auf einen Versuch ankommen.

Der Barkeeper nahm ihre Bestellungen auf; Michelle verlangte einen Manhattan, und Cully sagte nach einer kurzen Bedenkzeit, er hätte gern ein Bier. Michelle lächelte ihn immer noch an und sagte schließlich: »Sehen Sie, als Sie vorhin im Wagen sauer wurden, lag das nur daran, weil ich mehr über Sie wissen wollte.« Sie beugte sich vor, stützte ihre Ellbogen auf den Tisch und zeigte Cully ein wenig Dekolleté, das weiße Hemd, das sie trug, öffnete sich gerade weit genug, daß er den oberen Rand ihrer Brüste sah und irgend etwas aus Seide darunter, was seines Wissens Teddy hieß. Sie sagte zu ihm: »Was wollen Sie eigentlich. Wenn ich von jemandem herumgefahren werde, muß ich ihn auch kennenlernen.«

Cully dachte, es werde wohl nicht leicht sein, mit dieser Frau Schritt zu halten. Sie veränderte sich ständig, eben noch war sie ein echtes Ekel, im nächsten Moment klang sie wie eine besorgte Freundin. Spielte irgendein Spielchen, langweilte sich vielleicht nur, draußen auf der Farm mit den Tomaten und ihrem älteren Gatten. Er trank einen Schluck Bier und sagte: »Wenn Sie was über mich erfahren wollen, müssen Sie nur fragen.« Doch dabei lächelte er sie an, nicht bereit, sich von ihr wieder – wie vorhin bei den Tennisplätzen – wütend machen zu lassen.

Sie erwiderte: »Aber das mache ich doch.« Nickte und lächelte dazu. Sie nippte an ihrem Manhattan, behielt die Flüssigkeit im Mund, wirbelte sie herum, schluckte dann und lächelte zufrieden, ehe sie Cully ansah. »Haben Sie manchmal auch so ein Gefühl, vielleicht sogar mitten am Tag, daß Sie an nichts anderes denken können als daran, wie gut jetzt ein Drink wäre?«

Er nickte. »Klar.«

Sie nahm einen Schluck; es hatte nur noch wenig Flüssigkeit im Glas. Dann musterte sie es, hielt es hoch und kippte den Rest runter, warf einen Blick in Richtung Theke, hinter der sich der Barkeeper bereits aufgemacht hatte, auf sie zukam und ihr das Glas abnahm. Sie wartete, bis er ihr ein neues brachte, dann drehte sie sich zu Cully um.

Sie trank ein Schlückchen und sagte dann: »Ich möchte Sie etwas fragen.«

»Nur zu.«

Sie lächelte. »Ich weiß nicht, aber vielleicht werden Sie wieder sauer auf mich.« Und dabei lachte sie ein wenig, zog ihn auf.

Er sagte: »Wie wäre es damit: Sie fragen einfach. Statt wütend zu werden, antworte ich eben nicht, wenn ich nicht will. Wie hört sich das an?«

Sie lachte leise. »Das wäre in Ordnung.« Sie rutschte auf ihrem Stuhl herum, und kurz spürte Cully ihr Bein an seinem Bein. Sie ließ nicht erkennen, daß sie es bemerkt hatte, aber dann bewegte sie sich wieder, und der Druck ihres Beins war weg.

Sie sagte: »Warum waren Sie im Gefängnis?«

»Strafanstalt.«

Sie sah ihn an. »Was?«

»Strafanstalt. Ins Gefängnis stecken sie einen, wenn man Freitag abend mal zuviel getrunken hat. Wenn sie einen erwischen, weil man im alkoholisierten Zustand Auto gefahren ist, vielleicht ein Halteschild nicht beachtet hat oder bei Rot über eine Ampel gefahren ist. Strafanstalt ist ganz was anderes. Ist 'ne völlig andere Geschichte.«

Sie starrte ihn an, nickte leicht. Er spürte es. Jetzt spielte sie nicht mit ihm. Er sah die Fasziniation in ihren Augen. Es war nicht das erstemal. Das hatte er schon früher erlebt. Wenn einige Frauen, ganz egal, wer sie waren, herausfanden, daß man längere Zeit gesessen hatte, machte sie das an. Oder sie waren wenigstens interessiert. Sie wollten alles über einen wissen. Wollten einen fragen, wie es war, so viele Jahre hinter Gittern zu verbringen. Erkundigten sich nach Sex, fragten einen: Was hast du gemacht?

Er trank einen Schluck Bier und sah sie an. »Sie wollen wissen, warum sie mich nach Raiford geschickt haben?«

Sie nickte. »Falls Sie nicht sauer werden, wenn Sie's mir erzählen.«

Er dachte darüber nach, fragte sich, warum er es ihr erzählen wollte, denn er wußte, daß er wollte. Da saß er nun mit Herb Dorrances Frau an einem Tisch. Er war sich nicht mal sicher, daß er das Richtige tat. Gehörte das zu seinem Job? Wenn sie einen Drink wollte, sollte er sie begleiten und ein paar Bier trinken, während sie sich ihre mittäglichen Manhattans genehmigte? Und weshalb wollte er es ihr eigentlich erzählen, wollte er sie vielleicht beeindrucken? Falls sie probierte, es ins Lächerliche zu ziehen, sich hochnäsig gab, weil er in Raiford gewesen war, vielleicht würde er ihr dann sagen, wie es wirklich war.

Er sagte: »Ich habe Raubüberfälle gemacht.«

»Bewaffnet?«

»Genau. Ich ging in einen Laden, einen Schnapsladen oder so was, hielt den Leuten eine Knarre vor die Nase, und sie gaben mir ihr Geld.«

»Und sie wurden gefaßt?«

»Irgendwann schon.«

»Wie kam das?«

Er dachte darüber nach, rief sich in Erinnerung, wie er eine Bar durch den Hinterausgang verließ und die vielen Bullen sah. Er war reingegangen und hatte gewußt, daß es dumm war; eine Bar auszurauben war nämlich gefährlich. Schlimmer als Banken. Zuviel konnte schiefgehen, irgendein Gast mochte etwas zu besoffen sein und vielleicht beschließen, den Helden zu spielen. Ihm fiel ein, wie es war, als er dem Barkeeper die .357er vor die Nase gehalten hatte. Zu sehen, wie sich der Gesichtsausdruck des Mannes abrupt veränderte, als sähe er das Leben auf einmal aus einer anderen Perspektive. Beide hatten Angst. Cully, weil er jedesmal Angst hatte. Und der Barkeeper, weil der Lauf einer .357er aus dieser Nähe wie eine verfluchte Kanone aussah.

Und dann durch die Hintertür verschwinden. Er hatte vielleicht vierhundert Dollar erbeutet, und dann rennt er direkt den Bullen in die Arme. Sie warteten schon auf ihn, weil er nicht gesehen hatte, daß im hinteren Teil der Kneipe irgendein Arschloch am Münzfernsprecher mit seiner Freundin telefonierte. Die Freundin hatte mitgehört, was passiert war, weil Cullys Stimme laut genug über die Leitung kam. Sie hatte die Bullen gerufen, und die hatten draußen gewartet. Knarren im Anschlag, hätten es am liebsten gesehen, daß Cully etwas versucht hätte. Sie waren vorbereitet, das sah er ihren Mienen an. Sie wollten bloß, daß Cully sich bewegte, einen Schritt in irgendeine Richtung machte, und schon hätten sie ihn weggepustet. Er ließ die .357er fallen und stand einfach nur da, traute sich nicht mal zu atmen.

Er betrachtete die ihm gegenübersitzende Frau. Auf ihrer Oberlippe lag ein Schweißfilm. Er wußte es nicht, vielleicht war ihr bloß ein bißchen heiß, sie saß in der klimatisierten Bar des »Ramada Inn« und schwitzte. Er sagte: »So ist es immer. Ich war zur falschen Zeit am falschen Ort.«

Sie sah ihn an. Ihre Augen wirkten ein wenig eigenartig; vielleicht machten sich die Cocktails auf leeren Magen bemerkbar. Offenbar sah sie nur unscharf. Bevor er sich rühren konnte, streckte sie die Hand aus und berührte ihn, ließ ihre Hand kurz auf seiner liegen und zog sie dann wieder zurück, hob ihr Glas und nippte daran, ehe sie ihn fragte: »Was war das für ein Gefühl? Dort reinzukommen. Bewaffnet. Was war das für ein Gefühl?«

Er ließ sich einen Moment Zeit, gab sich den Anschein, als müsse er drüber nachdenken, was gar nicht stimmte. Man konnte eine Menge Geld machen, wenn man den Mumm hatte, irgendeinen Laden mit einer Knarre zu betreten. Manchmal klappte es nicht. Wenn man ein Lokal betrat oder vielleicht einen 7-Eleven, so was in der Art, und das Geschäft eher mäßig gewesen war oder der Inhaber vielleicht den größten Teil des abendlichen Umsatzes in einen Einwegtresor warf, dann lohnte es sich womöglich nicht. Auch wenn die Bullen nicht auf einen warteten, bekam man vielleicht nur zwei- oder dreihundert Dollar, und das war das Risiko nicht wert.

Doch die anderen Male – viele Male, wie Cully zugeben mußte –, da geht man rein, fuchtelt mit einer Pistole herum – zwar auf nette Art, aber so, daß die Leute trotzdem wußten, wer das Sagen hatte – und zog leicht mit ein bis zwei Riesen ab. Eine Arbeit von zwanzig Minuten, was gar nicht übel war, wenn man an den Stundenlohn dachte. Doch wie er da im »Ramada Inn« saß, sein Bier trank und die attraktive junge Frau gegenüber ansah, deren Augen bei dem Gedanken an dieses romantische Verhalten ein wenig glänzten, da hielt sie ihn vielleicht für eine Art Robin Hood, bloß daß er das Geld nicht an andere verteilte. Aber vom erstenmal an, als er es getan hatte, hatte er immer das gleiche empfunden, immer das gleiche dumpfe Gefühl gehabt, wenn er einen Laden betrat und hinter seinen Gürtel griff, um die Magnum rauszuziehen. Es hatte sich nie geändert.

Er sagte zu ihr: »Ich hatte eine Scheißangst.«

7

Auf dem Weg zum Wagen sagte sie zu ihm: »Ich möchte, daß Sie jemanden kennenlernen.« Sie schwankte ein wenig, nicht so deutlich, daß es ein Fremder bemerkt hätte, aber dem neben ihr gehenden Cully fiel es auf. Sie trug ein Plastikglas mit einem Manhattan drin; der Barkeeper hatte es ihr gegeben. Auf dem Weg zum Caddy streifte sie Cully zweimal, beide Male lächelte sie und schaute ihm ins Gesicht. Er hielt ihr die Tür auf und ging dann um den Wagen herum nach vorn.

Sie sagte: »Fahren Sie durch die Stadt und über den Fluß.« Und dann saß sie einfach da, während Cully das große Auto wendete und wieder zurück nach Beaufort fuhr, bis er schließlich den Beaufort River erreichte und die Brücke überquerte. Er fuhr auf der Route 21 über die Insel Lady's Island, vorbei an dem Winn-Dixie-Supermarkt und auf St. Helena's Island, merkte, wie allmählich die Läden hinter ihnen verschwanden, warf gelegentlich einen Blick in den Rückspiegel, wo Michelle an ihrem Drink nippte und leise vor sich hin summte. Er wußte nicht, wohin sie fuhren, nahm aber an, sie wolle vielleicht an den Strand, bald blieb ihnen auch nichts anderes mehr übrig. Doch das störte ihn nicht. Wenn sie den ganzen Tag lang herumfahren wollte, bitte, er hatte nichts dagegen.

Doch schließlich richtete sie sich auf. Etwa anderthalb Kilometer vor ihnen sah er die Brücke nach Harbor Island, das war die kurz vor dem State Park, als sie sich plötzlich vorbeugte, »Dort. Halten Sie da«, sagte und auf ein kleines Fischrestaurant deutete, das letzte Gebäude an der Straße, ehe man auf die Harbor-Island-Brücke kam.

Er verlangsamte und bog auf den unbefestigten Parkplatz vor dem Restaurant ein. Es war ein grau gestrichenes Häuschen, an dessen Mauern draußen olivgrüne Garnelennetze hingen, und über der Tür hing ein großes Brett, auf das jemand in Großbuchstaben die Worte DAS SHRIMP BOAT geschnitzt hatte.

Cully war ausgestiegen und wartete darauf, daß Michelle zur Fahrerseite kam. Sie lächelte ihn an und wiederholte: »Ich möchte, daß Sie jemanden kennenlernen«, faßte in unter und führte ihn die Stufen zu der mit Fliegendraht vergitterten Tür hinauf.

Es war ein Restaurant der Sorte, wo man an eine Durchreiche trat, seine Bestellung aufgab und dann zum Essen auf einer an den Wänden stehenden Bank oder an einem Tisch in der Mitte des Raumes Platz nahm. Nur zwei Personen waren in diesem Raum: ein älteres Paar, das in der hintersten Ecke saß. Als Cully und Michelle eintraten, standen die beiden auf, nahmen ihre Essensreste mit und gingen an Cully vorbei. Der Mann kippte seinen Abfall in den Müll und nickte Cully zu. Cully lächelte ihn an, dann fragte er Michelle: »Haben Sie Hunger?« Er wußte nicht recht, warum sie hier waren.

Sie beachtete ihn nicht, ging zu der Durchreiche, steckte den Kopf hindurch und schrie: »Kristin«, und zwar laut. Ließ einen Moment verstreichen, ehe sie den Namen erneut rief. Cully dachte, sie sei ziemlich betrunken, weil es ihr – sie sah umwerfend aus in ihrem kurzen Rock und der Seidenbluse, unter den Fersen zehn Zentimeter lange Pfennigabsätze – nichts auszumachen schien, in der Öffentlichkeit herumzuschreien und eine kleine Szene zu machen.

Kurz darauf ging in der Wand am anderen Zimmerende eine Tür auf, und eine Frau kam heraus. Cully brauchte nicht zu überlegen; er wußte, das war Michelles Schwester. Ein paar Jahre älter vielleicht, sah aber genausogut aus, hatte die gleichen Wangenknochen, das gleiche lange blonde Haar. Sie trug Bluejeans, ein Männer-T-Shirt und hatte eine weiße Schürze umgebunden. Außerdem hatte sie leuchtendroten Lippenstift aufgetragen, ein paar Flecken davon auf den Zähnen. Das wirkte deplaziert, paßte nicht zu der Schürze und den Jeans. Auf der Schürze waren Bratfettspritzer, und an etlichen Stellen klebte etwas, das wie Brotkrumen aussah.

Die Frau warf einen Blick auf Cully, dann ging sie auf Michelle zu. Als sie sprach, hörte Cully etwas in ihrer Stimme, er wußte nicht recht, was es war, Ärger vielleicht oder auch nur Besorgnis.

Bei Michelle angelangt, sagte sie: »Was machst du denn?« Aber dabei lächelte sie ein bißchen.

Michelle antwortete: »Ich fahre in der Stadt rum.« Sie lachte und sah Cully an, sagte: »Fahre nicht. Werde gefahren. Und ich dachte, ich schau mal auf'n Sprung vorbei.« Sie legte ihrer Schwester eine Hand auf den Arm. »Ich wollte dir Cully vorstellen.« Sie drehte sich um und zeigte auf Cully. Der stand da und kam sich etwas albern vor, weil er nicht wußte, was er tun sollte.

Er nickte der Schwester zu. »Wie geht's?« Hatte ein leicht ungutes Gefühl, weil ihn die Schwester musterte, ihn eine Sekunde lang anstarrte, als stehe für sie fest, daß Michelle betrunken war und Cully Schuld hatte.

Michelle machte einen Schritt in Richtung Cully. Sie sagte: »Cully, das ist Kristin. Kristin, das ist mein Chauffeur, Cully.«

Kristin nickte Cully zu, nahm dann ihre Schwester am Arm, führte sie zu einem Tisch und sagte: »Ich wollte gerade eine Tasse Kaffee trinken. Wie wär's? Möchtest du auch eine?« Sie drehte sich zum Fenster um und sagte zu jemandem in einem Hinterzimmer: »Grace, können wir hier draußen zwei Kaffee haben?«

Cully stand da und fühlte sich deplaziert, sah zu, wie sich die beiden Frauen setzten, und dann betrat eine riesige Schwarze mit zwei Styroporbechern in den Händen das Zimmer. Er räusperte sich und sagte: »Ich werde im Wagen warten.«

So wie Michelle ihn ansah, dachte er, sie würde vielleicht Einwände erheben, aber ihre Schwester nickte nur, ohne ihn groß zu beachten. Sie war vollauf mit Michelle beschäftigt, riß zwei Päckchen Zucker auf, rührte sie in die Tasse ihrer Schwester und fing an, leise auf sie einzureden.

Er ging zu dem Caddy raus, hörte das Krachen der zuschlagenden Fliegendrahttür hinter sich und spürte die Sonnenhitze auf seinem Nacken. Unter dem Scheibenwischer entdeckte er einen Zettel und riß ihn heraus. Er lockerte seine Krawatte, öffnete die Fahrertür und sah, daß es sich bei dem Flugblatt um Reklame für einen Zirkus handelte, der während der nächsten Woche in der Stadt sein würde. Er überflog es, versuchte, nicht zu den beiden Frauen hinüberzusehen, und fragte sich, was das wohl für ein Leben wäre, in dem man nur in den Zirkus zu gehen brauchte, um sich zu amüsieren.

Nach etwa zwanzig Minuten kamen die Frauen zum Auto. Cully sprang heraus und hielt Michelle die Tür auf. Er stand daneben, während sich die beiden Schwestern voneinander verabschiedeten, dann schloß er die Tür. Er wartete einen Augenblick, hätte gern etwas zu Kristin gesagt, doch ihm fiel nichts ein. Am Ende nickte er nur. Er entfernte sich von ihr, wollte wieder zurück zum Fahrersitz gehen, als sie ihn am Arm berührte. Er drehte sich um und fühlte sich von ihren Augen festgenagelt. Große, wunderschöne Augen. Cully schaute hinein, bemerkte eine vor ihnen hängende Haarsträhne, eine lose, blonde Locke, die vor der Stirn im Wind wehte, er wollte die Haare berühren, die Hand ausstrecken und sie aus ihrem Gesicht streichen.

Sie musterte ihn noch einen Moment, dann sagte sie lächelnd: »Danke.«

Er wußte nicht, was er sagen sollte. Und so stand er einfach da und wartete, bis sie sich umdrehte und die Stufen zum Restaurant hinaufging. Er zuckte die Achseln, stieg wieder ins Auto, sah in den Spiegel und fragte: »Wohin?« Wartete auf eine Antwort, bekam aber keine.

Er ließ noch eine Minute verstreichen, betrachtete sie, wie sie sich in den Rücksitz kuschelte, bis sie ihm endlich in die Augen sah und »nach Hause« sagte. Dann fing sie an zu singen, klang überhaupt nicht betrunken, und ihre Stimme war für Cully eine Wahnsinnsüberraschung, weil sie sich so gut anhörte.

Er schaute in den Spiegel und sah, daß sie die Augen geschlossen und den Kopf nach hinten geworfen hatte, jetzt ein wenig lauter wurde und etliche Songs vortrug, »My Dear Companion« und »I'm Willing«. Die erkannte Cully wieder, dann folgten ein paar, die er nicht kannte. Sie sang »When a Man Loves a Woman«, eines von Cullys Lieblingsliedern, das, so glaubte Cully, keine Frau richtig interpretieren könne, aber vom Rücksitz des Caddy klang es gar nicht übel. Sie sang »Too Much to Ask«, mit stockender Stimme, wie sie auch Kelly Willis gehabt hätte. Und dann öffnete sie die Augen, sah ihn im Rückspiegel an, sagte: »Ich kann auch Rock singen«, schloß die Augen wieder und sang »Will You Still Love Me Tomorrow« von den »Shirelles«, gefolgt von »Crimson and Clover«, wobei sie ihre Stimme tiefer machte, fast wie Tommy James.

Meist sang sie ein wenig von einem Lied und bekam es dann satt oder vergaß den Text, das wußte Cully nicht recht, und so hielt sie es fast auf der gesamten Heimfahrt; ab und zu gönnte sie sich eine Pause, mit geschlossenen Augen. Cully glaubte, daß sie vielleicht ein Nickerchen hielt, wenn er sie mit geschlossenen Augen dasitzen sah. Doch dann fing sie wieder zu singen an, ohne ihn zu beachten, bis er vielleicht einen halben Kilometer weiter vorn die Auffahrt zum Haus sah und sie sich plötzlich vornüberbeugte und ihn anatmete.

Er roch den Alkohol in ihrem Atem, sah sie im Spiegel an und hörte sie sagen: »Sie glauben also, mein Mann, der tut Ihnen 'n Gefallen, wenn er Ihnen diesen Job gibt?« Sie erwiderte seinen Blick im Spiegel, deutete mit dem Daumen hinter das Auto und fuhr fort: »Da hinten, da haben Sie das gesagt. Sie haben gesagt: ›Vielleicht glaubt Ihr Mann daran, einem einen Chance zu geben.‹« Sie lachte ihm ins Ohr, dann sagte sie: »Hm-m, der gibt Ihnen gar nix. Der wird Sie fertigmachen. So oder so. Daran hat er seinen Spaß.«

8

Benny kam in Dave Ross' Autowerkstatt marschiert, als wäre er nie fort gewesen. Vorne an den Zapfsäulen stand ein Neuer, ließ Benzin in einen Chrysler mit Virginia-Nummernschild laufen, und als er Benny den Tankstellenbereich betreten sah, machte er eine Pause, kam rüber und sagte zu ihm: »Was woll'n Sie?«

Benny sah ihn groß an – erbärmlicher, kleiner Benzinzapfer, sollte nur wagen, ihm den Zutritt zu verwehren, der würde sich umgucken. Er sagte: »Wo ist Earl Marsh, Sportsfreund?«

Der Tankwart hatte offenbar etwas in Bennys Gesichtsausdruck entdeckt, er schluckte nämlich, und als er antwortete, tat er es mit einer anderen Stimme. Der unwirsche Klang war verschwunden, und er hörte sich beinahe höflich an, als er zur anderen Seite des Grundstücks deutete und sagte: »Earl ist da drüben, bei dem roten Datsun. Der mit der geöffneten Motorhaube.«

Hinter ihnen bei den Zapfsäulen ertönte eine Hupe. Wer auch immer in dem Chrysler saß, er wurde ungeduldig. Benny spuckte auf den Boden und sagte: »Arschlöcher.« Er drehte sich um und sah den Tankwart an. »Scheiß drauf. Laß sie warten.«

Der Tankwart grinste. »Recht haben Sie. Wäre das beste.«

Benny spuckte wieder aus und sah den Tankwart an, sagte: »Warum, verdammt noch mal, tust du's dann nicht, Sportsfreund?« Als er aus der Tankstellentür trat und rüber zu dem roten Datsun ging, schaute der Tankwart hinter ihm her, wischte sich die Hände an einem öligen Lappen ab und schüttelte langsam den Kopf.

Benny fand, er sollte zu dem roten Datsun schleichen und vielleicht auf die Hupe drücken, seinem Bruder eine Heidenangst einjagen. Er sah es vor sich – Earl steckte den Kopf in den Motorraum, reparierte an dem Wagen herum, und ganz plötzlich würde er die Hupe loströten hören. Lieber Himmel, der würde sich in die Hosen scheißen. Benny war kurz davor, doch da sah Earl hoch. Earl, ungefähr vier Jahre jünger als Benny und dazu dümmer. Sein Leben lang war er hinter Benny hergelaufen, als wäre der eine Art beschissener Prinz. Wenn Benny irgendwas machte, etwas klaute, sich vielleicht ein Auto nahm, das ihm nicht gehörte, dann hielt Earl ihn für den Größten. Und ehe sich Benny versah, probierte Earl, es ihm nachzumachen. Bloß baute er immer Scheiße, suchte sich einen Wagen mit leerem Tank aus und solche Sachen. Oder der Autobesitzer erwischte Earl, wenn er im Vollrausch war, und prügelte ihn windelweich.

Aber Autos reparieren konnte Earl. Das mußte Benny ihm lassen. Betrunken oder nüchtern, ganz egal, Earl konnte man irgendeine Rostbeule geben, auch wenn sie ein paar Jahre lang nicht gefahren war. Die brachte man auf der Ladefläche von einem Lastwagen an und ließ Earl ein Weilchen dran herumbasteln, er sah sich die Zündkerzen an, spielte am Vergaser herum, nahm vielleicht die Kappe ab und machte alles sauber. Und schon brachte er das Ding zum Laufen. Außer es war ein Einspritzer. Da wurde er stinkig; natürlich mußten sie so 'ne Scheiße machen, die Vergaser aus Automobilen rausnehmen und Einspritzmotoren einbauen. Zu Benny sagte er immer: »Warum haben die das bloß gemacht? Haben Vergaser nicht funktioniert oder was?« Dann schüttelte er den Kopf und fragte Benny: »Sind die Karren vielleicht nicht mehr gefahren, und darum mußte irgend so n Kackhirn den Einspritzmotor erfinden, war's so?« Er wurde stinksauer, wenn ihm einer ein Auto mit Einspritzmotor brachte. Dann sah er sich den Kunden an, spuckte vielleicht aus oder wischte sich die Hände an einem Lappen ab und sagte zu ihm: »Wenn ich Sie wär, würd ich das Ding zurück zum Händler bringen, sollen die doch sehen, wie man's repariert.«

Als Benny in Raiford war, besuchte ihn Earl regelmäßig einmal im Monat. Er nahm einen Bus, fuhr am Samstag die elf Stunden, trank unterwegs aus einer Halbliterflasche Bourbon, Wild Turkey, war rechtzeitig da, um Benny am Sonntagmorgen während ein paar Stunden zu besuchen, und mußte dann wieder die Rückfahrt antreten, um am Montagmorgen zu Hause zu sein. Nachdem er das ein paarmal gemacht hatte, fragte Benny ihn: »Warum läßt du dich eigentlich einmal im Monat auf so n Nerv ein?« Und Earl hatte gekränkt ausgesehen, einen Flunsch gezogen und gesagt: »Willst du keinen Besuch?« Benny hatte ihm geantwortet: »Schon, aber nicht jeden Scheißmonat.«

Als Earl unter der Motorhaube des Datsuns hervorkam und Benny sah, strahlte er über das ganze Gesicht. Jauchzend stürzte er mit weit ausgebreiteten Armen auf seinen Bruder zu. Benny sah das kommen und trat einen Schritt zurück, lächelte nicht einmal und schlug Earls Hände nach unten. Er sagte: »Schön ruhig bleiben.«

Earl blieb abrupt stehen, lächelte zwar immer noch, wirkte aber verwirrt. Er sagte: »Aber du bist draußen.«

»Ja, ich bin draußen. Wahnsinnssache.« Doch dann sah er Earl an, schnüffelte und sagte: »Allmächtiger.« Denn Earl war wieder besoffen. Stand draußen in der Sonne, reparierte irgendein Auto . . ., zwei Uhr nachmittags, und er war breit.

Sein Bruder fing an: »Was ist denn los . . .?« Doch dann schwieg er, weil Benny ihm einen seiner Blicke zuwarf, ihn anstarrte und dabei die Lippen ein wenig verzog. Nicht daß er lächelte. Earl wußte, wie ein Lächeln aussah, und das war keins. Sah eher so aus, als mache Benny Anstalten loszubrüllen. So einen Gesichtsausdruck kannte Earl bei Benny immer dann, wenn er gleich jemanden erbarmungslos verdrosch, der ihn in einer Kneipe genervt hatte.

Benny sagte: »Ich brauch ein Auto.«

Earl nickte. »Du kannst meins haben. Meinen Camaro.« Er lächelte wieder, sagte: »Ich hab das ganze Ding umgebaut, die Maschine höher gelegt, extragroße Kolben eingebaut . . .«, brach dann aber ab, weil Benny ihn wieder so ansah.

Benny fragte: »Fährt er?«

»Ja, er fährt.«

Benny nickte. »Mehr will ich nicht wissen.« Er sah sich auf dem Grundstück um, dann wieder Earl an. »Wo ist er?«

»Draußen, hinter der Werkstatt.«

Benny blieb stehen und wartete, bis er schließlich fragen mußte: »Hast du die Schlüssel?« Und der verlegen wirkende Earl steckte eine Hand in seine Tasche und zog sie mit einem Schlüsselring wieder heraus. Einen Schlüssel machte er ab und reichte ihn Benny.

»Du bist doch vorsichtig, hm?«

Benny nickte. »Laß dir deswegen keine grauen Haare wachsen.« Zum erstenmal schien er Earls Gesicht zu bemerken und betrachtete den Bluterguß auf Earls Kinn. »Verdammt, was'n da mit dir passiert?«

Earl grinste. »Ich hab mich geschlagen.«

»Hast du gewonnen?«

Earl sah weg. »Der Typ war ziemlich groß.«

»Lieber Himmel. Was hab ich dir immer gesagt, Sportsfreund? Wenn du dich mit einem schlagen mußt, und der Typ ist größer als du, dann schnappst du dir irgend so 'n Scheiß-Baseballschläger oder so was.«

Earl sagte: »Dazu war keine Zeit.«

Benny schüttelte den Kopf. »Scheiße.«

Er drehte sich um und wollte gehen, als Earl hinter ihm herrief. »Benny?«

Benny drehte sich um. »Ja?«

»Bleibst du hier in der Gegend? Kommst vielleicht später mal im Haus vorbei?«

Benny schüttelte den Kopf. »Weiß nicht. Muß das eine oder andere erledigen.«

Earl trabte die zehn Schritte zu seinem älteren Bruder und sagte: »Wirst du Michelle besuchen?«

Benny streckte die Hand aus und packte seinen Bruder am Hemd. Er sagte: »Frag mich verdammt nie wieder, ob ich etwas mache, was dich nichts angeht. Hast du mich verstanden?«

Earl versuchte, sich zu rechtfertigen. »Ich hab doch nur gefragt.«

Benny schob ihn weg. »Sag nie wieder ›nur‹.« Er ging an dem Tankstellenbereich vorbei hinter das Gebäude, wo er den silbernen Camaro seines Bruders stehen sah, und stieg ein.

Er ließ den Motor an, ließ ihn ein paarmal aufheulen und die Kupplung schleifen, daß eine Reifenspur zurückblieb, dann raste er um das Gebäude, trat, bei Earl angekommen, auf die Bremse und kurbelte die Fensterscheibe runter. Er beugte sich raus, eine Musikkassette in der Hand, und schrie: »Was'n das für 'ne verfluchte Kacke, haste keinen Randy Travis oder so was?« Earl wollte antworten, doch Benny sagte: »Scheiße«, angewidert, als könne er nicht glauben, daß Earl ein Auto fuhr, in dem nicht wenigstens ein paar Country-Music-Kassetten herumlagen. Als er aus der Tankstelle auf die Straße bog, drehte er im Radio herum. Earl blieb zurück und winkte ihm nach.

Herb stand auf der vorderen Veranda seines Hauses, sah Billy Eagle an und sagte: »Er ist also wieder da, hm?«

Billy nickte und sagte zu seinem Boss: »Sieht immer noch so aus wie damals, als er wegging.«

»Ach ja?«

»Ich schwör's bei Gott. Hab ihn unten beim Busbahnhof gesehen. Hat den Laden an der Carteret betreten, der Klamotten verkauft.«

Herb nickte und sagte: »Was hast du denn erwartet? Benny, na was, sitzt im Knast, kommt dann raus und vergißt, warum sie ihn eingeknastet haben?«

Billy schüttelte den Kopf. »Ist nur irgendwie seltsam, ihn wiederzusehen.«

Herb warf ihm einen kurzen Blick zu. »Und, warst du beeindruckt?«

Billy zuckte mit den Schultern, schaute weg und antwortete: »Nein.«

»Blödsinn.« Herb ging lachend in die Sonne. Er sah ein

paar hundert Meter entfernt seinen Cadillac in die Auffahrt einbiegen und auf das Haus zufahren. Cully und Michelle hatten von seinem Geld ausgegeben und kamen zurück. Er ließ sich einen Moment Zeit, dann sagte er zu Billy: »Er ist ein Verlierer. Ein Strolch.« Warf wieder einen raschen Blick auf den Cadillac, dann sagte er: »Wenn Benny etwas ist, dann ein toter Mann. Er weiß es nur noch nicht.«

Als sie die Auffahrt hochkamen, standen Herb Dorrance und der mexikanisch aussehende Typ aus der Kneipe draußen vor der Haustür. Cully fuhr mit dem Caddy vor und parkte direkt vor ihnen, stieg aus und ging um den Wagen herum, um Michelle die Tür zu öffnen. Dorrance trat ein wenig vor, um seine Frau zu empfangen, und Billy Eagle stand einfach da und sah zu, wie Cully zu den hinteren Türen des Caddys ging.

Cully wußte nicht recht, was passieren würde, wenn sie ausstieg. Fast erwartete er, daß sie aus dem Wagen stolpern oder irgend etwas Irres sagen würde. Doch sie überraschte ihn, sah ihn kurz an, als er ihr die Tür aufhielt, sagte dann freundlich: »Danke sehr, Cully«, und wandte sich an ihren Mann: »Puh, was für ein Tag. Ich bin erledigt.« Ohne sich die Manhattans auch nur im geringsten anmerken zu lassen, gab sie ihrem Gatten ein Küßchen und sagte dann zu dem Mexikaner: »Guten Tag, Billy.«

Billy lächelte sie an, dann trat er zur Seite, damit sie an ihnen vorbei zur Haustür gehen konnte.

Herb Dorrance wartete, bis sie verschwunden war, und wandte sich dann an Cully. »Na, wie war's?« Cully bekam einen mächtigen Schreck, weil er einen Moment lang dachte, Dorrance wolle wissen, was Cully von Michelle hielt, doch dann sagte Dorrance: »Erster Arbeitstag, wie ist es gelaufen?«

Cully lächelte ihn kurz an und antwortete: »Prima. Am schwierigsten war, mit dem Straßenverkehr zurechtzukommen.«

Dorrance nickte. »Gut.« Er drehte sich zu dem neben ihm

stehenden Mann um, sagte: »Billy, das ist Cully. Der Mann, von dem ich dir erzählt habe.« Billy stellte er Cully mit den Worten vor: »Er ist wahrscheinlich der einzige Seminole, dem Sie je begegnen werden.« Dann schaute er Cully direkt an und fuhr fort: »Übrigens, daß Billy und ich so gut klarkommen, hat einen einfachen Grund: Billy weiß, aus welcher Richtung der Wind ihm seinen Gehaltsscheck weht. Oder etwa nicht, Billy?«

»Ja, Sir.«

Herb sagte: »Billy, den hab ich auf die gleiche Art kennengelernt wie Sie. Kam frisch aus dem Knast. Aus der Staatlichen Strafvollzugsanstalt oben in Columbia. Hab ihm einen Job gegeben und alles.« Er sah Billy an. »Und es hat geklappt, stimmt's?«

Billy wiederholte: »Ja, Sir«; allmählich ging Cully die Stimme des Mannes ein bißchen auf den Geist.

Dennoch schüttelte er Billy die Hand, der Mann hatte keinen schlechten Händedruck, dahinter steckte eine Menge Kraft. Doch Cully dachte, er strengte sich mächtig an, ihn zu beeindrucken. Was Cully nicht störte. Der Typ sah nicht besonders intelligent aus, wie er dastand und zu allem nickte, was Herb Dorrance von sich gab. Aber vielleicht konnte der Indianer nicht anders, so war er eben, hart geworden, weil er sein Leben lang auf den Feldern gearbeitet hatte.

Wie Dorrance sich aufführte, das störte ihn viel mehr; einer wie der – Cully hatte solche Typen im Gefängnis erlebt – mußte ständig irgend etwas beweisen. Die liefen ihr Leben lang rum und ließen die Leute wissen, wie wichtig sie waren.

Langsam beschlichen ihn Zweifel, ob er noch lange hierbleiben und diesen Scheiß ertragen konnte. Aber er dachte auch, vielleicht lag es ja daran, daß er es nicht gewöhnt war? Vielleicht hatten der Gefängnisalltag und vorher die bewaffneten Raubüberfälle ihn vergessen lassen, wie es war, für jemanden zu arbeiten, der einen bezahlte.

Cully lächelte und versuchte, mit den beiden Männern ein wenig Small talk zu machen. Nickte, als Billy sagte: »War ein ziemlicher Kampf neulich abend.« Höflich, rückte aber nicht ganz mit der Sprache heraus, als wäre er nur freundlich, weil sein Boss in der Nähe stand. Cully machte sich so seine Gedanken ... Herb redete viel, füllte die Lücken, die entstanden wären, wenn nur Cully und der Indianer dagestanden hätten. Cully hätte Billy Eagle am liebsten gesagt, ich mache hier meine Arbeit, mehr nicht. Er hatte das Gefühl, daß der Indianer Dorrance gegenüber ziemlich loyal war, und vielleicht hatte er was gegen einen, der unter Umständen Schwierigkeiten bereiten könnte. Cully kam nicht dahinter. Lag es daran, daß er ein Ex-Sträfling war, oder sah ihn der Indianer so ausdruckslos an, weil er auch gesessen hatte? War der Mann immer so, oder hatte er es sich angewöhnt? Vielleicht hatte ihm mal jemand gesagt, Indianer sollten sich nie etwas anmerken lassen, besonders nicht gegenüber einem weißen Mann.

Cully reichte es allmählich, als Dorrance schließlich auf seine Uhr blickte und sagte: »Tja, ich glaube, ich mach mich mal zum Abendessen frisch.« Er sah wieder Cully an und wartete, während Cully erneut Billy Eagle die Hand schüttelte, dann trennten sich die drei, Billy stieg in den Ford Bronco und fuhr weg.

Dorrance blieb noch einen Moment stehen und sagte zu Cully: »Sehen Sie, alles klappt prima, wenn Sie sich auf Ihre Arbeit konzentrieren.« Damit wandte er sich ab und ging ins Haus hoch. Cully blieb müde zurück, sah ihm nach und fragte sich, ob der Mann *ständig* drauf herumreiten würde. Er beobachtete Dorrance noch einen Augenblick, schüttelte dann den Kopf, drehte sich um und begab sich langsam in sein Garagenapartment.

Dort blieb er und sah fern, bis Amelia das Tablett mit seinem Abendessen brachte. Nach dem Essen unternahm er einen kurzen Spaziergang über das Grundstück. Irgendwann brach Herb Dorrance auf, der Mann brauste mit dem dunkelblauen Porsche um die Auffahrt und dann auf der 21 in Richtung Stadt. Cully sah ihm nach und ging dann in sein Apartment zurück. Er schaltete den Fernseher wieder an, war aber mit den Gedanken ganz woanders. Immerzu fiel ihm der Nachmittag ein, wie er Michelle herumgefahren hatte. Er sah beide vor sich, Michelle und ihre Schwester Kristin, und versuchte zu entscheiden, welche besser aussah, gab aber schließlich auf, weil sie ihm zu unterschiedlich vorkamen. Michelle mit ihren engen Kleidern und dem auffälligen Aussehen und ihre um einiges ruhigere Schwester, die mit ihrer dreckigen Schürze im Restaurant rumlief, ohne sich darum zu scheren.

Nach einem Weilchen, es wurde gerade dunkel, ging er auf den Balkon und setzte sich auf den Stuhl mit Blick zum Pool. Dort blieb er, redete sich ein, er müsse Luft schnappen, bis Michelle aus der Verandatür unten am Schwimmbecken trat, in demselben weißen Bademantel, unter dem sie aber diesmal keinen Badeanzug trug, so daß Cully sich aufrecht hinsetzte, als sie den Mantel auszog, weil sie nackt war. Er beobachtete sie, sah, wie sie sich langsam im Mondschein streckte und dann zu ihm hochsah, aus fünfzehn Metern Entfernung lächelnd, ehe sie in das Wasser tauchte.

Michelle wachte auf, weil sie Kopfschmerzen hatte. Jedenfalls fühlte es sich nach Kopfschmerzen an, oder irgendwas stimmte mit ihrem Gesicht nicht – die eine Seite war kalt, fast gefühllos, wie beim Zahnarzt, wenn er einem eine ordentliche Ladung Novocain verpaßt hatte.

Zuerst wurde sie nicht schlau daraus. War das ein Traum oder geschah es wirklich? Sie sagte sich, sie müßte eigentlich immer noch schlafen, doch dann merkte sie, daß ihre Augen offen waren. Sie lag auf dem Rücken und sah zu Herb hinauf, dessen Gesicht flackerte, weil er eine Kerze in der Hand hielt, das einzige Licht im Zimmer; sie spürte immer noch die Kälte auf der einen Gesichtshälfte, kannte aber die Ursache nicht, bis Herb die Hand hob.

Es war ein Fleischermesser mit etwa dreißig Zentimeter langer Klinge. Die flackerte im Kerzenlicht, während Herb sie langsam von einer Seite auf die andere drehte und im Licht lächelte. Betrunken. Sie merkte es . . ., roch es und sah es seinem Gesicht an.

Sie wollte sich bewegen, ein Stückchen von ihm wegrutschen, aber trotzdem gleichzeitig so tun, als sei alles in Ordnung. Doch er streckte die Hand aus und legte ihr das Messer wieder ans Gesicht.

Er sagte: »Tu's nicht.«

Sie blieb bewegungslos liegen, hörte fast auf zu atmen, rang sich ein Lächeln ab, tat, als sei alles normal, vielleicht hörte er dann auf. Sie sagte: »Was ist los, Herb?« War aber ein wenig wütend über sich selber, weil ihre Stimme zitterte, was ihn nur noch mehr anstacheln würde, wenn er es merkte.

Er sagte: »Hast du dich heute abend amüsiert?«

Sie versuchte es mit einem leichten Nicken, ohne das Messer auf ihrem Gesicht zu vergessen. Er drückte es noch ein wenig fester an sie und fuhr fort: »Ich höre Dinge. Dumme Dinge. Man erzählt mir, du treibst dich am Pool herum. Badest nackt. Was soll ich davon halten? Zu so etwas – mein Gefühl sagt mir das –, zu so etwas wärst nicht einmal du dämlich genug.«

Als sie sprach, brachte sie kaum ein Flüstern heraus, sie fragte sich, wer sie gesehen hatte, Amelia, vielleicht sogar Billy Eagle, falls er unerwartet zurückgekommen war. Aber eigentlich war es egal, wer es ihm hinterbracht hatte. Sie flüsterte: »Ich war schwimmen.«

»M-hm.« Er schob die flache Seite der Klinge an ihrer Wange hin und her. Lächelte Michelle an. »Das verstehe ich. Du hast einen hübschen Pool da draußen. Und ziemlich warm ist es auch. Vielleicht sagst du dir einfach, ich springe rein und kühle mich ab. So was in der Art.«

In Todesangst wartete sie einen Moment, weil sie nicht wußte, was er unternehmen wollte, und sagte dann ruhig: »Ja, genauso war es.«

Er schwieg fast eine Minute lag, sah auf sie herab und hielt das Messer, ohne es zu bewegen. Schließlich sagte er: »Angenommen, jemand hat mir gesagt, du warst da draußen und hast vergessen, deinen Badeanzug anzuziehen, du warst nackt im Wasser, und daß vielleicht der Neue, Cully, oben sitzt und dir zusieht, war das gelogen?«

Als sie antwortete, konnte sie ihm nicht ins Gesicht sehen. »Ja.«

»M-hm.« Er stand ganz plötzlich auf, das Kerzenlicht ließ das ganze Zimmer vor ihren Augen verschwimmen, und ging zur Tür. Dort angekommen, drehte er sich zu ihr um, sah sie an, grinste und sagte: »Stell dir vor, ich glaube dir. Was soll ich auch sonst tun? Wenn ich glaubte, du hättest so was getan, würde ich dich gar nicht erst aufwecken. Teufel, nein, ich wäre hier reingekommen und hätte dich abgestochen.«

Nachdem er gegangen war, setzte sie sich kerzengerade im Bett auf, hörte ihn lachen, als er über den Flur ging. Jetzt zitterte sie am ganzen Leib, weil er ihr eine solche Heidenangst eingejagt hatte. Aber wütend war sie auch. Weil er tun konnte, was er wollte. Sie war nicht mehr sicher. Wenn so ein Typ Nutten mit nach Hause brachte, war das schlimm genug. Weckte er einen aber mitten in der Nacht mit einem Messer und einer Kerze in den Händen auf, dann war es Zeit, sich, verdammt noch mal, aus dem Staub zu machen.

9

Als Cully am nächsten Morgen aufwachte, lag er im Bett ..., er war zwar noch nicht ganz bereit aufzustehen, aber ganz in seiner Nähe machten ein paar Kettensägen mächtig Krach. Er stand auf und ging zum Fenster, zog den Vorhang auf und sah, daß in etwa fünfzehn Meter Entfernung, neben einem großen Hackmaschinen-Laster, auf dessen Seite BAUMCHIRURGIE OASIS stand, ein paar Männer einen frischgefällten Baum zersägten. Cully sagte »Verdammt« vor sich hin und ging rüber ins Badezimmer pinkeln.

Jemand hämmerte gegen seine Tür. Er fluchte erneut und ging hin. Als er auf halbem Weg war, mit nichts weiter als seiner Unterwäsche bekleidet, betrat Amelia das Zimmer, hektisch und mit weit aufgerissenen Augen, als hätte sie Angst. Sie blieb stehen und sah Cully in der Mitte des Zimmers stehen, nur in der Unterhose.

Er sagte: »Amelia, Süße, ich hatte ja keine Ahnung.« Grinste und versuchte es mit einem Scherz, wußte aber, daß irgend etwas nicht stimmte. Er wartete, daß die schwarze Frau etwas sagte, doch sie rang nach Luft. Schließlich mußte er die Frage stellen, wobei er auf sie zuging: »Was ist passiert?«

Die Frau nickte, kam offenbar zur Besinnung, trat näher und berührte ihn am Arm. »Sie schlagen sich. Mr. Dorrance und Benny. Ich glaube, er ist verletzt.« Sie zog an Cullys Arm, so daß er fast ins Stolpern geriet.

Er sagte: »Warten Sie. Ich muß mich erst anziehen«, ging zum Stuhl, schnappte sich seine Jeans und eilte hinter Amelia her, während er die Hose anzog. Er lief barfuß über den Boden ..., folgte der schwarzen Frau, als diese die Treppe hinuntereilte, und fragte sich: Wer zum Teufel ist Benny?

Als sie zur Garagentür kamen und den Rasen betraten, sah Cully in etwa zwanzig Meter Entfernung Herb Dorrance, dessen Frau und einen anderen Mann. Vermutlich war das Benny. Herb Dorrance schlug die Hände vors Gesicht, seiner Körperhaltung nach war er möglicherweise verletzt, doch das konnte Cully aus dieser Entfernung nicht sagen.

Er konnte aber sagen, was geschah. Fühlte es. Die Spannung. Nicht, daß er so etwas nicht schon miterlebt hätte. Unten in Raiford, wenn es ganz plötzlich mucksmäuschenstill wurde. Siebenhundert Sträflinge draußen im Hof, und plötzlich konnte man jemanden auf der anderen Seite furzen hören. Man spürte förmlich die kurz vor der Entladung stehende Gewalt. Und dann war die Hölle los.

Er ließ Amelia stehen und sah hinüber, wo die Männer den Baum zersägten. Sie hatten Ohrenschützer auf und Gesichtsschilde aus dickem Plexiglas. Jeder hielt eine laufende Kettensäge in den Händen, und durch den Krach merkten sie nicht, was beim Haus vor sich ging. Neben ihnen, etwa halbwegs zwischen ihnen und ihrem Lastwagen, lagen noch eine Kettensäge und ein Kanister Benzin auf der Erde. Cully ging zu der Stelle, wo die Männer gerade arbeiteten. Er hob die Kettensäge auf und machte kehrt in Richtung Haus; beim Gehen stellte er den Choke ein und zog dann an der Schnur. Ein zweiter Versuch war nötig, weil die Säge beim erstenmal nicht ansprang, doch dann gelang es, er spürte die ruhige Kraft der Säge und betrachtete das fünfundvierzig Zentimeter lange Blatt. Er hörte hinter sich einen Ruf, drehte sich um, sah einen der Arbeiter in seine Richtung schauen und Cully bedeuten, er solle die Säge hinlegen. Cully reckte einen Finger hoch, sagte: »Eine Minute« und begab sich dann dorthin, wo Amelia auf ihn wartete.

Kaum war er bei ihr angekommen, sagte sie, schrie sie, um den Lärm der Säge zu übertönen: »Was zum Teufel haben Sie vor?«

Er grinste. »Ich will mit den Leuten da drüben reden, mal sehen, was los ist.« Er fragte sie: »Wo ist Billy?« Als Antwort schüttelte sie den Kopf und sagte: »Der ist in die Stadt gefahren.« Cully wußte zwar nicht recht, wie weit er wirklich gehen wollte, dachte aber: Scheiß drauf, drehte sich um und ging dorthin, wo sich das Grüppchen versammelt hatte.

Sie alle schauten jetzt in Cullys Richtung, sogar der Neuankömmling.

Cully war jetzt hellwach und hatte ein ziemlich gutes Gefühl, ihn kümmerte nicht, daß er vielleicht sein Frühstück versäumte. Statt dessen dachte er, das sei einmal eine andere Methode, den Tag zu beginnen – sah es deutlich vor sich, als wäre das Drehbuch schon fertig, und er müsse sich nur daran halten –, und näherte sich dem Grüppchen auf dem Rasen. Er lächelte Michelle zu, die ein wenig die Stirn runzelte, und blickte dann an ihr vorbei zu ihrem Mann, nickte und bemerkte, daß er eine geschwollene Lippe hatte und eine kleine Blutspur seinen Hals runterlief.

Er ging weiter, trat dicht an Benny heran, und dabei sah er ihn sich gut an. Als Cully neben Benny stand, dauerte es ungefähr drei Sekunden, bis er merkte, daß der Mann irgendwann mal gesessen hatte. Doch als er den Mann betrachtete, war sein erster Eindruck, daß hier ein Typ vor ihm stand, der Zeit seines Lebens die Leute immer nur angelächelt hatte. Sie freundlich angeschaut hatte. Wie er so dastand, wenn man ihn vielleicht zum erstenmal sah und er nicht gerade jemanden zusammenschlug, konnte man ihn für einen Filmstar halten. Einer, der eventuell berühmt war, aber kein großes Aufhebens davon machte. Sah lässig-elegant aus in seiner Designerjeans und den blankgewienerten Eidechslederstiefeln. Cully hielt ihn für den Typ Mann, der jeden einwickeln konnte, mit seinem Glen-Campbell-Aussehen eine Menge Frauen bekam. Wenn man irgendwohin kam und wie Benny aussah, vielleicht lächelte man dann jeden an. Und die Frauen, na, die drehten sich bestimmt um und sahen sich einen genauer an.

Er hatte mächtige Schultern und Arme, aus denen die Adern hervortraten, als habe er eine Menge Zeit mit Krafttraining verbracht, und Knasttätowierungen zogen sich beide Arme hinauf, bis sie in den abgeschnittenen Ärmeln seines blauen Arbeitshemdes verschwanden. Und mit Bennys Augen war auch irgendwas. Etwas, das Cully unten in Raiford in vielen Augen gesehen hatte. Nicht bei Leuten wie seinem alten Zellengenossen Bobo, der im Suff zu heulen anfing, weil er einen Polizisten getötet hatte, sondern bei denen, die Leute umbrachten, und denen es hinterher scheißegal war. Sieht man solchen Typen in die Augen, bemerkt man den gleichen flachen Blick.

Cully wartete gar nicht erst ab, sagte überhaupt nichts zu dem Typ. Was sollte er tun, mit einer Kettensäge in der Hand zu Benny gehen und ihn fragen, was er vom Wetter hielt? Statt dessen spuckte er einmal aus, direkt auf die Stiefel des Typs, und betätigte dann den Gashebel der Säge. Er spürte, wie das Blatt vibrierte, und gab noch etwas mehr Gas, hörte den Lärm der Säge und hob sie dann vor Bennys Gesicht hoch, spürte eine ihm vertraute Kälte in seinem Bauch. Man kam an einen Punkt, da waren Worte keine große Hilfe mehr. Man probierte vielleicht, mit den Leuten klarzukommen, seine Zeit ruhig abzusitzen, so wie Cully es in Raiford versucht hatte. Wenn es nicht funktionierte, was tat man dann? Vielleicht zog man sich zurück. Oder man sagte: Scheiß drauf, setzte alles ein, was einem zur Verfügung stand, und wartete ab, was passierte.

Benny hatte genau wie die anderen dagestanden und Cully beobachtet. Doch als Cully ihm die Säge unter die Nase hielt, das Blatt vielleicht vier Zentimeter von Bennys Wange entfernt durch die Luft zittern ließ, schrie er auf und stolperte rückwärts. Rief: »He«, und zwar laut. Und hielt die Hände in die Höhe. Sah Cully an, als wollte er sagen: Was soll das? Teilte es Cully durch seine Miene mit. Sagte noch einmal: »He, Sportsfreund, was machst du da?« Lächelte ihn an und fuhr fort: »Meine Güte, Sie verstehen das falsch. Ich will doch bloß mit den Leuten reden.« Wich zurück. Sagte zu Cully: »Sportsfreund, du siehst das völlig falsch.«

Cully ging weiter. Er folgte Benny quer über den Rasen, die kleine Gruppe im Schlepptau, Herb Dorrance und Michelle. Er hörte, wie Herb hinter ihm anfing zu brüllen: »Schlitz ihn auf. Verflucht, schlitz den Dreckskerl auf.« Amelia war ein paar Schritte hinter ihnen. Und noch weiter hinter ihnen, vom Rasen neben der Garage kommend, näherten sich die zwei Baumchirurgen, ohne ihre Kettensägen, die beide Cully beobachteten und nicht mehr nach ihrer Säge schrien. Sie sahen nur zu, wie alle anderen auch. Cully ignorierte sie alle, konzentrierte sich nur auf die Säge und den Mann vor sich. Ging die Angelegenheit ziemlich gelassen an, trieb Benny zu dem silbernen Camaro zurück, indem er ihm alle paar Sekunden vor dem Gesicht herumfuchtelte, damit er nicht stehenblieb.

Benny fing an zu fluchen. Wegen des Lärms der Säge konnte man das nicht besonders gut hören, doch er zeigte auf Michelle und dann auf Cully und sagte etwas, was Cully nicht verstand. Ohne den Blick von der Säge in Cullys Händen zu nehmen, griff er hinter sich, als er am Camaro ankam, und öffnete die Wagentür . . ., mit einer einzigen fließenden Bewegung rutschte er auf den Sitz und packte den Schlüssel. Ein paar lange Sekunden betrachtete er Cully, nickte, mittlerweile beruhigt, brüllte nicht mehr. Grinste Cully zu, als der den Gashebel der Säge losließ und Benny lächeln sah. Lehnte sich aus dem Fenster des Camaro und sagte: »Keine gute Idee, Sportsfreund«, deutete drauf. »Das mit der Säge, das hättest du wohl besser gelassen.«

Benny wartete noch ein paar Sekunden, dann ließ er den Motor an, nahm den Fuß von der Kupplung, daß hinter ihm der Schotter aufspritzte, und brachte den Camaro ins Trudeln und jagte ihn mit achtzig Stundenkilometer die Auffahrt hinunter.

Cully stellte die Kettensäge ab. Er hörte Herb sagen: »Warum haben Sie ihn nicht aufgeschlitzt, damit er weiß, daß Sie's ernst meinen?«

Cully traute seinen Ohren nicht – damit er wußte, daß er es ernst meinte? Was glaubten sie eigentlich, was er tat, wenn er einem 'ne Säge unter die Nase hielt. Wenn man so was tut, meint man es ziemlich ernst. Er stellte die Säge auf den Boden und drehte sich zu der Gruppe hinter sich um, sah Herb Dorrance, dessen Gesicht so rot war, als bekomme er gleich einen Herzanfall. Schwer atmend starrte er Cully an. Und seine Frau neben ihm wirkte verängstigt, vielleicht weil das mit dem Typ im Camaro passiert war oder weil ihr Mann so in Rage geriet. Cully hatte keine Ahnung.

Dorrance sagte: »Mann, eins lernen Sie besser: Wenn ich Ihnen was sage, dann tun Sie's.«

Cully wollte antworten, doch Dorrance unterbrach ihn. »Ich quatsche nicht bloß rum.« Er deutete in die Richtung, wo der Camaro verschwunden war, und sagte: »Der Junge ist ein toter Mann. Kommt zu mir nach Haus und zieht so 'n Scheiß ab.« Er trat zu Cully und fuhr fort: »Und wenn Sie das nächste Mal nicht tun, was ich Ihnen sage, dann sind Sie so schnell wieder in dem beschissenen Gefängnis, daß Sie nicht wissen, wie Ihnen geschieht, das können Sie mir glauben.«

Er stolzierte davon; Cully betrachtete seinen Rücken und dachte, er hätte in seinem Apartment über der Garage bleiben sollen. Der Typ mit dem Camaro, wer auch immer das gewesen sein mochte, hätte Dorrance nach Strich und Faden zusammenschlagen sollen. Nach einer Weile wandte er den Blick von Dorrance und betrachtete die anderen, sah sie der Reihe nach an und fragte dann: »Wer zum Teufel war das?«

Schließlich antwortete Michelle: »Er heißt Benny Marsh.«

Mehr verriet sie ihm nicht. Cully mußte nachfragen. »Ich verjage einen Typ mit 'ner Kettensäge von Ihrem Grundstück, und Sie verraten mir nichts weiter als seinen Namen?«

Michelle machte einen Schritt auf Cully zu. Ihm fiel auf, daß sie schon gelassener aussah. Mit einem sanften Lächeln trat sie zu ihm und wiederholte: »Benny Marsh.« Ließ die Wörter in der Luft hängen, dehnte jede einzelne Silbe wie eine Art Gesang. Sie trat noch einen Schritt näher und berührte Cully am Arm, sagte: »Ich war mal mit einem gewissen Benny Marsh verheiratet.« Den anderen wandte sie den Rücken zu, so daß nur Cully ihr Gesicht sah, wie sie ihn anschaute, bevor sie den Blick senkte und ihre Hand noch ein paar Sekunden auf seinem Arm liegen ließ, während sie seinen nackten Brustkorb musterte . . ., wie sie sich zu ihm neigte, die Augen schloß und sie nach einem Weilchen wieder öffnete, die Kettensäge betrachtete und dann hoch in

Cullys Augen sah. Leise »Großer Gott« sagte, so als sähe sie ihn zum erstenmal.

Einen Moment lang vergaß Cully, daß sie nicht allein waren. Doch dann trat sie einen Schritt zurück und schüttelte den Kopf. Lächelte ihn breit an, schaute ihm erneut in die Augen und sagte, so daß es jeder hören konnte: »Danke, Cully.«

Sie drehte sich um und ging zu Amelia hinüber. »Warum bereiten Sie nicht ein kleines Frühstück vor. Wir wär's damit, Amelia? Holen Sie Mr. Cullen etwas zu frühstücken.« Warf Cully noch einen letzten Blick zu und ging dann zum Haus zurück.

Cully sah ihr nach. Er schaute sich im Hof um, dann drehte er sich wieder zum Haus, in dem Herb und Michelle verschwunden waren, schüttelte langsam den Kopf und sagte: »Scheiße.« Er wußte nicht, ob er das wegen seiner Auseinandersetzung mit Benny sagte oder wegen Herbs Worten oder weil Michelle bei ihm so ein Gefühl im Bauch ausgelöst hatte. Er schüttelte wieder den Kopf, hob die Kettensäge auf und ging damit zur Garage zurück. Unterwegs reichte er sie einem der Baumchirurgen, sagte »Danke« und nickte, während ihn der Mann schweigend und mit weitaufgerissenen Augen anstarrte.

Eine Stunde später suchte Herb Dorrance Cullys Räume über der Garage auf. Cully sah ihn kommen, beobachtete Dorrance auf seinem Weg über den Rasen und erwartete ihn, als er die oberste Stufe erreichte.

Herb sagte zu ihm – wegen seiner aufgesprungenen Lippe redete er etwas langsam – »Wir beide müssen uns unterhalten.« Die braune Packpapiertüte in seinen Händen stellte er auf den Boden und betrat das Zimmer, wo er sich auf den einzigen Stuhl setzte.

Cully nahm auf dem Bett Platz. Er wartete kurz, dann sagte er: »Wenn Sie mir erzählen wollen, ich hätte den Burschen aufschlitzen sollen – so was mache ich nicht.«

Dorrance lächelte. »Ich werde Ihnen einiges erzählen.«

Cully sah den anderen Mann an, schwieg. Er saß in seinem kleinen Apartment und wartete darauf, daß Dorrance zur Sache kam.

Schließlich sagte Dorrance: »Ich werde Ihnen eine kleine Geschichte erzählen. Sagen wir, ein Mann, er hat in der Stadt einen ziemlich guten Ruf. Sie wissen schon, die Leute respektieren ihn.« Herb lachte leise. »Nicht wie dieser Kerl, den Sie neulich abends in der Kneipe zusammengeschlagen haben . . ., die Leute wissen, das Wort von so einem ist nichts wert.« Herb lächelte immer noch leicht, sah Cully an und fuhr fort: »Nein, dieser Mensch – angesehener Bürger – beschließt, einem Ex-Sträfling eine Chance zu geben. Wirklich nett von ihm, werden die Leute sagen. Vielleicht, werden sie sagen, vielleicht ist es ein wenig blauäugig von ihm, sich mit jemandem einzulassen, der fünf Jahre lang im Knast war. Der andere Leute überfallen hat. Sie wissen ja, wie die Leute sind.«

Cully wußte schon, wie die Geschichte weiterging, wandte sich von Herb ab und schaute aus dem Fenster, denn jetzt kam es.

Er hörte zu, wie Dorrance fortfuhr: »Angenommen, dieser Typ, der den Ex-Sträfling angestellt hat, der fährt in die Stadt und erzählt dem Sheriff: He, dieser Kerl, dieser Verbrecher, hat mir Geld gestohlen.« Dorrance lachte erneut. »Oder vielleicht, vielleicht erzählt er dem Sheriff auch: Dieser Kerl hat versucht, meine Frau zu vergewaltigen. Und Michelle schwört, daß dem so war.« Er streckte die Hand aus und berührte Cully am Bein. »Glauben Sie, ich könnte das tun, meine hübsche junge Frau zu der Aussage bewegen, Sie hätten sich ihr unsittlich genähert?«

Cully sah ihn an und antwortete: »Schon möglich.«

Dorrance schüttelte den Kopf. »Das ›möglich‹ können Sie sich sparen.«

Cully machte nur: »M-hm.«

»Haben Sie das begriffen?«

Cully nickte. »Lassen Sie mich raten. Ich denke mir: Scheiß drauf, ich hau einfach ab, und Sie erwirken einen

Haftbefehl, sagen, ich hätte Ihnen Geld gestohlen. So was in der Art.«

»Sehen Sie, Sie sind ein cleveres Bürschchen. Sie und ich, wir beide kommen prima miteinander aus, solange Sie sich an die Regeln halten.«

Cully sagte: »M-hm. Darf ich Sie was fragen?«

»Nur zu.«

»War das der erste Mann Ihrer Frau? Wie heißt der gleich, Benny?«

Dorrance nickte. »Benny Marsh.«

Der Name kam Cully bekannt vor, doch so ganz brachte er ihn nicht unter. Er erhob sich vom Bett und ging zum Fenster, schaute auf den Pool hinaus und sagte: »Ist er gewalttätig?« Er drehte sich zu Dorrance um, der den Kopf schüttelte.

»Der Typ ist Abschaum. Ab und zu ruft er Michelle an. Beleidigt sie. Oder er kommt hier raus, brüllt ein bißchen herum.«

Cully hakte nach: »Wollen Sie Anzeige erstatten? Zur Polizei gehen?« Diese Frage beschäftigte ihn. Dorrance war schließlich ein Kumpel des hiesigen Sheriffs. Vermutlich würde er sich so was nicht bieten lassen, daß Benny auf seinem Grund und Boden aufkreuzte und Streit anfing.

Dorrance sah von Cully weg, schaute aus dem Fenster und sagte: »Deswegen muß man nicht gleich zur Polizei gehen.« Er erhob sich vom Stuhl und ging zu der braunen Papiertüte. Er griff hinein, zog eine Pistole heraus, behielt sie einen Moment lang in der Hand und warf sie dann Cully zu. Er sagte: »Die sollten Sie bei sich tragen.«

Cully fing die Waffe auf und fragte: »Falls ich Benny mal wieder begegne, falls er herkommt und nach mir, Ihrer Frau oder vielleicht nach Ihnen sucht, damit ich dann vorbereitet bin?«

Dorrance nickte. »Das gefällt mir, als könnten Sie meine Gedanken lesen. Ich muß Ihnen gar nichts erzählen. Sie kriegen es von ganz allein raus.«

»Großer Gott.« Cully betrachtete die Pistole, eine .38er

mit einem Lauf aus rostfreiem Stahl und einem Griff aus Walnußholz, dann wieder Dorrance, packte den Pistolengriff mit beiden Händen, als wäre es das Natürlichste auf der Welt. Er sah von der .38er zu Dorrance und sagte: »Wie stellen Sie sich das eigentlich, verdammt noch mal, vor? Benny läuft mir über den Weg, sagt vielleicht etwas zu mir. Beleidigt Ihre Frau oder irgend so was. Und was dann, ich hol dieses Ding raus und knalle ihn ab oder wie? Hätten Sie's gerne so?«

»Genau.«

Cully schüttelte den Kopf. »Herb, wissen Sie, wofür ich ins Gefängnis mußte?«

Dorrance nickte. »Ich habe bei Pete Williams die Akte gelesen.«

Cully schüttelte den Kopf. »Sie lesen eine blöde Akte durch. Das bedeutet einen Scheißdreck. Da steht nicht drin, was es bedeutet, eine Knarre mit sich rumzuschleppen. Wenn man nämlich bewaffnet ist«, er hielt Dorrance die Pistole unter die Nase, »wenn man mit so einer rumläuft, sie sich vielleicht in den Gürtel steckt, damit man sie möglichst schnell ziehen kann, muß man auch bereit sein, sie zu benutzen. Das ist was anderes, als wenn man ein verdammtes Verkehrsschild durchlöchert. Wenn man so eine zieht und sie Benny oder einem wie Benny ins Gesicht hält und nicht bereit ist, sie zu benutzen, dann nehmen sie sie einem ab und schieben sie einem in den Arsch.« Er schmiß die Pistole in die Tüte zurück und sagte: »Herb, ich bin nicht bereit, die zu benutzen.«

»Die Entscheidung liegt nicht bei Ihnen.«

Cully sagte: »Meine Güte.« Dann sah er Herb an. »Wieso glauben Sie, daß ich mich nicht umdrehe und sie vielleicht gegen Sie benutze?«

»Weil ich die Akte gelesen habe. Sie haben noch nie eine benutzt. Wenn man Leuten die Knarre unter die Nase hält, dann ist das eine Sache. Aber in der Akte, die Williams hatte, stand nichts davon, daß Sie irgendwen erschossen hätten.« Er wartete einen Moment und sagte dann: »Sehen Sie, ich glaube, Sie haben nicht den Mumm für so was.« Er lächelte. »Es sei denn, sagen wir, Sie müßten sich entscheiden. Entweder benutzen Sie sie, um nicht wieder in den Knast zu kommen, oder ich gehe zu meinem Kumpel, dem Sheriff, vielleicht finden Sie sich dann im Knast wieder, aus dem man Sie gerade erst rausgelassen hat.«

Cully sagte: »Sie verlangen von mir, Benny umzubringen.«

Dorrance lachte. »Teufel, Junge, das habe ich nicht gesagt. Ich sag bloß, Sie müssen bereit sein. Falls sich die Notwendigkeit ergibt. Sehen Sie mal, Benny hat vielleicht das Gefühl, er müsse noch eine Rechnung mit mir begleichen. Der Grund geht Sie nichts an. Sie haben nur eine einzige Aufgabe, nämlich das zu machen, was ich Ihnen sage. Wenn Sie das tun, werden Sie merken, daß ich ein ganz passabler Arbeitgeber bin.« Er grinste. »Fragen Sie einfach Billy Eagle.«

Er stand auf, um zu gehen, begab sich zur Tür, wo er sich noch einmal umdrehte, Cully ein paar Sekunden lang ansah und dann sagte: »Ich muß heute am späten Nachmittag weg. Nach Fayetteville, ein paar Traktoren ansehen. Werde mindestens bis morgen abend bleiben.« Er wandte den Blick nicht von Cully, starrte ihn unverwandt an, bis er schließlich fortfuhr: »Sie sollten sich bloß einer Sache bewußt sein, wenn ich zurückkomme, will ich nicht erfahren, daß Sie während meiner Abwesenheit eine Enttäuschung waren.«

Cully fragte: »Was wird denn Ihrer Meinung nach passieren?«

Herb hielt einen Moment inne, als wolle er über eine Antwort nachdenken. Doch dann zuckte er nur mit den Schultern und sagte: »Ich verrate Ihnen, was am besten passiert. Gar nichts.«

Cully ließ ihn bis zur Treppe gehen, dann rief er: »Herb?«

Dorrance drehte sich um. »Was?«

»Hat Benny 'n Bruder?«

Herb nickte. »Allerdings. Earl heißt er. Ich dachte, das wüßten Sie. Er ist einer der Burschen, den Sie bei »Casey's« zusammengeschlagen haben.« Er drehte sich um und ging, trampelte die Stufen hinunter und ließ Cully, auf dem Bett hockend, zurück, wo er mit der .38er neben sich darüber nachdachte, was Herb ihm soeben erzählt hatte. Er fragte sich, was er wohl tun sollte. Mußte er sich diesen ganzen Scheiß gefallen lassen, weil er so lange Zeit in Raiford gesessen hatte? Vielleicht war folgendes geschehen, er hatte sich so angewöhnt, Befehle zu befolgen, daß er nicht wußte, wie man sie verweigerte. Das verstand er. Aber dann entschied er, daß es nicht daran lag. Herb war für ihn ein offenes Buch, der Mann war bereit, ihn ganz nach Belieben zu benutzen. Es klang auch nicht so, als erzählte Herb die Wahrheit über Benny, jedenfalls nicht die ganze. Die Sache war die, befand Cully, daß er zur Zeit keine große Wahl hatte. Keine zehn Cent eigenes Geld, und er würde nur welches bekommen, wenn er ein paar Wochen blieb, bis Herb ihn bezahlte. Ein paar hundert Dollar zusammenkratzen, und dann nichts wie weg.

10

Benny trank ein Budweiser, latschte nach Feierabend auf dem Betonfußboden von Dave Ross' Autowerkstatt herum, nahm große Schlucke aus der Dose und fluchte. Er machte ein paar Schritte in die eine Richtung, trank dabei Bier, hielt dann an, sagte: »Wichser«, machte kehrt und ging wieder zurück. Sein Bruder Earl und Dave Ross sahen zu – sie saßen einen knappen Meter entfernt auf einer Bank –, Earl immer noch mit lädiertem Kinn und Dave Ross mit einem Verband auf der Nase.

Als Benny sein Bier ausgetrunken hatte, schmiß er die Dose auf den Boden und holte sich eine neue aus dem Kasten, der in der Ecke des Raums auf einer Werkbank stand. Er sah seinen Bruder an und sagte: »Dieser Wichser hat mit einer Säge vor meinem Gesicht rumgefuchtelt.« Als Earl nicht reagierte, brüllte Benny ihn an: »Was, findest du das etwa lustig?« Er machte einen Schritt auf Earl zu, mußte an diesen Morgen denken . . ., irgendein Arschloch kommt aus der Garage und wedelt ihm mit einer Kettensäge vor der Birne herum. Zu Earl sagte er: »Da will mir irgendein Dreckskerl 'ne beschissene Kettensäge ins Gesicht stecken, ist das in Ordnung?«

Earl hielt die Hände in die Höhe. »Daß es in Ordnung ist, hab ich nicht gesagt.« Er schaute Ross an, dann wieder zu Benny. »Wenn du willst, komme ich jetzt sofort mit dir. Verpasse Cully einen Denkzettel.« Earl machte eine kurze Pause, dann platzte es aus ihm heraus: »Er hat Dave eins auf die Nase gegeben.«

Benny blieb stehen und musterte die beiden Männer. »Das ist der Typ? Dieser Cully? So einer schlägt dir die Nase kaputt und haut dich k. o.« Benny blickte von Dave Ross zu Earl. »Und das wollt ihr auf euch sitzen lassen?«

Dave Ross zuckte mit den Schultern. »Was soll ich denn

machen? Ich bin Geschäftsmann. Ich kann nicht rumlaufen und mich an irgendeinem Typ rächen, bloß weil ich mit ihm aneinandergeraten bin.«

Benny sagte: »Herrgott.« Er sah Earl an. »Und was ist mit dir?«

Earl antwortete: »Ich hab's doch gesagt, wenn du dir diesen Typ schnappen willst, bin ich einverstanden. Ich mach mit.«

Dave Ross sagte: »Außerdem, nach allem, was ich höre, hast du andere Sorgen.«

Es war totenstill, als Benny sich Ross zuwandte, ihn kurz musterte. Er wußte, was Ross meinte. Als er unten in Raiford nachts hellwach dagesessen hatte, wußte er, es würde ein paar Leute geben, die hinter dem Geld herschnüffelten, wenn man ihnen genügend Zeit gab. Er hätte allerdings nicht geglaubt, daß sich einer trauen würde, es ihm ins Gesicht zu sagen.

Er lächelte, sah Ross an und schüttelte langsam den Kopf. Tat freundlich, setzte ein liebenswürdiges, freundliches Grinsen auf und sagte: »Dave, ich weiß nicht recht, vielleicht bist du mir da etwas voraus. Vielleicht redest du über Dinge, um die du dich besser nicht kümmern solltest.«

Dave Ross sah Benny an. »Vielleicht.«

Benny wandte sich an Earl. »Irgendwas geht hier vor, Earl, vielleicht hast du mir was zu sagen?« Er dachte gar nicht mehr an Cully. Er betrachtete die beiden Männer vor sich – seinen Bruder Earl, den schwächlichen Drecksack, und Dave Ross. Ross war so nett, daß er Earl einfach Arbeit gab, ihn die ganze Zeit über beschäftigte, als Benny im Gefängnis war? War das der Grund? Oder vielleicht wollte Ross Earl im Auge behalten, mal sehen, ob er ihm zu seinem Geld verhalf. Benny sagte zu seinem Bruder: »Earl, vielleicht habt ihr ein paarmal, du und Dave, habt ihr die Werkstatt dichtgemacht, habt euch ein paar Bier genehmigt und über Dinge geredet, die euch nichts angehen.«

Earl sah Benny mit großen Augen an, weil ihm die vielen anderen Gelegenheiten einfielen, als Benny diesen Blick gehabt hatte, den irren Blick, so hatte Earl ihn genannt, als sei ihm wirklich alles scheißegal. Er sagte: »Benny, ich habe nichts gesagt. Ich weiß nichts.«

Benny lachte, und das Bösartige verschwand aus seinen Augen, als er einen Schluck Bier nahm. Er sagte: »Das stimmt. Einen Dreck weißt du. Weil ich dir einen Dreck erzählt habe.« Er sah Ross an. »Etwas läßt dir keine Ruhe, du möchtest gern herumschnüffeln, herausfinden, ob du das viele Geld findest, das ich angeblich irgendwo versteckt habe? Na los.« Er sah Ross an und traute ihm nicht über den Weg. Traute keinem. Weder Ross noch Earl. Vier Jahre hatte er in einem beschissenen Gefängnis gesteckt, und draußen wartete das viele Geld auf ihn. Als er eingelocht war, hatte er nicht darüber geredet, und jetzt würde er nicht damit anfangen. Er warf seine Bierdose Ross vor die Füße und ging zur Tür, öffnete sie und schaute zurück auf Ross. »Wenn du dich an so 'ne Sache ranmachst, gehst du dabei drauf, du Wichser. Verlaß dich drauf.«

Als Benny ging, hob Dave Ross die Bierdose auf und schmiß sie in den Müll. Er ging zu dem halbvollen Kasten Budweiser und kam mit zwei Dosen zurück zur Bank. Eine reichte er Earl, dann öffnete er seine eigene mit einem Knall, ließ sich ein wenig Zeit, bis Earl sich beruhigt hatte und ein paar Schluck nahm, ehe er sagte: »Erzähl mir noch mal von dem Geld, Earl.«

Earl warf einen Blick zur Tür, als käme jeden Moment Benny hereingerast. »Bist du bescheuert? Hast du ihn nicht gehört? Er bringt dich um. Er bringt uns beide um.«

Dave spuckte auf den Boden. »Am Arsch. Der bringt keinen um. Dem geht was anderes durch den Kopf, schließlich war er vier Jahre lang eingeknastet und hat gesehen, wie sich Kerle gegenseitig in den Arsch ficken. Der will bloß seinen Pint in seine Ex-Frau stecken.«

Earl sagte: »Das ist nicht wahr.«

Ross beugte sich vor und berührte Earls Knie. »Verrätst du mir, warum er als erstes, kaum daß er aus dem Knast rauskommt, warum er zuallererst zu ihrem Haus rausfährt?«

Earl zuckte die Schultern. »Weiß ich nicht.«

»Ich werd's dir verraten. Der denkt bloß noch an Muschis. Die ganze Knete da draußen, die wartet bloß auf ihn. Nur er weiß, wo sie ist. Und er denkt an nichts anderes als an seine Ex-Frau.«

Earl schüttelte den Kopf. »Die bedeutet ihm überhaupt nichts.«

»Earl, ich weiß nicht. Vielleicht versuchst du ja, dir das selber einzureden.«

»Nein, gar nicht wahr. Er will nichts mit ihr zu tun haben. Sie ist Dreck.«

Ross lachte. »Tatsächlich? Wieso, wenn sie Dreck ist, wieso läßt du dann alles stehen und liegen und rennst zur Zapfsäule, wenn sie mit ihrem Caddy hier angefahren kommt und ihn volltanken will? Glotzt sie mit deinen Stielaugen an, als wäre sie die verdammte Königin von Saba.«

»Ich mache meine Arbeit. Das ist alles.« Er schaute Ross nicht an, trank einen Schluck Bier und sah nach draußen.

Ross fragte: »Earl, wenn du die Wahl hättest, angenommen, du stecktest in den Schuhen deines Bruders, was würdest du tun ..., wieder zurückgehen und nach dieser Frau schmachten oder – falls du das viele Geld hättest und wüßtest, wo du es bekämst – das Geld nehmen und haste was kannste aus der Stadt verschwinden? Mit all dem Geld irgendwohin gehen. Wo du hundert Mädchen wie Michelle findest.«

Earl musterte Ross verschlagen. »Wer hat je behauptet, daß da draußen so viel Geld ist?«

»Herrgott, Junge, das warst du. Am Tag nach dem Bankraub warst du hier und hast mit deinem Bruder angegeben. Und als er festgenommen wurde, was hast du da gesagt? Du hast gesagt, Benny Marsh sei zu schlau, der würde nicht zulassen, daß sie das Geld finden.«

»John Lewis ist mit dem ganzen Geld abgehauen.«

Ross schnaubte. »John Lewis war ein Schwachkopf. Dein Bruder hat ihn rumgekriegt, mit ihm die Bank zu betreten, und dann, als Benny wußte, daß man ihn erwischen würde, als die Bullen praktisch an seine Tür hämmern, was tut er da? Er bekennt sich der Mittäterschaft schuldig und macht John Lewis zum Hauptschuldigen.«

»Na, Lewis ist doch abgehauen, oder?«

Ross beugte sich vor und sagte leise: »John Lewis ist schwimmen gegangen, so war's. Dein Bruder ist in seinem alten Boot mit ihm rausgefahren, hat ihm ein paar Kugeln in den Kopf gejagt und ihn über Bord gekippt.«

Earl stand auf. »Das ist Blödsinn.«

Ross schüttelte den Kopf. »Nein, überhaupt nicht. Ich kann's nicht beweisen. Das kann niemand. Aber so ist es gewesen.«

Earl setzte sich und trank einen Schluck. Ein paar Minuten lang saßen sie schweigend da, bis Ross wieder das Wort ergriff. Er fragte: »Wo ist das Geld, Earl?«

»Keine Ahnung. Glaubst du, Benny würde mir so was verraten? Selbst wenn er's wüßte, mir würde er es nicht sagen.«

Ross sagte: »Ich glaube, dein Bruder führt hier etwas im Schilde.«

Earl erwiderte: »Das weißt du nicht. Keiner von uns weiß, was er treibt.«

Ross wartete ein Weilchen und sagte: »Tja, warum tust du's dann nicht, Earl«, wartete wieder, bis Earl ihn ansah, und fuhr dann fort, »warum findest du es nicht heraus?«

Herb Dorrance brach am nächsten Tag gegen elf Uhr morgens nach Fayetteville auf. Um sich zu verabschieden kam er an die Stelle, wo Cully den Cadillac wusch, und plauderte belangloses Zeug, während er sich auf der Auffahrt die Füße vertrat. Nach ein paar Minuten sagte er zu Cully: »Tja, ich muß jetzt los. Billy wartet wahrscheinlich schon.« Er schaute auf seine Uhr, machte eine richtige Schau draus und sagte dann: »Sie wissen doch noch, was ich Ihnen gesagt habe, oder?« Er sah zum Haus zurück und dann auf Cully. »Denken Sie ruhig mal drüber nach. Mit Sheriff Williams geh ich angeln – Hochsee –, vielleicht sechs-, siebenmal im

Jahr. Lade ihn gelegentlich zum Essen ein. Wenn ich ihm sage, Sie machen mir Ärger, muß er sich das nicht zweimal überlegen. Der macht Sie fix und alle.«

Beim Haus ertönte eine Hupe, Billy Eagle saß abfahrbereit im Bronco. Herb ignorierte es. »Vielleicht will meine Frau mal in die Stadt . . .« Sagte nichts weiter, sah aber Cully an, ob er sich dazu äußern wollte.

Cully rang sich ein Grinsen ab und erwiderte: »Wenn sie irgendwohin will, einkaufen oder sonst was, fahre ich sie. Sorge dafür, daß alles klappt.«

Herb sagte einen Moment lang gar nichts. Dann nickte er. Cully spürte es: Herb hatte ein letztes Mal mit ihm reden und sichergehen wollen, daß Cully wußte, was von ihm erwartet wurde. Versuchte, die Angelegenheit ganz natürlich zu regeln; er mußte geschäftlich verreisen und besprach sich nur mal eben mit der Hilfskraft, bevor er fuhr, erteilte in letzter Minute ein paar Anweisungen. Trotzdem, er übertrieb es.

Cully beobachtete, wie er zum Haus zurückging und in Billy Eagles Bronco stieg. Er sah ihnen nach, als sie die Auffahrt hinunterfuhren, mit dem Schlauch in der Hand sah er zum Haus hoch und fragte sich, was Michelle vorhatte. Dachte kurz darüber nach, ohne recht zu wissen, ob es ihn wirklich interessierte, ehe er mit den Achseln zuckte und sich dann zu dem halbgewaschenen Cadillac umdrehte.

Auf dem Weg zum Frogmore-Flugplatz fuhr Billy Eagle mit Herb Richtung Lady's Island; sie wollten einen Viersitzer abholen und nach Fayetteville fliegen. Er wartete ein Weilchen, bevor er zu seinem Boss sagte: »Haben Sie ein gutes Gefühl dabei?«

Herb, der sich begriffsstutzig gab oder nicht darüber nachdachte, sagte: »Bei den Traktoren?« Und Billy Eagle mußte den Kopf schütteln, ein paar Sekunden lang den Blick von der Straße nehmen und sagen: »Zu Hause, daß Cully dableibt.«

Dorrance zuckte mit den Schultern. »Ob ich ihn für einen

Gauner halte?« Schüttelte den Kopf und lächelte Billy Eagle an. »Das heißt: Ich weiß, daß er ein Gauner ist. Teufel, Junge, darum hab ich ihn ja angestellt.«

Billy nickte und wartete, daß sein Boss fortfuhr.

Dorrance sagte: »Sieh mal, ich kenne Typen wie Cully. Die geben sich knüppelhart, keiner soll denen erzählen, was sie zu tun haben.« Dorrance lachte. »Weißt du, wie die Wahrheit aussieht?«

Billy fragte ihn: »Wie?«

»In Wahrheit sind sie jämmerlich schwach. Sie *wollen*, daß ihnen einer sagt, wo es langgeht. Vielleicht wissen sie es gar nicht. Aber das wollen sie wirklich.«

»Ach ja?«

Dorrance nickte, zog eine Zigarre aus seinem Hemd und sagte: »Einer wie der, der steckt voller Aggressionen. Und er findet heraus, daß er's draußen nicht schafft, nicht wenn er sauber bleibt. Was bleibt ihm übrig?«

Billy sagte: »Ja, aber ihm eine Knarre geben?«

Herb nickte. »Sieh mal, das geht in Ordnung, wenn ich so was mache, was mache ich da eigentlich? Ich gebe einem Ex-Sträfling eine Schußwaffe. Sage ihm, er soll sie tragen. Gegen mich wird er sie nicht benutzen. Das weiß ich. Es ist nicht sein Stil. Aber dann passiert etwas zwischen ihm und Benny. Vielleicht sorge ich sogar dafür, daß es passiert. Benny taucht bei mir auf, weil er dem Irrtum unterliegt, ich hätte etwas, das ihm gehört. Ich setze Cully auf ihn an, bringe ihn in eine Situation, in der er glaubt, keine andere Wahl zu haben. Was geschieht, wenn Cully diese Waffe benutzt? Dem Sheriff kann ich erzählen: He, ich wußte nicht mal, daß er eine hatte. Der Drecksack muß sie mir gestohlen haben.«

Billy Eagle dachte darüber nach. Ihm kam die Idee, dem Mann zu sagen, er solle Cully loswerden; aber das zu sagen, stand ihm nicht zu. Er fragte Dorrance: »Sind Sie sicher?«

Herb schnaubte: »Er ist ein kleiner Fisch, hat Schnapsläden überfallen. Und mit so einem sollte ich nicht fertigwerden?«

Billy nickte. »Ja, verstehe schon. Sie wollen jemanden haben, falls Benny Marsh sich als Problem erweist, vielleicht zurückkommt, aber es sich diesmal vorher gründlicher überlegt. Vielleicht bessere Pläne ausheckt. Jemand soll dasein, der hilft, sich um Ihre Frau kümmert.«

Herb drehte sich herum, so daß er seitlich saß, ein Bein auf der Sitzfläche. Er sah Billy Eagle an und sagte: »Meine Frau – scheiß drauf. Ich will einen haben, wenn Benny Marsh zurückkommt, was er meiner Meinung nach tun wird, dann will ich einen dahaben, der den Dreckskerl umbringt. Einen, der, sagen wir mal, er wird dabei verletzt, falls wir also vielleicht zwei Tote haben, bei dem das ohne Bedeutung ist.« Dorrance zuckte mit den Achseln. »Mehr nicht.«

Billy machte: »M-hm.« Er schwieg, als er sich dem Flugplatz Frogmore näherte, betätigte den Blinker und wartete mit dem Linksabbiegen, bis ein Lastwagen vorbeigefahren war. Er fuhr mit dem Bronco auf den kleinen Flugplatzparkplatz, parkte den Wagen keine zehn Meter von dem aus einem einzigen Raum bestehenden Abfertigungsgebäude, stieg aus, ging nach hinten, um ihr Gepäck zu holen, und stellte sich zu Herb Dorrance neben die Seitentür. Er blickte einen Moment lang in den Himmel und sagte dann, als Herb gerade nach seiner Reisetasche griff: »Tja, Sie behalten Cully also im Auge. Bearbeiten ihn. Vielleicht bringen Sie ihn so weit, daß er wegen Benny was unternimmt. Sorgen dafür, daß es so aussieht, als hätte er es aus eigenem Antrieb getan. Stimmt's?«

Dorrance nickte. »Ich weiß nicht genau, was ich tun werde. Aber ja, sie besteht. Die Möglichkeit, daß ich womöglich etwas in der Art tun muß. Ich denke, Benny hat es eigentlich nicht verdient, herumzulaufen. Der Mann ist eine wandelnde Beleidigung für mich.«

Billy sagte: »Das leuchtet mir ein.« Wartete kurz und ergänzte: »Während Sie also Cully bearbeiten ...«

Dorance sagte: »Ja?«

Und Billy fuhr fort: »Wie wär's, wenn ich in der Zeit, während Sie das tun, ein Auge auf Benny habe, dafür sorge, daß er nichts tut, was uns nicht gefällt?« Und nach einer kurzen Pause: »Wie wäre das?«

Und Dorrance erwiderte: »Wofür bezahle ich dich wohl sonst, verdammt noch mal?«

Gegen drei Uhr nachmittags schlenderte Cully die Auffahrt hinunter und sah sich die Tomaten- und Tabakfelder an. Er fragte sich, wie es wohl wäre, ein Anwesen, so viel Land, für sich allein zu haben. Wenn es ihm gehörte, wüßte er nicht, ob er irgend etwas darauf anbauen könnte. Er würde andauernd herumspazieren, wie elektrisiert, weil es ihm gehörte. Würde es vielleicht nie schaffen, etwas anzupflanzen.

Gegen fünfzehn Uhr fuhr er in die Stadt, war zwar darauf bedacht, nicht zu lange wegzubleiben, falls Michelle irgendwohin wollte, mußte sich aber einen Kasten Bier und was zu rauchen besorgen. Auf der Rückfahrt entschied er, daß er Herb Dorrance vielleicht gar nicht so sehr beneidete. Er hatte ein schönes Anwesen, eine Menge Land. Und eine hübsche, junge Frau. Aber genau genommen, schäumte Dorrance nicht gerade über vor Glück. Kaum lernt man den Mann kennen, schon muß er einem irgendwas beweisen. Ein Typ von der Sorte, der durchs Leben geht und den Leuten erzählt, entweder machen wir es auf meine Art oder gar nicht. Cully spürte, daß Dorrance es genoß, Leute herumzuschubsen, und es gern hatte, wenn sie sich wanden, nur damit er sie dabei beobachten konnte.

Immer noch in Gedanken, fuhr Cully wieder die Auffahrt hoch und bemerkte zunächst gar nicht, daß die Garagentür offenstand und der Porsche verschwunden war. Kopfschüttelnd hielt er mit dem Cadillac vor der Garage und sagte laut »Scheiße«. Was sollte er denn tun? Wenn Michelle weg wollte, konnte keiner sie aufhalten. Cully konnte schließlich nicht ins Haus gehen und die Bullen anrufen. Den Sheriff ans Telefon holen und ihm sagen: He, die Frau, für die ich arbeite, auf die soll ich aufpassen, sie herumfahren, und jetzt fährt sie selbst durch die Gegend. Dennoch, solange er nicht von hier verschwinden konnte, ein wenig Geld zusammenbekam und das Weite suchte, würde es sich nicht besonders gut anhören, wenn er Herb nach dessen Rückkehr aus Fayetteville sagen müßte, er habe Michelle am selben Abend aus den Augen verloren, an dem Herb die Stadt verließ.

Er legte den Rückwärtsgang ein, wendete und brach wieder zur Route 21 auf, ohne einen Plan, außer vielleicht, sie zu finden, wenn er in der Stadt herumfuhr. Was er sagen würde, falls er sie fand, war wieder eine ganz andere Geschichte.

Langsam fuhr er in Richtung Beaufort und überlegte, wohin er Michelle am Tag zuvor gebracht hatte, bis ihm schließlich das Restaurant ihrer Schwester einfiel.

Er überquerte die Brücke und fuhr weiter, stellte die Schweinwerfer an, weil es dunkel wurde. Vorbei an den kleinen Einraumkneipen aus Hohlblocksteinen, wo sich die jungen Schwarzen von den Inseln aufhielten, miteinander lachten, aber Cully musterten, als er im Caddy vorbeibrauste. Einmal mußte er einem Hirsch ausweichen, das Lenkrad nach rechts ziehen, hatte nur ein, zwei Sekunden Reaktionszeit; vor sich nichts als die dunkle Straße, und plötzlich sprang der Sechsender auf die Straße. Cully spürte, wie die Räder auf dem nichtbefestigten Seitenstreifen der Straße durchdrehten, wie sie bereits im Sand einsanken, und er riß das Lenkrad nach links, dachte kurz, er werde es nicht schaffen, doch dann gewann er die Kontrolle zurück, trat aufs Gas und fuhr weiter zum Restaurant.

Das »Shrimp Boat« war geschlossen, unbeleuchtet, und an der Außentür hing ein großes Vorhängeschloß. Cully saß da, schaute vorbei an dem Restaurant zu dem dahinterliegenden kleinen Bauernhaus, in dem ein paar Lichter brannten, und fragte sich, ob dort wohl Kristin wohnte. Er konnte das entweder herausfinden oder zur Farm zurückkehren.

Schließlich stieg er aus dem Wagen und ging zu dem Haus hinüber, erwartete halb, daß Michelle öffnete oder jemand anderes, ihm unbekanntes ..., bestimmt stellte sich gleich heraus, daß Kristin dort gar nicht wohnte und das Bauernhäuschen hinter dem Restaurant jemand anderem gehörte.

Er klopfte und wartete, betrachtete noch einmal das

dunkle Restaurant hinter sich, bis er hörte, wie die Haustür geöffnet wurde, drehte sich um und sagte zunächst gar nichts, weil Kristin vor ihm stand, ein Geschirrtuch in der Hand, und ihn ansah. Lächelte zwar nicht, tat aber auch nicht, als sähe sie ihn ungern.

11

Benny spielte mit Michelles Titten. Er griff immerzu über Michelle hinweg – sie drehte ihm im Liegen den Rücken zu, und er griff mit der linken Hand über sie weg und packte eine ihrer Titten, massierte die Brustwarze eine Weile, damit sie wieder hart wurde. Michelle stöhnte dann ein wenig auf, preßte ihren Arsch gegen ihn, streckte vielleicht noch ihre freie Hand aus, um seine Finger zu berühren.

Er konnte es nicht fassen. Michelle war, wieviel, vier Jahre älter als damals, als sie ihn ins Lager schickten? Er hatte sich überlegt, wenn man eine durchschnittliche Frau nahm, die vielleicht ziemlich gut aussah, etwa sechs- oder siebenundzwanzig Jahre alt, und die vier Jahre lang nicht sah. Die sah garantiert ein gutes Stück älter aus, wenn man zurückkam. Aber nicht Michelle. Hätte jemand Benny ein Foto von ihr gezeigt, vielleicht so getan, als wäre es aus einer Zeitschrift ausgeschnitten – ohne ihr Gesicht, so daß er sie nicht erkannte –, dann hätte er sie auf zwanzig geschätzt. Spitze. Ganz egal, man konnte ein Foto von ihren Titten, von ihrem Arsch machen, nichts war schlaff.

Er packte ihre Titten wieder, zog Michelle auf ihren Rücken, so daß sie auf seinem Brustkorb lag, packte die beiden und massierte daran herum. Diesmal hörte er nicht auf. Er machte weiter, bis sie wirklich in Fahrt kam, auf dem Bett herumstrampelte und er wieder steif wurde, weil sie ihren Arsch gegen seinen Unterleib rieb. Als er es nicht mehr aushielt, drehte er sie um. Drückte ihr Gesicht in das Kissen und drang von hinten in sie ein. Er stieß so fest er konnte, hörte, wie sie »O Gott« sagte, zog ihn dann fast ganz raus und wiederholte das Ganze. Er machte noch eine Zeitlang weiter, länger als beim erstenmal, weil er die Situation jetzt besser unter Kontrolle hatte. Nicht wie vorher, als er das Motelzimmer betreten hatte und sie nackt auf dem Bett lag, ihn anlächelte, als hätte sie vier lange Jahre nichts anderes getan.

Sie hatte ihn angerufen und gesagt: »Ich sitze hier in einem Motelzimmer, im Fernsehen läuft nichts, und ich hab keinen, mit dem ich reden kann. Was soll ich bloß machen?« Mit ihrer Lockstimme. Ihre Fick-mich-Stimme hatten sie damals dazu gesagt, als sie noch verheiratet waren und es zwei-, manchmal dreimal täglich miteinander trieben.

Das war in Ordnung, in dieses Motelzimmer zu kommen und sie zu vögeln. Teufel, hatte er denn, na was, freie Auswahl? Er konnte in seinem eigenen Motelzimmer hokken oder rüber zu Earls Haus fahren, herumsitzen, mit seinem blöden Bruder Bier trinken und über Autos reden, so tun, als wäre nie etwas geschehen und Benny nicht gerade erst aus dem Knast gekommen.

Also war er vorbeigekommen und hatte Michelle vorgefunden. Genau wie immer lag sie auf dem Bett, die Tür unverschlossen, und als er eintrat, war sie schon nackt, glich einer rolligen Katze und schenkte ihm ihren Schlafzimmerblick, als hätte sie sich schon selbst befummelt. Als könne sie nicht warten und müsse sich unten berühren, wenn sie an Benny dachte. Packte ihn und zog an seiner Kleidung, biß ihn, sagte ja, schloß die Augen und zerrte an ihm.

Es machte Spaß, das mußte er ihr lassen. Sie hatte einen Körper, der für eins geschaffen war, nämlich zum Ficken. Wenn sie in einen Raum kam, konnten zwanzig Frauen drin sein, einige besser aussehende, aber wenn ein paar Typen in der Nähe waren, starrten die unweigerlich sie an.

Es war also in Ordnung, fast wie in alten Zeiten, sie aufs Bett zu drücken und in sie zu rammen. Und daß sie ihm nachher sagte, du lieber Himmel, ihn ansah und sagte: Ich kann von dir nicht genug kriegen.

Er langte über sie hinweg nach seinem Hemd. Zog seine Zigaretten heraus und zündete eine an, blies Rauch an ihr vorbei und blinzelte in das Deckenlicht. Dachte: Die kann mich mal, und sagte: »Das war fast so gut wie unten in Raiford.«

Sie rückte von ihm ab. Setzte sich aufrecht ins Bett und schaute in das Zimmer, während er Rauch an die Decke blies. Er wußte nicht recht – glaubte sie etwa, es würde so wie früher werden? Er konnte sich vorstellen, was in ihrem Kopf vorging. Es war wie eine Rolle in einem Film. Da kam der Regisseur rein und sagte zu ihr: Schön, wir brauchen jetzt ein paar Gefühle. Sagt zu ihr: Du bist gekränkt, dieser Scheißkerl hat dich gekränkt, was Fieses gesagt, und jetzt mußt du reagieren. Benny beobachtete sie und sah das anders als vor seinem Gefängnisaufenthalt. Als er diesen Blick das letztemal gesehen hatte, hatte man ihn vier Jahre in einen verdammten Käfig gesperrt.

Das machte ihn an, wie sie sich langsam zu ihm umdrehte, verdammte Greta Garbo, die Augen ein wenig feucht. Sah ihn nicht direkt an, ihr Blick richtete sich auf eine Stelle gleich über seinem Kopf, als fiele es ihr zu schwer, auch nur darüber zu reden. Sah ihn an und sagte mit leiser Stimme: »Benny.« Achtete aber darauf, ihre Titten nicht zu bedekken, reckte sich vor, belastete ihre Arme, die Innenseiten ihrer Ellbogen berührten ihre Rippen, so daß ihre Titten zusammengeschoben wurden. Sie ragten Benny entgegen. Wenn ihm danach war, konnte er vielleicht zwanzig Zentimeter weit greifen und eine packen.

Sie sagte: »Warum mußtest du das tun? Seit fünf Jahren hab ich dich nicht gesehen, war nicht mit dir allein, und da sagst du einfach so was.«

Er antwortete ihr, während er sich in das Kissen zurücklehnte, hinter dem Kopf einen Arm, der die Zigarette hielt, mit der er beim Reden auf sie deutete. »Ich weiß nicht recht. Du machst dir mächtig Sorgen, wenn ich etwas sage. Wie kommt das? Da war ich echt lange im Knast und komm raus. Soll ich da vielleicht nicht sauer sein?« Ließ ein paar Sekunden verstreichen, ehe er fortfuhr: »Soll ich etwa nicht warten, daß du mir erzählst, du hast etwas, was mir gehört?«

Sie wiederholte es, schüttelte langsam den Kopf und sah ihn an. Sagte leise: »Benny«, streckte die Hand aus, um ihn an der Brust zu berühren. Großer Gott, er konnte es nicht glauben, sie zögerte noch immer. Sagte zu ihm: »Auf diesen Tag warte ich schon lange.«

Er lachte. »Warten. So nennst du das also, ich muß in den Knast, und du läßt dich scheiden. Ich komm raus, und du bist mit einem alten Wichser verheiratet, der seine Knete mit Tomatenzüchten verdient.« Sah sie jetzt direkt an. »Was ist mit mir, ich warte jetzt seit, wieviel, vier verschissenen Jahren auf mein Geld. Du und ich, wir hatten eine Vereinbarung. Ich geh da rein, bleibe eine Zeitlang in diesem Scheißloch, und wenn ich rauskomme, hast du das Geld für mich.« Er rückte näher an sie heran und flüsterte: »Willst du damit etwa sagen, das hättest du vergessen?«

Sie stieg von dem Bett herunter und ging quer durchs Zimmer zu der Kommode. Sah ihn im Spiegel an und spielte mit ihren Haaren. Drehte sich schließlich um und sah ihn an. »Ich habe es nicht.«

»Was?«

Sie wiederholte: »Du hast richtig gehört, ich habe es nicht.« Sie hielt eine Hand hoch, ehe er etwas erwidern konnte, und sagte: »He, ich muß miterleben, wie man dich einsperrt, ohne zu wissen, ob ich dich je wiedersehen werde. Alles kann passieren. Ganz plötzlich bin ich mutterseelenallein. Von den Bullen werde ich behandelt, als hätte ich irgendwas mit dem Raubüberfall zu tun. Die versuchen, mich auch ins Gefängnis zu stecken. Was hätte ich denn tun sollen?« Sie holte tief Luft. »Ich hab's zurückgegeben.«

Er wurde laut. »Scheiße, was soll das heißen?« Er machte Anstalten, sich vom Bett zu erheben, ließ es aber sein. »Hier geht's um etwas, wofür ich 'ne Menge auf mich genommen habe.«

Jetzt mochte sie ihn nicht mehr ansehen. Drehte den Kopf weg und betrachtete die Tür des Motelzimmers. »Ich weiß, aber es hätte nichts genützt, wenn ich auch im Gefängnis gelandet wäre. Sie haben danach gesucht, und ich hab's ihnen gegeben. Hab so getan, als hätte ich es gefunden, ich wollte nichts damit zu tun haben.«

Er schüttelte den Kopf, fast zu wütend, um sofort etwas zu unternehmen. Betrachtete sie auf der anderen Seite des Zimmers und sagte: »Herrgott noch mal«, überlegte sich, was sie tun würde, wenn er aufstand, zu ihr rüberging und sie gegen die verdammten Wände schleuderte? Statt dessen atmete er ein paarmal tief durch, weil er dachte, er wollte vielleicht die ganze Geschichte hören, herausfinden, wie gründlich sie ihn wirklich gelinkt hatte. Er fragte: »Und was ist dann passiert? Du fällst irgendeinem alten Arschgesicht auf. Ehe er bis drei zählt, hast du's geschnallt und treibst dich mit ihm rum, läßt ihn ab und zu deine Möpse von oben sehen. Hältst ihn ne Weile hin, läßt ihn einen wegstecken, wenn du glaubst, die Zeit sei reif. Du mußt dich allerdings vorsehen; eh du dich umguckst, kriegt der alte Furz einen verfluchten Herzinfarkt.«

»Und du glaubst, so war es?«

Benny zuckte mit den Schultern. »Weißt du, es ist egal, ob ich glaube, daß es so war oder anders.«

»Mir aber nicht.« Sie kam langsam zum Bett zurück, an den Rand, wo seine Füße waren, und kniete sich hin. Sie berührte seine Zehen, massierte sie und sagte: »Vier beschissene Jahre. Die hatte ich vor mir. Und was hätte ich tun sollen, wenn dir da unten irgendwas zugestoßen wäre?«

»Du mußt schließlich für dich selbst sorgen, stimmt's?«

»Genau.« Sie fuhr mit den Händen Bennys Bein hinauf, arbeitete sich an seiner Wade hoch, knetete mit beiden Händen ein Bein durch und widmete sich dann dem anderen. Sie sagte: »Du glaubst also, ich hab Herb bloß geheiratet, weil ich mir davon Vorteile verspreche. Echt? Glaubst du das wirklich?«

Benny antwortete: »Schatzi, wenn du mir erzählst, das war die große Liebe, krieg ich vielleicht 'n Lachkrampf. Vielleicht wärst du dann gekränkt.« Er wartete ein paar Sekunden, ehe er fortfuhr: »Eins muß ich dir sagen, es gab Zeiten ... Ich saß unten in Raiford in meiner Zelle. Fragte mich vielleicht, was du gerade tatest. Und dann, als ich hörte, daß du Herb geheiratet hast, stellte ich mir vor, ich könnte da raus und hierherkommen. Wie ich zu seinem schicken Haus fahre und ihm 'ne Kugel ins Gehirn jage.«

Sie schob sein Bein weg und sah ihn an, als hätte er sie nicht alle. Sagte: »Und was würde dann aus dir werden?« Sie gab ihm keine Gelegenheit zu antworten. »Und wenn du noch länger überlegst, wer wen kränkt, dann kommen wir beide nicht weiter.«

»Kommen wir denn irgendwohin?« Er wollte sarkastisch sein, aber es half nichts. Er setzte sich auf, sah sie an, preßte die Zigarette im Aschenbecher aus und beobachtete sie. Erinnerte sich daran, daß er diesen Tonfall in ihrer Stimme schon früher gehört hatte, als sie noch verheiratet gewesen waren, wenn sie beispielsweise herumalberten, scherzten und sie ganz plötzlich ernst wurde. Dann änderte sich ihre Stimme völlig. Er sagte: »Was schwebt dir vor?«

Sie ging wieder zu der Kommode und nahm Bennys Hemd in die Hand. Hielt es an ihre Nase und roch daran, musterte ihn kurz und drückte es dann an ihren Oberkörper, rieb es lächelnd gegen ihre Titten. »Benny, als du in die Bank gegangen bist. Du bist da rein und hast dir das Geld geholt.«

»Und?«

»Und ich habe dafür gesorgt, daß du wußtest, an welchem Tag du reingehen solltest. Wann das meiste Bargeld herumlag.«

Benny rückte zur Bettkante. »Weiß nicht, wieso erzählst du mir das alles. Du sagst mir nichts, was ich nicht schon weiß.«

Sie kam rüber und setzte sich neben ihn. »Benny, als du das viele Geld gesehen hast, das sie dir gaben, was dachtest du da? Ging dir durch den Kopf, daß ich dich vielleicht an der Nase herumführte?«

Benny tat, als müsse er darüber nachdenken. Er ließ ein paar Sekunden verstreichen und schüttelte dann den Kopf. »Als ich in jenem Moment die vielen verdammten Scheine betrachtete und sah, wie du auf der anderen Seite des Raumes versucht hast, ängstlich auszusehen. Nein, an so was habe ich nicht gedacht, das muß ich zugeben.«

Sie sagte: »Ich hab's ausgetüftelt. Dir gesagt, du solltest da reingehen, und was dann? Du hättest doch nicht auf halber Strecke entschieden, daß wir das Ganze vielleicht abblasen sollten.«

Benny sagte: »He, Schatzi, ich hatte schon 'ne Knarre in der Hand, was sollte ich denn machen? Vor mir dieser Haufen Geld.«

»Also hab *ich* nichts dazu beigetragen, daß du ins Gefängnis mußtest.«

Er zuckte die Achseln. »He, was erwartest du eigentlich? Vielleicht soll ich mich entschuldigen. Bloß, wer hat die vier Jahre im Knast gesessen?«

Sie machte: »M-hm.« Berührte ihn dann im Gesicht. »Etwas möchte ich noch wissen. Was hast du vor, jetzt, wo du draußen bist? Willst du dir Arbeit suchen?«

Er schüttelte den Kopf. »Kann ich mir nicht vorstellen. Für jemand anderen zu arbeiten. Scheiß drauf.«

Sie nickte. »Das stimmt. Scheiß drauf.« Sie schaute in die Luft, als müsse sie überlegen. »Und wenn ich dir sagen würde, ich wüßte, wo du etwas bekommen kannst, das viel mehr wert ist als das Geld aus der Bank?« Sie sah ihn wieder an und sagte: »Und wenn ich dir sagen würde, daß ich Leute kenne, die vielleicht etwas besitzen, etwas sehr Wertvolles, und niemand soll davon etwas wissen. Wo würden sie das wohl aufbewahren?«

Benny lächelte. »Keine Ahnung. Unter der Matratze?«

»Meine Güte.« Schüttelte ihren Kopf und sagte: »In einem Bankschließfach. Wenn man Geld in einem Bankschließfach deponiert, dann will man dafür vielleicht keine Steuern bezahlen. Man hebt es für besondere Gelegenheiten auf. Und was passiert? Man nimmt es raus, es sind vielleicht zehn Jahre vergangen, und was ist es wert, wenn es Bargeld ist? Vielleicht zwei Drittel von dem, was es wert war, als man es reingelegt hat.«

»Inflation?«

»Als hättest du's im Garten hinter deinem Haus verbuddelt. Wenn du so was tust, verlierst du Geld.«

Benny sagte: »M-hm.« Hatte es begriffen, wußte aber immer noch nicht, worauf sie hinauswollte. »Was ist also in dem Fach?«

»Diamanten.«

»Diamanten?«

»Genau. Bei Edelsteinen gibt es keine Inflation oder so was.«

Benny beugte sich vor und berührte ihr Gesicht. »Ich sitze hier und höre zu, wie du mir diese Dinge erklärst. Und ich frag mich, warum. Du erzählst mir von Diamanten, und mir fällt unweigerlich ein: Hast du mir nicht schon mal von einem Schnäppchen erzählt? Wohin hat mich das gebracht?«

Sie zuckte mit den Schultern. Wollte etwas sagen, doch Benny hielt eine Hand hoch. »Warte. Ich frage mich, warum sich das anhört, als wär es ganz leicht, du lockst mich damit. Erzählst mir, es sei viel mehr wert, als das, was wir beim erstenmal probiert haben.«

Michelle verließ das Bett und ging wieder zur Kommode, drehte sich langsam um und sah Benny an. »Daß es leicht werden würde, hab ich nie behauptet.« Und setzte dann hinzu: »Es gibt da ein Problem ...« Hielt kurz inne, als wolle sie es ihm eigentlich nicht verraten. Benny saß auf dem Bett, beobachtete sie, dachte: Auweia, jetzt kommt's. Entdeckte einen Ausdruck in ihren Augen, den er kannte. Kleines Miststück saß in der Klemme und würde jetzt versuchen, durch Reden ihr Verhalten zu rechtfertigen.

Er sagte: »Mir kommt eine Idee. Warum sagst du es nicht einfach. Auf diese Weise können wir das Geschwätz sparen. Und wenn mir nicht paßt, was du zu sagen hast, das kriegen wir auch auf die Reihe.«

Sie nickte. »Also gut«, blieb bei der Kommode stehen, machte aber einen neuen Anlauf: »Die Diamanten ...«

Benny machte: »M-hm.« Richtete sich besser auf.

»Sie gehören meinem Mann.«

»Herb?«

»Ja.«

»Na, dann hol sie. Du bist schließlich seine verdammte Frau. Geh rein in die Bank, oder wo auch immer sie sind, das kannst du schon morgen tun, geh rein und hol sie.« Er lächelte. »Wenn du das tust und sie mir bringst, können wir von mir aus vergessen, daß ich so lange in Raiford gesessen habe.«

Sie schüttelte den Kopf. »Also wirklich, ich erzähle dir das, und du kommst mir mit so was. Wenn das möglich wäre, glaubst du, dann würde ich es nicht machen?«

»Warum nicht? Du bist seine Frau.«

»Ich bin zwar seine Frau, aber es ist ein Privatschließfach, und darum mußte ich mich bei unserer Heirat einverstanden erklären, daß wir beide nicht darüber verfügen, wie wir wollen. Wenn ich etwas hineinlegen oder rausnehmen will, muß er anwesend sein.« Sie wartete kurz, dann fuhr sie fort: »Sieh mal, du bist gerade aus dem Gefängnis gekommen. Was glaubst du eigentlich, wo ich, verdammt noch mal, bin, ich hocke hier, mit einem Typ verheiratet . . ., der mich bloß leiden sehen will.«

»Du brichst mir noch das Herz, Schatzi.«

Sie wurde ein bißchen sauer, das merkte er. »Benny, ich erzähl dir keinen Quatsch. Herb, du lernst ihn kennen und denkst vielleicht, der Mann ist in Ordnung? Das ist Blödsinn. Der Typ hat eine totale Macke. Wenn der rausfindet, daß ich an so was auch nur denke, bringt er mich um.« Sie starrte einen Augenblick lang ins Nichts, dann sagte sie leise: »Vielleicht bringt er mich auch so um.«

Benny sagte: »Du sagst also, du weißt genau, wo sie sind, und du kommst nicht ran?« Schüttelte den Kopf und sagte: »Lieber Himmel«, weil er wieder wütend wurde.

»Benny, es geht nicht.« Doch da kam dieser Blick, sie war eine verdammte Schauspielerin, voller Dramatik. »Aber jemand anders könnte es tun.«

Er brauchte ein paar Sekunden, hörte zwar die Worte, begriff aber zunächst nicht. Dann aber schob er Michelle von sich weg und schrie: »Nun mach, verdammt noch mal n Punkt. Willst du damit sagen, ich soll da rein und sie holen? Ich hab ja schon ein bißchen Übung, hab das Ganze schon mal gemacht, darum ist es bestimmt der reinste Sonntagsspaziergang.« Sah sie an, war gar nicht mehr so wütend, weil er sie langsam für irre hielt. Sagte: »Verdammte Axt.« Stieg vom Bett und zog sich die Jeans an, stand auf einem Fuß und sah sich im Zimmer um, suchte seine Eidechslederstiefel, ohne dabei umzufallen.

Sie blieb, wo sie war und beobachtete ihn, bis er Hose und Stiefel anhatte und sein Hemd suchte, dann räusperte sie sich und zeigte ihm, daß sie es immer noch in der Hand hielt. Sie sagte: »Ich dachte mir bloß, da steht eine Schachtel voller Diamanten in der Bank herum. Nützt keinem was. Das ist doch eine Schande.«

Er nahm ihr das Hemd aus der Hand und zog es sich an. »In den Knast zu müssen ist eine viel größere Schande.«

Sie nickte. »M-hm. Aber sie könnten dich nur ins Gefängnis stecken, wenn du sie nimmst. Stimmt's?«

Er hörte auf, das Hemd zuzuknöpfen, und sah sie an. »Na und?«

»Und was wäre, wenn es jemand anderes für uns täte? Wenn sie ein anderer für uns klaute.« Als sie das sagte, blieb er stehen, weil es sich so simpel anhörte, wie sie da auf dem Bett saß und zufrieden aussah, als wäre der erste Akt in einem Theaterstück, an dem sie mitwirkte, gut gelaufen – sie beherrschte ihren Text, und die Kritiker waren begeistert.

Er betrachtete sie, kam zum Bett zurück und nahm Platz, starrte sie an und sagte endlich: »Wir können ja eine Anzeige aufgeben, in der ›Beaufort Gazette‹ oder so, in der so etwas steht wie ›Bankräuber gesucht‹. Womöglich mit der Bitte um Referenzen.«

»Nein, so etwas brauchen wir nicht zu tun.«

»Ach nein? Denkst du an jemand bestimmten? Stehen die Kandidaten Schlange?«

Sie nickte. »Du hast ihn bereits kennengelernt.«

Er überlegte, beobachtete ihre Miene. Sah ihr Lächeln und

begriff jäh, fing selbst an zu lächeln, weil es gar nicht mehr so verrückt klang, wenn man sie seit sieben Jahren kannte. Er wußte, wie ihr Gehirn funktionierte, wie weit sie gehen würde. »Der Typ mit der Kettensäge. Stimmt's?«

»Cully.«

Er dachte drüber nach. »Leuchtet mir fast ein.«

Sie legte eine Hand auf sein Bein. »Es ist sein Beruf.«

»Banken ausrauben?«

»Banken, Läden, Kneipen. Alles, wo Geld rumliegt.«

»Tut er das zur Zeit auch?«

Ein Achselzucken. »Weiß ich nicht.« Sie wartete, sah ihn von der Seite an, beugte sich vor und redete mit leiser Stimme. »Ich weiß etwas, das wirst du nicht glauben.«

»Was denn?«

»Willst du raten, wo unser Mann, Frank Cullen, vor acht Wochen war?«

»Warum verrätst du's mir nicht.«

Sie nickte. »In Ordnung, wird gemacht. Er hatte eine Strafe abgesessen, kam gerade erst raus, vielleicht kennst du den Knast, Staatsgefängnis Raiford.«

»Heiliger Strohsack.« Er packte ihre Hand. »Machst du Witze? Der ist ein Raiford-Junge?« Grübelte noch mal nach. Kam ihm der Mann bekannt vor? Wohl eher nicht. Zu ihr sagte er: »Schon möglich, daß ich ein dutzendmal an ihm vorbeigegangen bin. Das ist ein Riesenladen. Aber ich muß annehmen, daß ich ihm irgendwann mal begegnet bin.«

Sie zuckte mit den Achseln. »Möglich wär's.«

Er fuhr sich mit der Hand durch die Haare, nachdenklich. »Man kann nie wissen. So was kann passieren. Da unten sitzen 'ne Menge Leute, alle hab ich nicht gekannt.« Er überlegte noch ein wenig, sah Cully mit der Kettensäge vor sich, war fast stolz auf ihn, auf so eine Idee hätte er selbst kommen können. »Mein Gott, jetzt kann ich es mir vorstellen.« Sah sie an und fragte: »Und du glaubst, wir sagen ihm, was uns vorschwebt, und dann hilft er uns, glaubst du das?«

Sie runzelte die Stirn. »Ich glaub nicht, daß er das tut, nein. Meiner Ansicht nach hat er sich aus diesem Beruf zurückgezogen.«

»Gesetzestreu?«

Sie nickte. »Ich denke schon.«

»Aber?«

Sie lächelte. »Aber vielleicht kann ich seinen Entschluß ändern.«

Er lächelte auch und berührte ihre Hand, hob sie hoch und betrachtete sie. »Vielleicht.«

Sie sagte: »Du mußt folgendes tun, du mußt mich die Sache richtig angehen lassen. Darfst nicht zum Haus rausfahren und ihn belästigen. Oder Herb. *Wir* sagen ihm gar nichts. Du überläßt das mir. Ich will ihn bearbeiten.«

Benny nickte. Stellte es sich im stillen vor. Vielleicht schaffte sie es. Er sagte: »Was ist mit deinem Mann? Wir nehmen ihm sein Geld weg, und was machst du dann?«

Sie seufzte, sah ihn an, als wäre er bescheuert. »Benny, hast du irgendeine Vorstellung davon, wie es ist, draußen auf der Farm zu hocken und sich anzuhören, wenn er übers Wetter redet, fragt, ob ich glaube, es werde bald regnen? Andauernd, an was anderes denkt er nicht. Und dann seine Spielchen, wenn er in meiner Unterwäsche herumläuft, manchmal schickt er abends seinen Kumpel, dieses Arschloch Billy Eagle los, damit er 'ne Nutte holt. Die bringt er ins Haus, damit er zusehen kann, wie sie mit mir vögelt. Hast du eine Ahnung, wie das ist?« Sie machte eine kurze Pause, dann sagte sie: »Außerdem, glaubst du, Herb nimmt das ruhig hin, wenn er herausfindet, daß wir ihn beraubt haben?«

»Ich könnte mir vorstellen, daß es ihn ziemlich ankotzen würde«, antwortete Benny.

»Mein Gott, ich glaube, er würde uns umbringen, falls er herausfände, daß wir es waren.« Kurz darauf fügte sie hinzu: »Ich hab das dumpfe Gefühl, er braucht sowieso keinen besonderen Grund, um einen umzubringen.«

Benny dachte darüber nach. »Wir beide erleichtern also den Mann um seine Diamanten und hauen dann ab.«

»Genau«, bestätigte Michelle. »Diesmal machen wir es richtig. Wir lassen es Frank Cullen für uns machen.«

Benny schwieg eine Weile. Grinste aber, weil es klappen könnte. Sah sie an und begann zu nicken. »Könnte klappen, daß man es diesem Scheißkerl anhängt. Die Bullen gucken sich das Ding an und sagen: »Der Bursche geht wieder seiner alten Beschäftigung nach.«

»Stimmt genau.«

Benny sagte: »He. Weißt du, was wir machen könnten?«

Sie schüttelte den Kopf.

»Sobald wir die Knete haben, fahren wir runter nach Nashville. Beschaffen dir n Plattenvertrag.« Er dachte ein Weilchen drüber nach. »Scheiße, wenn sie dir keinen Vertrag geben, kaufen wir eben ein ganzes verdammtes Studio.« Lächelte sie an und sagte: »Wie hört sich das an?« Beschäftigte sich kurz damit, dachte es durch. Das wäre was. Sie ein paar Songs aufnehmen lassen, ein Demo. Mal sehen, ob jemand Interesse zeigte.

Sie lächelte ihn an. »Das könnten wir tun.«

»Klar.« Benny überlegte es sich, vielleicht ginge das. Und wenn nicht, hätten sie immer noch das viele Geld. Könnten tun, was sie wollten. Er stellte sich Cully mit der Kettensäge vor. Der Mistkerl hatte es sich selber zuzuschreiben.

Er sagte: »Der Drecksack hat mich mit ner Ketttensäge bedroht.«

Michelle nickte. »Stimmt genau.«

Benny sagte: »Hat er, oder hat er nicht?«

Sie musterte ihn kurz und sagte dann: »Warum ziehst du diese Jeans nicht aus.«

12

Cully hatte in seinem Leben noch nie so verflucht viele Katzen gesehen, vielleicht ein Dutzend, seit er Kristins Haus betreten hatte. Es ging ihm ganz schön auf den Wecker, als er am Küchentisch saß und die Viecher ihm andauernd auf den Schoß sprangen. Wenn Kristin ihn ansah, gab er sich zuerst Mühe, streichelte das Tier eine Zeitlang, aber dann hatte er es satt. Sobald eine Katze auf seinen Schoß sprang und er sie wegschubste, auf den Fußboden zurückwarf, nahm prompt eine andere ihren Platz ein. Langsam machte er sich Sorgen. Was würde wohl passieren, wenn zwei oder drei hochsprangen, vielleicht anfingen zu kämpfen, dann spielte sich zwei Zentimeter vor seinem Schniepel ein Katzenkampf ab.

Er fand, daß sie unglaublich aussah. Wild. Trug einen langen Rock aus irgendeinem dünnen Stoff, hätte er raten müssen, hätte er Baumwolle getippt. Das Ding ging bis zum Boden. Dazu hatte sie Sandalen an; gelegentlich warf er einen verstohlenen Blick auf ihre Zehen unter dem Rock. Und ein Sweatshirt, auf dem »Duke University« stand. Nun ging es ja in Ordnung, wenn sie sich leger kleiden und zu Hause zwanglos benehmen wollte, das war okay. Aber dazu trug sie auch noch Ohrringe und eine ausgefallene Frisur. Cully kam nicht darauf, wie man das nannte, wenn die Haare in einer Unmenge Flechten herunterhingen, wie damals bei Bo Derek in diesem Film. Seiner Meinung nach nannte man das wohl Dreadlocks, aber er war sich nicht sicher – vielleicht sagte man das nur bei einem schwarzen Mann? Bei Bob Marley oder so?

Außerdem hatte sie sich eine große Blume ins Haar gesteckt. Mit großen, weißen Blütenblättern, die eine Seite ihres Kopfes weitgehend bedeckten. Und sie war geschminkt – nicht sehr, aber er merkte es, vielleicht hatte sie ein wenig Rouge und eine Spur Lidschatten aufgetragen. Er wurde nicht schlau daraus. Hatte sie vorgehabt auszugehen, sich halbwegs schick gemacht und dann ihre Meinung geändert? Dennoch, hätte ihn jemand gefragt, ob sie seiner Ansicht nach trotz des etwas ausgefallenen Aufzugs gut aussah, so hätte er das bejaht.

Während er so mit all den verflixten Katzen am Tisch saß, versuchte er durch ihr Kleid zu sehen, einen gewissen Eindruck von ihrer Figur zu bekommen. Gelegentlich, wenn sie zwischen ihm und dem von der anderen Seite des Zimmers einfallenden Licht stand, erhaschte er einen Blick, sah die Umrisse ihrer Beine unter dem Rock. Die betrachtete er und entschied, daß Kristin ziemlich gut aussah, sobald sie anstatt dieser Kleidung vielleicht etwas Normales anzog. Oder das Kleid einfach bloß auszog.

Er saß da und erzählte Kristin, er versuche, Michelle zu finden, weil er ihrem Mann versprochen habe, sie im Auge zu behalten, während Dorrance in Fayetteville Traktoren kaufte. Er erzählte ihr, Benny sei auf der Farm gewesen, erwähnte aber den Zwischenfall mit der Kettensäge nicht. Er tat, als sei es eben erst passiert. Benny sei rausgekommen, habe sich ein wenig mit Herb und Michelle gestritten und sei dann wieder zurück in die Stadt gefahren. Er sah sie an, wie sie auf der anderen Seite des Tisches saß, ohne selbst viel zu sagen, aber interessiert nickte.

Er sagte: »Die Frage ist, wie sehr soll ich mich da reinhängen? Wenn Ihre Schwester irgendwohin will, dann ist ihr das schließlich nicht verboten.«

Sie sah ihn an. »Nun ja, Sie wollen natürlich Ihre Arbeit machen. Aber Sie haben recht. Ich finde, Sie sollten nicht stundenlang auf der Suche nach ihr durch die Gegend fahren. Sie ist ein großes Mädchen.«

Sie griff quer über den Tisch und zog eine Lederhandtasche zu sich herüber, kramte in ihr herum und fischte eine Schachtel Zigaretten heraus. Sie zündete eine Zigarette an, betrachtete dann Cully, inhalierte, blies eine Qualmspur in Richtung Decke und sagte achselzuckend: »Michelle war schon immer so. Wenn man erwartet, daß sie sich so und so verhält, etwas auf bestimmte Art tut, dann macht sie genau das Gegenteil.«

Cully fragte: »Was ist mit Benny? Der fährt zum Haus raus und legte sich mit den Leuten an. Macht er das öfter?«

Sie schien überrascht, daß er so etwas fragte, zog den Zigarettenrauch ein und lehnte sich zurück. Berührte die Blume in ihrem Haar und sagte: »Benny fährt nicht zum Haus raus.«

»Ist er aber heute.« Beugte sich im Sitzen vor und stützte die Ellbogen auf den Tisch. Er nahm sich ihre Zigaretten, schüttelte, ohne zu fragen, eine aus der Packung, steckte sie sich in den Mund und zündete sie an, drehte das Feuerzeug in seiner Hand und spielte damit. »Herb hat mir gesagt, er käme gelegentlich raus. Betrinkt sich oder so was und ruft dann Michelle an. Oder er taucht vor der Tür auf. Ich hab mir gedacht, Herb hat mich vor allem deshalb angestellt.«

Kristin schüttelte den Kopf. Sie befingerte ihre Haare, schob die Blume ein wenig höher und seufzte, blies Rauch an Cullys Kopf vorbei. »Womöglich hat er Ihnen den Job gegeben, weil er dachte, Benny würde *anfangen*, zum Haus rauszukommen. Doch ansonsten lügt er. Benny war vorher noch nie da draußen. Er hätte gar nicht gekonnt.«

Cully dachte darüber nach. Benny – betrunken hatte er nicht gewirkt. Wütend, ja, er hatte Herb Dorrance angebrüllt und auf ihn eingedroschen, ihn zu Boden geschlagen, bevor Cully mit der Kettensäge angerückt war. Sah wieder vor sich, wie Benny dagestanden hatte, mit seinem abgeschnittenen Arbeitshemd und seinen Tätowierungen.

Herb hatte ihn angelogen, ihm erzählt, Benny sei regelmäßig im Haus aufgetaucht. Überlegte, so ein Zufall, sagte leise: »Meine Güte«, schaute dann Kristin an und sagte: »Benny ist frisch aus dem Knast entlassen worden, stimmt's?«

»Ich dachte, das wüßten Sie.«

Sie erzählte ihm ein wenig mehr darüber, saß da, redete leise, und Cully hatte so seine Schwierigkeiten, sich zu konzentrieren, weil ihm auffiel, daß sie offenbar noch besser aussah als ihre Schwester. Hörte ihr zwar zu, klar, aber ein

Teil von ihm fragte sich, wie es wohl wäre, mit so einem Menschen viel Zeit zu verbringen. Man schaffte sich ihre Katzen vom Hals, brachte die Viecher vielleicht raus in die Bucht und ertränkte sie, so was in der Art, und mit ihr müßte man sich möglicherweise noch über ihre Kleidung unterhalten.

Kristin sagte: »Benny hatte so eine Idee, keine Ahnung, woher. Aber anscheinend hatte er sich überlegt, man könne einfach so in eine Bank spazieren, sich das Geld schnappen, und alles wäre in Ordnung.« Sie zuckte mit den Schultern und sah Cully an, als sei dies ebenso unglaublich wie unbegreiflich. »Offenbar war es überhaupt nicht geplant, als habe er eines Nachmittags einfach beschlossen, es zu tun. Er und ein anderer; sein Partner. In die Stadt fahren und eine Bank überfallen.«

Nach allem, was er von Benny wußte, konnte sich Cully das beinahe vorstellen. Wie er jähzornig zu Herbs Haus hinaus gerast war, am Tag nach seiner Entlassung. Wahrscheinlich genauso, wie er die Bank überfallen hatte. Geht einfach mit ner Knarre rein, scheißegal, daß sie womöglich Wachen, Kameras und so n Kram hatten.

»Aus heiterem Himmel, einfach so?«

Sie nickte. »Dazu muß man Benny kennen. Meiner Ansicht nach war er nicht recht bei Trost. Er war wie dieser Typ, den Al Pacino in *Hundstage* gespielt hat. Aber Al Pacino, der macht das alles für seinen Freund. Damit er die Operation bekommt. Ich schätze, Benny dachte sich, ich weiß nicht, es wird schon irgendwie klappen.« Sie machte eine kurze Pause, dann sagte sie: »Merkwürdig war er damals. Er hat häufig Geschichten erfunden.«

»Geschichten erfunden?«

»Ja. Als ich ihn kennenlernte, Michelle brachte ihn mit her. Da erzählte er mir, er sei ein bedeutender Mann in der Coutry-Music. Kenne all die Leute. Kenny Rogers. Solche Leute.«

»Und dann zieht er los und überfällt Banken?«

»Stimmt.«

Er fragte nach: »Haben sie ihn sofort gefaßt?«

»Nein. Er ist entwischt, wenigstens ein paar Tage. Hat sich benommen, als wäre nichts passiert.«

»Und was dann? Hat ihn die Polizei gefaßt?«

Kristin streckte die geöffneten Hände aus. »Das war das Merkwürdige. Er hat sich gestellt. Er hätte abhauen können, vielleicht über Land flüchten. Zeit genug wäre gewesen.«

»Und was war mit Michelle? Sie waren doch damals verheiratet, oder?«

Als Kristin nickte, fuhr Cully fort: »Und jetzt ist Michelle mit Herb verheiratet.« Vielleicht war das ja die Lösung. Benny hegte einen Groll gegen Herb, weil er Michelles früherer Mann war.

Kristin erwiderte: »Sie sind jetzt seit fast drei Jahren verheiratet.«

»Und Benny zieht los und überfällt die Bank, und danach treibt er sich einfach in der Stadt herum, als wär nichts passiert?«

»M-hm.«

Cully beugte sich interessiert vor. Überlegte, was er getan hätte? Sagte: »Er ist nicht abgehauen? Hat sich gestellt?«

Sie nickte. »*Er* schon. Nicht sein Partner, ein gewisser John Lewis. Keiner hat ihn gesehen. Wie es heißt, hat er sich aus dem Staub gemacht, aber keiner weiß es genau.« Sie sprach leise. Cully hörte einen Unterton in ihrer Stimme. Er wußte nicht recht, was es war, aber irgend etwas war da. Als sei es ihr nicht recht, darüber zu sprechen.

Nach ein paar Sekunden fragte er: »Und was wurde aus dem Geld?«

Sie zuckte mit den Schultern. »Einen Teil hat er ausgegeben. Den Rest zurückgegeben und deshalb eine geringere Strafe bekommen. Sich mit der Polizei irgendwie geeinigt.« Nach einer kurzen Pause ergänzte sie: »Viel war es nicht. Ich habe etwas von siebentausend Dollar gehört.« Sie sah Cully an. »Ich meine, wenn einer eine Bank überfällt, dann kommen einem siebentausend Dollar nicht sehr viel vor.«

Cully runzelte die Stirn. »Nicht besonders viel. Aber Banken sind raffiniert. Oft genug kriegt man nicht besondes viel Geld. Man hört nur von den großen Dingern; jemand sahnt fünfzig, hundert Riesen ab, so was hört man.« Er wartete einen Augenblick und sagte dann: »Oder ... vielleicht war das nicht alles.«

»Was meinen Sie damit?«

»Vielleicht war nur noch das übrig, vielleicht hat er den Rest ausgegeben. Oder vielleicht hat er das Geld versteckt.« Er begann darüber nachzudenken, sieben Riesen, möglich war es schon. Manchmal haben sie nicht mehr, wenn man in eine Bank geht. Vielleicht geben sie dir nur, was obendrauf liegt, du bist so nervös, daß sie dir Monopoly-Geld geben könnten, ohne daß du den verdammten Unterschied merken würdest. Oder sie geben dir einen Stapel Scheine, du kommst aus der Bank gerannt, und das Scheißzeug explodiert dir ins Gesicht, färbt dich lila. Die Bullen brauchen nur die Farbe zu suchen. Was willst du ihnen erzählen, wenn sie dich voller lila Farbe finden, daß du in eine Farbdose gefallen bist?

Sie betrachtete ihn mit leicht gerunzelter Stirn. »Kennen Sie sich bei so was aus?«

Cully überlegte kurz, wollte sich nicht dazu äußern, weil er sie eben erst kennengelernt hatte und es sich ziemlich gut anließ. Er lächelte. »Man hört so manches, das ist alles.« Und dann sagte er: »Benny raubt also eine Bank aus, erbeutet ein bißchen Geld, nicht viel, und dann stellt er sich. War es so?«

Sie nickt. »Genauso.«

Cully fragte sich, was er getan hätte, wenn er nicht erwischt worden wäre, unten in Miami, mit seinen bewaffneten Raubüberfällen. Auf keinen Fall hätte er sich gestellt. Was würde er heute tun, wenn damals die Polizei nicht draußen vor der Kneipe gewartet hätte? Wahrscheinlich würde er immer noch anderen Leuten Pistolen unter die Nase halten. Er sagte: »Dieser Typ, Benny, der beeindruckt mich nicht. Ich stelle mir vor, wie er diese Sachen macht, und denke mir, daß wir es mit keinem besonders intelligenten Menschen zu tun haben.«

Sie hob eine Hand, zeigte fast auf ihn, und erwiderte: »Na, das meinte ich doch mit Al Pacino in diesem Film. Der sein Verbrechen für einen anderen beging. Ich glaube, Benny hat versucht, seine Frau zu beeindrucken.«

Cully sah das nicht so. »Er betritt bewaffnet eine Bank. Wird festgenommen. Und das soll seine Frau beeindrukken?«

Ein Schulterzucken. »Das hat er wohl geglaubt.«

»Warum sagen Sie das?«

»Na, zunächst einmal« – sie schenkte ihm ein kleines Lächeln, als wüßte sie, daß ihm das gefallen würde –, »sie hat in der Bank gearbeitet.«

Er kam dahinter, was er in ihrer Stimme hörte. Sie beide lernten einander besser kennen und unterhielten sich über Banküberfälle. Eben noch sah er sie an, ohne genau zu wissen, was sie dachte, und gleich darauf sah er es, hörte es in ihrer Stimme. Ihr gefiel, darüber zu sprechen, den Überfall zu durchdenken und zu ergründen, warum Benny ihn versaut hatte. Ihre Stimme klang, als mache sie das alles ein wenig wütend. Andererseits dachte sie vielleicht auch ganz gern darüber nach, was sie anders gemacht hätte.

Sie ging es gelassen an, unterhielt sich ruhig mit ihm, sagte ihm, was vier Jahre zuvor passiert war, aber ab und zu verstummte sie und sah ihn an. Er beobachtete, wie sie nachdachte, die Sache im Kopf durchspielte, und manchmal bekam sie offenbar mit, daß er sie beobachtete, ertappte ihn dabei, wie er sie musterte, und dann lächelte sie ihn an.

Er fragte: »Was tut sie also, wenn er bewaffnet in die Bank gelaufen kommt. Sie schaut auf, und da ist ihr Mann. Begeht gerade ein Verbrechen.«

»Ich weiß nicht. Mir hat sie nachher erzählt, er habe gesagt, er wolle es tun. Habe damit angegeben. Aber sie habe es nie ernst genommen.«

»Benny hat bloß so herumgeredet?«

»H-hm.« Sie überlegte kurz, dann ergänzte sie: »Wenigstens glaube ich das. Mir war nie klar, ob sie es gewußt hat oder nicht.«

Cully nickte. »Es wäre auf jeden Fall eine Möglichkeit. Eine Vertraute in der Bank zu haben, von der er erfuhr, wann er es tun mußte. Wonach er zu suchen hatte.«

Kristin sagte: »Ich weiß es nicht. Sie redet nicht viel darüber.« Sie seufzte. »Keine Ahnung, sie ist mit diesem Typ verheiratet, das war vor gerade mal, wieviel, vier Jahren. Und er zieht los und überfällt eine Bank.«

»Vielleicht wußte sie es, vielleicht auch nicht?«

»Keine Ahnung. Vorstellen könnte ich mir's schon. Man ist mit jemandem verheiratet, lebt mit ihm zusammen, wie auch immer. Und plötzlich tut er so was. Kommt völlig überraschend.«

Cully nickte. »Möglich wär's.«

Sie warf ihm einen Blick zu, erhob sich dann vom Tisch, trug den Aschenbecher zur Spüle und kam zurück, nahm wieder Platz und starrte ins Nichts. Schließlich nickte sie und sagte: »Übrigens, sein Komplize damals, John Lewis . . .«

Cully nickte ebenfalls. Sagte: »Ja?« Wartete ab, da er in ihrer Stimme wieder einen Unterton hörte, neigte sich zu ihr hin, nahe genug, daß er eine winzige Narbe neben ihrem rechten Auge erkennen konnte, ein kleiner weißer Schnitt in ihrer braungebrannten Haut. Auf einmal hätte er am liebsten die Hand ausgestreckt und diese Narbe berührt, statt dessen fragte er: »Was ist mit ihm?«

Sie schaute ihn an, fast erstaunt, als könne sie ihre Antwort selbst nicht glauben. Schüttelte ein wenig den Kopf und sagte dann: »Ich war damals mit ihm zusammen.« Nach einem Weilchen fuhr sie fort: »Die Sache ist die: Ich hatte keine Ahnung, was passieren würde.« Dann nickte sie und sagte zu Cully: »Ich kann mir also vorstellen, wie so was möglich wäre. Daß Michelle vielleicht gar nicht Bescheid wußte.«

Cully sagte: »Oder vielleicht doch.«

Sie nickte. »Das stimmt, vielleicht wußte sie es doch.«

Später machte sie Kaffee, trug die Tassen zum Tisch und setzte sich neben ihn, und Cully vertrieb sich die Zeit, sie dabei zu betrachten. Kam ins Grübeln, weil er sich ziemlich wohl fühlte, wie er so in ihrer Küche saß, ohne sie besonders gut zu kennen. Er hatte aber ein ziemlich gutes Gefühl.

Weil er jetzt etwas mehr Zeit hatte, sie anzuschauen, fiel ihm auf, daß sie ein wenig älter als ihre Schwester war. Sie hatte ein paar Fältchen im Gesicht. Nicht viele, aber Cully gefiel das. Sie bekam dadurch ein wenig mehr Charakter als ihre Schwester, fand er. Sie wirkte so eine Spur reifer. Doch ihrer Schönheit tat das keinen Abbruch. Wenn er sie ansah, fiel ihm die Ähnlichkeit mit Michelle auf. Es ließ sich nicht leugnen. Doch er mochte ihr Aussehen. Nicht so auffällig wie ihre Schwester. Aber irgendwie gelassener; sie ruhte mehr in sich.

Sie glich keiner der Frauen, mit denen er sich sonst unterhielt. Sie sah nicht mal wie eine der Frauen aus, von denen er unten in Raiford immer geträumt hatte. Wenn man da unten in einer Zelle hockt, stellt man sich keine Frau vor, die in einem langen Rock in ihrer Küche steht. Scheiß drauf. Er träumte damals von Mädchen, wie man sie vielleicht bei einer Show in Las Vegas oder Atlantic City sah, oder in einem Fickfilm. Mädchen, die ihre Titten in zu kleine Stütz-BHs gezwängt hatten. Und Strapse. Mit zwölf Zentimeter hohen Absätzen, so daß ihre Beine straffer waren und die Ärsche steiler aufragten.

Noch früher – als er schon bewaffnete Raubüberfälle beging, aber noch nicht gefaßt worden war –, wenn er da eine Frau auf der Straße sah, eine Hausfrau oder so was. Dann sah er sie sich an, betrachtete sie, wie sie in den Supermarkt ging, vielleicht ein bißchen aufgedonnert, um mit den Jungs zu flirten, die ihr ihre Einkaufstüten zum Auto trugen. Und dann fragte er sich, wie das wohl wäre: Heiraten, den ganzen Tag lang arbeiten, während deine Frau einkaufen ging, und was dann? Jeden Abend nach Hause kommen und dann vielleicht zweimal in der Woche bei deiner Alten einen wegstecken? Damals saß er in seinem Wagen, baldowerte einen Laden im Einkaufszentrum aus und beobachtete die Frauen beim Einkaufsbummel. Später fuhr er dann in die Innenstadt von Miami und vergaß es. Ging in eine Kneipe, traf vielleicht ein paar Leute und schleppte dann eine Nutte ab, wenn ihm danach war. Damit es unkompliziert blieb.

Doch wenn er Kristin jetzt ansah, glaubte er zu erkennen, wie sie wirklich war. Er hatte sie zweimal und insgesamt vielleicht eine Stunde lang gesehen, und schon fand er, daß die Sache sonnenklar wurde. Er konnte sie sich in einem Restaurant vorstellen, wie sie Essen auftrug, oder auch im Freien bei der Gartenarbeit oder beim Reiten. Etwas in der Art.

Sie nahm wieder Platz und sagte: »Wie schmeckt Ihnen der Kaffee?«

»Prima.«

»Ich würde Ihnen ja gern etwas anderes anbieten, ein Bier oder so was. Es ist aber nichts da.«

Er nickte. »Der Kaffee ist in Ordnung.«

»Sind Sie sicher?«

Er nickte, bis ihm plötzlich der Kasten Bier auf dem Rücksitz des Caddys einfiel, und er fragte: »Möchten Sie ein Bier?«

»Sie meinen ausgehen und eins trinken?«

»Ich meine zu meinem Wagen rausgehen und eins holen.«

Sie mußte lachen. »Sie haben Bier mitgebracht?«

»Ich bin noch nicht dazu gekommen, es auszuladen.«

Sie hörte auf zu lächeln und sah ihn ein paar Sekunden lang an, fuhr sich mit der Hand durch ihr Haar und sagte dann: »In Ordnung.« Sie machte eine kurze Pause. »Das fände ich schön.«

Er ließ sie allein, ging zum Wagen raus, holte ein Sechserpack aus dem Kasten und brachte es mit zurück. Sie kam gerade mit einem Tütchen in der Hand von der Spüle zurück. Cully brauchte ein Weilchen, bis er merkte, daß es Gras war. Er saß am Tisch und öffnete Flaschen, während sie einen Joint drehte. Beobachtete sie, wie sie ihre Zunge herausstreckte, während sie sich konzentrierte. Ihm gefiel, daß sie nicht glaubte, ihn fragen zu müssen, ob er einverstanden war. Sie strengte sich an und machte ihre Sache ziemlich gut.

Leckte den Joint an und hielt dann das Feuerzeug einen Moment dran, um das Papier zu trocknen, inhalierte und reichte den Joint Cully.

Er nahm ihn, zog daran und versuchte, den Rauch in der Lunge zu behalten, mußte aber husten. Er trank einen Schluck Bier, weil sein Hals ihm zu schaffen machte, schüttelte den Kopf, als sie ihm das nächstemal den Joint anbot. Beide schwiegen eine Weile, während sie ihren Joint zu Ende rauchte und Cully sein Bier austrank.

Sie griff über den Tisch und goß ihm noch eins ein. Er saß da, sah zu, wie sie die Flasche öffnete und dann das Glas so hielt, daß der Flaschenrand das Glas berührte.

Als sie es ihm reichte, trank er einen Schluck und sagte: »Wie eine Verabredung.«

Sie schaute ihn an. »Wie meinen Sie das?«

Er zuckte mit den Schultern. »Es ist wie eine Verabredung.« Das sagte er ruhig, dachte aber: besser nichts übereilen. »Na ja, wenn ich manchmal mit einem Mädchen ausgegangen bin und wir uns vielleicht ziemlich gut kannten, dann sind wir eben ausgegangen und haben einfach bloß ein paar Bier getrunken.« Hier brach er ab, fühlte sich aber nicht recht wohl dabei, also sagte er: »War nichts Besonderes.«

Sie lächelte ihn an: »Eine Bierverabredung.« Zog ihn ein wenig auf, das merkte er, hatte aber wohl auch ihren Spaß dabei. Sie nahm einen Schluck von ihrem Bier. »Aber wir beide kennen uns nicht. Oder?«

Er schüttelte den Kopf und sagte: »Es erinnert mich daran. Mehr nicht.«

Sie lächelte immer noch, nahm sich seine Bierflasche, goß den letzten Rest in sein Glas, ebenso verfuhr sie mit ihrem Bier.

Er sagte: »Ich möchte Sie gern etwas fragen.«

»Nur zu.«

»Ich hab gesehen, wie Sie dieses Restaurant leiten. Sie haben hier dieses hübsche Häuschen. Und wenn ich mir dann Ihre Schwester betrachte ...«

Sie lächelte: »Sie wollen wissen, weshalb wir so unterschiedlich sein können, wo wir doch Schwestern sind?«

»Ich bin bloß neugierig.«

»Ich möchte Sie etwas fragen. Sie sehen uns, Michelle und mich. Sie glauben, wir sind unterschiedlich. Stimmt's?«

»Mehr oder weniger.«

»Woher wissen Sie das?« Sie nahm einen Schluck Bier. Ihr Glas war fast leer, und sie drehte es in ihren Händen, sah ihn an und wartete auf eine Antwort.

Er sagte: »Keine Ahnung. Das nehme ich an. Aber Sie haben natürlich recht.« Er nahm sein Glas und trug es zur Spüle. Als er zum Tisch zurückkam, schaute sie zu ihm hoch.

Er sagte: »Ich gehe jetzt.« Lächelte, hätte am liebsten mehr gesagt, wußte aber nicht recht, was. Schließlich nickte er nur und sagte: »Gute Nacht.«

Er war halb zur Tür hinaus, als sie hinter ihm herrief: »Cully.« Was ihn überraschte, weil er gar nicht sicher gewesen war, daß sie sich an seinen Namen erinnerte.

Er drehte sich um und sah, daß sie an der Küchentür lehnte. Er lächelte. »Ja?«

»Was ist mit Ihrem Bier?«

Da grinste er, machte einen Schritt auf sie zu und antwortete: »Warum behalten Sie es nicht. Ich komme irgendwann mal zurück und trink es aus.« Er fühlte sich gut, weil er das gesagt hatte; auf dem Weg zum Caddy drehte er sich noch einmal um, sah sie in der Tür stehen und ihm zuwinken, während er in den Wagen stieg.

Auf der Fahrt zurück zum Haus dachte er über Kristin und ihre Schwester Michelle nach, dachte, daß sie ihm unterschiedlich vorkamen. War sich aber nicht sicher. Was Michelle tat, war ihm jetzt klar. Sie spielte mit ihm. Hätte ihn jemand gefragt, ob Michelle seiner Meinung nach ihren Mann liebte, ob sie sich dabei wohl fühlte, draußen auf der Farm zu leben, Tomaten anzubauen und vielleicht ein paarmal die Woche zum Einkaufen in die Stadt zu fahren, so hätte er das nicht beantworten können. Er glaubte, daß Michelle sich wohler fühlen würde, wenn viele Leute um sie waren, vielleicht irgendwo, wo es Kasinos oder so was gab, wo man sie sah, eine Menge los war und Michelle im Mittelpunkt stehen konnte.

Er dachte darüber nach, stellte sich vor, wie sie vorgestern im Auto saß, als er sie in die Stadt gefahren hatte, und überlegte, worüber sie gesprochen hatten. Wie sie mit ihm gespielt hatte. Während er den Caddy zurück nach Beaufort fuhr, durch ziemlich leere Straßen und eine Stadt, die im Dunkeln verändert, ruhiger aussah, erwischte er sich dabei, daß er lächelte, sich freute, weil er gerade an Kristin dachte. Er hatte wielange bei ihr verbracht, eine Stunde? Das war nicht genug, um sie kennenzulernen. Doch in seinem Kopf hatte er ein Bild von ihr, sah sie am Tisch in ihrer Küche sitzen, sie war nett zu ihm, obwohl sie ihn kaum kannte. Sie sprach mit ihm und klang interessiert genug, um sich anzuhören, was er zu sagen hatte. Vielleicht war es aber gar nicht so einfach, daraus schlau zu werden. Aber eins wußte er: Wenn er die Wahl hätte, wenn ihn einer fragte, ob sie jemand sei, die er gern wiedersehen würde, mit der er gern ein wenig Zeit verbringen würde, dann müßte er diese Frage bejahen.

Er dachte drüber nach, an die Zeit vor Raiford, und versuchte, sich an einen Namen zu erinnern, an den Namen irgendeiner Frau, mit der er zusammensein wollte. Eine Frau mit der er nicht nur vögeln wollte. Ihm fiel keine ein.

13

Schließlich bog er mit dem Caddy in Herb Dorrances Einfahrt, dachte gar nicht mehr an Michelle, sondern fuhr einfach langsam zum Haus hinauf und lenkte den Wagen zur Garage, vor der er den Porsche stehen sah.

Er stieg zögernd aus, wußte nicht recht, was er tun sollte, am besten ging er einfach rauf in sein Apartment und tat so, als sei er nie weggefahren, um Michelle zu suchen; er gönnte ihr nicht die Genugtuung, daß sie es wußte.

So machte er es, er schritt über die Auffahrt in Richtung Garage, als er Musik hörte. Er blieb stehen, um zu lauschen, wußte zwar schon, woher sie kam, redete sich aber ein, er sei sich nicht sicher. Er ging zum Garten hinter dem Haus, zum Pool, ohne sich darüber im klaren zu sein, ob er dort wirklich hin wollte, durch das Tor, vorbei an der großen Eiche, die neben der Seite des Hauses stand, welche der Garage zugewandt war, und hörte die Musik jetzt besser, irgendwas von den »Rolling Stones«. An den Titel des Songs erinnerte er sich nicht mehr, doch er klang bekannt, der treibende Beat, der ihn an Raiford erinnerte, wo man in seiner Zelle saß und hundert verschiedene Songs gleichzeitig hörte, wo jeder seinen Ghettoblaster möglichst laut aufdrehte, bis man keinen einzelnen Song mehr hörte, sondern den Beat Hunderter Songs.

Sie schwamm. Durchmaß die Länge des Beckens, wobei ihre Arme das Wasser durchpflügten und ihre Füße kleine Fontänen emporwirbelten. Dabei leuchtete die Poolbeleuchtung, und die Bäume schienen zu flackern, so daß man sich wie auf einem Tanzboden unter freiem Himmel vorkam. Fast schien die Musik mit dem Licht synchron zu sein.

Cully ging am Pool entlang, beobachtete Michelle beim Schwimmen und paßte sich ihrer Geschwindigkeit an, als er zu dem Tisch hinüberging, wo ihr Bademantel lag. Auf dem

Tisch stand eine Flasche Whisky, Seagram's mit Eis, und daneben etwas 7-Up. Er mixte sich einen Drink, fragte sich, warum die Leute hier keinen Chivas tranken, schließlich schwammen sie hier doch offenbar im Geld. Er setzte sich und zündete eine Zigarette an, betrachtete die Frau im Wasser und legte sich noch einmal zurecht, was er zu ihr sagen würde, wenn sie mit Schwimmen aufhörte.

Sie bewegte sich noch etwa weitere fünf Minuten langsam durch das Wasser, während Cully zusah. Das ging in Ordnung, herumsitzen war irgendwie entspannend. Er roch die salzige Luft von dem nicht weit entfernten Marschland. Daran erinnerte er sich, aus seiner Jugendzeit unten in Miami. Er lag immer in der Luft: der Salzgeruch. Man gewöhnte sich daran, merkte ihn nach einer Weile gar nicht mehr. Aber wenn man weg war und wieder zurückkam, lag er wieder in der Luft. Scharf. Und dann lief man ein paar Tage lang mit diesem Geruch in der Nase rum, bis man sich wieder daran gewöhnt hatte.

Schließlich hörte Michelle auf zu schwimmen, und zwar am flachen Ende des Beckens. Sie blieb eine Weile bewegungslos liegen, die Arme auf den Beckenrand gelegt, das Kinn auf ihren Händen ruhend, den Rücken Cully zugewandt.

Er wollte gerade etwas sagen, sich vielleicht räuspern, damit sie wußte, daß er da war. Doch sie überraschte ihn, als sie vor sich hin sagte: »Wenn Sie schon den Schnaps meines Mannes trinken, können Sie mir ruhig auch einen einschenken.« Dann drehte sie sich um und sah ihn an, ohne zu lächeln, aber mit einem Gesichtsausdruck, als habe sie auf ihn gewartet.

Er sagte: »Ich überlegte gerade, ob ich mich am besten anpirschen soll, wenn ich oben auf der Veranda bin oder aber hier unten? Aber anscheinend wußten Sie, wann ich komme.«

Daraufhin stieß sie sich lächelnd vom Beckenrand ab und watete durchs Wasser auf ihn zu. »Manchmal weiß ich es eben. Wenn mich einer beobachtet, krieg ich nach 'ner Weile so ein Gefühl.«

»Als würde Ihnen jemand zwei kleine Löcher in den Rükken brennen?«

»So ungefähr.«

Ihr Aussehen gefiel ihm, schlank, das Wasser tropfte ihr von den Schultern, und ihre jetzt nassen, dicht am Kopf liegenden Haare waren nach hinten gestrichen und dunkler. Durch das von den Bäumen reflektierte Licht auf ihrem Gesicht wirkte sie noch jünger. Löschte ein paar Jahre aus ihren Gesichtszügen, gab ihnen aber auch einen exotischen Anstrich. Cully saß da und trank mit einer geheimnisvollen Frau seinen Seven-und-Seven.

Sie sagte: »Ist mein Drink schon fertig?«

Er fing damit an, griff nach einem Glas, hielt aber inne und reichte ihr statt dessen seines. Sie nippte daran, nahm das Glas kurz von ihren Lippen, um ihn anzulächeln, trank es dann aus und sagte: »Sie waren fort.«

»Ich wollte mich mal umsehen. Ein Gefühl für den Caddy kriegen.« Sagte nichts davon, daß er sie gesucht hatte, weil er wußte, daß sie genau das wollte. Er griff nach dem Glas, nahm es ihr aus der Hand und machte noch einen Drink, wobei er aus den Augenwinkeln bemerkte, daß sie sich auf die Treppe zubewegte, aus dem Pool stieg und sich dem Tisch näherte. Den Bademantel anzog.

»Haben Sie sich amüsiert?«

»Tja«, er reichte ihr das Glas und wartete, bis sie sich hinsetzte, »keine Ahnung, ob ich mich amüsiert habe. Bin rumgefahren. Man fährt in die Stadt, vielleicht zu einem Einkaufszentrum, was kann man da schon machen? Zusehen, wie die jungen Leute in ein Kino gehen. Viel mehr gibt's da nicht zu sehen.«

Sie fragte: »Was ist mit Frauen? Haben Sie hier irgendwelche Bekanntschaften?«

Er dachte an Jenny, die Kellnerin, und dann an Michelles Schwester, wie sie ihm nachgewunken hatte, als er aus ihrer Einfahrt fuhr. Sah jetzt Michelle an und schüttelte den Kopf, wollte nichts von Kristin erzählen. »Heute abend nicht. Ich hatte nur eins vor: ein bißchen herumfahren.«

»Vielleicht haben Sie ja einen Laden unter die Lupe genommen. Nennt man das so?« Beugte sich vor, um sich ihr Glas zu nehmen, dabei öffnete sich der obere Teil ihres Bademantels weit. Cully, den Bademantel und darunter ihr weißes Bikinioberteil im Auge, schien es, als betrachte er ihren BH. Er saß am Tisch und sah sie an. Wäre dies in aller Öffentlichkeit passiert und trüge sie – eine schöne Frau – ein Kleid, beugte sich plötzlich vor und sähe er ihren Brustansatz, so würde er das in seinen Eiern spüren. Es war ihm egal, daß er sie eben noch ohne Bademantel gesehen hatte, denn so war es erotischer. Sie gewährte ihm einen Einblick, erzählte etwas von »einen Laden unter die Lupe nehmen« und zeigte Cully ein wenig Titte. Gab sich eben aufreizend.

Er sagte: »Klar, aber es ist so: Wenn man einen Laden unter die Lupe nehmen, ihn nur mal eben angucken will, dann macht man das nicht in einem hübschen Auto wie 'nem Caddy.« Und weiter: »Die Leute sehen ihn, vielleicht erinnert sich jemand an ihn. Oder sie halten an, um ihn sich anzusehen, den Wagen zu bestaunen.«

Sie lächelte ihn an. »Sehen Sie.«

»Was?«

»Es gibt eine Menge zu bedenken. Wäre ich losgezogen, um so was zu tun, hätte ich es falsch gemacht.«

»Na ja, vermutlich braucht man Übung.« Er wartete einen Moment, erlaubte sich dann einen Scherz: »Spielen Sie denn mit dem Gedanken, einen Raubüberfall durchzuziehen?«

Sie schwieg eine Weile. Cully, der neben ihr saß, hörte die Musik aus der Stereoanlage im Haus, in den Bäumen flakkerte das Licht, er war sich der Frau neben sich sehr bewußt. Ihr Mann war, wo, oben in Fayetteville? Fünfhundert Kilometer weit weg, kam vor morgen nicht zurück. Er trank einen Schluck, sagte sich: Abwarten und sehen, was passiert.

Sie fragte und zog dabei ihren Stuhl ein wenig näher zum Tisch: »Als Sie das getan haben, Leute ausrauben, was dachten Sie da? Haben Sie je daran gedacht, in einem schönen

Haus zu wohnen? Genug Geld zu kriegen, um so ein Anwesen zu kaufen? Ihren eigenen Schwimmingpool zu haben?«

Er schüttelte den Kopf. »Ich hab mir vielleicht überlegt, wenn ich Glück hätte, könnte ich ein bißchen auf die hohe Kante legen. Aber es hat nie geklappt.«

»Sie haben nie genug erwischt?«

»Daran lag's nicht. Es waren ganz ordentliche Summen. Wenn man den richtigen Laden fand, konnte man mit zwanzigtausend Dollar abziehen. Eine Sache von zehn Minuten.« Eine Mücke landete auf seinem Unterarm, und er wartete ein paar Sekunden, ehe er sie mit dem Finger wegschnippte.

»Was haben Sie denn mit dem vielen Geld gemacht?«

»Ausgegeben.« Er grinste.

»Sie sind also pleite.«

»M-hm.«

»Werden Sie wieder losziehen und es nochmals versuchen?«

Er zuckte die Achseln. »Es hat seinen Mann ernährt.«

Sie drehte sich auf dem Stuhl so weit um, daß sie ihm ihr Gesicht zuwandte, beugte sich in ihrem Bademantel vor und blickte ihm direkt in die Augen. Dann fragte sie: »Haben Sie denn nie daran gedacht, als Sie diese kleinen Geschäfte, diese 7-Elevens und Piggly Wigglys überfielen, haben Sie da nie gedacht, es könnte auch mal was Größeres sein?«

»Einmal hab ich eine Bank überfallen.«

»Ach ja?« Sie bekam einen seltsamen Gesichtsausdruck.

Cully dachte, vielleicht hab ich sie überrascht, sie ein wenig beeindruckt.

Er lachte. »Achtzehntausend Dollar. Eine kleine Filiale der First Miami Savings. Ich ging kurz vor Feierabend an einem Donnerstag rein.« Schüttelte den Kopf, weil die Kassiererin, er sah sie immer noch vor sich, wirklich hübsch gewesen war. Er war mit seiner Magnum hineinmarschiert und hatte sie auf die Frau gerichtet, versucht, sich auf sein Vorhaben zu konzentrieren, was ihm aber nicht leichtfiel, da er sie immerzu anstarren mußte, weil sie so verdammt gut aussah. Sie hatte angefangen zu weinen; während sie die Scheine in die von ihm mitgebrachte Aktentasche stopfte, rannen ihr Tränen über die Wangen. Und alles ging lautlos über die Bühne. Doch die ganze Zeit über hörte sie nicht auf zu weinen. Am liebsten hätte er ihr gesagt, sie solle die Sache vergessen. Ein Abkommen mit ihm treffen: Er würde die Waffe einstecken, wenn sie mit ihm nach Hause käme. Er sah sie an, mein Gott; andererseits das viele Geld, das in die Aktentasche wanderte, und er befahl sich, den Mund zu halten, bevor er etwas sagte, das er später bereuen würde. Achtzehn Riesen, und er muß daran denken, wie gut eine Frau aussieht.

Er sagte zu Michelle: »Wissen Sie, wie das ist, wenn man Banken überfällt? Es ist verrückt. Den einen Tag geht man in eine Bank und streicht achtzehn Riesen ein. Eine Woche später tut man das gleiche, und alles geht schief.« Er trank einen Schluck und fuhr fort: »Einmal war ich in einer Imbißstube, ein kleiner Laden, der Schnaps und Sandwiches verkaufte. Nicht der Rede wert, sah problemlos aus. Ich richte meine Knarre auf den Typ, es ist elf Uhr, kein Mensch weit und breit. Ich hatte es nicht mal geplant. Wollte mir nur irgendwo eine Schachtel Zigaretten holen, und ganz plötzlich siehst du's direkt vor deiner Nase. Ich denke: Na denn los. Ich ziehe meine Waffe, und dieser Typ, ich denke noch, der will an die Registrierkasse, streckt seine Hand danach aus.«

»Was ist passiert?«

»Folgendes ist passiert, die Hand wird immer länger. Ich weiß nicht, ich beobachte ihn und sehe, der will gar nicht an die Kasse. Aber ich unternehme nichts. Vielleicht war ich müde. Ich stehe da, nichts passiert, außer daß dieser Typ, ein alter Kerl, etwa Mitte Sechzig, der greift einfach nach unten und holt eine .38er unter der Kasse hervor. Ich hab nicht mal geblinzelt, und schon zielt das Ding auf meine Nase.«

»Großer Gott.«

Bei dem Gedanken daran mußte Cully leise lachen. »Es passiert also folgendes: Da stehen wir, ein Patt. Ich muß annehmen, dem Typ ist es ernst damit, er will nicht ausgeraubt werden, und ich habe nicht vor, erschossen zu werden. Also geh ich einfach rückwärts raus. Und dieser Typ sagt die ganze Zeit über kein Wort. Hätte er mich erschießen wollen, er hätte es tun können. Vielleicht hätte auch ich ihn erschießen können, aber ich weiß nicht. Ich bin rückwärts raus und zu meinem Auto rüber. Hab gemacht, daß ich fort kam.«

Michelle lachte leise. »Er hat kein einziges Wort gesagt?«

»Die ganze Zeit nicht.«

Sie ging ins Haus und legte eine andere Platte auf. Etwas Ruhigeres mit einem Country-Rhythmus. Als sie zurückkam und sich wieder setzte, sagte sie zu ihm: »Ich habe mal gesungen. In Clubs. Überall in der Stadt.« Sah ihn an: »Wir hatten einen Auftritt in einem Club, der war ziemlich groß. Unten in Savannah.« Lächelte und sagte: »Im Royale, glaub ich. Ich war völlig aufgeregt, dachte, na ja, vielleicht wird das mein großer Durchbruch.«

»Was ist passiert?«

»Also, der Laden war irgendwie abgefahren. Ganz anders, als ich erwartet hatte. Man sang seinen Stiefel runter, irgendwer schubste jemanden, und es gab eine Schlägerei. Man steht da oben auf der Bühne, und vor einem spielt sich diese ganze Scheiße ab, und man will bloß den Song zu Ende bringen.«

Er sagte: »Sie haben eine gute Stimme.«

»Finden Sie?«

»Klar.« Sah sie an und ergänzte: »Gestern im Auto. Da hab ich sie gehört.«

Sie nickte. »Das stimmt.« Nach einer kurzen Pause sagte sie: »Mein erster Mann, Benny, wissen Sie, was er mir erzählt hat, als wir uns kennenlernten?«

»Was?«

»Er sagte, aus mir würde noch ein Country-Music-Star. Ich hörte mir das an und dachte dann darüber nach, na ja, wie es sein würde.« Sie fuhr sich mit der Hand durchs Haar, teilte es mit den Fingern und redete nach einem erneuten Blick auf Cully weiter: »Er hat andauernd darüber geredet. Hat den Nashville Channel geguckt, ›Austin City Limits‹, solche Sendungen. Sich angeschaut, wie die Frauen aussahen. Wie gut sie waren.«

»Ja?«

»Und dabei wurde er stinksauer. Er saß da, hörte irgendeine singen und wurde mordssauer. Verfluchte den Fernseher und sagte zu mir, ich wäre besser als die.«

Cully sagte zu ihr: »Ich weiß nicht. Wenn man manchmal Leute sieht, die groß rausgekommen sind, es vielleicht sogar bis ins Fernsehen geschafft haben, dann kommen die einem gar nicht so gut vor.«

»Glauben Sie, an seinen Sprüchen war was dran?«

»Klar.«

Sie nickte. »Eine Zeitlang habe ich ihm sogar geglaubt. Er saß da, wir hörten uns eine Schallplatte an. Oder waren irgendwo, bei einem Konzert, und er erzählte mir, wie gut ich sein würde. Ich bräuchte nur eine Chance.« Sie schüttelte langsam den Kopf und sah Cully an. »Ich glaube, in Wirklichkeit wollte Benny das für sich selber. Wollte ein Großer in der Country-Music sein. Die ganze Zeit hat er davon geredet, daß aus mir noch mal ein Star würde.«

Er wußte nicht, was er sagen sollte, hörte ihr zu. Zum erstenmal schien sie auch eine nette Seite zu haben. Doch noch während er sie beobachtete, sah er, wie eine Art Kälte wieder über sie kam, als würde sie sich hinter einer Maske verbergen. Sie sagte: »Scheiße, was wußte der schon?«

Er schwieg eine Weile, schaute auf den Pool, wohl wissend, daß sie ihn beobachtete. Sie blieb stumm, aber er spürte, daß ihre Augen auf ihm ruhten. Schließlich sagte er: »Und wie ist es jetzt?«

»Was soll das heißen?«

Er lächelte sie an. »Wir beide unterhalten uns gerade so nett. Erst fragen Sie mich nach Raubüberfällen, dann erzählen Sie mir von Ihrer Karriere als Sängerin. Ich versuche gerade dahinterzukommen, wofür Sie sich mehr interessieren.«

Sie sah ihn von der Seite an. »Stört Sie das? Darüber zu reden?«

»Die Raubüberfälle?«

Sie nickte.

Dachte an all ihre Fragen, vielleicht konnte er ihr mal ein paar stellen. Sagte: »Nein. Ich hab mich gefragt, ob es Sie stört? Ich rede drüber, das ruft etwas in Erinnerung, von dem vielleicht einige Leute denken, ich will es vergessen. Ich hab mich gefragt, ob Sie vielleicht auch was vergessen wollen.«

Er merkte, wie sie darüber nachdachte, sah, wie es klick machte. Sie sagte: »Oh –«, lächelte ihn an, ohne beleidigt zu sein. »Sie sind heute nacht durch die Stadt gefahren, und vielleicht hat Ihnen jemand was erzählt.«

Er zuckte die Achseln. »Ich krieg ne neue Stellung, und gleich am ersten Tag muß ich mit ner Kettensäge einen Typ vom Grundstück jagen.« Sah sie an, lehnte sich quer über den Tisch, spielte mit ihrem Glas. Sagte: »Ich frage mich, gerate ich hier in irgendwas rein, sollte ich vielleicht verschwinden?«

»Benny.« Sie sagte das leichthin. »Manchmal, wenn ich dran zurückdenke, kann ich's nicht glauben. Mit dem war ich, wie lange, drei Jahre verheiratet?«

Ein Schulterzucken. »Ich weiß nicht, eine Menge Leute ändern sich, wenn sie heiraten. Drei Jahre später siehst du sie an und denkst: Wer zum Teufel ist das?«

»Das soll's geben.«

»M-hm.«

Sie wartete einen Augenblick, ließ sich Zeit, spielte jetzt mit dem Eiskübel, holte ein paar Würfel heraus und griff dann über den Tisch nach der Flasche. Konzentrierte sich beim Einschenken, ehe sie zu ihm sagte: »Das soll es ja bei einigen Leuten geben.«

Er fragte: »Und bei Ihnen?«

»Keine Ahnung. Wenn Benny nicht getan hätte, was er getan hat? Ob ich immer noch mit ihm zusammen wäre?« Sie schüttelte den Kopf. »Kann ich mir nicht vorstellen.«

Er sah sich um, deutete nach hinten zum Haus. »Ist das besser?«

»Was würden Sie denn sagen?«

»Vielleicht. Wenn ich mein ganzes Geld von den vielen

Überfällen behalten hätte. Es, sagen wir, investiert hätte. Nicht so viel in Kneipen oder auf der Rennbahn gelassen hätte. Dann könnte ich jetzt auch so etwas machen.« Überlegte, was er sie eigentlich fragen wollte. Wollte er sich wirklich darauf einlassen? Sie fragen, was sie, verdammt noch mal, bei Herb suchte. Der Typ brachte andere Frauen mit nach Hause und machte sich nicht einmal die Mühe, es heimlich zu tun. Fuhr durch die Stadt, und wenn er mal mit seiner Pistole schießen, ein paar Straßenschilder abknallen wollte, dann tat er das einfach. Wie ein kleines Kind. Verzogen. Aber was würde sie erwidern? Vielleicht hielt sie immer noch zu Herb. Bei einigen Frauen wußte man nie so genau. Daher sagte er nur: »Ich weiß nicht, wenn man etwas will, was vom Leben haben will – was auch immer –, muß man eben manchmal eine Menge Kompromisse eingehen.«

Sie sah ihn unverwandt an, hielt das Glas auf halber Höhe zum Mund und sagte zu ihm: »So wie Sie. Sie wollten zu Geld kommen, aber dazu fiel Ihnen nichts anderes ein, als mit einer Waffe loszuziehen.«

Er zuckte mit den Schultern. »Damals kam mir eben nichts anderes in den Sinn.«

Sie blieb eine Weile stumm, stand dann auf, den Rücken ihm zugewandt, und hielt den Drink in der Hand, während er sie beobachtete. Sie hob das Glas, neigte den Kopf nach hinten und trank es aus. Er hörte die Eiswürfel klirren. Und dann drehte sie sich um, sah ihn erneut an und trat an den Tisch. Sie stellte das Glas ab und näherte sich ihm noch mehr, senkte die Hand und fuhr ihm mit den Fingern ihrer rechten Hand über die Wange. Sie kam noch näher, so daß ihr Bein die Innenseite seines Knies berührte.

Er blieb, wo er war, spürte ihre kalten Fingerspitzen, mit denen sie das Glas gehalten hatte, sah zu ihr hoch und hörte sie sagen: »Sie hätten folgendes tun sollen: Statt rumzuklekkern, hätten Sie wohl besser ein großes Ding drehen sollen, etwas, womit Sie fürs Leben ausgesorgt hätten. Sie hätten besser in anderen großen Maßstäben denken sollen.« Sah ihn immer noch an, lächelte aber nicht mehr und trat dann einen Schritt zurück. Sie sagte: »Mein Mann hat mir erzählt, Sie seien hier in der Gegend in Schwierigkeiten geraten, weil Sie von einem Typ Geld wollten. Sie arbeiten vier Wochen für den Kerl, und er bezahlt Sie nicht. Was ist das für ein Mensch, der sich freut, gratis zu schuften? Und jetzt das hier. Wie lange wollen Sie hier rumhängen und sich von meinem Mann fertig machen lassen?« Nach einem kurzen Blick auf ihn wandte sie sich ab, ging zu der offenen Verandatür zurück, dabei löste sie unterwegs den Gürtel ihres Bademantels, den sie auf halbem Wege zu Boden fallen ließ.

Cully saß da und betrachtete ihren Arsch, sah sie im Hausinnern verschwinden. Konnte nicht recht fassen, was sie mit ihm anstellte. Verwickelte ihn in eine nette kleine Plauderei. Sie sitzen da, reden über ihre Singerei, seine Raubüberfälle, alles mögliche. Amüsieren sich, sind höflich zueinander, und ehe er sich's versieht, macht sie irgendeine beschissene Bemerkung. Erzählt ihm, was er für ein kleines Licht ist. Großer Gott.

Er blieb noch kurz am Tisch sitzen, bewegungslos, fragte sich, ob er auf sein Zimmer gehen sollte, oder vielleicht aufstehen und ihr ins Haus folgen. War sich ziemlich sicher, daß sie das wollte. Hörte auf einmal nichts außer den Zikaden, weil sie die Stereoanlage ausgeschaltet hatte, und mußte sich dann gar nicht mehr entscheiden, da sie seinen Namen rief. Er stand auf und ging, ohne zu überlegen, auf das Haus zu. Er wußte, wenn er zu lange darüber nachdachte, würde er es womöglich nicht wagen.

Er ging hinein – ins Wohnzimmer vermutlich. Es sah so aus, wie Cully sich ein Wohnzimmer in einem großen Haus vorgestellt hatte: Ein großer offener Raum mit einem riesigen Perserteppich auf dem Boden, ein paar großen Sofas sowie einem Stutzflügel in der Ecke neben dem Kamin. An den Wänden hingen ein paar Ölgemälde, die hauptsächlich alte Leute zeigten. Cully wußte nicht, ob sie Berühmtheiten oder vielleicht Verwandte von Herb Dorrance darstellten. Dachte darüber nach, aber eigentlich war es ihm gleichgültig. Er bemerkte Michelle, die mitten im Zimmer stand, inzwischen ohne den Bikini. Nackt. Sie sah ihn an und lächelte. Und dann kam sie auf ihn, immer näher, bis sie direkt vor ihm stand. Immer noch lächelnd, während Cully auf ihre Titten gaffte und weiter nach unten auf den blonden Pelz zwischen ihren Oberschenkeln und dann wieder in ihr Gesicht blickte, während sie sich konzentrierte, die Lippen leckte und die Hand ausstreckte, um seinen Reißverschluß zu öffnen, ihre Hand in den Schlitz steckte und ihn berührte. Schaute ihm in die Augen, und ihr Grinsen wurde breiter. Sagte: »Na, also, du tust es ja schon. Denkst im großen Maßstab.«

Sie ging in die Mitte des Zimmers, von Cully beobachtet, dessen Hosenstall offenstand, als sie sich lächelnd zu ihm umdrehte. Da stand sie nun, aufreizend, wandte den Blick nicht von ihm, bis er dachte: Scheiß drauf. Er wußte genau, was passieren würde, wußte es, seit er heimgekommen war und sie im Pool ihre Längen hatte schwimmen sehen. Er trat zu ihr und küßte sie, was ihn erregte, klar, doch er empfand noch etwas, stellte sich vor, wie es am Tag zuvor gewesen war, als er sie durch die Stadt gefahren und sich ihr Gelaber angehört hatte, wie er sich ihre Bemerkungen am Pool angehört hatte. Er hob sie hoch, riß sie zu seinen Hüften hoch, hielt sie mit einem Arm fest und zog sich mit der anderen die Jeans aus, wand sich aus der Hose und schlenkerte sie von seinen Füßen. Er spürte, wie Michelle sich gegen ihn drückte, stöhnte, leise ja sagte und den Kopf hob, um Cully zu küssen, während er quer durch das Zimmer auf die Couch zuschlurfte. Er hielt sie noch immer, die Arme ziemlich fest um sie geschlungen, hielt sie gepackt, ohne daß es ihn groß kümmerte, ob es ihr weh tat oder nicht.

Er stieß mit dem Zeh gegen einen Stuhl und machte einen Schritt zurück, trat ihn beiseite, hörte, wie er zu Boden knallte, dem Geräusch nach vielleicht kaputt ging. Cully war jetzt außer Rand und Band. Er schob mit dem Bein den Couchtisch beiseite und schleuderte Michelle herum, bis sie mit dem Rücken an der Couch lehnte. Er machte noch zwei Schritte, fiel, landete auf Michelle, ließ sie einen Moment los, um ihr ins Gesicht zu schauen. Packte eine ihrer Titten, drückte sie fest. Sah ihren Blick, sie war schon halb soweit, erwiderte seinen Blick kurz, machte ihren Mund dann kreisrund, spuckte ihn an und traf ihn im Gesicht.

Er schüttelte den Kopf, wischte sich mit dem Handrücken über sein Gesicht, hob sie mit dem anderen Arm von der Couch und schmiß sie wieder runter. Er legte ihr eine Hand auf den Kopf. Packte ihre Haare und zog sie nach unten in Richtung Couch, verdrehte die Haare, sagte leise: »Ist es das?« Sah sie nicken, ihn immer noch anstarren, die Hand ausstrecken und seinen Schwanz packen, ihn einführen, O GOTT, JA sagen, und sich unter ihm bewegen, als stünde sie in Flammen.

Dann verlor er die Kontrolle, dachte zwar noch ein wenig an seine Wut, aber ohne großes Interesse, weil er nun voll dabei war. Wußte, daß sie das wollte. Wußte aber auch, daß er es wollte. Sie ficken. Er rammte in sie, bis er merkte, daß es ihr weh tat. Spürte aber, wie sie ihn mit den Beinen umklammerte und schrie, bei jedem Stoß lauter. Er hielt sie unten, drückte ihre Arme auf die Couch, fluchte, Schweißtropfen bildeten sich auf seinem Rücken. Wollte ihr weh tun. Und jedesmal, wenn er sich zurückzog, reckte sie sich ihm entgegen, jedesmal wieder »Ja!« rufend. Packte ihre Titten, schob sie möglichst weit ihrem Gesicht entgegen und neigte sich vor, um hineinzubeißen. Sie brüllten laut genug, um Tote aufzuwecken. Dann war es vorbei, sie zog ihn nach unten, küßte und sah ihn an, als hätte sie ihn noch nie gesehen, als sei er jemand anders. Starrte ihn schweigend eine Zeitlang an, bis sie leise sagte: *»O Gott, ja.«*

Später, als sie eingeschlafen war, stand er auf und ging rüber zum Pool. Er goß ein wenig Seagram's und etwas 7-Up in ein Glas, dann begab er sich wieder zu der Verandatür. Dort blieb er stehen, nippte an seinem Drink, betrachtete die auf der Couch liegende Frau und fragte sich, worauf sie, verdammt noch mal, aus war.

14

Benny folgte ihr, nachdem er im Motelzimmer gestanden und beobachtet hatte, wie Michelle zu ihrem Porsche ging. Sie zu ficken hatte ihn in gute Laune versetzt. Aber das hieß keineswegs, daß er noch mal genau das gleiche Ding drehen würde. Sie wollten es nach der richtigen Methode machen: sich die Diamanten holen und ehrlich bleiben. Das ging in Ordnung. Sie konnten das tun und die Stadt verlassen. Vielleicht fuhren sie ja *wirklich* nach Nashville, um zu sehen, ob sie den Durchbruch schaffte. Oder sie eröffneten ihr eigenes Aufnahmestudio. Bei Musik kannte er sich aus. Spielte man ihm einen Song vor, wußte er sofort, ob jemand Talent hatte. Wenn einer es schaffte, dann er. Ihr sagen, was sie tun mußte, anziehen mußte, wie sie ihre Karriere wieder ins Rollen brachte. Doch diesmal wird's anders. Kein Tingeln in kleinen Clubs. Sie würden gleich richtig anfangen, mit einer Schallplatte.

Das wäre in Ordnung, so was zu tun. Wenn sie loszögen und sich die Diamanten nähmen. Wenn alles klappte und sie ehrlich zu ihm war, würde er mitmachen. Aber vielleicht kam sie ja auf den Gedanken, er würde sich von ihr am Schwanz packen und gängeln lassen, vielleicht war es ihr egal, ob er wieder im Gefängnis landete. Falls sie das vorhatte, konnte sie es mit dem Knilch mit der Kettensäge tun.

Er wartete, bis sie ihren Wagen startete, ging nach einer halben Minute zu dem Camaro seines Bruders, ließ den Motor an und folgte ihr.

Er blieb ein gutes Stück hinter ihr; auf der 21, draußen bei der Marine Air Station wäre sie ihm fast entwischt, als die Ampel auf Gelb umsprang und er mit Vollgas über die Kreuzung bretterte. Danach war es leicht. Er hielt ein paar hundert Meter Abstand, ziemlich sicher, daß sie auf dem Weg nach Hause war, keiner von beiden hatte es eilig.

Er konnte sich vorstellen, was ihr durch den Kopf ging. Wie sie den Plan durchging und alles in die richtige Reihenfolge brachte. Zuerst Benny dazu bewegen, seinen Teil zu übernehmen, und dann wieder Frank Cullen bearbeiten. Bei Cullen wußte er nicht, woran er war. Was war das für ein Typ? Ein Knacki, klar. Aber was hieß das schon? Benny kramte immer wieder in seinem Gedächtnis, war er ihm damals in Raiford begegnet, oder hatte er von ihm gehört? Er kam nicht drauf. Da unten saßen alle möglichen Leute. Man lernte ein paar von denen kennen, die übelsten Figuren in dieser Welt. Die brauchte man nur einmal anzusehen, schon erzählten sie einem: »Ich habe meine Mutter umgebracht.« Mann, das nahm man ihnen wirklich ab. Damit hatte man keine Probleme. Dann wieder traf man andere, die saßen vielleicht auch wegen Mordes oder so was. Die sah man sich an, wechselte vielleicht ein paar Worte mit ihnen. Und es warf einen schier um, weil sie einfach nicht dorthin gehörten. Am Tag nach ihrer Ankunft lutschten sie irgendeinen Schwanz. Der Scheißknast fraß sie bei lebendigem Leib. Aber wo war Cully einzuordnen?

Er sah Michelle in die Auffahrt einbiegen, dann fuhr er langsam vorbei, wendete und kam zurück, hielt ein paar hundert Meter vor der Auffahrt auf dem Seitenstreifen und stellte den Motor ab. Die Auffahrt hatte er im Blickfeld, konnte erkennen, ob jemand kam oder wegfuhr. Er zündete sich eine Zigarette an und machte es sich bequem, um zu warten. Fummelte ein wenig am Radio herum, fand einen Countrysender, Garth Brooks, und lehnte sich in den Sitz zurück, ohne die Auffahrt weiter vorn aus den Augen zu lassen.

Etwa eine halbe Stunde später sah er den Caddy. Beobachtete, wie er langsamer wurde und in die Auffahrt einbog, glaubte, ziemlich sicher zu wissen, wer am Lenkrad saß, beschloß aber, sich zu vergewissern. Er ließ den Camaro an und fuhr auf dem Seitenstreifen entlang, bis er neben der Auffahrt stand, stieg aus und arbeitete sich über das Feld in Richtung Haus vor.

Er mußte lächeln und schüttelte ein wenig den Kopf, als er die zwei draußen beim Pool sah. In zwanzig Meter Entfernung hockte er zwischen den Bäumen und beobachtete, wie Cully auf die ihre Bahnen schwimmende Michelle zuging. Ob der Mann das für einen Zufall hielt? Er kommt zum Haus zurück, ihr Gatte ist die Nacht über fort, vielleicht hat sie der Köchin den Abend freigegeben, und ganz zufällig geht sie um Mitternacht ein wenig schwimmen.

Er sah zu, wie Michelle aus dem Becken stieg und langsam zum Tisch hinüberging, sich vorbeugte, um ihre Haare zu schütteln, und Cully ihr Becken entgegenreckte. Wie sie sich in Pose warf. Benny stand zwischen den Bäumen und fand das umwerfend. Lächelte. Fand, daß sie gut war. Sie hätte wirklich Schauspielerin werden sollen.

Er beobachtete die ganze Chose, hörte zwar ihre Stimmen, aber nicht, was sie sagten. Schlich sich auf gut Glück zum Haus rüber, als Michelle gerade hineinging und Cully ihr eine Minute später folgte. Huschte seitlich am Pool vorbei, zu einem Fenster am anderen Ende des Wohnzimmers und schaute ihnen, ans Haus gelehnt, beim Ficken zu. Wie Cully sie hochhob und sie auf die Couch warf. Und auf einmal störte es ihn. Machte ihn stinkig.

Was nicht daran lag, daß sie vögelten. Das war nichts Besonderes. Wie sollte sie, Michelle, es denn sonst schaffen? Nein, wenn ihn eins sauer machte – wie er da im Dunkeln stand und sich plötzlich wie ein beschissener Perverser vorkam –, dann, daß Cully sie mit seinen Künsten glücklich machte. Benny merkte es, als Michelle anfing zu schreien, und im stillen sagte er sich: Jetzt verstellt sie sich nicht. Er sah, was passierte, Michelle, sie war wie ein verdammtes Tier, als wäre sie läufig. Offenbar machte sie der Gedanke an die Diamanten geil. Sie bekam die Möse nicht voll, mußte erst mit Benny bumsen und dann hierherkommen und es mit Cully treiben. Ihn störte das nicht, schließlich war sie seine Ex-Frau. Das ging in Ordnung. Benny kam folgende Idee: Sie merkt, daß es ihr mit Cully gefällt. Wenn sie die Möglichkeit hätte, wenn's darauf hinauslief, daß sie zwischen ihnen beiden eine Wahl treffen müßte, und sie sich für Cully entschied, was wurde dann aus ihm?

Er ging, ehe Cully wieder ins Freie kam, arbeitete sich zur Straße vor und stieg in den Camaro, blieb ein paar Minuten sitzen, da er nicht recht wußte, was er tun sollte. Fuhr schließlich los, sagte: Scheiß drauf, immer noch sauer. Beschloß, in die Stadt zurückzufahren und an ner Kneipe zu halten. Sich ein paar hinter die Binde zu kippen und abzuwarten, was passierte.

Benny fuhr zu »Casey's« und ging rein, bestellte ein Bier und einen Whisky. Er sah sich in dem Laden um, der sich nicht groß verändert hatte seit der Zeit, als er und Michelle hierhergegangen waren. Bloß daß in der einen Ecke eine kleine Bühne gestanden hatte, die jetzt weg war. Ab und zu waren Bands live aufgetreten, und Michelle hatte ein paarmal gesungen. Er sah die Szene vor seinem geistigen Auge: Michelle auf der Bühne, du meine Güte, unter den Scheinwerfern hatte sie sogar noch besser ausgesehen.

Benny hatte ihr immer gesagt, was sie anziehen sollte. Er ließ aus einem Laden in Nashville verschiedene Kostüme kommen, Klamotten mit haufenweise Pailletten. Damit sie da oben auf der verdammten Bühne glitzerte. Sie sagte dann zu ihm: Ich will diesen Mist nicht anziehen. Er sah sie an, sagte: Glaubst du vielleicht, Dolly Parton sieht in ihren Klamotten doof aus? Loretta Lynn, tritt die vielleicht in Bluejeans und einem Flanellhemd auf? Er schüttelte den Kopf, weil er wußte, daß er recht hatte. Zu Michelle sagte er: So ist eben das Showbusiness, Süße. Und er besorgte sich ein paar Klamotten, hübsche Freizeithosen, an deren Beinen sich eine Reihe Pailletten nach unten zog, und vielleicht ein seidenes Hemd und einen dünnen Schlips, einen mit einer Menge Türkis drin. Saß im Publikum, Colonel Parker, an einem Tisch ganz vorn, während Michelle sich oben auf der Bühne die Seele aus dem Leib sang.

Er trank sein Bier und fragte sich, warum sie die Bühne abgebaut hatten. Ansonsten sah der Laden noch ziemlich genauso aus wie früher; immer noch dasselbe bescheuerte

Wandgemälde, aber andere Kellnerinnen. Die eine beobachtete er, warf ihr einen Blick zu und lächelte, als sie in seine Richtung sah. Er machte einen netten Eindruck in seinen besten Jeans. Dazu trug er einen breiten Gürtel mit einer großen silbernen Schnalle, die, wie er fand, prima zu seinen Eidechslederstiefeln paßte, und ein hübsches Baumwollhemd mit abknöpfbarem Kragen. Er zeigte ihr alles, dachte: Hier bin ich, ein Country-Boy, und warf ihr seinen Randy-Travis-Blick zu.

Sie ging ständig hin und her, von den Tischen zurück hinter den Tresen, und nachdem er sie fünfmal beobachtet hatte, lächelte Benny sie an und sagte: »Wie heißt du, Schatzi?« Sie musterte ihn, müde vielleicht, oder ihr war einfach nicht danach. Sie antwortete: »Jenny«, ging aber weiter. Benny saß da, ließ sie aber nicht aus den Augen, weil sie einen hübschen Arsch hatte, und obwohl es blöde war, die Bardamen in Herrenanzüge zu stecken – wen wollen sie damit verarschen? –, gefiel ihm, was er sah. Hübscher Arsch und zwei prima Möpse.

Als sie wieder vorbeikam, fragte er sie: »He, hast du schon mal solche Stiefel gesehen, Eidechsleder?« Hielt den Fuß hoch, so daß sie die Stiefel ansehen mußte. »Willst du wissen, woher ich sie habe?«

Sie sagte: »Ich hab zu tun.« War jetzt verunsichert, das merkte er.

Er lächelte, blieb freundlich, dachte aber: Leck mich, neigte sich zu ihr rüber und sagte leise: »Hey, ich weiß, du bist zu beschäftigt, magst meine Stiefel nicht oder willst unhöflich sein. Vielleicht möchtest du aber lieber mit raus in meinen Wagen kommen und dir hundert Piepen verdienen. Du mußt bloß meinen Schwanz lutschen.« Er beobachtete ihr Gesicht, und ihm gefiel, wie es sich veränderte, einen völlig anderen Ausdruck annahm. Wahrscheinlich war sie ein nettes Mädchen. Wenn ein Typ, irgendein Bauer herkam und fünf Dollar am Abend für Bier ausgab, wenn der sie ficken oder vielleicht bloß einen geblasen haben wollte, mußte er mit ihr ausgehen, ihr ein Abendessen spendieren und dafür arbeiten. Scheiß drauf. Ihre ganze Miene verriet Benny, daß sie noch keiner so etwas gefragt, es einfach ohne Umscheife gesagt hatte. Ihr Geld angeboten hatte.

Er fand das geil, ihm gefiel, wie sie sich umdrehte und zum Barkeeper sagte: »Tommy, ich hab hier ein Problem.« Benny saß da, trank einen Schluck Bier und sah Tommy an. Was zum Teufel sollte der spillurige kleine Barkeeper unternehmen? Benny streckte die Hand aus, nahm sich sein Wechselgeld von der Theke, sah Tommy an und sagte: »Sportsfreund, wenn du um diese Theke herumkommst, passiert folgendes: Du verlierst deine Gesundheit.« Immer noch lächelnd, immer noch betont nett, weil Tommy nicht um die Theke herum nach vorn kommen wollte, was sie beide wußten.

Benny betrachtete das Geld in seiner Hand, nahm einen Fünfdollarschein heraus und hielt ihn hoch, ließ das Mädchen einen Blick darauf werfen. Sagte lächelnd: »Siehst du, es hätte zwanzigmal soviel werden können.« Legte den Schein hin und schüttelte den Kopf, ein netter alter Knabe, dem einfach nicht in den Kopf wollte, daß eine junge Frau leichtverdientes Geld ablehnte. So unhöflich war. Er verstand es nicht.

Er ging, fühlte sich besser, machte sich keine Sorgen mehr, ob Michelle versuchte, ihn zu linken. Es war unwichtig. Versuchen konnte sie es, doch er würde es nicht zulassen. Er mußte nur clever bleiben, entschied er. Ging alles in Gedanken noch einmal durch und sagte sich, es würde funktionieren. Dachte an die Diamanten, diesmal wollte er es richtig machen.

Als er die Kneipe verließ, fiel Benny der Typ mit dem Hut auf. Hatte ein Mädchen dabei. Die beiden hielten Händchen, turtelten herum. Die Frau sah ganz ordentlich aus. Doch daran dachte Benny nicht. Er sah nur den Typ, dessen Kopf und obendrauf den großen Stetson. Benny beobachtete, wie sie sich näherkamen, und dachte: Donnerwetter, sieh dir bloß mal den Hut an. Mit 'ner hübschen Kurve in der Krempe, wenn man damit herumspielt, ihn richtig hinbiegt, dann sitzt er wie angegossen. Er hing noch immer seinen Gedanken nach, als er zu dem Paar trat, sich räusperte und wartete, bis sie ihn ansahen.

Deutete darauf und sagte: »Mann, einen prima Hut haben Sie da.« Ließ ein Weilchen verstreichen, immer schön höflich, und fragte dann: »Welche Größe hat er, Sportsfreund?«

15

Cully wachte am nächsten Morgen auf, als neben seinem Kopf das Telefon klingelte. Zuerst bekam er es überhaupt nicht auf die Reihe, dachte, er sei wieder mit Michelle im Haupthaus. Doch dann fiel ihm ein, daß er in der Nacht gegangen war und Michelle auf der Couch geschlafen hatte. Das war ihr Problem – er war in sein Apartment gegangen und legte sich aufs Ohr.

Er angelte nach dem Hörer, hielt die Frauenstimme zuerst für die von Michelle. War ein wenig gereizt, merkte dann aber, daß es nicht ihre, sondern Kristins Stimme war, und versuchte nun, richtig aufzuwachen, rieb sich die Augen und richtete sich im Bett auf. Ließ noch einen Moment verstreichen, ehe er »Hallo« sagte. Gab sich Mühe, nett zu klingen.

Sie hatte sich die Sache gründlich überlegt. Sollte sie ihn anrufen oder nicht? War aufgewacht – es war Samstagmorgen – und hatte darüber nachgegrübelt. Was würde er denken? Diese Gedanken beschäftigten sie eine Weile, dann entschied sie sich aber, wenn sie ihn am Telefon hatte, würde sie einfach nur hallo sagen oder, falls es den Anschein machte, als freue er sich, von ihr zu hören, ihn fragen, was er heute vorhatte und ihn wissen lassen, daß sie frei hatte.

Sie rauchte einen Joint und fühlte sich besser, wenn sie darüber nachdachte. Wie lange kannte sie Cully jetzt, einen Tag, zwei Tage? Was gefiel ihr an ihm? Vielleicht, daß er sich eine Stunde lang bloß mit ihr unterhalten hatte, nicht versucht hatte, ihr gleich an die Wäsche zu gehen. Hätte er es probiert, wäre das aber wohl auch in Ordnung gewesen. Sie hatte ihn das erstemal gesehen, als er mit Michelle ins Restaurant gekommen war, und gewußt, daß sie mit ihm schlafen würde. Gutaussehender Bursche, erinnerte sie an Kevin Costner, den Typ aus *Robin Hood*. Ein ziemlich normal wirkender Typ, vielleicht ein wenig ruhig, der sich keine Mühe gab aufzufallen, aber bei dem man merkte, daß er mit sich im reinen war.

Sie hatte ein paarmal gemerkt, wie er ihre Beine betrachtete. Er hatte es betont beiläufig getan, warf ab und zu einen Seitenblick darauf, hinten in der Küche, als sie gerade Kaffee machte. Sie fand es irgendwie süß, daß er einen Blick auf sie erhaschen wollte, ohne dabei ertappt zu werden, während er an ihrem Tisch saß mit seiner James-Dean-Miene. Und ganz ernst zu ihr sagte: Ich wollte nur mal rasch nachsehen, ob Ihre Schwester da ist. Aber dann blieb er über eine Stunde.

Sie zündete sich noch einen Joint an. Wenn sie bloß dasaß und wartete, bis sie ihn anrief, konnte sie es genausogut genießen. Sie rauchte die Hälfte, überlegte dann eine Weile, was sie anziehen sollte, falls er sie treffen wollte. Etwas Nettes. Er sollte sie zur Abwechslung mal in etwas anderem als einem langen Kleid oder Jeans sehen. Während sie in ihrem Kleiderschrank kramte, entdeckte sie nicht viel, was ihr gefiel. Schließlich entschied sie sich für einen Jeansrock, einen kurzen, und sagte sich, das sei nicht das gleiche wie eine Jeanshose. Und dann ein Tank Top, nichts übermäßig Ausgefallenes, und doch konnte es nichts schaden, wenn er ein wenig Schulter sah. Es klebten etliche Katzenhaare dran, so daß sie es beinahe zurückgehängt hätte, doch dann dachte sie: Was soll's, und nahm sich ein paar Minuten Zeit, sie zu entfernen.

Dann hockte sie auf ihrem Bett, die Klamotten schon ausgesucht und überlegte, was sie mit ihren Haaren anfangen sollte ..., sie konnte Schaumfestiger hineintun, sie verwuscheln und dann mit einem Fön bearbeiten. Mal sehen, was er davon hielt. Vielleicht ein paar Armreifen anlegen und ein paar Ringe. Frühe Punkerin oder Späthippie. Sie war unsicher. Sie wußte nicht einmal, ob sie sich treffen würden oder nicht und fragte sich, warum sie sich überhaupt so viele Gedanken darüber machte.

Zunächst bereute sie es beinahe, als sie ihn endlich anrief, weil sie merkte, daß er noch geschlafen hatte, bevor er in den

Hörer nuschelte und sie Michelle nannte. Doch dann wurde er munter. Sagte, es täte ihm leid, und fuhr fort: »Ich dachte, es sei Ihre Schwester, die vielleicht irgendwohin wollte.«

Sie wartete kurz, holte Luft und fragte dann: »Was haben Sie vor?«

Hörte, wie er zögerte und dann zurückfragte: »Heute?«

»Ja.«

Er antwortete: »Nichts.«

Ihr fiel nicht ein, wie sie es sagen könnte. Auf einmal spürte sie das Gras und redete ziemlich schnell, diese Wirkung hatte es bei ihr immer. Machte sie redselig. »Ich dachte, wenn Sie nicht beschäftigt wären, wenn Sie noch nichts vorhätten, vielleicht könnten Sie und ich etwas unternehmen. Uns treffen. Ich weiß nicht genau, was Sie heute vorhatten, aber ich habe den größten Teil des Tages frei und dachte mir ...«

Doch dann ging ihr die Luft aus. Sie saß da, den Hörer in den Händen, und wartete auf seine Antwort.

Er ließ einen Moment verstreichen, dann – und es klang hellwach – fragte er: »Wollen wir uns zum Frühstück treffen? Wie wär das?«

Cully traute seinen Augen nicht, als er, Orangensaft trinkend und eine Zigarette rauchend, im »Denny's« saß und Kristin eintreten sah. Starrte sie an, während sie zu ihm rüberkam. Er stand lächelnd auf, konnte den Blick immer noch nicht von ihr wenden, weil sie so verändert aussah, umwerfend, einen Jeansrock anhatte, der ein paar Zentimeter über den Knien endete, sowie ein hübsches Tank Top. Sie trug große, hölzerne, mit Federn besetzte Ohrreifen – die, wie er fand, selbstgemacht aussahen und beim Gehen gegen ihren Hals schlugen – sowie eine ganze Menge Armreifen, aber immer noch Sandalen.

Irgend etwas hatte sie mit ihren Haaren gemacht. Er wußte nicht, was, sie standen irgendwie ab, wie bei einem ›Vogue‹-Modell. Drin steckte eine neue Blüte. Die Leute im Restaurant drehten sich um und glotzten. Die Samstagmorgengäste, vielleicht unterwegs zum Einkaufen, sowie die anderen Frauen im Restaurant musterten sie ungehalten und widmeten sich dann ihren Männern, um sicherzustellen, daß die nicht glotzten. Kristin kam hereinspaziert, als Cully gerade seinen Orangensaft zum Mund führte. Er wußte nicht, wie sie aussah, hätte nicht sagen können, ob es irgendein spezieller Stil war oder nicht. Und doch, er wollte sie keinen Moment aus den Augen lassen.

Sie lächelte ihn an, ließ sich in die Nische gleiten und nickte der Kellnerin zu, die sie mit Namen anredete. Dann nahm sie sich etwas Zeit, schaute sich im Restaurant um, ehe sie den Blick wieder auf ihn richtete und bemerkte, daß er sie noch immer ansah, und sagte: »Was ist?«

Er wußte nicht, was er sagen sollte, und antwortete schließlich achselzuckend: »Hübsch sehen Sie aus.«

Sie lächelte. »Vielen Dank.« Musterte ihn noch einen Moment, bevor sie sagte: »Ich habe gründlich darüber nachgedacht.« Nahm die Speisekarte in die Hand und fragte ihn: »Haben Sie schon bestellt?«

Er zeigte auf seinen Saft. »Ich hatte Durst.« Er schwieg eine Zeitlang, dann sagte er: »Ich bin froh, daß Sie angerufen haben.«

»Ach ja?« Sie lächelte.

Er spürte es wieder, wie am Vorabend. Sie konnten sich riechen. Er sagte: »Das hat mir zwar keiner gesagt, aber für mich stand fest: Samstag muß mein freier Tag sein. Ich wußte nicht recht, was ich unternehmen sollte.« Wollte gar nicht daran denken, wie es im Haus gewesen wäre. Wenn Michelle aufwachte, wären sie beide immer noch die einzigen Personen da draußen gewesen. Für ihn stand fest, daß er bei dieser Gelegenheit nicht anwesend sein wollte. Erst brauchte er ein wenig Zeit, um sich an die neue Situation zu gewöhnen.

Einen Moment lang dachte er, sie hätte seine Gedanken gelesen. Sie sagte: »Michelle braucht sie nicht?«

Er zuckte mit den Schultern: »Ich glaube nicht. Außerdem bin ich weggefahren, bevor sie aufgewacht ist.« Überlegte noch einmal, was er da gesagt hatte, und ergänzte: »Jedenfalls habe ich sie nicht gesehen.« Er fragte sich, ob sich das verkehrt angehört hatte. Sah den Blick, den sie ihm zuwarf, sie schwieg, nickte nur leicht, nahm ihre Speisekarte in die Hand und schlug sie auf.

Nach dem Essen fragte sie ihn über einer Tasse Kaffee: »Was machen Sie gern? An Ihren freien Tagen, was machen Sie da meistens?«

»Ich habe den Job gerade erst angetreten.«

Sie beugte sich lächelnd vor. »Aber vorher? Was haben Sie getan, wenn Sie einen ganzen Tag für sich hatten?«

Er zuckte die Achseln und dachte, er sollte es ihr vielleicht erzählen. Überlegte und sagte schließlich: »Eine Zeitlang hatte ich keine Wahl.«

»Wie meinen Sie das?«

Er trank einen Schluck Kaffee und schaute sich um, versuchte herauszufinden, wie er es am besten sagte. Ohne eine große Affäre draus zu machen. »Ich war im Gefängnis.« Hörte sich das sagen und sah sie an. Wartete ab, wie sie es aufnahm.

»Gefängnis?« Sie sah ihn starr an, doch er entdeckte in ihrer Miene nichts, was ihn hätte vermuten lassen, sie würde nun sauer werden, aufstehen und gehen. Sie wirkte nicht sauer.

Er nickte.

Sie fragte: »Wie lange denn?«

Cully antwortete: »Fünf Jahre.« Zögerte und fuhr dann fort: »Wegen etlicher Raubüberfälle.« Beließ es dabei, weil er jetzt nicht in die Einzelheiten gehen wollte. Sie sah ihn immer noch an, spielte mit ihrer Kaffeetasse und musterte ihn mit diesen wunderschönen braunen Augen. Dadurch wurde ihm unbehaglich, so daß er schließlich fragen mußte: »Stört Sie das denn?«

Sie schüttelte den Kopf, lächelte: »Ich glaube nicht.«

Später gingen sie am Strand spazieren, draußen im State Park auf Huntington Island. Cully hatte sie gefragt, wohin sie wolle, ob sie einen speziellen Wunsch habe, und zunächst konnte sie sich nicht entscheiden, antwortete ihm: »Egal, wohin Sie wollen.« Er überlegte, und ihm fielen auch ein paar Vorschläge ein, doch bevor er sie nennen konnte, lächelte sie: »Moment.« Fragte ihn: »Was ist mit dem Strand?« Er sagte: »Was soll damit sein?« Begriff zunächst nicht, doch dann fiel es ihm ein . . ., er kam sich ein wenig albern vor, als er ihr gestand: »Ich bin jetzt seit, wie lange, sechs Wochen hier und war immer noch nicht da draußen.«

Sie fuhren zum State Park hinaus, ließen den Wagen am Leuchtturm stehen und spazierten über die Dünen zum Sand. Er hielt ihren Arm, als sie sich bückte und die Sandalen auszog, wobei der Wind den Duft ihres Parfüms zu ihm wehte. Und dann zog er sich die Schuhe aus und folgte ihr ein ganzes Stück weit über den leicht abfallenden Sandstreifen zum Meer, es war nämlich Ebbe.

Es war windig, nicht kalt, aber sie mußten rufen, um einander zu hören, wenn sie mehr als drei oder vier Meter voneinander entfernt waren. Cully hatte nicht sehr viel zu sagen, er wußte nicht so recht, was sich zwischen ihnen abspielte, seit er ihr gestanden hatte, daß er im Knast gewesen war. Sie hatte zwar behauptet, das störe sie nicht, aber er hatte so seine Zweifel. Er sah sie an, und dann und wann in einer Gesprächspause sah er auf etwas anderes, das Wasser vielleicht oder eine Möwe oder so was, und wenn er sich dann umdrehte, starrte sie ihn an. Mit einem Gesichtsausdruck, als denke sie über etwas nach. Er wußte nicht recht, amüsierte sie sich oder nicht? Er war sich nicht im klaren, wie er sich verhalten sollte, weil sie anders war als die meisten ihm bekannten Frauen. Auch anders als ihre Schwester. Mit Michelle war das eine andere Sache, bei ihr wußte man, weshalb sie da war; wußte, was man von ihr wollte. Aus Kristin wurde er nicht schlau. Allein schon das Zusammensein mit ihr bewirkte nämlich, daß er sich wohl fühlte.

Sie kamen an eine etwa anderthalb Kilometer vom Leuchtturm entfernte Stelle, wo zahlreiche abgestorbene halbverdeckte Fächerpalmen die Brandung säumten. Man kam an ihnen nicht vorbei, daher gingen sie in die Dünen hinauf und suchten sich eine Stelle zum Sitzen. Cully räumte für sie einen Platz frei, dann setzte er sich selber und kramte in seinen Taschen nach einer Zigarette.

Sie wartete einen Moment, dann sagte sie: »Wenn man im Sommer hierherkommt, im Juli oder August, macht man am besten einen großen Bogen um die Dünen, sonst fressen einen die Insekten bei lebendigem Leib.«

»Die heben einen hoch und schleppen einen weg, hm?«

Sie lächelte. »Manchmal kommt es einem so vor.«

Er schwieg. Allmählich fühlte er sich wieder ein wenig wohler, weil sie immer noch lächelte und es sie offenbar nicht störte, den Vormittag mit ihm zu verbringen. Es ging ihm noch immer durch den Kopf, er fragte sich, ob er das Thema wieder anschneiden sollte, als sie die Hand ausstreckte und seine Hand nahm, ihm ins Gesicht sah und ihn anlächelte, als könne sie seine Gedanken lesen. Sie sagte: »Ich hätte gedacht, wenn mir jemand erzählt hätte, du bist gerade aus dem Gefängnis gekommen, na, dann hätte ich gedacht, du wärst anders.«

»Wie anders?«

Sie schüttelte den Kopf. »Ich weiß nicht. Eher wie Benny oder so. Wenn ich Benny begegnet bin, schon bevor er ins Gefängnis kam, dann hielt ich ihn immer für gefährlich. Als würde er einem weh tun, wenn man etwas sagte, das ihn wütend machte. Oder einem bloß so zu seinem Vergnügen weh tun.«

Cully war sich der Wärme ihrer in seiner Hand ruhenden Hand sehr bewußt. Betrachtete sie, bemerkte ihre nachdenkliche Miene. Er fand sie wunderschön. Ihm ging durch den Sinn, daß er sich nicht erinnerte, je mit einer so gutaussehenden Frau allein zusammen gewesen zu sein, ohne den Versuch zu machen, ihr an die Wäsche zu gehen. Doch das war in Ordnung. Wie er so dasaß, fühlte er sich recht wohl dabei, einfach nur mit ihr zu reden. Er sagte: »Tja, solche Leute begegnen einem haufenweise. Im Gefängnis und draußen. Anscheinend geben sich einige Leute die größte Mühe, fies zu sein.«

Sie nickte. »Warum bist du nicht so?«

Er lächelte, wollte einen Scherz daraus machen, weil er keine Antwort wußte.

»Woher weißt du, daß ich es nicht bin?«

Aber sie erwiderte das Lächeln nicht. Sie nagelte ihn mit ihren Blicken fest, starrte ihn ein paar Sekunden lang fest an und sagte dann ernst: »Ich weiß es einfach.«

Auf dem Rückweg zum Wagen küßte er sie endlich. Er kam sich vor wie ein Schüler, weil es gräßlich peinlich war. Sie gingen schweigend am Wasser entlang, als sie plötzlich stehenblieb und ihn ansah. Als er sich auf sie zubewegte, stießen sie fast mit den Köpfen zusammen, weil sie sich für dieselbe Seite wie er entschied. Er dauerte nicht lange, der Kuß. Vielleicht zehn Sekunden. Er spürte, wie sie leicht in seinen Armen zitterte, dann löste sie sich wieder von ihm. Aber sie lächelte, und ihr Blick brachte Cully auf den Gedanken, sie sei das entzückendste Wesen auf der ganzen Welt.

Danach fühlte er sich in ihrer Gegenwart noch wohler. Es war unwichtig, daß er ein ehemaliger Sträfling war. Es war unwichtig, daß sie noch nicht miteinander geschlafen hatten. Der Kuß, so was war wichtig. Alles andere würde passieren, wenn es soweit war. Es war eine völlig neue Art zu denken.

Händchenhaltend gingen sie zum Auto zurück. Sie sagte andauernd Sachen, mit denen Cully nicht besonders viel anfangen konnte. Hob beispielsweise eine Muschel auf, warf sie hinaus ins Meer, drehte sich dann zu Cully um und sagte etwas wie: Hast du das gesehen? Als wäre das wichtig. Er wurde aus ihrem Benehmen nicht recht schlau.

Beim Auto angekommen, blieb sie stehen, ihre Haare wehten ein wenig im Wind, sah ihn an und lächelte.

Sie sagte: »Mir hat's Spaß gemacht.«

Er nickte. »Es war mal etwas anderes.« Und ergänzte: »Angenehm.« Schaute sie an, fühlte sich ihr näher, als käme er gerade dahinter, was in ihr vorging. Er stellte sie sich vor, ihm fiel ein Foto von Leuten in Woodstock ein, das er in der Zeitschrift ›Life‹ gesehen hatte, als er noch jünger war. Dachte man sich die abstehenden Haare weg, hätte sie prima hineingepaßt.

Sie fragte: »Hast du wirklich Leute überfallen?«

Er sah sie an, nickte. Erklärte ihr: »Ist schon eine ganze Weile her. Etwas aus der Vergangenheit.«

Sie hakte nach: »Neulich, als du Michelle gesucht hast und bei mir zu Hause vorbeigekommen bist?«

»Ja?«

Sie zuckte die Achseln. »Ich hatte so ein Gefühl. Das kam daher, wie du geredet hast. Über Benny. Als wäre das etwas, womit du dich ziemlich gut auskennst.«

Er nickte. »Ich breche mir nicht gerade einen ab, um den Leuten davon zu erzählen.«

Kristin sagte: »Ja, aber andererseits, wenn man etwas getan hat, dann ist das Vergangenheit. Was vorbei ist, ist vorbei.«

Er mußte lachen. »Das ist nicht jedermanns Meinung.«

»Sollte es aber.« Sie wartete einen Moment, sagte dann: »Was meinst du, würdest du es je wieder tun?«

»Keine Ahnung.« Er dachte an seine Zeit in Raiford zurück, als er sich mit seinem Zellengenossen Bobo unterhalten hatte. Als Bobo ihn gefragt hatte: Wenn es schiefläuft, Mann, was machst du dann, greifst du wieder zur Knarre? Er sagte: »Ich kann's mir beim besten Willen nicht vorstellen.«

Sie schwieg einen Moment und fragte dann, zur Abwechslung mal mit leiser Stimme: »Glaubst du an Astrologie?« Er hatte keine Ahnung, was sie meinte. Kam einfach mit so was an, aus heiterem Himmel.

Er schüttelte den Kopf. »Welches Sternzeichen ich habe? Was in der Art?«

Sie nickte: »Ja.« Blieb ernst, als wollte sie wirklich wissen, was er davon hielt.

Er verneinte.

Sie schüttelte den Kopf. »Ich auch nicht.«

»Meine Güte.« Sah sie an und sagte: »Wenn du nicht daran glaubst, wenn du nicht damit einverstanden bist, warum fragst du mich dann nach so was?«

Sie ignorierte seinen Einwand. »Ich glaube aber, daß es da etwas gibt, ich weiß nicht, wie man es nennt. Etwas – das zwei Menschen erlaubt, alles zu tun, was sie tun wollen.«

Cully wollte es auf einen Versuch ankommen lassen. Er sagte: »Du meinst uns?«

Sie nickte. »Wenn zwei Menschen etwas tun wollen, sollten sie es einfach tun.«

Er sagte: »Kann schon sein.«

Sie nickte. »Natürlich sollten sie das.« Trat näher an ihn heran und berührte seinen Brustkorb, ließ ihren Kopf ein paar Sekunden dort liegen, ehe sie ihm ins Gesicht sah. Mit demselben Blick, den sie neulich abends in ihrem Haus gehabt hatte. Als sie von Benny erzählte, wie er Mist gebaut hatte. Mit einer Miene, als habe sie sich die Sache immer wieder durch den Kopf gehen lassen.

Sie trat einen Schritt zurück und sagte, als rede sie übers Wetter: »Ich möchte mit dir eine Bank ausrauben.«

Er antwortete mit: »Über so was macht man keine Witze.« Gab sich Mühe, nett zu sein, weil er sie inzwischen wirklich gern hatte. Er fuhr fort: »Ich kenne ein paar hundert Burschen, zugegeben, einige davon sind Psychos. Doch ne Menge von denen hältst du für normal, wenn du die auf der Straße siehst. Und die sitzen alle in Zellen unten in Raiford.«

Dann fragte er sie: »Weißt du, was sie alle miteinander gemein haben?« Sie schüttelte den Kopf. »Was denn?« Er antwortete: »Irgendwann ging ihnen allen so ein Gedanke durch den Kopf: Laß uns eine Bank ausrauben.«

Er berührte ihre Wange. »Damit macht man . . ., mit so was jongliert man nicht herum, als wär's ein Spiel.«

Sie sah ihn an. »Ich verstehe schon. Dämliche Tussi. Das denkst du doch.«

Er grinste. »Schon möglich. Aber hör zu, wenn du ein Typ wärst, dann würde ich denken: dämlicher Typ.«

Sie ging ein Stück von ihm weg und grub ihre Zehen in den Sand, dann drehte sie sich wieder zu ihm um. »Ich möchte dich was fragen. Verdienst du dich dumm und dämlich, indem du meine Schwester durch die Stadt fährst?«

»Darum geht's gar nicht.« Als er das sagte, sah er den Blick, den sie ihm zuwarf. Er ging zu ihr und nahm ihren Kopf in seine Hände.

Sie sagte zu ihm: »Ich versuche doch diesen Laden zu führen, das »Shrimp Boat«. Weißt du, wie hoch die Schulden sind, die ich dafür abbezahlen muß?« Musterte ihn und fuhr fort: »Hier spricht nicht Michelle, wenn die mal klamm ist, muß sie bloß zu ihrem Mann rennen, ihn lieb angucken.«

Er erwiderte: »Hör zu, es hat Spaß gemacht. Schön war's – der Strand, alles.« Machte eine Pause und sagte dann: »Aber wenn du was von Banken erzählst« – er zuckte mit den Schultern –, »dann hast du keine Ahnung, wovon du sprichst.«

»Ja«, sagte sie, »vielleicht stimmt das. Ich hab so was noch nie gemacht.« Starrte ihn an, machte irgendwas mit ihren Augen, denn er konnte offenbar nicht wegsehen. Sagte zu ihm: »Aber du.« Und nach einer kurzen Pause: »Ich denke jetzt – mit Unterbrechungen – seit, wie lange, vier Jahren darüber nach.«

Schließlich drehte er sich von ihr weg zum Meer und sah dann zum Parkplatz hinauf, wo das Auto stand: Dachte, daß diese Frau ihm eine Heidenangst einjagte. Eben noch will sie ihn am Strand küssen, gerade als wären sie ein Teenagerpärchen. Ein paar Sekunden später redet sie von Bankraub. Von 'nem verdammten, bewaffneten Raubüberfall. Er sah sie endlich wieder an und sagte: »Meine Güte, du meinst es ernst.«

Sah sie nicken, ein leichtes Lächeln um die Lippen, und sie sagte zu ihm: »Lange kann man dir nichts verheimlichen.«

Als Benny hereinkam, hielt Cully ein Bier in der Hand. Er saß bei »Casey's« und unterhielt sich mit Jenny, trank eine Flasche Budweiser. Vor ihm stand ein Teller mit gekochten

Shrimps. Frisch. Cully wunderte sich immer wieder, wie gut sie schmeckten. Jenny sagte zu ihm: »Was dachtest du denn, vor ungefähr einer Stunde haben die noch im Meer geschwommen.« Er hatte einen Schluck Bier getrunken und dann eine Garnele gegessen, sie in die Sauce getunkt und das ganze Ding in den Mund gesteckt.

Jenny bediente andere Gäste, holte ihnen einen Drink oder etwas zu essen, kam dann zurück und setzte sich auf den Barhocker neben ihm. Erzählte ihm, was sie heute so erlebt hatte. Cully fühlte sich wohl. Es war angenehm, sich mit Jenny zu unterhalten, ohne groß überlegen zu müssen. Er mußte nicht jedes Wort auf die Goldwaage legen, wie bei Kristin oder Michelle.

Er hatte Kristin nach Hause gebracht, sie abgesetzt und war dann hierhergefahren. Er sah sie immer noch vor sich, wie sie in ihrer Tür stand, nachdem er sie noch mal geküßt hatte. Sie hatte ihn angesehen und gesagt: »Du hältst es für dämlich, stimmt's?«

Er fragte: »Die Bank?«

Sie nickte.

»Also, um ehrlich zu sein, ich halte es für keine gute Idee. Ich weiß nicht, vielleicht glaubst du ja, es macht Spaß. Willst es wegen des Nervenkitzels tun.«

Sie musterte ihn erstaunt. »Du Blödi, wer hat was von Spaß gesagt?«

»Ich dachte, das schwebte dir vor.«

Sie erwiderte: »Wenn du es richtig machst«, und berührte ihn am Arm, »und mit dem richtigen Partner, dann könnte es vermutlich Spaß machen; aufregend sein.« Sie trat einen Schritt zurück und sagte: »Aber versteh doch, der Hauptgrund ist, ich brauche Geld.«

Er entgegnete: »Jeder braucht Geld.«

»M-hm.« Eine Zeitlang schwieg sie, dann sagte sie: »Als Benny diese Bank überfallen hat, hatte er John Lewis dabei, mit dem ich damals zusammengelebt habe. John wurde nie wieder gesehen. Ich hocke da ganz allein herum, und wenn die Leute etwas zu mir sagen, dann ist es ziemlich gemein.

Sie behaupten, John sei mit dem Geld abgehauen, während ich glaube, daß Benny ihn umgebracht hat, ihn in irgendeiner Salzmarsch oder am Meeresboden verfaulen läßt.« Sie sah ihm direkt ins Gesicht. »Weißt du, wie mein Leben mit John aussah? Ständig hat er sich mit Benny herumgetrieben. Keiner von beiden hat je gearbeitet. Wenn ich John Geld gab, mußte ich trotzdem noch einkaufen, Bier und so weiter. Was man halt so brauchte. Scheiße, ich glaube, wenn er Geld von mir kriegte, hat er regelmäßig was an Benny weitergegeben.« Sie stemmte die Hände in ihre Hüften und sagte: »Weißt du, was ich glaube?«

Er sagte: »Was?«

»Ich glaube, die zwei haben's verbockt. Den Raubüberfall. Ich glaube, ich hätte das besser gemacht.«

Er wußte nicht, was er sagen sollte, überlegte sorgfältig, weil er sie nicht wütend machen wollte. Schließlich sagte er: »Paß auf: Wenn ich wirklich eine Bank ausraube, wenn ich mich an so was beteilige, dann können wir es gemeinsam tun. Wie hört sich das an?« Er grinste dabei. Aber sie lächelte nicht. Sie sah ihn einen Augenblick lang an, als wäre er geistig zurückgeblieben. Sagte: »M-hm«, nickte langsam, ging in ihr Haus und schloß die Tür.

16

Er trank gerade ein Bier, sah zu, wie Jenny einer Gruppe Gäste Essen servierte, und drehte sich um, als er hörte, wie sich die Tür öffnete. Er sah Benny hereinspazieren, o Gott, der sah aus wie dem Country-Komödienstadel entsprungen. Mit einem riesigen Cowboyhut und in einen blaßblauen Anzug gekleidet, schritt er durch die Tür und ließ seine Manschettenknöpfe aufblitzen. Seine Ärmel waren mit Rüschen besetzt. Cully saß da und wartete ab, ob Benny irgend etwas unternehmen würde, vielleicht wegen neulich etwas vom Zaun brechen. Sah sich das Outfit des Mannes an – große silberne Gürtelschnalle, glänzende neue Cowboystiefel und einen Türkisklumpen an einer schmalen Krawatte um den Hals – und bereitete sich innerlich darauf vor, falls es Ärger geben sollte.

Benny sah Cully sofort. Er grinste, gab sich große Mühe und kam rüber, bückte sich, in etwa einem Meter Entfernung, und tat, als sähe er unter Cullys Barhocker nach. Sagte: »He, Sportsfreund, du hast doch nichts dagegen, wenn ich gründlich genug nachsehe, vielleicht find ich ne Kettensäge.« Dann sah er Cully an und grinste erneut: »Oder hast du vergessen, sie mitzubringen?«

Cully lächelte. »Ich spaziere nicht mit so ’nem Ding durch die Gegend.«

»Zu groß?«

Cully nickte. »Ja.« Er sah den anderen noch mal kurz an und sagte dann: »Hübscher Hut.«

Benny lächelte. »Gefällt er dir? Ich hab ihn erst gestern abend bekommen.« Er nahm ihn ab und zeigte ihn Cully. »Hey, das hier ist ein eee-chter Stetson.« Hielt ihn hoch in die Luft und teilte Cully mit: »Die wachsen nicht auf den Bäumen.«

Cully nickte. »Ich muß Ihnen etwas verraten.« Lächelnd

fuhr er fort: »Er paßt ziemlich gut zu Ihrem übrigen Outfit.«

Benny beugte sich vor. Cully wußte nicht recht, meinte er es ernst oder nicht? »Finden Sie wirklich?«

Cully nickte. »Sie kommen hier rein, und ich kenne Sie schon. Aber ich dachte mir, angenommen, ich wäre Ihnen eben erst begegnet, ich weiß nicht. Vielleicht hätte ich dann gedacht, Sie seien jemand. Ein Star oder so.«

Benny jauchzte. »Ehrlich? Ach du dickes Ei.« Dann fuhr er leiser fort: »Ich glaube folgendes, ich glaube, es ist unwichtig, ob man ein Star ist oder nicht. Aber« – und er blinzelte Cully zu –, »wenn es einem gelingt, in den Leuten Zweifel zu wecken, daß sie nicht recht wissen ...«

Cully nickte, war der Typ nun irre oder zog er ihn auf? Seine Sorgen waren verflogen, ob Benny irgendwas unternehmen, sich wegen der Sache mit der Säge neulich rächen wollte. Hätte er das vorgehabt, wäre es schon passiert. Langsam bekam Cully eine Vorstellung davon, wie Benny tickte. Wenn er sauer auf jemanden war, unternahm er etwas. Aber nur, wenn er ziemlich sicher war, daß alles nach seinen Vorstellungen verlief.

Cully merkte, daß Jenny zurückgekommen war, neben ihnen stand und von ihm zu Benny schaute.

Benny sah sie und nahm wieder den Hut ab. »He, Süße, krieg ich vielleicht ein Bier?«

Sie sah Cully an. »Kennst du ihn?«

Cully zuckte mit den Achseln. Aber Benny lächelte, nahm neben Cully Platz, sah Jenny an und sagte laut genug, daß es alle in der Nähe hören konnten: »Teufel, ja, Süße. Cully und ich kennen uns schon ewig und drei Tage.« Redete wie ein Bimbo. »Haben dieselbe *Anstalt* absolviert.« Dann schaute er Cully an und fuhr fort: »Nicht wahr, Sportsfreund? Staatsuniversität Raiford.« Schlug sich aufs Knie und sagte zu Jenny: »So heißt unsre Alma mater.«

Cully hatte Jenny angesehen und etwas in ihrem Gesicht bemerkt, als sie Benny anschaute, als sei sie ihm bereits begegnet und habe keine angenehmen Erfahrungen mit ihm gemacht. Auf Bennys Ausführungen achtete er nur mit halbem Ohr. Doch als er das Wort Raiford hörte, drehte er sich um und sah ihn an, bemerkte, wie ihn Benny hämisch angrinste und dann zu ihm sagte: »So isses, Sportsfreund. Ich bin vor vier Tagen rausgekommen.«

Cully versuchte, das Gesicht einzuordnen, betrachtete Benny und überlegte, ob er es je im Hof gesehen hatte. Ihm fiel nichts ein, er entschied aber, verdammt, da unten war er viel zu sehr damit beschäftigt gewesen, sich um seine eigenen Angelegenheiten zu kümmern. Er fragte Benny: »Sie waren in Raiford?« Gab sich interessiert, aber nicht übertrieben.

Benny nickte lächelnd und sagte: »Allerdings. Vielleicht erging's mir ein bißchen anders als dir. Du bist, wann, vor ein paar Monaten rausgekommen?« Er wartete, bis Cully nickte, und fuhr dann fort: »He, für einen Typ, der gerade erst aus dem Knast raus ist, kommst du schon ganz gut zurecht.«

Cully merkte, daß Jenny zu einem Tisch ging – jetzt waren Benny und er allein. Er sagte: »Sieh mal, ich weiß, du willst mich überraschen, geheimnisvoll sein, was auch immer. Ich soll raten, was das heißt.«

Benny grinste. »Du brauchst nicht mal zu raten. Ich werd's dir verraten.«

Cully sagte: »Ach ja?«

Benny nickte. »Da ist ein Typ, der ist seit, wie lange, ein paar Monaten aus dem Knast. Und eh man sich versieht, vögelt er die Frau seines Chefs.« Benny trank rasch einen Schluck Bier und sagte dann: »Nicht nur das, schon am nächsten Tag ist er draußen am Meer und verbringt den Vormittag mit der Schwester der Frau seines Chefs.« Grinsend fuhr er fort: »Wird irgendwie kompliziert.«

Cully schwieg erst einmal. Nahm an, Benny erwartete wohl von ihm, daß er wütend würde, aufstand und irgendwas anzettelte, so daß jeder in der Kneipe dachte, es sei seine Schuld. Statt dessen sah er Benny an und sagte: »Sind Sie mir gefolgt?«

Benny nickte und sagte: »Na bitte, mir war klar, daß du ein heller Bursche bist.«

Cully sagte: »M-hm.« Er griff sich noch eine Garnele und stippte sie in die Sauce. Musterte Benny gründlich, ehe er in die Garnele biß. »Wollen Sie sicherstellen, daß mir nichts passiert? Folgen Sie mir für den Fall, daß sich eine der Damen, na was, entschließt, gewalttätig zu werden? Für den Fall, daß ich verletzt werde?«

Benny kicherte. »Teufel auch, nach allem, was ich letzte Nacht mitangesehen habe, könntet ihr, du und Mrs. Herb Dorrance, meine hübsche kleine Ex-Frau, euch durchaus verletzen. Muskelzerrung oder so was.«

»M-hm.«

Benny sagte: »So isses, Sportsfreund. Die Sache ist die, du siehst aus wie jemand, auf den ich ein Auge haben sollte. Vielleicht, ich weiß nicht, vielleicht lerne ich ja was dadurch, daß ich dich beobachte.«

Cully nickte. »M-hm. Einer wie du, offenbar hast du nichts zu tun, außer mir zu folgen, zu sehen, was ich vorhabe.«

»Genau.« Trank einen Schluck Bier und sah dann Cully an. »Die Sache ist die, ich frage mich, wie lange es dauert, bis ein großer Typ wie du es leid hat, Mädels flachzulegen? Bis du es satt bist, dir von diesem Scheißkerl erzählen zu lassen, wie du dein Leben führen sollst.«

»Herb?«

Benny nickte. »Genau, Herb. Klingt wie ein Schwuchtelname, was?«

Cully zuckte mit den Schultern, und Benny schnippte mit den Fingern und sagte lächelnd: »He, Moment mal, war vielleicht ein Irrtum von mir, vielleicht macht ihr ja ne Familienangelegenheit draus. Du und der alte Herb, vielleicht treibt ihr beide es ja auch noch miteinander.« Ein Kopfnicken, als müsse er Cully etwas Wichtiges verraten: »Du solltest vorsichtig sein. Wenn du versuchst, alle drei zu befriedigen, geht das garantiert an die Substanz.« Er nahm einen Schluck Bier und deutete dann auf Cully. »Soll ich dir was verraten?«

Cully zuckte die Achseln, und Benny sagte: »Ich glaube, der alte Herb, der will mich tot sehen.«

»Wie kommst du auf die Idee?«

Benny lächelte. »Das hab ich so im Gefühl. Er und ich, wir sind gar nicht so verschieden. Er wird nie vergessen, daß ich mal mit seiner Frau verheiratet war.«

»Leute lassen sich andauernd scheiden.«

Benny nickte. »Ja, aber für Herb wäre es was Persönliches. Etwas, weswegen er glaubt, was unternehmen zu müssen.«

»Und vielleicht hat es auch was damit zu tun, daß du damals die Bank überfallen hast. Es steckt mehr dahinter, als daß du früher seine Frau gevögelt hast.«

Benny starrte Cully einen Moment lang an und brach dann in Gelächter aus. »Großer Gott, Jungchen, ich wußte ja, daß du ein heller Bursche bist.« Er beugte sich vor, die Ellbogen auf dem Tisch, und sagte: »Die Sache ist die, du solltest nicht zu helle werden. Wenn du anfängst und machst zu viele Bemerkungen von der Sorte, kriegst du Schwierigkeiten.«

Cully hob sein Budweiser hoch und nahm einen Schluck. Er hielt es an den Mund, trank es aus und stellte die Flasche auf den Tresen. Er stand auf und betrachtete Benny. »Jetzt weiß ich wieder, wer du bist. Wenn einer unten in Raiford ordentlich einen geblasen kriegen wollte, dann ist er zu dir gekommen.« Ging wortlos an ihm vorbei zur Tür und hörte Benny in seinem Country-Boy-Akzent gekränkt sagen: »He, Sportsfreund, was hab ich denn gesagt?«

Cully sah sich nicht um.

Benny fuhr von »Casey's« direkt zu Dave Ross' Werkstatt, hielt auf dem Parkplatz und drückte auf die Hupe des Camaro. Während er wartete, daß sein Bruder herauskam, dachte er über Frank Cullen nach. Der Typ war ziemlich cool, das mußte Benny ihm lassen. Benny erzählte ihm, daß er ihm gefolgt ist, ihn beim Bumsen beobachtet hat, und Cullen schenkt ihm nur einen Blick. Reißt einen Witz übers Blasen, ohne seine Beherrschung zu verlieren.

Benny hatte sich weitgehend entschieden, was er tun

wollte, er würde sich zurücklehnen und abwarten, ob Michelle Cully zu dem überreden konnte, was sie vorhatten. Gelang es ihr, war das in Ordnung. Er, Benny, würde mitmachen, und sobald Michelle die Steine hatte, sie sich vielleicht bei der erstbesten Gelegenheit alle unter den Nagel reißen. Frank Cullen eine Kugel verpassen, Michelle einen Abschiedsgruß zuwinken, und weg war er. Die konnten ihn alle mal.

Doch inzwischen mußte er sich vorbereiten. Sichergehen, daß er für alles gerüstet war. Er schüttelte den Kopf; es würde nämlich eine Menge Arbeit sein, Cully zu beobachten und ein Auge auf Michelle zu haben, aufzupassen, daß sie ihn nicht übers Ohr haute. Doch es würde sich lohnen.

Earl kam zum Wagen, und Benny kurbelte das Fenster runter. Earl grinste breit, als freue er sich, Benny zu sehen, doch Benny sagte nicht mal hallo, sondern sah Earl bloß an: »Ich brauch eine Knarre.«

Earl blieb zwei Schritte vor dem Auto stehen. Er fuhr sich mit der Hand durch die Haare und sagte: »Meine Güte, wozu brauchst du die denn?«

Benny schüttelte den Kopf, tat, als rede er mit einem Zurückgebliebenen. »Ich kann mich nicht erinnern, daß ich dir gestattet hätte, deine Nase in meine Angelegenheiten zu stecken.« Musterte ihn eiskalt, starrte ihn so lange an, bis Earl nickte und »Okay« sagte.

Benny fuhr fort: »Eine Pistole. Was Nettes.«

Earl nickte erneut. »Zu Hause, in meiner Schublade. In meinem Schlafzimmer, neben dem Bett. Eine .38er.«

Benny nickte. Er legte den Gang ein und fuhr an. Earl machte einen Schritt auf ihn zu und rief: »Benny ...«

Benny hielt an und musterte seinen Bruder: »Was ist?« Warf ihm wieder diesen Blick zu, war ungeduldig, weil er weg wollte. Die Knarre holen und sehen, was als nächstes passierte.

Earl stand einfach da, als hätte er Angst, etwas zu sagen. Starrte Benny an, den Mann, der sein Auto benutzte, es ihm wegnahm. Benny sah, daß Earl das dachte. Und dann wollte er auch noch eine Waffe von ihm. Earl, ein beschissener Versager, ein Säufer, der sich nicht traute, sich Benny zu widersetzen, auch wenn sein Leben davon abhinge. Jetzt lächelte Benny, sagte: »Warum gehst du nicht zurück in die Werkstatt und schnappst dir deine Bierflasche, egal was, und lutschst 'ne Weile daran. Dann fühlst du dich besser«, und blickte in Earls Gesicht, bevor er wegfuhr.

Dave Ross, der im Büro der Autowerkstatt stand und zusah, wie Earl mit Benny sprach, wartete etwa dreißig Sekunden, nachdem Benny weggefahren war, und ging dann zu Earl, der noch immer dastand. Er nahm ein Weilchen neben Earl Aufstellung, wischte sich die Hände an einem Lappen ab und schaute die Straße entlang, wo der Camaro verschwunden war, bis er sich schließlich räusperte und sagte: »Was hat er gewollt?«

Earl schüttelte den Kopf, als erwachte er aus einer Trance, und drehte sich zu Ross um. »Er wollte sich etwas borgen.«

Ross fragte: »Was?«

Earl sah wieder auf die Straße. »Nichts.«

Ross schnaubte. »Lieber Himmel.« Drehte sich zu Earl um, stellte sich vor ihn und sagte: »Der Mann ist dein Bruder, zugegeben. Aber du bist ihm furzegal.«

Nach einem Weilchen nickte Earl langsam. Sagte mit einem Blick auf Ross: »Er wollte eine Knarre borgen.«

»Scheiße.« Ross stemmte beide Hände in die Seiten und fragte: »Wozu?«

Earl antwortete: »Hat er nicht gesagt.«

Ross streckte die Hand aus und berührte Earl an der Schulter, drehte ihn um und führte ihn zurück in Richtung Werkstatt. Sagte: »Warum finden wir es nicht heraus.« Ging neben Earl und nickte dabei, als habe er darüber nachgedacht und beschlossen, es sei eine gute Idee. Wiederholte noch einmal gegenüber Earl: »Warum finden wir nicht heraus, was der Mistkerl vorhat.«

Earl blieb stehen und sah seinen Boss an. Er wirkte, als hätte ihn jemand in die Eier getreten. Vielleicht fing er gleich an zu heulen, Ross war nicht sicher. Earl schüttelte wieder den Kopf, heftig, als wolle er ihn klar kriegen, die Spinnweben daraus entfernen. Schaute Ross an und dann die Werkstatt. »Ich muß was trinken.«

Ross überlegte kurz und nickte dann. »Na klar. So machen wir's: Wir schließen früher, gehen vielleicht runter zu »Casey's«, trinken ein paar Bier.« Er sah, wie Earl wieder zu nicken anfing, und fuhr fort: »So machen wir's, wir trinken ein Bier. Vielleicht ein paar Schnäpse. Und sprechen die ganze Sache durch.« Brachte Earl zurück ins Büro und sagte: »Finden raus, was wir tun wollen.«

Cully war müde, als er wieder auf Herb Dorrances Anwesen eintraf. Da weder Herb noch Michelle zu sehen waren, stellte er den Caddy ab, ging die Treppe hinauf und wollte sich eine Weile aufs Ohr hauen. Später würde er sich vielleicht trauen, ins Haupthaus zu gehen und Herb zu begrüßen. So tun, als wäre nichts geschehen. Als hätte er nicht in der Nacht zuvor auf der Wohnzimmercouch mit der Frau seines Bosses gebumst. Auf dem Bett sitzend, zog er gerade die Schuhe aus, da hörte er auf der Treppe vor seinem Zimmer Schritte.

Herb Dorrance war gutgelaunt. Das merkte Cully sofort. Kam zur Tür von Cullys kleinem Zimmer und klopfte, obwohl er sah, daß die Tür offenstand und Cully auf dem Bett saß.

Cully nickte ihm zu, und Herb trat ein, sah sich im Zimmer um und fragte: »Fühlen Sie sich wohl hier oben? Alles in Ordnung?«

Cully sah den Mann an und überlegte, ob er sagen sollte: Ich hatte eigentlich vor, Ihre Frau hier einziehen zu lassen, damit wie beide ungestörter vögeln können. Statt dessen sagte Cully: »Mir geht's gut.« Und nach einer Pause fragte er: »Wie war's oben in Fayetteville? Haben Sie die Traktoren bekommen?«

Dorrance schüttelte den Kopf. »Für den Preis stimmte der Gegenwert nicht. Dem Typ, der sie verkauft, dem habe ich gesagt, wenn er mit mir ins Geschäft kommen will, soll er ein bißchen mit dem Preis runtergehen, vielleicht einigen wir uns dann.« Herbs Miene nach zu urteilen, war es für ihn unfaßbar, wie dämlich manche Leute waren. Er sagte: »Der Typ mit den Traktoren, der dachte wohl, ich wüßte nicht, was ich tue, als wäre ich ein bescheuerter Neuling, der sich die Hose mit ner Kneifzange anzieht. Ich hab gemerkt, daß er mir die Traktoren verkaufen wollte, der dachte vielleicht, ich würde seinen Preis schlucken.« Er sah Cully an. »Passen Sie auf, der ruft noch vor dem Wochenende an. Kommt mir mit dem Preis entgegen.«

Cully nickte. »So läuft das manchmal.«

»Tja, also, man muß diesen Leuten zeigen, wer der Boss ist.« Er wechselte das Thema. »Es war gestern nacht ziemlich ruhig, hat mir meine Frau erzählt.«

Cully schaute aus dem Fenster, zwang sich dann, Dorrance anzusehen und zu sagen: »Ja, das stimmt.«

Dorrance erhob sich und ging zur Tür, drehte sich aber noch einmal um, räusperte sich und sagte zu Cully: »Na sehen Sie, vielleicht haben Sie sich umsonst aufgeregt. Wegen der Waffe.« Und weiter: »Sie haben die Beherrschung verloren, dabei hatte ich Sie bloß gebeten, Ihre Arbeit zu tun. Wo wären Sie jetzt, wenn ich Ihnen diesen Job nicht gegeben hätte?« Er musterte Cully noch ein paar Sekunden lang, nickte, drehte sich um und ging.

17

Michelle dachte gerade, es sei an der Zeit, aufzubrechen. Den ganzen Vormittag, seit elf Uhr, als Herb nach Hause gekommen war, hatte sie sich an seine Fersen geheftet und ihn umsorgt; ihn den ganzen Tag lang bedient, Herrgott noch mal. Wollte ihn daran erinnern, was für eine phantastische Frau er hatte.

Sie mußte dauernd daran denken, wie sie die Sache besser ins Rollen bringen, Cully daran beteiligen konnte, bevor Benny zu ungeduldig wurde und irgendwas Dummes anstellte.

Nach dem Aufwachen dachte sie zuerst, Cully sei noch immer im Haus. Vielleicht war er in der Küche, holte sich was zu essen. Doch sie fand ihn nirgends, und als sie nach draußen ging, war der Caddy weg. Sie betrachtete den Porsche, der da ganz allein in der Garage stand, und fragte sich, was Cully wohl Dringendes zu erledigen hatte, daß er frühmorgens aufstand und sich aus dem Staub machte? Das ließ ihr keine Ruhe, weil ihr klar wurde, daß sie ihn gern um sich gehabt hätte, gern ein wenig Zeit mit ihm verbracht hätte, nur sie beide, ohne irgendwelchen Druck, daß sie sich vielleicht nur mit ihm amüsiert hätte. Es überraschte sie, daß sie so empfand. Als machte es ihr richtig Spaß, mit ihm zusammen zu sein. Nach einer Weile verdrängte sie es, redete sich ein, sie sei ein wenig sauer auf ihn, weil er weggefahren war.

Sie empfing Herb in der Auffahrt. Den ganzen Vormittag über hatte sie sich eine Schönheitsmaske auf die Augen gelegt. Wollte da sein, wenn er nach Hause kam. Michelle eilte ins Freie, um ihn zu begrüßen, sagte zu Billy Eagle hallo und umarmte dann Herb. Gab ihm einen Kuß und zeigte ihm: He, ich bin bloß ein armes, kleines Südstaatenfrauchen, das ohne ihren Mann verloren ist. Du liebe Güte.

Sie machte ihm das Mittagessen, weil Amelia nicht da war,

und er nahm am Küchentisch Platz, unterhielt sich mit ihr und sagte: »Ich muß mal kurz in die Stadt fahren.« Sie tat enttäuscht, schenkte ihm einen ihrer Blicke und erwiderte: »Du bist doch eben erst nach Hause gekommen.« Er sagte, sie solle sich um ihren eigenen Dreck kümmern, was sie überhaupt nicht störte, weil sie sich schon andauernd gefragt hatte, wie sie ihn eine Weile loswerden könnte.

Als sei es ihr eigentlich gleichgültig, fragte sie beiläufig: »Hast du Cully gesehen?«

Er antwortete: »Ich habe ihn eben gesehen, auf seinem Zimmer. Er schiebt wohl eine ruhige Kugel.« Dann beugte er sich auf seinem Stuhl vor, lächelte und sagte: »Meiner Meinung nach hat er einen Kater. Er sah ein bißchen matschig aus.« Sah sie an und sagte: »Ich weiß nicht, ein Typ wie der, im Grunde ist der doch Abschaum, vielleicht auch noch ein Säufer.« Und Michelle machte mit, tauschte mit ihrem Mann ein wenig Tratsch über den Chauffeur aus und hörte ihm zu, als er sagte, es gebe zwei Sorten von Leuten, und Cully gehöre zum Bodensatz.

Sie fragte: »Glaubst du wirklich?« Er sah sie an, gemein, wandte den Blick eine Weile nicht von ihr, dann fragte er: »Interessiert dich dieser Typ etwa? Gefällt dir Gesindel wie der, erinnert er dich an deinen Ex-Mann? Blödes Miststück, kennst den Unterschied nicht.« Sie schüttelte den Kopf, versuchte, lieb zu klingen, sagte: »Herb, Süßer, mach mal n Punkt. Ich hab mich doch nur mit dir unterhalten.« Er erwiderte: »Ach ja?« Er lachte sie aus, packte dann mit beiden Händen ihre Wangen, kniff sie kräftig und lächelte ihr ins Gesicht. »Wenn du dich so für ihn interessierst, warum gehst du nicht rüber und guckst, ob du nicht seinen Kater vertreiben kannst.«

Sie entzog sich ihm, sagte leicht verärgert: »Das werde ich wohl bleibenlassen« und wollte ihm damit zu verstehen geben, vielleicht ist er einfach nur müde, weil er's gestern nacht deiner Frau besorgt hat.

Sie wartete, bis Herb abfuhr, gab ihm noch zehn Minuten, falls er etwas vergessen hatte, und ging dann zur Garage.

Leise schlich sie die Treppe hinauf und, ohne anzuklopfen, in Cullys Zimmer, der im Tiefschlaf dalag, in der Unterhose, die Kleidung auf einen Haufen geschichtet und die Bettdekken überall verstreut.

Sie dachte sich, daß sie ihre Kleider abstreifen und zu ihm ins Bett schlüpfen könnte, als Überraschung, ihn auf Touren bringen und ihm dann erzählen, was ihr vorschwebte. Gerade überlegte sie, ob das eine gute Idee war, als er die Augen öffnete und sagte: »Unten in Raiford, weiß nicht, da war ich irgendwann soweit, daß ich nicht mehr so richtig schlafen konnte. Wenigstens hatte ich nie das Gefühl. In so einem Laden wird man mächtig paranoid. Man hat das Gefühl, ständig bei Bewußtsein sein zu müssen.«

Sie zog den Stuhl ans Bett und setzte sich. Sagte lachend: »Mache ich dich paranoid?«

Er setzte sich im Bett auf. »Nein, das hat nichts damit zu tun. Ich glaube, es ist bloß ein Bewußtseinszustand, den man im Lauf der Zeit entwickelt.«

»Ja?«

Er nickte. »Das bringt mich auf eine Frage. Dein Mann Herb – ist er in der Nähe?«

»Ob er jeden Augenblick hereinplatzen kann?«

»So was in der Art. Er kommt hier rein, und schon bin ich arbeitslos. Oder noch schlimmer.«

»Und was würdest du dann tun? Läßt dir das keine Ruhe?«

»Darüber kann man schon nachdenken.« Er machte eine Pause und sagte dann: »Die Sache ist die, ich kann's nicht ändern, ich frage mich, ob dein Mann vielleicht versucht, mich reinzulegen: Schickt dich hier rein, und auf einmal kommt er die Treppe herauf. Das wär ziemlich ungemütlich.«

»Du glaubst, so was würde ich tun?«

»Na ja, er und ich . . ., das Thema kam zur Sprache.«

Sie nickte. »Einer wie du, in deiner Lage, das könnte schlimm sein.«

Er machte: »M-hm.« Bückte sich um ihre Beine zu betrachten, sagte lächelnd: »He, weißt du was, ich glaube, du hast heute morgen vergessen, Unterwäsche anzuziehen.«

»Schon möglich.«

»Ich glaube, es stimmt.«

»Ich könnte folgendes tun: Ich könnte in dein Bett steigen, damit du es selbst herausfindest.«

Er schüttelte den Kopf. »Nein, da läuft nichts.«

»Gestern nacht, hat dich das geschafft?«

Er sah sie an. »Gestern nacht war . . ., ich weiß nicht.«

»Interessant.«

Er lachte. »Das hätte ich nicht gesagt.«

Sie zog den Stuhl näher zum Bett. »Gestern nacht, darüber hätte ich gesagt . . .« Brach ab und beugte sich vor, so daß ihr und Cullys Gesicht keinen halben Meter voneinander entfernt waren. Sie sagte: »Willst du wissen, was es für ein Gefühl ist, wenn ich mit Herb schlafe? Das heißt, vielleicht alle zwei oder drei Wochen. Ich muß dafür arbeiten – das ist wie ein Job –, jedesmal genau das tun, was er verlangt. Er hat da seine Ideen, Vorstellungen, wie es passieren soll. Willst du wissen, was da los ist, wie der Vergleich mit gestern Nacht ausfällt?«

»Ich bekomme eine gute Kritik.«

Sie lächelte. »Schon möglich.«

Er stieg aus dem Bett und hob seine Jeans auf. Zog sie an und klaubte dann sein Hemd vom Boden auf, wühlte in der Tasche nach seinen Zigaretten, zündete eine an, ehe er sich zu Michelle umdrehte. Dann nahm er wieder auf dem Bett Platz und sagte: »Ich weiß nicht recht, was ich davon halten soll. Hat es mir gestern nacht Spaß gemacht? Ich könnte vielleicht nein sagen. Du könntest mich einen Lügner nennen.«

»Du sagst aber nicht nein.«

Er schüttelte den Kopf. »Das würde keiner von uns glauben.«

Sie erhob sich und ging zum Fenster, schaute eine Zeitlang nach draußen, während er sie beobachtete. Und dann drehte sie sich wieder zu ihm um und sagte: »Ich möchte dir etwas erzählen. Ich möchte, daß du mir einfach nur zuhörst.«

Sie kam zum Bett zurück, nahm sich eine seiner Zigaretten, zündete sie an, ging wieder zum Fenster. Fragte ihn: »In Ordnung? Nur zuhören?«

Er nickte.

Sie sagte: »Ich werde meinen Mann verlassen. Ich halte es nicht mehr aus. Sieh ihn dir doch an, hör ihm zu, wenn er über seine gottverdammte Farm redet. Soll ich mir seinen Mist ewig gefallen lassen? Du siehst doch, was er macht. Bringt Frauen nach Hause. Du willst bestimmt wissen, was er da tut, wenn er Huren nach Hause schleppt. Glaubst du, die *ficken* mit ihm?« Sie schüttelte den Kopf. »Ich *kann's* nicht mehr.«

Er sagte: »Und wir beide, wir reiten dann der Sonne entgegen?«

Sie wurde kurz sauer, ihre Miene verfinsterte sich, doch dann nahm sie sich wieder zusammen. Sie sagte: »Laß mich zu Ende erzählen.«

»Na gut.«

Sie fuhr fort: »Es sieht so aus, als hätte ich alles Geld der Welt, das weiß ich. Wenn man sich dieses Anwesen ansieht, das Haus. Mit dem Pool und allem. Ich bin reich, stimmt's?«

»Kommst besser über die Runden als viele andere.«

Sie nickte. »Ja, den Eindruck kann man gewinnen.« Sie schwieg einen Moment lang, dann fuhr sie fort: »Du mußt das verstehen. Nichts davon, absolut gar nichts gehört mir. Wenn ich was kaufen will, das vielleicht ein paar hundert oder tausend Dollar kostet – kein Problem. Ich muß nur dafür arbeiten, tun, was er verlangt. Aber wenn ich das mache und zu Herb gehe, ihn vielleicht anlächle . . .«

Cully warf ein: »Vielleicht nicht nur lächeln.« Grinste dabei, blieb aber freundlich.

»Ja, was gerade nötig ist. Wenn ich Geld brauche, gibt es keine Probleme.« Sie zog an ihrer Zigarette, dann deutete sie damit auf ihn. »Aber mehr nicht. Mehr kriege ich nicht.«

»Was hast du denn getan, einen Ehevertrag unterschrieben?«

Sie nickte. »Damals dachte ich, das wär in Ordnung. Ich dachte, ich bringe ihn dazu, seine Meinung zu ändern.«

Cully sagte: »Doch wie sich herausstellte, ist Herb, dieser Drecksack, ziemlich starrsinnig.«

Sie sah ihn von der Seite an. »Scheiße. Wenn ich das Thema auch nur anspreche, guckt er mich an und fragt: Weshalb willst du das denn ändern? So als wäre ich bescheuert. Dabei bereitet es ihm einen Mordsspaß. Die damit verbundene Macht, verstehst du?«

Cully erhob sich von seinem Bett und trat ans Fenster. Er berührte sie an der Schulter und sagte: »Okay, ich hab's begriffen. Du sitzt hier fest.«

»So ist es.«

»Warum tust du's nicht endlich, warum kommst du nicht zur Sache?«

Sie nickte. Ging auf die andere Seite des Zimmers, wo ein Aschenbecher stand, und sagte: »Vielleicht kriege ich langsam genug von dir, hast du daran schon mal gedacht? Du benimmst dich häufig so, als könntest du mich nicht leiden. Wie kommt das?« Eine Antwort wartete sie nicht ab. Sie drückte ihre Zigarette im Aschenbecher aus, dann sah sie wieder Cully an. »Die Sache ist die, ich werde ihn garantiert verlassen.«

Cully nickte. »Prima. Nur zu.«

Sie schüttelte den Kopf. »Nicht so. Nicht arm. Scheiße, das habe ich hinter mir. Auf mich allein gestellt; ohne einen beschissenen Cent. Was glaubst du denn, warum ich Herb geheiratet hab?« Schüttelte erneut den Kopf und sagte: »Nie wieder. Ich habe mir geschworen, es nie wieder soweit kommen zu lassen.«

»Was hast du also vor?«

Sie ging zu ihm zurück. Blieb einen knappen Meter vor ihm stehen, schaute ihm direkt in die Augen und sagte: »Ich werde ihm sein verfluchtes Geld wegnehmen, das habe ich vor.«

Cully konnte es nicht glauben, betrachtete Michelle und dachte: Was sollte das werden, eine Verschwörung? Kaum sehen die beiden Schwestern Cully, kommen sie auf die Idee:

Wir drehen ein Ding, Cully hat zu spuren. Er sah sie an, vielleicht sollte er es ihr einfach erzählen: Hey, vielleicht möchte deine Schwester mitmachen. Doch er entschied, Kristin jetzt nicht zu erwähnen.

Er tat einen Schritt von Michelle zurück und sagte: »Hast du dir das so vorgestellt, du läßt dir von einem Ex-Häftling helfen?«

Sie schien erstaunt, fragte ihn: »Das glaubst du wirklich?«

Er gab keine Antwort. Sie schüttelte den Kopf und sagte: »Ich sollte einen Ex-Häftling dazu bringen, mir zu helfen? Wenn ich bloß das gewollt hätte, warum hätte ich mir dann nicht von meinem Ex-Mann helfen lassen?« Sie schüttelte den Kopf. »Ich tu's auf jeden Fall. Ein wenig Hilfe könnte ich gebrauchen. Ich werd dir nicht weismachen, ich könnte keine gebrauchen. Ich glaube, wenn du und ich, wenn wir beide es täten, würde es prima hinhauen.«

Cully hielt die Hände in die Höhe. Er sagte: »Vergiß es. Du willst deinen Mann verlassen, aber gern. Nimm ihm auch sein Geld ab. Mir ist das egal. Teufel auch, vielleicht hast du's sogar verdient. Aber erzähl mir nichts darüber.«

Sie starrte ihn an, keiner sagte ein Wort.

Cully dachte, er sollte verschwinden. Die ganze Scheißstadt hinter sich lassen. Ein wenig ungehalten, denn seit er aus Raiford raus war, hatte er andauernd versucht, sich rauszuhalten. Sich nicht in Sachen verwickeln zu lassen, die ihn garantiert in Schwierigkeiten bringen würden. Er hatte Miami verlassen und war hierhergekommen, weil er wußte, wäre er da unten geblieben, hätte er sich irgendwann wieder auf bewaffnete Raubüberfälle verlegt. Sich mit Leuten eingelassen, die er von früher kannte, und ehe er sich's versah, trieb er sich wieder auf den Straßen herum. Hielt den Leuten eine Knarre unter die Nase.

Er schüttelte den Kopf. »Kommt nicht in Frage. Ich will nichts davon hören.« Hatte ein gutes Gefühl, weil er das sagte. Ihn störte nicht, ob er unfreundlich zu ihr war. Wenn er es recht bedachte, hatte er Kristin nicht kränken wollen, aber Michelle war ihm scheißegal.

Sie wartete noch ein Weilchen, nickte schließlich und ging Richtung Tür. Dort angekommen, hielt sie inne, musterte ihn wieder und sagte: »In gewisser Weise ist es eine Schande. Ich dachte, du wärst wenigstens neugierig. Außerdem dachte ich, weil er dich wie ein Stück Scheiße behandelt, würdest du dich vielleicht an so etwas beteiligen wollen.«

Er schüttelte den Kopf. »Als ich solche Sachen gemacht habe, bewaffnete Raubüberfälle, war das nie persönlich. Ich hatte nichts gegen irgendwen. Ich wollte bloß das Geld der Leute.«

»Ist das nichts Persönliches, wenn ein Typ wie Herb, ein beschissener Psychopath, sich daran aufgeilt, dir das Leben schwer zu machen?«

»Was soll ich deiner Meinung nach tun? Ich stehe das durch. Wenn ich Raiford überstehen kann, werde ich auch mit Herbs Scheiß fertig. Ich mache ein bißchen Geld und zieh Leine.«

Sie lächelte. »Sieh mal, hier geht's nicht um ein bißchen Geld. Hier geht's um einen Haufen Geld.«

»Nein.« Das sagte er mit Nachdruck, er wollte kein Wort mehr davon hören. Er traute ihr nicht. Er traute nicht mal sich selbst. Man fing an, über etwas zu reden, das wußte er aus Erfahrung, und ehe man sich's versah, *war* man interessiert. Es war ihm tatsächlich ein paarmal durch den Kopf gegangen. Es wieder zu versuchen, vielleicht ein, zwei Dinger zu drehen und dann nichts wie weg. Er hatte sich aber dazu vergattert, es nicht zu tun. Durchzuhalten. Es war schlimm genug geworden, vielleicht mußte es besser werden. Er wiederholte: »Nein.«

»Du willst nichts mehr davon hören.«

»Nein.« Er wurde wieder wütend, weil er merkte, daß er ein wenig neugierig war.

Sie sagte lächelnd: »In Ordnung.« Sah ihn an und nickte, sagte: »Du bist mir nicht böse?«

Er sah sie an. »Ich bin dir nicht böse.«

»Gut.« Sie zögerte kurz, drehte sich dann zur Tür um und machte ein paar Schritte auf den Flur hinaus, während er sie beobachtete, drehte sich nochmals um und trat wieder ins Zimmer. Jetzt grinste sie, genoß es, das merkte er, wartete auf ihren großen Augenblick. Ganz plötzlich wurde ihm klar, das sie die ganze Zeit darauf hingearbeitet hatte, gewartet hatte, bis es so weit war. Sie stand da, nah hinter dem Türrahmen, die eine Hüfte ein wenig zu ihm hingedreht, und betrachtete ihn, ein leichtes Grinsen auf dem Gesicht. Und Cully saß auf dem Bett, sah, wie ihr Rock sich an die Hüften schmiegte, und wußte, daß sie darunter nichts anhatte, mußte daran denken, ohne es zu wollen. Hörte sie sagen: »Hier geht's nämlich um 'ne schöne Stange Geld.« Michelle tat, als müsse sie überlegen, bis ihr eine Zahl einfiel, während Cully versuchte ihr zu sagen, sie solle endlich gehen. Doch auf einmal mußte er es wissen. Er wartete, daß sie noch mehr sagte, und sah sie an, während sie zunächst hinauf zur Zimmerdecke schaute, dann wieder zu ihm und sagte: »Als ich das letztemal gezählt habe, lagen da, ich glaube, es waren über vierhunderttausend Dollar. Lagen einfach da rum.«

Er versuchte es nicht zu sagen, dachte es nur. Vierhunderttausend Dollar, Allmächtiger, und er wollte vermeiden, etwas Dummes zu sagen; was er später bereuen würde. Öffnete den Mund, um ihr zu sagen, er sei immer noch nicht interessiert. Dachte die Worte in seinem Kopf, sagte aber dann zu seiner eigenen großen Überraschung: »Warum hast du das nicht gleich gesagt?«

Er saß da und kam sich dämlich vor, hätte sich am liebsten selbst einen Fußtritt verpaßt, während er zusah, wie sie in das Zimmer zurückkam und sich setzte. Sie schlug den Rock unter die Beine, lächelte ihn an und sagte zu ihm: »Weil du nicht gefragt hast.«

18

Cully fuhr auf der 21 mit dem großen Wagen an einem mit Baumstämmen bepackten Tieflader vorbei und dann durch die Stadt. Weiter ging es über die Brücke, er ließ Beaufort hinter sich. Nun hatte er die Reisegeschwindigkeit erreicht, fuhr auf seiner Fahrt zum »Shrimp Boat« genau hundert. Ging wegen der Geschwindigkeitsbegrenzung vom Gas, als er nach Frogmore kam, beschleunigte aber sofort wieder, so daß er die letzten fünf Kilometer in etwa zweieinhalb Minuten schaffte.

Er hatte, wie lange, vierundzwanzig Stunden, vielleicht ein wenig länger Zeit gehabt, um darüber nachzudenken. Am Tag zuvor hatte er sich angehört, wie Michelle ihm die Sache vortrug. Das ganze Ding. Lieber Himmel, hatte Cully gedacht, sie wollte ihn dazu bringen, daß er da reinmarschierte und die Bank ausraubte. Sie hatte ihn angesehen und gesagt: »Nein, vergiß die Bank. Ich will nichts weiter als das eine Schließfach.« Hatte ihn angelächelt und gesagt: Wenn du es richtig machst, wird nie jemand wissen, was passiert, außer dem einen Kerl, der dir das Schließfach öffnet.«

Er erwiderte: »Siehst du, das tun viele.«

»Was?«

»Sie betrachten die Sache von der falschen Warte aus. Sie reden sich ein, daß nichts schiefgehen kann.«

Sie nickte. »Na, eigentlich dürfte nichts schiefgehen.«

»M-hm. Aber dann, wenn die Kacke am Dampfen ist, geht doch irgendwas schief. Und so kommt es wahrscheinlich. Du hast dir solange eingeredet, wie phantastisch alles funktionieren wird, daß du nicht weißt, was du tun sollst.«

Sie lächelte ihn an. »Du mußt das positiv sehen.«

Er musterte sie eine Weile, dann sagte er zu ihr: »Die Sache ist die, wir wären besser dran, hätten mehr davon, wenn wir es statt dessen realistisch sähen.«

In der vergangenen Nacht hatte er vielleicht zwei Stunden geschlafen, sich oben in seinem kleinen Apartment alles durch den Kopf gehen lassen. Entschieden, okay, warum nicht. Herb Dorrance das Geld wegnehmen, bereitete ihm das Gewissensbisse? Herb Dorrance, der andauernd irgendwelchen Mist abzog, um Cully daran zu erinnern, wer der Boss war. Als müßte er Menschen um sich haben, die, oberflächlich betrachtet, vielleicht versagt hatten, damit er sich selbst besser fühlte. Konnte er dem Mann sein Geld abnehmen? Klar, das wäre kein Problem. Er würde es genießen. Und es ging um vierhundert Riesen, vielleicht mehr, von soviel hatte er in seinem Leben nicht einmal geträumt. Die andere Frage war, traute er sich zu, dort reinzukommen, die Diamanten zu holen, und alles war paletti? Als er am Abend zuvor auf seinem Bett lag, hatte er den Kopf schütteln müssen, das ginge auf keinen Fall. Sollte er allen Ernstes glauben, na was, daß Michelle einen Blick auf ihn wirft und beschließt, das ist der Typ, mit dem sie das Ding drehen will? Vielleicht holen sie die Diamanten, versilbern sie und verbringen den Rest ihres Lebens auf einer tropischen Insel? Nur sie beide? Schon bei dem Gedanken mußte Cully lächeln. Er stellte sich Benny vor, wie der am Spielfeldrand wartete, um hereinzukommen und Cully zu erledigen, sobald das Ding gedreht war. Oder vielleicht hatte Benny auch vor, sich die gesamte Beute unter den Nagel zu reißen. Cully *und* Michelle in die Röhre gucken zu lassen. Allein der Gedanke verursachte Cully Kopfschmerzen. Die vielen Möglichkeiten.

Beim »Shrimp Boat« angekommen, fuhr er auf den Parkplatz. Er stieg nicht mal aus dem Wagen, sondern drückte auf die Hupe und brauchte nicht zu warten, denn Kristin hatte ihn schon kommen sehen und kam zwanzig Sekunden später aus der Tür des Restaurants gelaufen.

Er kurbelte das Fenster runter, steckte den Kopf ins Freie und sagte: »Ich möchte dich auf einen Ausflug mitnehmen«, verriet ihr aber nichts weiter. Nur als sie einwand, sie könne nicht weg, sagte er: »Es ist wichtig. Und es wird nicht den ganzen Tag dauern.« Wartete kurz und ergänzte dann: »Es ist mein Ernst.«

Sie nickte und lief zurück ins Haus. Eine Minute später kam sie ohne ihre Schürze raus und stieg auf der Beifahrerseite ein, sah ihn an, sagte aber kein Wort.

Cully ließ sich Zeit, rückte nicht gleich mit der Sprache heraus und erzählte von den Diamanten. Er fuhr auf der 21 gemütlich zurück nach Beaufort, während sie still neben ihm saß oder auf hübsche Häuser oder Ähnliches zeigte, wenn sie daran vorbeikamen. Sie ließ ihn von der Carteret links in die Prince Street abbiegen und dann wieder auf die Hancock. Sie sagte: »Fahr bis zum Ende.«

Er fuhr mit dem Caddy bis zu der Stelle, wo die Straße an der Bucht aufhörte, und hielt an. Sie deutete auf das gegenüberliegende Haus am Straßenrand und sagte: »Na?«

Er sah es sich an. »Ich soll etwas sagen. Keine Ahnung. Sieht nach einem hübschen Haus aus.«

Sie sah ihn einfach nur an.

Er sagte: »Ich komm immer noch nicht dahinter.«

»Hast du das Haus schon mal gesehen?«

Er schüttelte den Kopf.

»Im Kino.« Wartete ein Weilchen und fuhr dann fort: »Also wirklich. *Der große Frust*.«

»Den hab ich nicht gesehen.«

»Mist.« Sie schien enttäuscht, aber dann sagte sie: »Warte, da wurde noch einer gedreht. Fällt mir nicht ein, da hat . . .« – sie schnippte mit den Fingern und sagte plötzlich: »Ich weiß es, Robert Duvall. Wo er einen Jagdflieger spielt, hast du den gesehen?«

Er schüttelte den Kopf. »Habe in letzter Zeit nicht viele Filme gesehen.«

»Ich komm nicht auf den Titel.«

Er legte den Gang ein, wendete und sagte dabei: »Wird dir schon noch einfallen.«

»Möglich.« Sie schwieg ein Weile. Er merkte, wie es ihr keine Ruhe ließ, daß sie nicht auf den Filmtitel kam, und plötzlich rief sie: »Halt. Ich hab's. *Der große Santini.* Mit Robert Duvall und noch irgendwem. Ich komm nicht drauf. Wie Jill Clayburgh. Aber sie war's nicht. Irgendeine andere Schauspielerin, die ich immer mit Jill Clayburgh verwechsle.«

Cully musterte sie kurz, während er die Prince Street hinunterfuhr und zu einem Stopsignal kam. Er sagte: »Ich bin mir ziemlich sicher, daß ich ihn nicht gesehen habe.«

»Jedenfalls, als sie diesen Film und *Den großen Frust* gedreht haben, war das ganz toll. Alle fanden das total aufregend.«

»Das kann ich mir vorstellen. Hollywood im eigenen Hinterhof.«

»Genau.« Sie wartete, bis er wieder auf die Carteret Street einbog und sagte dann: »Das wäre vermutlich ziemlich nett. Eine Schauspielerin zu sein.«

»Glaubst du wirklich?«

Sie zuckte mit den Schultern. »Wenn man gut ist. Ich meine, wenn man seinen Rollen gewachsen wäre. So was in der Art.«

»Ist aber 'ne Menge Arbeit.«

Nach kurzem Zögern nickte sie. »Ja, wahrscheinlich.«

Auf der Fahrt die Carteret hinunter zum Plaza, am Winn-Dixie-Supermarkt und dem Kino vorbei, fragte sie ihn schließlich: »Was haben wir eigentlich vor?«

»Arbeiten.«

Sie nickte. »M-hm. Möchtest du mir etwas darüber erzählen?«

Er wandte einen Moment lang den Blick von der Straße, schaute sie kurz an und sagte: »Sag mir die Wahrheit, wie gut kommst du mit deiner Schwester klar?«

Ein Achselzucken. »Wir wohnen nicht weit voneinander. Wenn sie betrunken ist, fährt sie gewöhnlich zu mir raus und besucht mich. Davon abgesehen, sehe ich sie vielleicht alle paar Monate, manchmal sogar seltener.«

Er machte: »M-hm.« Fuhr langsamer, weil sich der Verkehr staute. »Würdest du sagen, ihr beide seid die Sorte

Schwestern, wenn die eine etwas kriegt, teilt sie es mit der anderen?«

»Ich weiß nicht, was du meinst.«

»Angenommen, Michelle kriegt eine Menge Geld. Ruft sie dich dann an, sagt: He, komm vorbei und hol dir deinen Teil ab?«

Kristin lächelte. »Das kann ich mir nicht vorstellen.«

Cully schüttelte den Kopf. »Das hatte ich auch gedacht.«

Sie streckte die Hand aus und berührte ihn an der Schulter. »Verrätst du mir, was die vielen Fragen sollen?«

Er lächelte. »Klar.« Kramte in seiner Tasche nach einer Zigarette, ließ sich Zeit. Zündete sie an und betrachtete dann Kristin, sagte: »Michelle hat da die irre Idee, ihren Mann zu bestehlen. Diamanten. Eine ganze Menge.«

Kristin sagte: »Großer Gott. Ist da wirklich was dran?«

»Ich kann mir nicht denken, daß sie damit Scherze macht. Falls du das meinst.«

»Und du sollst ihr helfen?«

»M-hm.« Er sog an seinem Glimmstengel und sagte: »Hör zu, ich begreife es nicht. Ich helf ihr dabei, sagen wir, sie und ich, wir kriegen diesen Haufen Diamanten. Und was weiter?«

»Du traust ihr nicht.«

Er lachte. »Willst du damit sagen, ich sollte ihr trauen?«

Sie dachte darüber nach. »Nein.«

»Irgendwo im Hintergrund sehe ich Benny herumlungern. Im Wartestand, um herauszufinden, ob ich mitmache.«

»Du glaubst, sie wollen dich benutzen. Als ... Prügelknabe.«

»Prügelknabe ... ja, so könnte man es nennen.«

»Was hast du nun vor?«

»Tja ...,« er zuckte mit den Schultern. »Ich werd's wohl machen.«

»Aber du hast doch gerade gesagt ...«

»Die Sache ist die: Ich tu's, bevor sie es tun.«

»Oh.«

Er lächelte. »Genau, oh.« Nach kurzer Pause fragte er: »Stört es dich, wenn ich deinem Schwager sein Geld wegnehme?«

»Ich glaube nicht.«

»Denk dran, das bedeutet, ich nehme es auch deiner Schwester weg.«

»Ich weiß.«

»Was hältst du davon?«

»Ich weiß nicht.« Sie schaute aus dem Fenster und fuhr sich mit der Hand durch die Haare, ehe sie antwortete. »Ich meine, das klingt, als fragtest du mich, ob sie mir etwas abgeben würde, wenn sie es täte.«

»Soviel dazu.«

Sie schwieg eine Minute und sagte dann: »Warum erzählst du mir das alles?«

Er sah sie wieder an, fuhr an der Toyota-Niederlassung vorbei und sagte zu ihr: »Ich dachte, falls ich mich entschließe, diese ... Geschichte durchzuziehen, also – ob du mir hilfst.«

Er forderte sie auf: »Sieh mich an.« Wartete an einer Ampel und blieb stumm, bis sie ihn anstarrte. »Ich bin sechsunddreißig Jahre alt. Ich kann, na was, ein bißchen Autos reparieren?« Er nahm den Fuß vom Bremspedal und überquerte die Kreuzung. »Ich komme aus dem Knast und rede mir ein: Du kannst es schaffen, Arbeit finden und auf ehrliche Weise deinen Lebensunterhalt verdienen. Weißt du, was mir dein Schwager zahlt? Wir reden hier von zwei Scheinen die Woche.«

Er wartete, ob sie etwas dazu sagte, und fuhr dann fort: »Ich bin ein Dieb, basta. Ich habe drüber nachgedacht. Das ist als – ich weiß nicht –, das ist vermutlich das gleiche, als sagt man, daß man Alkoholiker ist, so was Ähnliches, man denkt an nichts anderes mehr als ans Saufen. Vielleicht geht's einem soweit gut, wenn man trocken bleibt. Aber sobald jemand eine Flasche vor dich hinstellt – beispielsweise einen Jack Daniels, vielleicht ist das dein Lieblingsdrink, was auch immer, und dich dann damit allein läßt – dir erzählt, ich gehe jetzt, und du bist allein ...« Er schaute Kristin wieder an und fragte: »Was machst du dann?«

Sie sagte: »Geht es dir bei den Diamanten genauso?«

Er gewöhnte sich allmählich daran, sich mit ihr zu unterhalten, als ob sie etwas stehlen würden, und allmählich kam es ihm ganz natürlich vor. Er sagte: »Ja, so ist es, ich spüre es. Vorhin, als ich mit deiner Schwester gesprochen habe, da war es nur etwas ..., ich weiß nicht recht, ich hörte zu, wie sie sprach, und zunächst hatte ich das Gefühl, als paßte ich gar nicht richtig auf.«

»Und wie ist es jetzt?«

»Jetzt hatte ich ein wenig Zeit, darüber nachzudenken. Nun ist es anders.«

Sie schwieg eine Weile, dann fragte sie: »Und was ist mit mir?«

Er sah aus den Augenwinkeln, daß sie an der Autotür lehnte und ihn anschaute. In ihrer Stimme lag etwas, das vorher nicht dagewesen war. Er brauchte einen Moment, aber dann hatte er begriffen. Sie war nervös.

Er fragte sie: »Was meinst du damit?«

»Ich meine, gestern noch hast du mich fast ausgelacht. Oder du warst sauer. Ich hab's nicht rausgekriegt. Ich sage dir, daß ich an so etwas interessiert bin, und du siehst mich an, als wäre ich verrückt. Doch als dir dann Michelle von irgendwelchen Diamanten erzählt, läßt du es dir durch den Kopf gehen.« Sie atmete tief durch und fragte: »Was siehst du, wenn du mich anschaust? Leute kommen in mein Restaurant und erzählen mir: Sie sind so nett. Was heißt das? Daß ich kein Miststück bin? Schon möglich. Aber die andere Sache, die andere Seite dabei ist, daß ich es vielleicht satt habe, den ganzen Tag nur zu schuften ..., was hab ich davon? Und jetzt erzählst du mir, du willst so was machen. Meine Schwester bringt dich auf eine Idee, und du kommst damit zu mir.«

Er entgegnete: »Es gibt einen Unterschied.«

»Welchen?«

Er schüttelte den Kopf. »Ich weiß nicht. Ich glaube« – er

gab sich innerlich einen Stoß –, »ich glaube er besteht darin, daß ich dir vertraue.«

Sie sagte überrascht: »Tatsächlich?«

Er zuckte mit den Schultern. »Vermutlich.« Er gab sich alle Mühe, den Blick nicht von der Windschutzscheibe zu nehmen, die Augen immer auf die Straße zu richten, da er sie sonst vielleicht kurz angeschaut hätte und es sagen müßte, während er ihr ins Gesicht sähe. »Ich habe beschlossen, noch *ein* Ding zu drehen. Keinem weh zu tun. Bloß diese eine Sache, ein letztes Ding, und wenn es klappt, bin ich fertig.«

Er holte tief Luft und fuhr fort: »Ich komme aus dem Gefängnis, und was passiert? Hier draußen treiben sich alle möglichen Leute rum, die einen fast noch übler linken als die Leute im Knast. Deine Schwester hat einen Typ geheiratet, den sogar sie einen Psychopathen nennt, und sie kann es nicht abwarten, von ihm wegzukommen. Ich hab das Gefühl, wenn ich mich da länger herumtreibe, wird entweder er mich umbringen oder ich ihn. Und auf einmal gibt es eine Chance, diesen Raub. Vielleicht ist es zu schön, um wahr zu sein. Aber was bleibt mir übrig – was für eine Wahl hab ich? Im Grunde sieht es so aus – wenn man nämlich das ganze Geschwätz beiseite läßt –, im Grunde sieht es so aus, daß niemand irgendwas für mich tun wird. Ich muß losziehen und es selber tun.« Er sah sie immer noch nicht an. »Sieh es doch mal von meiner Warte aus. Ich sehe mich um, mit wem will ich das Ding drehen? Ich könnte mich deiner Schwester anschließen, mal sehen, was dabei für mich rausspringt. Oder ich dreh das Ding mit dir. Mit einem Menschen, bei dem ich ein gutes Gefühl habe.«

Sie jagte ihm einen Riesenschreck ein, weil sie sich quer über den Sitz warf und die Arme um seinen Hals schlang. Sie gab ihm einen Kuß und betrachtete dann aus etwa fünfzehn Zentimeter Entfernung sein Gesicht, die eine Hand noch immer auf seiner Schulter, starrte ihn lange an, bis sie schließlich sagte: »Ich wußte, mit uns beiden ist etwas. Als ich dich das erstemal sah, wußte ich, es würde gut werden.«

Er sah sie von der Seite an. »Echt?«

Sie nickte.

Er sagte: »Folgendes, und ich möchte, daß du mir zuhörst. Zwischen uns spielt sich etwas ab, wir mögen einander. Das ist nett. Aber weißt du, dir muß klar werden . . ., wichtig ist, du und ich, wenn wir dieses Ding drehen, dann mußt du alles tun, was ich dir sage. Wenn ich dir sage, wir machen es so, will ich nicht darüber diskutieren müssen. Einverstanden?«

»Einverstanden.« Sie schwieg einen Augenblick lang, saß neben ihm auf dem Sitz, die Hand immer noch auf seiner Schulter, und ihr Zeigefinger zeichnete kleine Kreise auf seinen Hals, mit ernster Miene, bis sich ihr Gesicht ganz plötzlich aufhellte. Sie grinste ihn breit an und fragte: »Krieg ich eine Knarre?«

Er sah sie kopfschüttelnd an und sagte nur: »Meine Güte.«

Sie fuhren zur First-Carolina-Federal-Bank. Ein ebenerdiges Gebäude direkt neben einem Laden, der Lebendköder und T-Shirts verkaufte. Das rote Backsteingebäude hatte eine große, doppelt verglaste Eingangstür und einen Autoschalter auf der gegenüberliegenden Seite. Vorne auf dem Rasen stand zwischen zwei Fächerpalmen ein Holzschild, das wie ein Thermometer aussah. Es war zur Hälfte mit roter Farbe gefüllt, die anzeigte, wieviel Geld seit Sommeranfang für die Wohltätigkeitsorganisation United Way gespendet worden war.

Cully hielt an und drehte sich im Sitzen um, damit er einen besseren Blick auf das Gebäude bekam. Neben ihm drehte sich Kristin ebenfalls um, rieb ihre Schulter gegen seine und fragte ihn: »Ist sie das?«

Er nickte.

Sie sagte: »Was werden wir tun?« Wurde auf einmal ganz aufgeregt und erkundigte sich: »Machen wir es jetzt?«

Er wandte sich zu ihr um. »Meine Güte. Was glaubst du denn, wir marschieren einfach da rein und richten die Finger auf sie? Rufen: Hände hoch!«

Sie schüttelte lächelnd den Kopf. »Wohl eher nicht.«

Cully sah die Bank an und dann Kristin. »Wir machen folgendes . . .« Brach kopfschüttelnd ab: »*Ich* mache folgendes: Ich gehe da rein, sobald wir bereit sind, und frage sie, ob sie mir freundlicherweise Mr. Dorrances Diamanten geben würden. Immer schön höflich. Und dann komm ich hier raus, wo du im Wagen wartest.«

Er streckte die Hand aus und faßte ihr unters Kinn, drehte ihr Gesicht so, daß sie ihn ansah, und sagte: »Traust du dir das zu? Hier im Auto zu sitzen, während ich reingehe und die Sache erledige?«

Sie nickte und lächelte, beugte sich vor, um ihn zu küssen. Dann ließ sie sich wieder auf ihrem Sitz nieder, lächelte ihn immer noch mit strahlenden Augen an und sagte: »Natürlich kann ich das. Ich sagte dir doch, das will ich unbedingt.«

Nach etwa zehn Minuten gingen sie rein, Cully nahm sie bei der Hand und führte sie in das Gebäude, ein Mann und seine Frau, die vielleicht ein Konto eröffnen wollten. Entlang der linken Wand der Bank zog sich ein Tresen, hinter dem drei Kassierer saßen, von denen einer den Autoschalter bediente, während die anderen beiden Kunden abfertigten, die sich im eigentlichen Schalterraum der Bank in die Schlange eingereiht hatten. Vor Cully und Kristin stand ein Tisch, der in kleinen, mit ein paar angeketteten Kugelschreibern versehenen Fächern Einzahlungsformulare und Auszahlungsscheine enthielt. Hinter dem Tisch befand sich eine große Tafel, auf der in weißen Buchstaben und Ziffern sämtliche Raten für die von der Bank angebotenen Einlagenzertifikate angegeben wurden.

Cully nahm Kristin erneut bei der Hand und ging mit ihr zu dem Tisch. Er zog einen Einzahlungsschein heraus, und während er darauf schrieb, schaute er zur anderen Seite der Bank, wo er zwei Männer in Anzügen sah, jeder hinter seinem eigenen Schreibtisch, und hinter ihnen, in der entferntesten Ecke, den Raum, wo sich die Schließfächer befanden. Er beobachtete, wie ein Mann eintrat und sich mit einem der an den Schreibtischen sitzenden Männer unterhielt. Eine Minute später standen sie auf und gingen in das Hinterzimmer. Der Bankangestellte nahm einen Schlüsselbund aus seiner Tasche und schloß die Tür auf. Cully hatte ein komisches Gefühl, wie er dastand, so tat, als füllte er ein Formular aus, und all die Bankschließfächer sah. Wußte, wie nah er Diamanten im Wert von vierhunderttausend Dollar war. Lieber Himmel, man konnte es beinahe riechen.

Nach ein paar Minuten wandte er sich zu Kristin um und sagte: »Okay, gehen wir.«

Sie sah ihn an. »Was soll das heißen?«

»Ich habe genug gesehen.«

»Wirklich?«

Er nickte und nahm sie beim Arm. »Gehen wir.«

Er sagte nichts mehr, ging zum Auto hinaus und dachte drüber nach, wie die Bank organisiert war. Er sah es vor sich – wie er da hineinging, sich mit einem der Heinis im Anzug unterhielt. Er mußte sich lediglich zurückhalten, so tun, als sei er es gewohnt, den Typ in den Raum mit den Schließfächern zu begleiten. Als hätte er selbst dort ein Fach.

Er stieg in den Wagen und streckte sich, um Kristins Tür zu öffnen. Erst als sie hereingerutscht war, sah er sie an. Sagte zu ihr: »Weißt du, deine Schwester hat da diesen tollen Plan. Wahrscheinlich den gleichen, den sie vor vier Jahren mit Benny ausprobiert hat.«

Kristin drehte sich um, bis sie ihn ansah. Sie sagte: »Ach ja?«

Cully lächelte. »Die Sache ist die, er könnte funktionieren.«

An diesem Abend rief Michelle, sobald Herb schlief, Benny an. Trommelte mit den Fingern auf die Küchenanrichte und summte vor sich hin, während sie darauf wartete, daß Benny den Hörer abnahm.

Als er sich meldete, sagte sie zu ihm: »Ich bin's.«

»Schatzi, du rufst mich an, weil du rausfinden willst, ob du nicht vielleicht herkommen und zu mir ins Bett klettern sollst. Stimmt's?«

Sie sagte: »Benny, ich rufe an, um dir mitzuteilen, daß er's tun wird.«

Benny brauchte eine Weile, doch dann fragte er: »Cully?«

Michelle sagte: »Ja. Ich hab ihm von der Sache erzählt.«

»Was hat er gesagt?«

»Er tat, als wollte er nichts damit zu tun haben; als wär er nicht interessiert. Bis ich ihm verriet, um wieviel Geld es geht.«

Benny lachte. »Laß mich raten, er hat seine Meinung geändert. Er findet raus, daß es um vierhundert Riesen geht, und schon wird er wieder zum Dieb.«

»So ähnlich.«

Benny fragte: »Und von da an war er Feuer und Flamme?«

»M-hm.« Michelle hörte Bennys Atem in der Leitung, sah ihn vor sich, wie er darüber nachdachte. Sie hatte es Cully erzählt, und jetzt mußten sie die Sache durchziehen. Sie konnten nicht einfach zu Frank Cullen sagen: He, war bloß n Scherz.

Nach ein paar Sekunden meldete sich Benny wieder. »Hast du irgendeinen Plan, eine Idee vielleicht, wie man diesen Cully – auf einmal ist er wieder ein Dieb –, wie wir ihn auf unserer Seite halten? Daß er ehrlich bleibt.«

Sie hatte gewußt, daß er das sagen würde. Sie antwortete: »Überlaß das mir.«

»M-hm«, machte Benny. »Und wie willst du sicherstellen, daß unser Freund nicht etwas tut, was uns nicht paßt?«

Michelle seufzte. »Benny, wenn wir ihn dazu bringen, das Ding zu drehen, behalten wir ihn die ganze Zeit über im Auge. Wenn es vorbei ist, sind wir sofort an Ort und Stelle.«

Benny sagte: »Na schön, Schatzi. In der Zwischenzeit werde ich die Gesellschaft unseres Freundes Cully suchen, sichergehen, daß er keine einsamen Entschlüsse trifft.«

Michelle sagte in den Hörer: »Mach das.« Wartete auf eine Antwort Bennys, hörte aber nur den Wählton, weil er schon aufgelegt hatte.

Sie legte den Hörer auf, stand da und dachte über Cully

nach. Und über Benny. Was sollte sie? Ein Auge auf Cully haben? Hieß das, sie sollte Benny *vertrauen?* Fast mußte sie lachen, wie sie da spätabends in der Küche stand und als einziges Geräusch das Summen des Kühlschranks hörte. Wenn man so etwas tat, einem wie Benny traute, wohin brachte einen das? Es brachte einen in Schwierigkeiten, genau das.

Am nächsten Vormittag fuhr Cully Herb und Michelle in die Stadt. Die beiden zusammen zu fahren machte ihn ein wenig nervös. Er hörte sie auf dem Rücksitz plaudern. Wenn er einen Blick in den Rückspiegel warf, sah er Michelle, wie sie, Herb zugewandt, lächelnd ihrem Mann lauschte und dazu nickte. Cully beobachtete sie und überlegte, ob es möglich war, daß sie das schon lange tat, nämlich ein Doppelleben führen. Er fragte sich, ob es mal eine Zeit gegeben hatte – vielleicht als Herb und Michelle sich kennenlernten – zu der sie den Typ gemocht hatte? Oder war es immer so gewesen? Vor ihrem Mann spielte Michelle die Rolle der gehorsamen Ehefrau, die sich seinen Scheiß gefallen ließ. Und im Grunde ihres Herzens schmiedet sie die ganze Zeit über Pläne, wie sie ihm sein Geld abknöpfen kann. Cully hatte in Raiford Typen kennengelernt, richtig bösartige Fieslinge, Schwerkriminelle, die weniger kriminelle Energie entwickelten als sie.

In der Stadt angekommen, beugte Herb sich vor und klopfte Cully auf die Schulter. »Sie können mich am Island Club absetzen«, sagte er. »Meine Frau möchte ein paar Einkäufe machen.« Er schaute auf seine Uhr. »Holen Sie mich in zwei Stunden wieder ab.«

Cully nickte, überquerte die Brücke und bog dann zu dem großen Yachthafen ab, ließ Herb am Clubeingang heraus und wartete, während er über das Gelände ging und das große Gebäude betrat, in dem Bar und Restaurant untergebracht waren.

Er schaute in den Spiegel, sah, wie Michelle ihn angrinste, und fragte: »Wohin willst du?«

Sie lachte. »Ich dachte, wir würden vielleicht einen Schluck trinken. Klingt das gut?«

Cully zuckte mit den Achseln. »Wo?«

Sie lächelte immer noch. »Warum überraschst du mich nicht?« Lehnte sich entspannt zurück und summte ein Liedchen, während Cully den Wagen wendete und zurück in die Stadt fuhr.

Er überlegte, wohin er fahren sollte, und entschied sich für »Casey's«, weil er nicht ins »Ramada Inn« wollte und eigentlich nichts anderes kannte. Dort angekommen, parkte er, ging um das Auto herum und öffnete die Tür für Michelle.

Sie stieg aus und warf einen Blick auf die Kneipe. »Entzückend. Das weckt Erinnerungen.« Sie sah Cully von der Seite an. »Wußtest du, daß ich hier gesungen habe?«

Er schüttelte den Kopf. »Nein.«

Sie betrachtete ihn, als glaubte sie ihm nicht, ging dann aber achselzuckend auf das Gebäude zu.

19

Cully bestellte ein Bier, und Michelle teilte nach einer gewissen Bedenkzeit dem Barkeeper mit, sie wolle einen Wodka-Tonic. Sie lächelte, als sie zu Cully sagte: »Siehst du, wahrscheinlich hast du gedacht, sie bestellt bestimmt wieder einen Manhattan«, trank ein Schlückchen und fragte ihn: »Hab ich recht?«

Cully zuckte die Achseln. Was sie trank, war ihm ziemlich egal, doch er antwortete: »Ja, ich dachte mir, daß du tagsüber Manhattans trinkst.« Sie musterte ihn über den Rand ihres Glases hinweg und fragte: »Findest du, ich trinke zuviel?« Er schüttelte den Kopf. »Keine Ahnung. Das mußt du vermutlich selbst wissen. Alkohol ist jedenfalls etwas, das dir schmeckt.« Er merkte, wie sie darüber nachdachte.

Schließlich sagte sie: »Vermutlich könnte es zum Problem werden, wenn ich die Kontrolle darüber verlieren würde.« Sie zündete sich eine Zigarette an und fuhr dann fort: »Aber eins verrate ich dir ...«

»Was?«

»Falls es klappt, falls wir diese Diamanten kriegen, dann muß ich mich wirklich vorsehen; aufpassen, daß ich keine reiche Alkoholikerin werde.«

»Bei der vielen Freizeit, die du hast, könntest du da nicht unter Langeweile leiden?«

Sie nickte, nahm einen Schluck von ihrem Drink, ehe sie sich kurz in der Bar umschaute. Als sie ihren Blick wieder auf ihn richtete, sagte sie: »Du machst doch mit, oder?«

»Ob ich einen Rückzieher mache, vielleicht Bedenken kriege?«

»Ja.«

Er sah ihr direkt in die Augen. »Ich mache mit. Darauf kannst du dich verlassen.« Und dann erzählte er ihr, weil er wußte, es wäre seltsam, wenn er es unerwähnt ließe: »Aber eins sollst du wissen, ich werd höllisch aufpassen, sichergehen, daß ich nicht reingelegt werde. Wenn plötzlich jemand am linken Flügel auftaucht, Benny oder so. Glaub bloß nicht, ich wär auf so was nicht vorbereitet.«

Sie betrachtete ihn erstaunt und sagte: »Meine Güte, was du für Ideen hast. *Benny?*« Betonte das Wort nachdrücklich, als wäre ihr das nicht im Traum eingefallen.

Am liebsten hätte Cully laut gelacht, obwohl er nicht genau wußte, was sie vorhatte. Vielleicht würde sie Benny einschalten, hatte es wahrscheinlich schon getan. Doch wie er da mit ihr zusammensaß, ihr Gesicht betrachtete, ihr Mienenspiel – als sei sie vollkommen überrascht – da mußte er zugeben, daß sie ihre Rolle verdammt gut spielte.

Er sagte: »Ich wäre blöde, wenn ich das nicht bedacht hätte.«

Es folgten einige Sekunden, in denen keiner von beiden sprach, dann sagte sie: »Da hast du vermutlich recht.« Sie ließ einen Moment verstreichen, ehe sie ergänzte: »Ich an deiner Stelle würde wohl genauso denken.«

»Tja, so ist es nun mal.«

»Du vermutest also, daß ich dich reinlegen will?«

Er antwortete: »Darum geht's nicht. Vielleicht willst du das. Vielleicht aber auch nicht. Falls du das aber vorhast, sollst du wissen, daß du dich besser in acht nimmst.«

Sie zog die Augenbrauen hoch: »Oooohhh . . .«, ließ den Laut langsam ausklingen, ». . . du drohst mir.« Doch dabei lächelte sie leicht, als ziehe sie ihn auf.

Davon ließ er sich nicht stören. Er wollte auch weiterhin ein wenig paranoid tun. Der große Gangster teilte seiner Partnerin mit, daß er über die Lage nachdachte, daß er alles Nötige unternehmen würde, falls er sich an ihrem Coup beteiligte. Zu ihr sagte er: »Keine Drohungen. Ich will bloß, daß zwischen uns alles klar ist.«

Sie trank aus und orderte beim Barkeeper mit Handzeichen den nächsten Drink. Cully bestellte noch ein Bier, und als ihre Getränke kamen, sagte sie: »Was würdest du sagen, wenn ich dir verriete – ohne zu lachen oder irgendwie hämisch zu werden –, wenn ich dir sagte, ich könnte es mir sehr gut vorstellen.«

»Du könntest dir was vorstellen?«

»Daß du und ich, wir beide, dieses Ding drehen und dann die Stadt verlassen. Was sollte uns davon abhalten, zusammenzubleiben?«

Cully tat, als habe er daran noch gar nicht gedacht. Schließlich sagte er: »Herumreisen, etwas von dem Geld ausgeben.«

»Wir könnten uns köstlich amüsieren.«

Er zuckte die Achseln. »Warum tun wir es nicht einfach – sehen mal, ob es funktioniert, passen auf, daß wir nicht im Knast landen. Oder Schlimmeres. Dann können wir, wenn du willst, immer noch über anderes reden.«

Sie lächelte ihn an. »Siehst du, das mag ich an dir. Du weichst keinen Zentimeter zurück. Bei dir heißt es immer: Warum denken wir nicht realistisch, oder: Mal sehen, ob es klappt. Du verschwendest keine Zeit mit dummem Geschwätz, gibst nicht an mit dem, was du alles vorhast.«

»Auf die Art enttäuscht man die anderen nicht so häufig.«

Sie nickte. »Ja. Klingt vernünftig.«

»Was hast du wegen Herb vor?« fragte er sie.

»Wie meinst du das?«

»Also, nach dieser Sache, wenn du damit fertig bist – falls alles klappt –, kannst du doch nicht hierbleiben.«

»Glaubst du, das hätte ich vor?«

Er schüttelte den Kopf. »Nein, kann ich mir nicht denken. Ich sehe dich woanders, an irgendeinem Strand vielleicht. Wo es immer schön warm ist.«

»Wo ich mich vorne und hinten bedienen lasse.«

Er lächelte. »Genau, ich glaube nicht, daß du deine Klamotten selber wäschst, wenn du plötzlich reich wirst.«

»Nein.«

»Du willst also abhauen.«

»M-hm.«

Cully schaute auf seine Uhr. »Wir müssen gleich los. Herb erwartet uns schon.«

Sie sagte: »Noch einen Drink.«

»Du solltest alles vermeiden, was ihn ärgert.«

Sie winkte dem Barkeeper, dann drehte sie sich wieder zu Cully um und fragte: »Beispielsweise ihn ein wenig verspätet in seinem Club abholen?«

Cully lächelte. »Im Moment sollte man bei allem Zurückhaltung üben.«

Sie musterte ihn von der Seite, mittlerweile ein wenig angetrunken und ungehalten: »Scheiß auf Zurückhaltung.« Machte eine kurze Pause und sagte dann: »Scheiß auf Herb.«

Doch er schüttelte den Kopf, winkte den Barkeeper weg und nahm sie beim Arm, half ihr auf die Füße und flüsterte ihr ins Ohr: »Ja, Scheiß auf Herb. Aber nicht jetzt. Später. Später scheißen wir auf Herb.«

Sie schaute ihm ins Gesicht, kicherte ein bißchen, war nicht mehr sauer und sagte: »Ja, später scheißen wir auf Herb.«

Michelle wurde widerborstig, als sie ins Auto stiegen. Cully wollte direkt über den Fluß fahren, aber sie sagte: »Ich will die Bank sehen.« Er fragte: »Was soll das heißen, du willst sie sehen?« Und sie antwortete: »Ich will an der Bank vorbeifahren und sie mir ansehen, damit ich drüber nachdenken kann. Das viele Geld da drin, ich will in seiner Nähe sein.« Er sah, wie sie auf dem Rücksitz einen Flunsch zog wie ein Teenager. Er erwiderte: »Sieh mal, es ist da drin, es läuft uns nicht weg.« Sie sagte: »Ist mir egal. Fahr mich dran vorbei. Laß mich das Gebäude sehen. Mehr will ich nicht. Was wir danach tun, ist mir egal, dann können wir zu Herb fahren.« Cully schaute auf seine Uhr und sagte: »Ich fahre dran vorbei. Wie hört sich das an?« Er sah sie lächeln, sie saß auf dem Rücksitz und nickte, sagte: »Ich will die Bank bloß sehen.«

Er nahm eine Abkürzung, kam nach fünf Minuten zur Bank und parkte auf der anderen Straßenseite vor der chemischen Reinigung. Er saß da, mit laufendem Motor, während Michelle einen Blick auf die Bank warf. Schließlich sah sie ihn wieder an und sagte: »Wann wirst du's tun?« Er tat, als sei er sich nicht sicher, und antwortete: »Ich dachte, gegen Ende der Woche. Donnerstag oder Freitag, so was.« In ihr Gesicht trat ein verschlagenes Grinsen, und sie sagte: »Du hast doch nicht etwa vor, das Ding allein zu drehen, oder?« Er schüttelte den Kopf, sah ihr direkt in die Augen. »Nein, täte ich das, würdest du garantiert etwas unternehmen. Mich verpfeifen oder so.« Dazu nickte sie. »Da hast du recht.« Und weiter: »Wenn du hineingehst, will ich dabeisein und zusehen.« Er blickte in den Spiegel, sah, daß sie den Blick erwiderte, und teilte ihr mit: »Das geht in Ordnung. So vermeiden wir jede Unklarheit.« Sie blinzelte ihm zu, erwiderte: »Dadurch vermeiden wir so einiges.« Dann lehnte sie sich zurück und wirkte zufrieden, während er den Caddy wendete und zum »Island Club« fuhr.

Am Montag abend fuhr Earl Marsh zum Motelzimmer seines Bruders. Betrunken war er nicht, nicht richtig. Sähe ihn einer die Straße entlangfahren, dächte er nicht: Oje, das Auto fährt ja Slalom. Doch er war mächtig knülle. Seit Arbeitsschluß hatte er Wild Turkey getrunken, einen angenehm benebelten Zustand erreicht und beibehalten. Er hatte im Haus gesessen und über alles nachgedacht, bis er beschloß, vielleicht mal zu seinem Bruder ins Motel zu fahren und mit ihm zu quatschen.

Er hatte sich – während er Bourbon süffelte – überlegt, ob nicht vielleicht die Zeit gekommen war, sich von Benny nicht mehr alles gefallen zu lassen. Benny sollte merken, daß Earl in Ordnung war, daß er all das konnte, was andere auch konnten. Er war vielleicht nie im Knast gewesen oder so was, trotzdem, er und Benny waren Brüder. Das mußte etwas bedeuten.

Benny wohnte im »Econolodge«-Motel. Das begriff Earl nicht. Warum suchte sich Benny nicht eine andere Unterkunft? Einen Wohnwagen oder so was. Er mußte fragen, wo Benny wohnte, dann latschte er um das Motel herum, ging in den ersten Stock rauf zu Bennys Zimmer, wo er anklopfte und wartete.

Benny hielt eine Pistole in seiner Hand, als er öffnete. Earl sah sie zuerst nicht. Er sah Benny ins Gesicht und machte einen Schritt auf die Tür zu, um einzutreten, aber Benny hielt Earl die Hand mit der Pistole vor die Brust und sagte: »Was willst du?«

Earl wußte nicht recht, was er antworten sollte. Er hatte sich alles zurechtgelegt, war auf der Fahrt hierher im Kopf durchgegangen, was er Benny sagen wollte. Doch jetzt war er verwirrt.

Schließlich sagte er: »Ich dachte, ich komm mal rüber und wir quatschen ne Runde.«

Benny sah ihn von der Seite an. Einen Augenblick lang rechnete Earl damit, er würde ihm sagen, er solle Leine ziehen. Doch dann lächelte Benny. Er trat einen Schritt zurück und forderte Earl mit einer Handbewegung auf hereinzukommen. Sagte: »Klar, warum nicht? Ich hab grade nichts Besonderes vor.«

Der Fernseher lief – »Glücksrad«, eine von Earls Lieblingssendungen. Er setzte sich auf das Bett, während Benny pissen ging, starrte auf die Glücksradfee Vanna White und versuchte, die Redewendung zu erraten. Er hörte, wie Benny die Klospülung betätigte und schaute auf, als sein Bruder das Zimmer betrat.

Er hatte immer noch die Flasche Wild Turkey in der Hand und zeigte sie Benny. Fragte: »He, willst du einen Schluck?«

Benny schaute ihn an, als wolle er irgendeine abfällige Bemerkung über Earls Trinkgewohnheiten machen, aber dann nickte er nur und sagte: »Da drüben stehen Gläser«, zeigte auf die kleine Nische neben der Toilette und setzte sich dann auf den Stuhl neben der Tür.

Benny überlegte, während er Earl beim Einschenken zusah. Er wußte nicht genau, warum er seinen Bruder eingelassen hatte. Als er die Tür geöffnet hatte und seinen wie üblich halb besoffenen, unterbelichteten Bruder sah, war sein erster Gedanke gewesen, ihm die Tür vor der Nase zuzuknallen. Doch dann kam ihm der Einfall, mit Earl zu reden. Nett zu ihm zu sein. Er wußte nicht recht warum, dachte aber, er sollte wenigstens im Moment nett zu Earl sein. Ihn bei Stimmung halten, für den Fall, daß er ihn aus irgendeinem Grund später noch mal brauchte.

Earl trat wieder ans Bett zurück und reichte Benny ein Glas. Benny sah zu, wie er einen Schluck trank, dann widmete Earl sich dem Fernsehen. Benny ließ ihn nicht aus den Augen, bemerkte, wie Earl mit konzentrierter Miene Vanna beim Drehen des Glücksrades zusah. Ach Gottchen.

Benny sagte: »Schalt ihn aus.«

Earl sah ihn an. »Den Fernseher?«

»Ja, schalt ihn aus.«

Achselzuckend erhob sich Earl und beugte sich zum Fernseher hinab. Als das Gerät abgeschaltet war, wandte er sich um und sah Benny an. »Zufrieden?«

Benny nickte. »Was treibst du so?«

Earl schien verwirrt. »Meinst du heute abend?«

»Ja.«

Earl zuckte mit den Schultern. »Wie immer. Bin durch die Gegend gefahren. Hab angehalten und einen getrunken. Bei »Casey's«. Weiß nicht, vielleicht fahre ich später noch mal hin. Mal sehen, wer da ist.«

Benny machte: »M-hm.« Er empfand für ihn überhaupt nichts, so oder so. Als wären sie nicht einmal miteinander verwandt. Er fragte: »Hast du eine Freundin?«

»Was meinst du damit?«

»Meine Güte. Was könnte ich denn wohl meinen?«

Earl starrte die Motelzimmertür an. »Nein.«

Benny hakte nach: »Warum nicht?«

»Weiß nicht, ich lerne kaum Leute kennen.«

»M-hm.« Er machte eine Pause, weil ihm plötzlich aufgegangen war, warum er Earl hereingelassen hatte, und er wollte darüber nachdenken – es sich durch den Kopf gehen lassen und einen Beschluß fassen. Earl, der war ein Säufer. Mehr nicht. Egal zu welcher Tages- oder Nachtzeit man ihm begegnete, er war aller Wahrscheinlichkeit nach knülle. In diesem Zustand konnte man mit ihm reden, ihn dazu bringen, so ziemlich alles zu tun. Warum nicht Earl nehmen, falls alle Stricke rissen? Eine Ablenkung, wie auch immer man es nennen wollte. Earl würde alles tun, was er ihm befahl, wie irgendein Scheißschoßhündchen, das sich in seine eigene Pisse legte, wenn sein Herrchen es wollte.

Benny beugte sich vor und berührte Earl am Knie. Er sagte: »Ich bin froh, daß du vorbeigekommen bist.«

Es war nicht zu übersehen. Earl hörte die Worte und wurde ganz aufgeregt. Lächelte glücklich, bloß weil Benny mit ihm redete. Sagte zu Benny: »Ja, weißt du, ich dachte, wir sollten mal was zusammen machen.«

Benny rang sich ein Lächeln ab. »Na ja, ich hatte ein paar Sachen zu erledigen.«

Earl nickte. »Klar, versteh schon«, die Worte klangen ein wenig undeutlich. Er nahm einen großen Schluck von seinem Bourbon und sagte dann: »Ich meine, du kommst gerade aus dem Knast, da kann ich mir schon denken, daß du dich um einige Sachen kümmern mußt.«

Benny neigte sich vor und sagte: »Ich bin immer noch dabei.«

Benny fand es unglaublich, als trügen sie Texte aus einem Drehbuch vor, und Earl sagte immer genau die richtigen Stichworte. Benny beobachtete seinen Bruder, sah, daß Earl sich ebenfalls vorbeugte, und als er sprach, war es kaum mehr als ein Flüstern. Er fragte Benny: »Geht es um etwas, oder sagen wir so: Brauchst du Hilfe?«

Benny hätte beinahe laut gelacht, dachte: Volltreffer, und sagte: »Klar, die könnte ich gebrauchen.« Lächelte Earl an – er mußte den Drang unterdrücken, ihm zuzublinzeln – und teilte ihm dann mit: »Ich hab da ein paar Leute am Hals, die mich, glaub ich, reinlegen wollen, es soll so aussehen, als hätte ich etwas getan, was ich gar nicht getan habe. Du weißt schon, was Illegales.«

Earl fragte: »Wer?«

»Frank Cullen.«

Earl schüttelte den Kopf, fluchte und rappelte sich auf. »Dieser Drecksack.«

Benny schob ihn wieder zurück aufs Bett. Er sagte: »Immer mit der Ruhe. Da muß man nichts . . ., deswegen wollen wir im Moment nichts unternehmen.«

»Wann denn?«

Benny zuckte die Achseln. »Ich laß es dich wissen. Geh einfach wie üblich arbeiten. Ich werd dich anrufen.« Er sah seinen Bruder an. »Schaffst du das?«

Earl antwortete: »Lieber Himmel. Natürlich schaffe ich das.« Er stand auf. »Ruf mich einfach an, ich mache alles, was du willst.«

Benny ließ sich Zeit, gab sich Mühe, erleichtert zu wirken. Dann sagte er: »Danke.«

Earl grinste. Stolz wie ein Pfau, unübersehbar. Stand da, schwankte leicht hin und her und sagte dann: »Wofür sind Brüder sonst da?«

Und Benny sagte nur: »Genau.«

20

Nachdem er Earl aus dem Zimmer gescheucht hatte, fuhr Benny zum »Shrimp Boat«, er hatte nämlich beschlossen, Kristin einen Besuch abzustatten. Sie und Frank Cullen waren mittlerweile ziemlich gute Freunde. Also beschloß Benny, sie wissen zu lassen, daß er die Lage im Auge behielt.

Als sie die Tür öffnete, hatte sie ein breites Lächeln auf den Lippen, doch sobald sie Benny sah, verschwand ihr Lächeln. Sie hatte wohl erwartet, daß Cully gegen ihre Türe hämmerte, dachte Benny. Einen Moment lang schien sie verängstigt, doch auch dieser Gesichtsausdruck verschwand wieder. Sie wollte die Tür schließen, doch Benny stellte einen Fuß hinein und schob sich dann an Kristin vorbei.

Er nahm seinen Hut ab und ging durch den Flur; sie hinterher und sagte: »He . . .«, verstummte aber, überrascht, weil Benny hereinmarschiert kam, als wohne er da.

Er ging weiter bis in die Küche. Er konnte nicht glauben, wie viele Katzen da waren – überall. Er hob eine vom Küchenstuhl, hielt sie sich vors Gesicht und sagte: »He, Musch. Liebe kleine Musch.« Dann wandte er sich zu Kristin um und sagte: »Schatzi, ich finde, mit den Katzen hast du einen leichten Sprung in der Schüssel.«

Sie hatte ihn eingeholt, lehnte am Türrahmen und beobachtete ihn. Sie sagte: »Was um alles in der Welt tust du hier?«

Sie benahm sich jetzt ruhiger, das merkte Benny, als wolle sie sich von seiner Anwesenheit nicht irritieren lassen.

Er antwortete: »He, Schatzi. Ich sitze drüben in meinem Hotelzimmer, denke über Gott und die Welt nach, und auf einmal verspüre ich Schuldgefühle. Ich sage mir: Seit meiner Entlassung habe ich so viele Leute getroffen, bin aber nicht einmal vorbeigekommen, um dir hallo zu sagen.«

Sie verließ ihren Platz an der Tür und ging zur Spüle hinüber. Dort lehnte sie sich gegen die Anrichte und musterte Benny. »Großer Gott, Benny. Ich sehe es vor mir, auch wenn du fünfundachtzig Jahre alt bist, wirst du immer noch auf irgendwelche Leute zugehen und sagen: He, Schatzi, oder: Wie geht's denn so, Sportsfreund?«

Er breitete die Arme aus, eine Unschuldsgeste, und erwiderte: »Wie meinst du das? Ich bin einfach nett, mehr nicht.«

Sie schüttelte den Kopf. »Benny, du kannst gar nicht nett sein. Du kannst Leuten Honig um den Bart schmieren. Das ist etwas anderes.«

Er setzte an: »Schatzi . . .«

Doch sie schnitt ihm das Wort ab. »Ich habe eine Idee. Warum haust du nicht ab. Ich werde so tun, als seist du nie dagewesen. Dann brauche ich das Haus nicht zu schrubben.«

Er schüttelte den Kopf, setzte eine gekränkte Miene auf und sagte: »He, was soll das? Habe ich dir jemals etwas getan?«

»Lieber Himmel, das ist doch nicht zu fassen – meinst du das im Ernst oder tust du nur so?«

Er lächelte, nickte ihr zu und antwortete: »Also, zum Teil tue ich nur so.« Er erhob sich und machte einen Schritt auf sie zu. »Weißt du noch, damals, als du mit John hier gelebt hast? Und wir manchmal hier rausgefahren sind, ein paar Bier getrunken haben?«

Er wartete auf ihre Antwort, schwieg, bis sie nickte. Dann sagte er: »Weißt du, ich hab dich damals beobachtet. Wenn John im Nebenzimmer war, habe ich dich beobachtet. Dich angesehen, ohne daß du es gemerkt hast. Und ich dachte, warum bin ich mit Michelle zusammen? Ich saß da und sah dich an, du hast die ganze Zeit geschwiegen. Kaum etwas gesagt.« Benny pfiff. »Aber gut ausgesehen hast du, weiß Gottchen.« Er streckte die Hand aus und berührte ihre Schulter. Tätschelte sie und fuhr fort: »Ich hab mich immer gefragt, du und ich, warum haben wir's nie miteinander getrieben? Ich habe dagesessen, mich mit deinem dusseligen Freund unterhalten und darüber nachgedacht.« Er lächelte. »Hast du je daran gedacht, Schatzi?«

»Herrgott, du gibst nie auf.« Kopfschüttelnd sagte sie: »Ja, du und John. Busenfreunde. Was ist eigentlich aus John geworden, Benny?«

»Soweit ich weiß, ist er nach Gott-weiß-wohin abgehauen.«

»M-hm.«

»He, glaub mir, ich wüßte auch gern, wo er steckt.«

»Benny, was soll der Quatsch?«

Er ignorierte sie und sagte: »Du warst immer anders.«

Sie schüttelte entnervt den Kopf und richtete sich auf. »Geh bitte.«

Er rührte sich einen Moment lang nicht, doch dann seufzte er. »He, das kann ich verstehen. Vielleicht bist du nicht besonders begeistert, daß ich hier einfach an deiner Tür auftauche.« Er nickte und sagte: »Wenn du willst, gehe ich wieder.« Er wandte sich halb ab, schaute dann lächelnd zu ihr zurück und schnippte mit den Fingern. »Fast hätte ich vergessen, warum ich gekommen bin« – er wirkte erleichtert, daß es ihm noch rechtzeitig eingefallen war –, »ich wollte dir noch sagen, weil es mir einfach auffallen mußte, du und dieser Typ – wie heißt er doch gleich, Cully? –, ich wollte dir bloß Kummer ersparen. Ich hab nämlich ein Gefühl, bloß weil ich die Augen offenhalte. Und zwar, daß er und deine Schwester Michelle irgendwas am Laufen haben.«

Er paßte auf, ob sie irgendeine Reaktion zeigte. An ihrer Miene ließ sich nicht viel ablesen, das mußte er zugeben, zurück blieb nur ein angewiderter Gesichtsausdruck. Sie sagte: »Mein Gott, Benny. Bist du deshalb hier?«

Er zuckte mit den Achseln. »Ich dachte bloß, du solltest es wissen. Nur für den Fall, daß du mit Frank Cullen irgendwas vorhattest. Vielleicht plant ihr beide ja was. Wollt zusammen ein Ding drehen.«

»Ich hab keine Ahnung, wovon du redest.«

Er grinste. »Tja, vielleicht liege ich völlig daneben.« Er wandte sich um, ging Richtung Tür, bückte sich unterwegs, um eine Katze zu streicheln, und sagte: »He, Musch.« Hob die Katze an ihrem Nackenfell hoch, während Kristin ansetzte, etwas zu sagen. »Laß sie los«, befahl sie. Er hielt die Katze hoch in die Luft und sagte: »Musch, vielleicht nehme ich dich mit, runter ans Meer, mal sehen, wie dir das Wasser gefällt.« Betrachtete Kristin ein Weilchen, während sie nach der Katze griff. Lachte und sagte zu ihr: »He, Süße, das war doch bloß n Scherz. Spaß muß sein.«

Er reichte ihr die Katze und trat in den Flur, warf einen Blick zurück: »Ja, geht mich vermutlich nichts an, wenn Michelle sich mit Frank Cullen einlassen will, sie vielleicht vorhaben, irgendeine Dummheit zu machen. Brauche ich mich nicht drum zu kümmern.« Lächelte jetzt und ließ sich von ihr zur Tür begleiten. Setzte seinen Hut auf und sah sie noch einmal an. Sagte lächelnd: »Tja, Schatzi, mir hat's Spaß gemacht.«

Als er zu seinem Wagen ging, wußte er, daß sie ihm nachschaute. Er hörte, wie die Haustür ins Schloß fiel, als er sich in den Camaro zwängte und den Motor anließ. Einen Moment saß er einfach nur da, sah zum Haus hinüber und sagte sich im stillen: Genauso machst du's, knallst jedem eine Fuhre Mist hin, versetzt sie so alle miteinander in helle Aufregung und wartest ab, was passiert.

Es brachte sie zum Grübeln, und das machte ihr wirklich Sorgen. Daß Benny – sie wußte, was für ein Aas er war – sie immer noch ein wenig verunsichern konnte: Erzählte diese Sachen über Cully und Michelle, und sie konnte nicht anders, sie fragte sich, ob es nicht dumm von ihr war, sich mit einem Menschen einzulassen, über den sie gar nichts wußte.

Sie ging im Kopf durch, wie es war, mit Cully zusammenzusein. Sie sah ihn vor sich, wie er lächelte und seine Haare im Wind wehten, als sie Auto fuhren oder zum Strand gegangen waren. Sah ihn vor sich, nachdem er sie das erstemal geküßt hatte. Als bedeute sie ihm etwas.

Manchmal schaute sie ihn an – wenn er gerade nicht hinsah –, und er kam ihr so vor, als sei er im Fernsehen. Oder vielleicht im Kino. Als sei er ein Schauspieler, und zwar ein ziemlich guter. Er hatte sämtliche Sprüche drauf, und wenn er sie aufsagte, hörten sie sich goldrichtig an, auch wenn er nervös oder ein wenig schüchtern war, was sie ein paarmal bemerkt hatte. So zum Beispiel als sie ins »Denny's« gekommen war, und er seinen Orangensaft auf halbem Weg zum Mund wieder abgesetzt hatte. Als könne er nicht glauben, daß sie sich tatsächlich hatte blicken lassen. Sie stellte sich vor, daß jemand wie Al Pacino den gleichen Gesichtsausdruck aufsetzte.

Noch während ihr dies durch den Kopf ging, fiel sie beinahe vom Stuhl, weil neben ihr das Telefon klingelte. Langsam nahm sie den Hörer ab, vorsichtig, weil sie dachte, es könnte Benny sein, um sie weiter zu bearbeiten. Sie meldete sich und war erleichtert, daß Cully dran war. Doch dann kehrte die Anspannung zurück, weil sie wieder an ihre Überlegungen denken mußte. Sie lauschte seiner Stimme, versuchte, ihn sich vorzustellen, zu entscheiden, mit wem sie im Moment sprach, mit dem netten Cully oder dem anderen, dem Gangster.

Er fragte: »Was machst du gerade?« Hörte sich angenehm an, als seien sie bloß ein Junge und ein Mädchen, und er rufe an, um sich mit ihr zu verabreden oder vielleicht gute Nacht zu wünschen, bevor sie schlafen ging.

Sie antwortete: »Ich sitze hier und erledige noch das eine oder andere vor dem Schlafengehen. Vielleicht sehe ich noch ein bißchen fern.«

»Ach ja?« Er wartete kurz und fragte dann: »Wie geht's den Katzen?«

»Gut.«

Eine Weile schwiegen beide, dann fragte Cully sie: »Alles in Ordnung?«

»Prima. Mir geht's gut.«

»Ja?«

Sie klang beinahe trotzig. »Wirklich.«

»Na schön.« Sie hörte, wie er durchatmete und sagte: »Deine Schwester will, daß ich es diese Woche mache.«

»Tatsächlich?«

»Ja. Darum dachte ich . . ., dachte ich, wir machen es morgen.«

Sie fand es unglaublich zu hören, wie er sagte: Wir machen es morgen. Als werde es wirklich passieren. Sie fragte: »Um wieviel Uhr?«

»Um vierzehn Uhr.« Bei ihm hörte sich alles so geschäftsmäßig an. Das erinnerte sie daran, daß es kein Spiel war, sondern etwas, das er schon früher getan und womit er seinen Lebensunterhalt verdient hatte. Ihr fiel nichts ein, was sie sagen könnte.

»Alles in Ordnung?« fragte er.

»Klar.«

Plötzlich hatte seine Stimme einen anderen, fast nervösen oder angespannten Unterton. »Bist du dir da sicher? Du klingst nämlich nicht besonders froh.«

»Nein, mir geht's gut. Bin aufgeregt.«

Er ließ einige Sekunden verstreichen, ehe er sagte: »Na schön.« Und weiter: »Du brauchst nur genau zu tun, was ich dir sage. In Ordnung?«

»M-hm.«

»Ich fahre Herbs Cadillac in die Stadt«, sagte er, »gebe ihn in Dave Ross' Werkstatt zur Inspektion ab, gehe einen Block die Straße runter, wo du mich aufgabelst.« Sie fragte: »Wann?« Er antwortete: »Halb zwei. Wir erledigen das mit der Bank, und dann setzt du mich wieder an der Werkstatt ab.«

Sie fragte: »Aber was ist mit der Polizei, wird die dich nicht suchen?« Er sagte: »Das laß mal meine Sorge sein«, und betont langsam fuhr er fort: »Weißt du, was du zu tun hast?« Sie ging es noch einmal im stillen durch und bejahte.

Cully sagte: »Es wird alles klappen.«

»Bist du sicher?«

»Verlaß dich auf mich.«

Sie wartete darauf, daß er noch mehr sagte, da vernahm sie das Knacken, als der Hörer aufgelegt wurde. Sie wollte noch mehr Fragen stellen, von ihm erfahren, was danach geschehen sollte, was sie vorhatten. Sie wollte von ihm mehr hören als nur, wo sie am nächsten Tag um halb zwei sein sollte. Das dachte sie und sagte seinen Namen in die Muschel – »Cully«.

Dabei klang sie nicht mal wie sie selbst, sondern wie ein verängstigter Backfisch. Und dann sagte sie: »Verdammt«, weil er aufgelegt hatte.

21

Als sie am nächsten Morgen aufstand – aufwachte, eine Tasse Kaffee trank und anschließend einen Joint rauchte, damit es nicht ganz so schlimm wurde, weil sie bis eins warten mußte, um Cully abzuholen –, fragte sie sich, was man wohl zu einem Banküberfall anzog. Zwang sich, nicht mehr an Cullys Anruf vom Vorabend zu denken, wie er sich angehört hatte und kramte in ihrem Schrank und zog Kleidungsstücke heraus. Sie hielt eine Kombination hoch, beispielsweise eine Freizeithose und eine Bluse, schüttelte den Kopf und versuchte es dann mit einem Rock und einer anderen Bluse.

Urplötzlich fiel ihr ein Film ein, den sie mal gesehen hatte. Einer ihrer Lieblingsfilme: *Bonnie und Clyde.* Ihr fiel die Szene ein, wie Warren Beatty und Faye Dunaway in einem alten Auto durch eine staubige Hügellandschaft in Oklahoma rasen, Wagen voller Polizisten hinter ihnen her. Das hatte ihr sehr gut gefallen. Im Hintergrund Banjo-Musik, und Faye Dunaway hatte phantastisch ausgesehen in ihrem weißen, knöchellangen Kleid. Ein wenig staubig vielleicht, aber dennoch, es hatte was, wie sie sich mit aller Macht festklammerte, während der Wagen über das Feld raste, und mit einer Hand ihren Hut auf den Kopf preßte.

Kristin mußte immer wieder an diese Szene denken, stellte sich Cully statt Warren Beatty vor. Sie zündete sich noch einen Joint an und ging zurück zu ihrem Schrank. Auf der Suche nach einem Hut.

Um elf Uhr morgens sagte Cully zu Herb: »Ich habe einen Werkstattermin für den Wagen vereinbart.«

Herb sah ihn an. Seine Augen waren leicht blutunterlaufen, und er war offenbar nicht besonders glücklich aufzusein. Es hatte den Anschein, als hätte er sich am Tag zuvor nicht nur im Club ein paar Drinks genehmigt, sondern sich auch vor dem Schlafengehen noch ein paar gegönnt. »Was ist denn mit dem Auto los?« fragte er Cully.

Der schüttelte den Kopf. »Weiß nicht genau, er läuft nicht besonders gut. Ich dachte, ich bringe ihn in die Stadt, lasse ihn von jemandem durchchecken.«

Herb wartete ein Weilchen, dann fragte er: »Wohin bringen Sie ihn? Dave Ross?«

Cully nickte.

Herb rang sich ein Lächeln ab, warf Cully einen hämischen Blick zu und sagte: »Sie spielen doch nicht etwa mit dem Gedanken, da reinzugehen und noch mal zu versuchen, Ihr Geld von Dave Ross zu kriegen, oder?«

Cully überlegte, betrachtete dabei Herb, der vor ihm stand – ziemlich verkatert und nach Gin stinkend. Er dachte: Ich halt's nicht mehr aus. Was auch immer geschah, noch einen Tag, und er würde diesen Mann nicht mehr sehen müssen. Er antwortete: »Herb, bei dem Geld, was Sie mir zahlen, glauben Sie wirklich, ich müßte mich da noch nach anderen Einkommensquellen umsehen?« Nach einer kurzen Pause fuhr er fort: »Teufel auch, bei meinem Lohn werde ich ein stinkreicher Mann. In ein paar Monaten kann ich mich aufs Altenteil zurückziehen.« Er wußte nicht recht, warum er das gesagt hatte, besonders clever war es nicht, Herb am selben Tag sarkastisch zu kommen, an dem er den Mann berauben wollte. Doch als er aufbrach, beschloß er, sich darüber keine grauen Haare wachsen zu lassen.

Bevor er losfuhr, rief er Kristin an, sagte: »Ich bin unterwegs.« Und weiter: »Du brauchst mich nur um halb zwei an der Ecke abzuholen.«

Und dann saß er im Caddy. Setzte rückwärts aus der Garage und steuerte ihn die Auffahrt hinunter. So oder so, er würde die Bank betreten und den Mann um sein Geld bringen.

Jedenfalls würde ihn niemand dran hindern, es zu versuchen.

Er erledigte ein paar Einkäufe, fuhr eine Stunde lang in den einen oder anderen Laden und erwarb einige Sachen, die er unbedingt brauchte. Ein paar Kleidungsstücke, die er bei dem Raubüberfall anziehen wollte, er lächelte deswegen, es handelte sich nämlich um eine Verkleidung.

Um Viertel vor eins fuhr er auf Dave Ross' Gelände, stellte den Caddy vor dem Werkstattbereich ab und ging langsam auf das Büro zu. Cully sah Bennys Bruder Earl, der im Gebäude an einem Auto arbeitete; der Mann war größer, als Cully ihn in Erinnerung hatte. Earl beugte sich mit einem Schraubenschlüssel in der Hand über einen Wagen, schaute aber auf, als Cully die Tür des Caddy zuschlug, trat dann ein paar Schritte von dem Auto zurück, an dem er gerade arbeitete, und glotzte Cully an. Hielt immer noch den Schraubenschlüssel in der Hand und schien sich zu fragen, ob Cully gekommen war, um zu beenden, was er neulich abends in der Kneipe begonnen hatte.

Cully nickte in Richtung Earl, tat, als wäre nichts gewesen, ja, er lächelte dem Mann sogar zu, nickte und sagte: »Hallo.« Grinste leicht, um dann die Tür des Büros zu öffnen und einzutreten. Hinter einem Schreibtisch saß Dave Ross und ging ein paar Unterlagen durch. Er schaute nicht sofort auf, aber als er es tat, hatte er den gleichen Gesichtsausdruck wie Earl. Cully nickte ihm zu, schmiß, bevor Ross etwas sagen konnte, die Wagenschlüssel auf den Schreibtisch und sagte: »Der Wagen gehört Herb Dorrance. Er läuft beschissen. Er wollte, daß ich ihn herbringe.«

Cully stand da, wartete, daß Ross etwas sagte, der schließlich nickte, und ihn kaum ansah, so als befürchtete er, Cully bräche ihm wieder die Nase, wenn er es wagte.

Ross sagte: »Earl sieht ihn sich mal an.«

Cully nickte und sagte: »In vier, fünf Stunden komme ich wieder.« Er drehte sich um und ging hinaus, zum Caddy hinüber, holte seine Einkaufstasche heraus und machte sich dann auf den Weg die Carteret Street hinunter, vor sich hin pfeifend, weil er jetzt einen Schritt weiter war. Er wurde allmählich etwas nervös.

Dave Ross beobachtete, wie er das Gelände überquerte und dann um die Ecke des »Rite Aid«-Ladens nebenan verschwand. Starrte auf Cullys Rücken, bis er ihn nicht mehr sah, dann öffnete er die Tür zwischen dem Büro und der eigentlichen Werkstatt und brüllte, Earl solle gefälligst herkommen.

Als Earl kam, fragte Ross – und dabei betrachtete er Earl und überlegte, ob der Mann wirklich alles auf die Reihe bekam, ob wirklich das geschah, was Daves Meinung nach passierte. Er fragte Earl: »Sag mir noch mal, was dein Bruder erzählt hat.«

Earl wirkte unglücklich. Ross wußte, was er dachte; Earl mochte nicht über Benny reden. Als bräche er irgendeinen verdammten Pakt mit seinem Bruder. Liebe Güte. Er begriff es immer noch nicht. Selbst wenn Earl in Flammen stünde, würde Benny nicht mal die Straße überqueren, um auf ihn zu pissen.

Ross wiederholte: »Na los, verrat mir, was er gesagt hat.«

Schließlich sprach Earl. »Benny hat gesagt, vielleicht bräuchte er meine Hilfe. Sie hätten vor, ihn in Schwierigkeiten zu bringen.«

»Und er sagte, daran sei Cully beteiligt?«

Earl nickte. »Ja. Einen anderen Namen hat er nicht genannt.«

»Hat er denn gesagt, Cully – und vielleicht jemand anderes – hätten etwas Ungesetzliches vor? Und daß sie es so drehen wollten, als habe Benny es getan?«

»Genau.«

Ross überlegte. Dann forderte er Earl auf: »Ruf deinen Bruder an. Sag ihm . . ., sag ihm, du seist dir zwar nicht sicher, aber deiner Meinung nach führe Cully etwas im Schilde. Sag, Cully sei hier aufgetaucht und habe sich echt merkwürdig benommen.«

Earl fragte: »Tatsächlich?«

Ross sah ihn an und schüttelte den Kopf. »Nein. Aber das ist egal. Erzähl deinem Bruder einfach, was ich eben gesagt habe.« Er schaute wieder aus dem Fenster, dorthin, wo

Cully die Straße hinuntergegangen war, und sagte wie zu sich selbst: »Ich hab da so ein Gefühl.«

22

Cully traute seinen Augen nicht. Er öffnete die Tür von Kristins Wagen, quetschte sich auf den Sitz und sah sie eigentlich erst, als er drinnen saß, war dann aber so verblüfft, daß ihm die Worte fehlten. Sie sah aus, als wäre sie einem billigen Gangsterfilm entsprungen. Trug irgendein Kleid, das er nicht ganz sah, aber es schien aus den zwanziger Jahren zu stammen oder so ähnlich. Ihre Haare waren um den Kopf gezwirbelt und oben festgesteckt, darauf thronte ein breitkrempiger Hut. Außerdem war sie stark geschminkt. Haufenweise Maskara und jede Menge Rouge – sie sah aus, als leide sie an irgendeiner fiebrigen Erkrankung.

Cully atmete tief durch und sagte: »Allmächtiger.« Glotzte sie immer noch an und fragte: »Was dagegen, wenn ich etwas sage?«

Da sie keine Antwort gab, fuhr er fort: »Verfluchte Scheiße, was soll das eigentlich? Wir wollen eine Bank überfallen, und du kommst an, als rennst du auf 'n Kostümball.«

Er merkte sofort, das waren die falschen Worte. Als sich ihre Miene verzog, kam ihm plötzlich der Gedanke, daß sie wahrscheinlich lange darüber nachgedacht hatte, was sie bei einem Banküberfall anziehen sollte. Das machte ihm Sorgen, wenn er es recht bedachte, hätte sie sich über so etwas nämlich nicht den Kopf zerbrechen sollen. Sie hätte nur daran denken sollen, daß sie den Wagen fahren mußte. Er hatte neugekaufte Kleidungsstücke in seiner Einkaufstasche, doch das war etwas anderes. Dafür gab es einen Grund.

Doch das letzte, was er wollte, war, sie aus der Fassung zu bringen. Wenn er sich abfällig über ihre Kostümierung äußerte, rastete sie vielleicht aus und wollte den Wagen nicht fahren. Als er sich für diese Sache entschieden hatte, war ihm klar gewesen, daß er mit einer Amateurin zusammenarbeitete. Jetzt mußte er sie beruhigen, durfte seinen Ärger nicht zeigen, und zwar so lange, bis die Sache erledigt war.

Er sagte: »He. Tut mir leid. Wenn du dich schick anziehen, dich bei dieser Sache wohlfühlen willst, dann geht das in Ordnung.« Berührte sie an der Schulter und schlug vor: »Na los, laß den Wagen an, und dann fahren wir.« Aber in netter Form, er sprach leise, um sie nicht von ihrem Vorhaben abzulenken.

Sie ließ den Motor an und bog in die Straße ein. Cully kramte in seiner Einkaufstasche und sagte: »He, ich habe auch ein Kostüm.« Grinste dabei, wollte sie aufmuntern. Er holte einen großen Cowboyhut aus der Tasche, setzte ihn auf, grinste sie an und sagte: »Hey, Schatzi, an wen erinnere ich dich?«

Erst wollte sie ihn gar nicht ansehen. Fuhr einfach weiter in Richtung Bank, bis er schließlich sagte: »Hey, wir sind beide ein bißchen nervös, Sportsfreundin.« Dann stupste er sie in die Rippen und meinte: »Ich kannte mal Kenny Rogers. Hab ich dir das schon mal erzählt, Süße?«

Er sah sie immer noch an, wartete auf irgendeine Reaktion von ihr. Dachte, wenn sich ihre Stimmung nicht bald besserte, müsse er die Sache abblasen. Und wenn sie es nicht heute taten, jetzt sofort, werde sie wohl nie wieder den Mut dazu aufbringen.

Doch da reagierte sie, sah ihn endlich an, nickte. Ein leichtes Lächeln zog sich über ihr Gesicht, und sie fragte: »Hast du das vor? Die Bank als Benny zu betreten?«

Er nickte. »Habe ich mir so vorgestellt. Vor vier Jahren wird die Bank überfallen, und jetzt, kurz nachdem Benny aus dem Knast kommt, wird sie wieder überfallen. Die sind bestimmt ganz schön scharf drauf, es ihm anzuhängen.«

Sie nickte und sagte: »Wenn du mit diesem Hut da reingehst, sehen sie bloß, was du auf dem Kopf hast.«

Er nickte. »Bloß, sieh mal, ich hab noch mehr.« Griff in die Tasche und holte ein Paar Cowboystiefel heraus. »Die

Sorte mit dem speziellen Leder habe ich nicht gefunden. Aber die hier müßten es auch tun.« Dann zog er ein Hemd, eine lange Hose sowie einen Blouson heraus, zog sich während der Fahrt seine eigenen Schuhe aus und die Stiefel an, nachdem er die Hose gewechselt hatte, und knöpfte anschließend sein Hemd auf. Ging alles im Kopf noch mal durch. Es könnte klappen. Wenn er da reinging, den Hut in die Stirn gezogen, und alle Leute Sportsfreund nannte, vielleicht hielten sie ihn dann für Benny.

Möglich war aber auch, und davon würde er Kristin nichts erzählen: vielleicht auch nicht.

Benny hatte den Anruf von Earl bekommen, war daraufhin sofort in den Camaro gesprungen und kam noch rechtzeitig an, um Cully zu Kristin ins Auto steigen zu sehen. Er blieb ziemlich weit zurück, als sie die Carteret runterfuhren, und ließ Kristins Toyota nicht aus den Augen, hatte es aber nicht eilig. Er wußte nicht, ob es soweit war oder ob Cully einfach nur Kristin irgendwohin brachte, um mit ihr zu vögeln. Doch langsam beschlich ihn so ein Gefühl, als sie die Route 281 hinter sich ließen, und er gab ein wenig Gas, weil er allmählich spürte, was sie vorhatten, und sie nicht verlieren wollte.

Als sie auf den Parkplatz der Bank einbogen, fuhr er ein paar hundert Meter hinter ihnen rechts ran. Ihm fiel auf, daß die beiden, Kristin und Cully, sich im Wagen ein bißchen streckten und reckten, und als die Beifahrertür aufging und Cully herauskam, trug er einen Cowboyhut. Benny brauchte ein paar Sekunden, doch dann schnallte er es, saß in seinem Wagen und dachte: Drecksack, denn Cully hatte den Plan, daß es aussehen sollte, als überfalle Benny die Bank.

Benny beobachtete, wie Cully sich bückte und etwas zu Kristin sagte, sich dann wieder aufrichtete und sich umsah. Benny war zu weit weg, um von Cully erkannt zu werden, doch als Cully in seine Richtung blickte, drehte er sich instinktiv weg und verdeckte sein Gesicht. Er wartete, bis Cully auf die Bank zugegangen war, dann stieg er aus dem

Auto, sah sich nach einer Telefonzelle um und entdeckte schließlich eine, vielleicht zwanzig Meter entfernt. Benny ging hin und griff zum Hörer.

Als Michelle abnahm, ließ er ihr keine Zeit zu sprechen. Er sagte: »Du weißt, wer dran ist, stimmt's?«, wartete aber eine Antwort nicht ab und sagte: »Ich will, daß du rüber ins »Econolodge« an der Route 21 fährst. Brich sofort auf. Nimm dir ein Zimmer. Nicht auf deinen Namen. Wie groß, ist egal. Nimm einfach das Zimmer und halte nach mir Ausschau.«

Michelle wollte etwas erwidern, aber er schnitt ihr das Wort ab: »Hör zu, alles andere ist unwichtig. Geh bloß in das Zimmer und sieh aus dem Fenster. Wenn ich komme, muß es schnell gehen. Sobald du mich siehst, komm also raus, damit ich weiß, in welchem Zimmer du bist.«

Er legte auf, ging zu seinem Wagen zurück und blickte die Straße hoch zu Kristins Toyota. Sie sah er zwar, Cully aber nicht. Wußte, daß er schon in der Bank war. Benny stieg in seinen Wagen und sagte sich: Na los, Sportsfreund. Mach's. Hol die Dinger da raus. Bring sie zu Benny. Lächelte, es würde leicht sein.

Am liebsten hätte sich Kristin einen Joint angezündet. Sie hatte ein starkes Verlangen danach, weil sie ziemlich nervös war, als sie da wie auf dem Präsentierteller saß und wartete, während Cully die Bank betrat und ein Verbrechen beging. Sie hatte sogar einen mitgebracht, einen großen Joint, den sie am Vormittag gedreht hatte – da war sie schon high und hatte gedacht, wenn sie loszögen und eine Bank ausraubten, müßten sie sich wahrscheinlich keine Sorgen machen, weil sie ein bißchen Gras rauchten. Doch jetzt wollte sie ihn nicht anzünden, nicht solange sie im Auto saß, während er eine Bank ausraubte.

Sie war immer noch ein wenig verstört wegen Cullys Worten. Wie er sie angesehen hatte, als er ihren Aufzug bemerkte. Als könne er nicht fassen, wie dämlich sie war. Das ärgerte sie, sie kam sich ein wenig albern vor, weil sie seit ihrem Beschluß, die Bank auszurauben, das Gefühl hatte, er sei anders. Als sei sie ihm eigentlich gleichgültig, als interessierten ihn nur die Diamanten.

Das war ihr die ganze Nacht und auch an diesem Morgen durch den Kopf gegangen. Was geschah, wenn sie das Ding gedreht hatten? Würde Cully abhauen, vielleicht die Stadt mit sämtlichen Diamanten verlassen? Oder hatte er wirklich etwas mit Michelle? Womöglich hatten die beiden die Sache geplant und benutzten sie als, wie hieß das doch gleich . . ., als Prügelknaben? Genau. Was Kristins Ansicht nach sie und Cully mit Michelle machten . . ., vielleicht geschah das in Wirklichkeit mit ihr.

Sie wurde unruhig, dachte drüber nach und entschied – ganz spontan –, wenn sie die Sache durchziehen sollte, mußte sie etwas von Cully hören, und zwar jetzt, nicht später, wenn womöglich schon alles verkorkst war. Sie mußte jetzt sofort etwas von ihm hören.

Sie nickte einmal, die Idee gefiel ihr. Und dann stieg sie aus dem Wagen und ging auf die Bank zu.

Cully fing an, sich wegen der ganzen Aktion unwohl zu fühlen, als er sah, wie Mr. Hendershot über Cullys Schulter hinweg auf etwas schaute. Bis zu diesem Zeitpunkt hatten sich Cully und Hendershot nett unterhalten – Cully stellte Fragen, als sei er neu in der Stadt, und Hendershot, ein Filialleiter dieser Zweigstelle oder so was, beantwortete sie höflich. Cully machte sich mit der Lage vertraut und fand heraus, ob irgendein Anwesender Schwierigkeiten machen könnte, ehe er dem Mann seine Waffe zeigte.

Er kam allmählich in Stimmung, hatte ein gutes Gefühl und war zufrieden, weil alles prima zu laufen schien. Er konnte Hendershot die .38er zeigen, ihn einen Blick auf die Knarre werfen lassen, die in seinem Hosenbund steckte – genau dort, wo sie leicht erreichbar war, falls er sie brauchte –, und dann Hendershot in den Raum mit den Schließfächern begleiten, ihn dazu bringen, Herbs Fach zu öffnen, und die ganze Angelegenheit wäre geritzt.

Aber Hendershot sah ganz plötzlich nicht mehr Cully an, sondern starrte ihm über die Schulter und setzte ein höfliches Lächeln auf. Sagte: »Ja, Ma'am.« Cully drehte sich um, seine Hand berührte schon die Pistole in seinem Gürtel – so kurz davor war er, loszulegen –, als ihn auf einmal ein Gefühl überkam, als habe ihm jemand einen Tritt in den Bauch versetzt, denn noch bevor er Kristin sah, hörte er ihre Stimme.

Sie lächelte ihm zu, als er sie ansah, und sagte zu Mr. Hendershot: »Tut mir leid, ich muß nur mal eben mit meinem Mann reden.« Dann sah sie Cully an, lächelte wieder und sagte: »Tut mir leid, Benny.« Woraufhin Cully sich fragte, ob sie glaubte, alles werde dadurch gut, daß sie ihn Benny nannte. Sie fuhr fort: »Ich muß nur etwas fragen.« Und dann ging sie weg zu den Eingangstüren, so, als wäre sie sicher, daß er ihr auch folgte.

Cully kam der Gedanke, sie nicht zu beachten, einfach Herb Dorrances Waffe zu ziehen und sie dem auf der anderen Seite des Schreibtisches sitzenden Arsch unter die Nase zu halten. Mit ihm dann in den Raum mit den Schließfächern zu gehen und sich die Diamanten zu holen. Einfach an Kristin vorbeizugehen, als kenne er sie kaum, und bis zum letzten Augenblick mit der Frage zu warten: Kommst du nun mit oder was? Aber er tat es nicht. Er konnte nicht, weil er nicht wußte, was sich in Kristins Kopf abspielte. Was sollte das, mitten in dem verfluchten Überfall in die Bank zu platzen?

Er zwang sich, Hendershot anzulächeln, erhob sich und teilte dem Mann mit: »Es dauert nur einen Moment.« Dann ging er zu Kristin hinüber und fragte sie, wobei er die Worte vor Wut zischte: »Verdammte Scheiße, was soll das eigentlich?«

Sie schüttelte den Kopf. »Ich mache nicht mit.«

Er traute seinen Ohren nicht. »Was redest du da?« Immer noch flüsternd. Er hätte am liebsten geschrien, ihr vielleicht eine Kopfnuß verpaßt, so sauer war er geworden. Er sagte: »Es gibt kein ›mache nicht mit‹.« Und weiter: »Wir *machen* es. Sofort.« Er beugte sich tiefer, um ihr aus vielleicht zehn Zentimeter Entfernung in die Augen zu sehen. »Wir sind schon mittendrin.«

Sie rückte von seinem Gesicht ab und schüttelte den Kopf. Sie hatte Tränen in ihren Augen. Er konnte es nicht fassen, als er sie anstarrte und dann wieder Hendershot ansah, der sich entweder mit irgendwelchen Unterlagen beschäftigte oder nur so tat – höflich war, weil er vielleicht merkte, daß sie sich stritten.

Zu Kristin gewandt sagte Cully: »Nimm dich zusammen.«

Sie sah ihn an, starrte ihn ein paar Sekunden lang an und sagte dann ruhig: »Du benutzt mich. Du wirst mich genauso linken, wie Benny vor vier Jahren John Lewis gelinkt hat.«

Cully traute seinen Ohren nicht. Er hatte vermutet, sie habe Angst, verliere die Nerven, mehr nicht. Er hatte gedacht, er hätte es besser wissen müssen und keine verdammte Amateurin nehmen dürfen, auch nicht eine, der er glaubte, vertrauen zu können. Kommt in die Bank marschiert und erzählt ihm, sie schaffe es nicht, und sofort stand für ihn fest, daß sie die Nerven verloren hat. Doch kaum hörte er sie reden, war ihm klar, daß in ihrem Kopf etwas ganz anderes vorging. Sie war in ihn verliebt. Allmächtiger. Es war nicht zu fassen.

Lächelnd schüttelte er den Kopf und sagte: »Ich verrate dir eins, und dann gehe ich wieder zurück und mache, was zu tun ist.« Er sah sie an, streckte die Hand aus und berührte ihr Gesicht. Ihm war egal, ob es irgendwer in der Bank mitansah. Vielleicht war es sogar hilfreich, wenn die Leute so etwas sahen, einen Mann und eine Frau, die sich offenbar stritten . . ., bei etwas so Peinlichem sah man lieber weg.

Er sagte zu Kristin: »Ich sage dir das nur einmal, aber du mußt mir glauben, weil mir die Zeit fehlt, dich zu überzeugen.« Er berührte sie erneut, hob ihren Kopf hoch und lächelte: »In Ordnung?«

Als sie nickte, fuhr er fort: »Es wird schon alles gut. Du steigst in den Wagen und wartest. Alles wird gut werden.«

Er sah sie an und gab ihr einen kleinen Schubs in Richtung Tür. Als sie sich kurz umdrehte, und ihn musterte, sagte er: »Ich verspreche es dir.« Es kam ihm vor, als müßte er minutenlang warten, doch dann verspürte Cully eine große Erleichterung, weil sie nickte und ihn anlächelte.

Er blieb stehen, bis sie hinausgegangen war, kehrte dann an den Schreibtisch zurück, wo Hendershot auf ihn wartete. Der Mann lächelte Cully an und fragte: »Ist mit Ihrer Frau alles in Ordnung?«

Cully nickte, lächelte zurück und dachte: Scheiß drauf, was kann sonst noch schiefgehen? Überlegte und entschied blitzartig, die Sache durchzuziehen. Hoffte, daß Kristin da war, wenn er nach draußen kam. Er sah sich noch einmal rasch in dem Gebäude um. Sah, daß alle beschäftigt waren, und wandte sich wieder Hendershot zu.

Cully sagte zu dem Mann: »Ich würde gern da hinten hingehen.« Zeigte lächelnd auf den Raum mit den Schließfächern.

Hendershot schien verwirrt. »Ich dachte, Sie wollten ein neues Konto eröffnen ...« Er sah Cully an und versuchte es mit: »Mir war nicht klar ..., haben Sie ein Fach bei uns?«

Cully – locker, weil er in Aktion war, spürte, wie sich ein eisiges Gefühl in seinem Bauch ausbreitete. Sah Hendershot an und sagte: »Nein, aber ich habe etwas, das fast genausogut ist.« Dann lehnte er sich auf dem Stuhl nach hinten und ließ den Mann einen Blick auf die .38er in seinem Hosenbund werfen, lächelte, als unterhalte er sich nett mit dem Bankmenschen, und sagte: »Sieh mal, Sportsfreund, wenn du hübsch mitarbeitest, lebst du vielleicht lange genug, um deiner Frau davon zu erzählen.«

23

Als Benny in seinem Wagen saß und Kristin in die Bank gehen sah, wußte er nicht, was das zu bedeuten hatte. Er fragte sich: Was geht hier, verdammt noch mal, vor? Vielleicht hatte er sich mit der ganzen Sache ja geirrt. Er beruhigte sich aber wieder, als sie nach ein paar Minuten wiederkam. Sie stieg in ihren Wagen, und ließ den Motor an, fuhr aber nicht los. Benny nickte jetzt, er kannte zwar nicht sämtliche Einzelheiten, erkannte aber einen Raubüberfall, wenn er ihn sah.

Er ließ noch eine Minute verstreichen und stieg dann aus seinem Auto. Seinen Hut warf er zurück, mußte fast lachen, denn da Cully nun auch einen trug, war es nicht besonders schlau, wie John Wayne auf der Straße herumzulaufen.

Er ging langsam auf die Bank zu, ohne Eile – ein Typ unternimmt vielleicht einen netten Spaziergang, einen kleinen Schaufensterbummel –, blickte weder nach Kristin, noch beachtete er den Toyota. Als er etwa drei Meter entfernt war, ging er rasch darauf zu, öffnete eine hintere Tür und rutschte hinein. Benny jagte Kristin einen Mordsschreck ein. Als er sie aufschreien hörte, lehnte er sich über die Sitzlehne vor und drückte ihre Schulter, lächelte sie an und zeigte ihr die Pistole aus rostfreiem Stahl in seiner Hand. Dann sagte er: »Na so eine Überraschung, du hier«, warf ihr einen Countryboy-Blick zu – dümmlich –, als habe er nicht die geringste Ahnung, was hier vor sich ging. Fragte: »Wartest du auf deinen Freund? Vielleicht treibt er sich hier irgendwo herum.« Fuhr dann mit Blick auf die Bank fort: »Vielleicht warte ich hier mit dir.«

Cully mußte ungefähr zwanzig Sekunden lang auf Hendershot einreden, bis der sich beruhigte. Er sagte: »Sehen Sie, Sportsfreund, wichtig ist jetzt, daß Sie und ich, wir beide, jetzt nach hinten gehen, als wäre alles okay. Wir sind Kumpels, und Sie bringen mich zu den Schließfächern.« Er musterte den Mann auf der anderen Seite des Tisches. »Was meinen Sie, Sie und ich, kriegen wir das hin?«

Hendershot nickte vorsichtig. Cully grinste ihn an und sagte: »Hören Sie, ich kenne Banken. Und eins weiß ich genau, Sie haben eine Liste, ein Blatt Papier, auf dem steht, welche Schließfächer wem gehören.« Der immer noch lächelnde Cully schaute sich in der Bank um, stellte fest, daß alles normal aussah, wandte sich wieder an Hendershot und fragte: »Hab ich recht?«

Als Hendershot nickte, sagte er: »Sie holen die Liste, und dann gehen Sie und ich, wir beide, nach hinten in diesen Raum.« Er wartete, während Hendershot in seinem Schreibtisch kramte und einen Computerausdruck herausholte. Cully nickte und sagte: »Sehen Sie, soweit läuft es prima.« Er nahm Hendershot die Liste ab, warf einen kurzen Blick darauf und reichte sie ihm dann zurück.

Cully lächelte erneut. »In Ordnung. Jetzt brauchen wir nur noch die Schlüssel.«

Hendershot wollte etwas sagen, ließ es aber bleiben. Cully musterte ihn kurz und schüttelte dann den Kopf. Er sagte: »Halt, Sie wollen mir erzählen, Sie hätten keinen Schlüssel. Die haben nur die Besitzer der Schließfächer. Stimmt's?«

Hendershot nickte.

Cully sah ihn noch einen Moment lang an und sagte dann: »He, wir beide wissen, daß das Blödsinn ist. Sie haben die Schlüssel. Wenn jemand seine Schlüssel verliert, dann erzählen Sie ihm das zwar und knöpfen ihm eine Bearbeitungsgebühr ab, damit er wieder an sein Fach kann, aber in Wirklichkeit haben Sie mehrere Hauptschlüssel. Schließlich müssen Sie ja an ein Schließfach rankommen, falls irgendwas sein sollte.« Cully musterte Hendershot ernst, ließ den Mann wissen, daß er sich nichts vormachen ließ, und wartete, während sich der Mann in der Bank umsah. Er forderte ihn dann auf: »Sehen Sie mich an. Verschwenden Sie keine Gedanken daran, ob irgendwer rüberkommt und Ihnen hilft.« Und noch einmal: »Sehen Sie mich an.«

Der Mann kramte wieder in seinem Schreibtisch, holte einen Schlüsselbund heraus, den er Cully reichen wollte. Doch der schüttelte den Kopf und sagte: »Nö. Machen Sie's wie sonst auch. Nehmen Sie einfach Schlüssel und Liste, und dann gehen wir beide nach hinten.«

Cully erhob sich. Er spürte, wie er ein wenig ins Schwitzen kam, wie Schweißtropfen seinen Rücken hinunterliefen und seine Achselhöhlen feucht wurden. Doch im stillen sagte er sich: Gar nicht dran denken. Hendershot einfach unter Kontrolle halten, alle anlächeln, und dann ist es in zehn Minuten vorbei. Spitze.

Er begleitete den Bankangestellten zu dem Raum mit den Schließfächern, wo er ihn auffordern mußte weiterzugehen, weil Hendershot zunächst einfach stehenblieb. Der Mann war dabei, in Panik zu geraten, das merkte Cully. Er redete leise und höflich mit ihm, sagte freundlich: »Öffnen Sie die Tür«, und als er sich noch einmal in der Bank umsah, fiel ihm nichts Ungewöhnliches auf. Nachdem Hendershot die Tür geöffnet hatte, gab Cully ihm einen leichten Schubs und folgte ihm in den Raum.

Als er drinnen stand, konnte er es kaum fassen, umgeben von ein paar hundert Bankschließfächern, und soweit er sah, klappte alles ziemlich reibungslos.

Er sah Hendershot an, fragte: »Herb Dorrance. Welches ist sein Fach?« und schüttelte dann den Kopf, weil Hendershot bloß verständnislos zurücksah und sagte: »Ich weiß nicht.«

Cully betrachtete den Mann, als sei der schwachsinnig. »Sehen Sie, deshalb haben wir ja die Liste mitgenommen.« Ließ ein Weilchen verstreichen und sagte dann, als der Mann es offenbar immer noch nicht begriff: »Sieh nach, Blödmann.«

Er zwang sich, ruhig zu bleiben, während Hendershot mit dem Finger über die Liste fuhr und dann antwortete: »Dreiunddreißig. Herb Dorrance hat das Schließfach Nummer dreiunddreißig.«

Cully schaute sich die Fächer an, suchte die Reihen so lange ab, bis er es fand. Hendershot stand da wie ein Idiot und rührte sich nicht, bis Cully schließlich ein wenig ungehalten wurde. Es war schwer genug, wegen so etwas eine Bank zu betreten, dachte er sich, er drehte das ganze Ding allein, konnte also ein wenig Kooperation gebrauchen. Er streckte die Hand aus, packte den anderen an seinem Jakkett, zog ihn näher heran und holte die .38er aus seinem Hosenbund, Herb Dorrances Waffe. Cully hielt sie Hendershot an den Kopf und sagte: »Halten Sie das für einen beschissenen Scherz oder was? Muß ich Ihnen ständig sagen, was ich will? Muß ich sozusagen darum betteln?« Dem Mann quollen die Augen aus den Höhlen. Cully hielt ihn fest, zog Hendershots Gesicht näher heran, so daß die .38er fast die Nase des Mannes berührte. Daraufhin verdrehte Hendershot die Augen, bis er an seiner Nase vorbei auf die .38er sehen konnte und dann hoch in Cullys Augen.

Cully sagte: »Ich könnte jetzt ein wenig Hilfe gebrauchen.« Fauchte den Mann an: »Könnten Sie sich dazu durchringen, mir zu helfen?«

Hendershot fing an zu nicken. Offenbar begriff der Mann allmählich, was Sache war. Als Cully ihn losließ, holte er die Schlüssel aus seiner Tasche und versuchte, das Schließfach zu öffnen. Seine Hände zitterten aber so sehr, daß Cully ihm beistehen mußte, sich die Knarre wieder in die Hose stopfte und ihm die Schlüssel abnahm. Er steckte beide Schlüssel in das Fach und drehte sie um, verspürte einen Adrenalinstoß, weil er in ein paar Sekunden reich sein würde. Fast hätte er Hendershot vergessen, drehte sich dann aber um und deutete auf die andere Seite des Raums. »Stellen Sie sich da hin. Bleiben Sie da stehen, und sagen Sie sich immer wieder: In ein paar Minuten ist alles vorbei.«

Cully beobachtete, wie Hendershot zur anderen Seite des Zimmers ging, dann machte er sich wieder an dem Schließfach zu schaffen, zog die Kassette heraus und brachte sie zu dem Tisch, der in der Mitte stand. Er warf noch einen letzten Blick in die Bank, redete sich ein, daß alles prima aussah, und öffnete die Kassette. Das Ganze war wie im Fernsehen. Alles lief verlangsamt ab, wie die Zeitlupe bei einem Footballspiel. CBS Super Slow Motion. Ein paar Sekunden kam Cully sich beinahe schizophren vor, als die Geräusche aus der Bank scheinbar leiser und seine eigenen Bewegungen langsamer wurden. Er verspürte einen Hitzeschub, und ein beinahe erotisches Gefühl überkam ihn, so als sähe er Fremden beim Sex zu. Er war kurz vor dem Ziel, und es war beinahe geschafft: Fast eine halbe verdammte Million Dollar in Diamanten lag hier bereit. Er öffnete den Deckel der Kassette und starrte in das Innere des Behälters.

Alles stürzte wieder auf ihn ein – großer Gott, die Geräusche, der Lärm der im Nebenraum plappernden Menschen. Sogar das Geräusch von Hendershots Schnaufen . . ., vielleicht bekam der Mann plötzlich einen Herzanfall. Cully sah wieder alles klar, in normaler Geschwindigkeit. Er blickte in die Kassette hinein, wollte seinen Augen nicht trauen, weil das Ding . . ., soviel Scheiße hatte er durchgestanden . . ., und die Mistkassette war, sie war . . .

Sie war leer.

Er musterte Hendershot, spielte kurz mit dem Gedanken, den Wichser auf der Stelle zu erschießen, weil er ihn verarscht hatte. Er verspürte diesen Drang – den verfluchten Abzug durchzuziehen – noch nie war ihm so zumute gewesen, auch nicht, als er unten in Miami seine bewaffneten Raubüberfälle gemacht hatte; es war ihm nie in den Sinn gekommen. Dem Mann einfach eine Kugel ins Hirn jagen und dann in den Raum nebenan gehen und jemand anderes holen. Einen nach dem anderen umlegen, wenn sie es nicht anders wollten, bis jemand mit offenen Karten spielte. Er zog sogar die Pistole halb heraus, dachte, er müsse nichts weiter tun, als den Hahn zu spannen, über den Lauf zu gucken, bis er Hendershots Gesicht vor sich hatte, und dann den Abzug durchzuziehen. Kein Problem.

Er mußte es sich ausreden, sich zwingen, bis fünf zu zählen, während er versuchte, ruhig zu werden. Er sah Hendershot an, der Mann in der Ecke wirkte irgendwie teigig, sah nicht besonders gut aus und schaute Cully nicht einmal an. Als hätte er zu große Angst.

Cully sagte: »Komm her.« Zuerst reagierte Hendershot nicht, doch als Cully es wiederholte, »komm her, Sportsfreund«, sagte, immer noch tat, als sei er Benny, sah Hendershot auf und schlurfte zum Tisch.

Cully fragte: »Wie heißt du?«

Hendershot antwortete: »Robert.«

Cully nickte und sagte: »Bobby, wir haben da ein kleines Problem. Ich weiß ja nicht, vielleicht bist du nervös. Vielleicht hast du einen Fehler gemacht, wie auch immer. Du hast einen zweiten Versuch frei. Du wirfst noch einen Blick auf die Liste und sagst mir, welche Kassette Herb Dorrance gehört.«

Hendershot wirkte verwirrt. Erst sah er die Kassette an, dann wieder Cully. Schließlich sagte er: »Das ist sie.«

Cully sagte: »Was?«

Hendershot fing an zu zittern. Er verzog sein Gesicht und sagte zu Cully: »Ich schwöre bei Gott, das ist Mr. Dorrances Kassette.«

Cully schüttelte den Kopf. »Sie machen einen Fehler.« Er zeigte auf die Liste. »Schauen Sie noch mal nach.«

Hendershot schaute wieder auf die Liste, doch seine Hände zitterten so sehr, daß er sie unmöglich lesen konnte. Cully schnappte sich die Liste und fuhr mit dem Zeigefinger darüber, bis er Herbs Namen fand, daneben stand die Zahl dreiunddreißig. Er richtete den Blick wieder auf Hendershot und fragte: »Scheiße, was geht hier eigentlich vor? Hat er noch n Fach?«

Hendershot schüttelte den Kopf. »Das ist es. Das ist das richtige.« Dazu nickte er, wollte Cully zufriedenstellen und sagte: »Ich weiß es. Ich bin mir sicher. Er kommt andauernd her.«

Cully hatte keine Ahnung, was los war. War das ein gigantischer Streich? Er drehte sich zum Nebenraum um, schaute durch die Gitter, rechnete damit, hundert Bullen durch den Haupteingang stürmen zu sehen. Aber noch immer sah alles normal aus. Und doch, direkt vor seiner Nase legte ihn jemand rein. Er kannte den Grund nicht, wußte aber, daß er am besten die Beine in die Hand nahm und herausfand was los war.

Er wandte sich an Hendershot. »Ich werde jetzt folgendes tun: Ich schließe Sie hier ein und verschwinde.« Er deutete auf den anderen Raum und fuhr fort: »Da draußen hab ich einen Kumpel, der sich vor einem Schalter anstellt. Du kennst ihn nicht, aber er kennt dich. Wenn du hier rauskommst, bevor fünf Minuten verstrichen sind, legt er dich um.« Er musterte Hendershot und sagte: »Das hast du verstanden.« Wartete, bis der Mann nickte, und trat durch die Tür.

Er zwang sich, ruhig zu bleiben, schritt über den Teppich und rechnete die ganze Zeit über damit, daß jemand losschrie. Er lächelte sogar ein paar Leute an, die sollten ihn sehen, er war hier nur geschäftlich unterwegs. Und dann war er draußen, zwang sich, zum Wagen zu schlendern, wollte laufen, blieb aber ganz ruhig.

Er öffnete die Tür und rutschte ins Auto. Kristin saß da, die Hände am Lenkrad, und er sagte: »Los, los, hauen wir ab.«

Aber sie tat nichts dergleichen. Sie blieb einfach sitzen, mit laufendem Motor, die Hände immer noch am Lenkrad. Er glaubte es nicht. Cully faßte sie an, rüttelte an ihr und sagte: »Mach schon, Herrgott noch mal. Nichts wie weg.« Aus den Augenwinkeln bemerkte er eine Bewegung auf dem Rücksitz und hörte Bennys Stimme, während er sich umdrehte. Er sah die .38er in Bennys Hand, seine eigene Waffe steckte nutzlos im Hosenbund, hörte Benny kurz auflachen und sagen: »Ich muß zugeben, Süße, der Mann hat nicht unrecht. Ich finde, wir sollten hier abhauen.« Lachte wieder, als Kristin sich endlich bewegte, ohne Cully anzusehen. Sie legte den Gang ein und fuhr aus dem Parkplatz.

24

Benny gab Kristin Anweisungen, wohin sie fahren sollte. Er ließ sich von Cully dessen Pistole geben und befahl dann Kristin, umzudrehen und Richtung Stadt zu fahren. Saß mit der .38er in der Hand auf dem Rücksitz und sagte Kristin, wo sie abzubiegen hatte. Zuerst verriet er nicht, wohin sie fuhren, sondern sagte bloß: »Hier abbiegen«, bis er schließlich, am »Econolodge« angekommen, auf den Parkplatz zeigte und sagte: »Fahr hinten herum. Immer schön langsam, und anhalten, wenn ich es dir sage.«

Sie mußten zweimal die Runde drehen, im Schrittempo. Endlich trat Michelle aus einem der Zimmer und winkte ihnen zu. Benny befahl Kristin, den Wagen abzustellen, und wartete.

Er musterte Cully, immer noch lächelnd. Cully merkte, daß Benny es genoß, er sagte: »Sportsfreund, wir drei gehen jetzt rüber in dieses Zimmer. Schön brav und locker. Wer weiß, vielleicht überlegst du dir ja: Unterwegs probiere ich was. Vergiß es.« Mit einem Blick auf Kristin fragte er: »Was meinst du, Herzchen, wird sich dein Freund benehmen?«

Kristin schaute von Benny zu Cully. Zu Cully sagte sie: »Ich habe ihn gar nicht kommen sehen.«

Cully nickte. Er versuchte, seine Atmung zu kontrollieren. Er litt immer noch unter dem Schock, erst keine Diamanten vorzufinden und dann im Auto auf Benny zu stoßen. Er brauchte ein paar Minuten Zeit, um nachzudenken. Zu Kristin sagte er: »Ist schon in Ordnung.« Danach sah er zu Michelle hinüber, die noch neben der Motelzimmertür stand, und dann wieder auf Benny. »Du willst, daß wir da rübergehen. Machen wir. Lieb und brav.« Behielt Benny dabei im Auge.

Der nickte, starrte Cully immer noch an. Lächelte schließlich und sagte: »Die Sache ist die, Sportsfreund, vergiß bloß nicht« – er hielt Cully die Pistole direkt vor die Nase –, »ich warte nur auf einen Grund.«

Cully nickte und stieg aus dem Wagen. Er ging um die Motorhaube herum, während Benny mit Kristin ausstieg. Als Cully bei ihnen ankam, legte er Kristin den Arm um ihre Schulter. Sie zitterte, völlig verängstigt, und er ließ seinen Arm dort und hörte Benny lachend sagen: »Ach, wie süß. Das gefällt mir«, während er hinter ihnen zu dem Zimmer ging.

Michelle schritt im Zimmer auf und ab und rauchte eine Zigarette, während Benny alle aufforderte, sich zu setzen, und mit einem Blick auf Cully ergänzte: »Nur du nicht, Sportsfreund. Du leerst jetzt deine Taschen. Gib mir die Diamanten, und alles ist paletti.«

Cully überlegte, was er sagen könnte, da er wußte, daß Benny ihm nie im Leben glauben würde, und ihm kam eine klitzekleine Idee. Vielleicht ein Ausweg. Ihm blieb ohnehin keine Wahl.

Er blickte Michelle an und fragte: »Willst du's ihm sagen?«

Sie blieb abrupt stehen und starrte Cully an. »Was redest du da für 'n Scheiß?«

Seine Stimme blieb ruhig. »Ich weiß nicht. Am besten verrätst du mir, wieso ich solche Schwierigkeiten kriege, wenn ich die Bank zu der von dir angegebenen Zeit betrete. Am richtigen Tag und alles. *Und dann sind gar keine Scheißdiamanten da?*« Sorgte dafür, daß seine Stimme wütend klang, als sei er reingelegt worden. Fragte sie: »Verrätst du mir, was er eigentlich hier zu suchen hat?« Zeigte auf Benny.

Aus der Mitte des Zimmers blickte Benny von Cully zu Michelle. Und vom Bett aus betrachtete ihn Kristin mit einem seltsamen Gesichtsausdruck.

Er sah Benny an. »Ich sage dir, ich bin neu in dieser Stadt. Aber jemand versucht mich zu linken. Dich vielleicht auch.«

Benny sagte: »Was redest du da, Sportfreund?«

Cully schüttelte den Kopf. »Ich weiß nicht. Ich sollte da

reingehen, die Diamanten holen, und damit wäre die Sache erledigt gewesen.« Er schaute zu Michelle hinüber. »Von dir war nicht die Rede.« Und er fuhr lächelnd fort: »Sie hat mir bloß den Schlüssel für die Kassette gegeben und gesagt: Fahr los und hol sie.«

Benny sah Michelle an. »Du hast ihm den Schlüssel gegeben?«

Michelle machte einen Schritt auf Cully zu, sah zu Benny hinüber und schrie: »Er lügt. Ich habe ihm überhaupt keinen Scheißschlüssel gegeben.«

Benny näherte sich Cully. Hielt Cully seine Pistole vor das Gesicht und sagte: »Scheiß auf das Geschwätz. Her mit den Diamanten.«

Cully betrachtete die Pistole, deren Lauf aus dieser Nähe riesig aussah, schüttelte den Kopf und ließ sich aufs Bett zurückfallen. Mit einem Blick auf Michelle fragte er: »Was geht hier vor?« Versuchte, so gelassen wie möglich zu klingen, als sei es nur ein Mißverständnis, das Michelle vielleicht aufklären konnte. Aber es lag jetzt an ihr. Es ging um etwas, was sie erklären mußte. Wenn sie Cully in diese Bredouille bringen wollte . . ., dann konnte sie ihn mal, das zahlte er ihr gleich heim.

Er merkte, daß sich Bennys Gesichtsausdruck veränderte. Er schien verwirrt und drehte sich zu Michelle um. Cully dachte, daß Benny nicht wußte, was er tun sollte, und beschloß, seine Unsicherheit auszunutzen.

Er sagte zu ihm: »Wir sind reingelegt worden, Mann. Ich weiß nicht, wie. Aber genau das ist passiert.«

Michelle schrie Benny an: »Der hat doch nichts als Scheiße im Hirn. *Er* hat die Dinger. Das weiß ich ganz genau.«

Cully schüttelte den Kopf. Er sah Benny in die Augen und sagte: »Keine Ahnung, vielleicht ist das ja nichts Neues für dich. Vielleicht weißt du ja genauestens Bescheid. Sie sagt mir, ich soll in die Bank gehen, bereitet die Sache vor, und womöglich wußte sie die ganze Zeit über, daß es da gar keine Steine gibt.«

»Blödsinn.« Michelle schrie jetzt Cully an. »Du bist ein gottverdammter Lügner.« Sie drehte sich zu Benny um. »Gib mir die Knarre, dann erzählt er mir, wo sie sind.«

Benny schüttelte den Kopf und betrachtete sie lächelnd, aber Cully merkte, daß er nicht zufrieden war. »Schatzi, ich finde es prima, daß ich die Knarre habe. Ich finde, so soll es auch bleiben.«

Cully schaute kurz zu Kristin hinüber, die stumm und mit großen Augen neben ihm saß. Sie hielt noch immer die Autoschlüssel in der Hand, und er berührte sie am Arm. »Alles in Ordnung?« Das sagte er in aller Ruhe, weil er sie aufmuntern wollte, und außerdem sollte Benny hören, daß er keine Angst hatte. Er sah Kristin nicken, daraufhin strich er ihr über den Arm, bis er ihre Hand berührte, die er drückte, wobei er seine Hand um die Autoschlüssel schloß, sie aus ihrer Hand nahm und seine Aufmerksamkeit dann wieder Benny zuwandte.

Er sagte zu Benny: »Was sie vorhaben, da kommt zweierlei in Frage.« Er schaute erst zu Michelle und dann wieder zu Benny. »Vielleicht haben sie und Herb folgendes vor: Sie lassen mich das Ding drehen, und wenn wir dann geschnappt werden, streichen sie die Versicherung ein. So was in der Art.«

Benny wandte den Blick nicht von Cully, sagte aber kein Wort. Seine Miene schien jedoch anzudeuten, daß er bereit war zuzuhören.

Michelle schüttelte den Kopf und machte einen Schritt auf Benny zu: »Benny, er lügt. Das ist nicht wahr.«

Benny drehte sich nicht einmal zu ihr um und sagte: »Warum hältst du nicht, verdammt noch mal, die Schnauze.« Er lächelte nicht mehr, irgend etwas lag in seiner Miene, vielleicht in den Augen, dieser stumpfe Blick, den Cully schon einmal gesehen hatte. Benny stand kurz davor, einen Entschluß zu fassen, war vielleicht kurz davor, jemanden zu töten.

Cully sagte zu Benny: »Vielleicht steckt auch gar nicht mehr dahinter, und Herb will nur, daß du noch mal auf die Nase fällst. Vielleicht will er dich einfach wieder im Knast haben. Vielleicht ist er sauer, weil du mal mit seiner Frau verheiratet warst.« Er zuckte mit den Schultern. »Oder Herb will uns bloß alle fertigmachen. Irgendwie ist er dahintergekommen und will, daß wir alle vor die Hunde gehen.«

Benny ging zu dem vorderen Fenster des Motels und riß den Vorhang auf. Cully wartete, bis er nach draußen blickte, ließ dann die Schlüssel fallen und kickte sie unter das Bett. Als sich Benny umdrehte, funkelte Michelle Cully an. Benny sagte: »Okay. Scheiße, wer weiß, was passiert ist?« Er sah Cully an. »Vielleicht hast du sie. Vielleicht nicht. Vielleicht waren sie gar nicht da.« Er grübelte noch ein Weilchen und nickte dann. »Zieh dich aus.«

Cully schwieg. Was sollte er machen, auf einmal schamhaft tun? Wenn Benny wollte, daß er sich nackt auszog, dann nur deshalb, weil er anfing, ihm zu glauben. Cully nickte und stand auf. Er fing mit dem Hemd an, und Benny sagte: »Du auch, Herzchen.« Zeigte mit der Pistole auf Kristin. »Beeil dich.«

Kristin sah Cully an, der sagte: »Schon gut. Mach es.« Sie sah ihn noch ein paar Sekunden lang an und stand dann ebenfalls auf.

Michelle schwieg, während sie sich auszogen. Falls es sie irritierte, mit ihrer Schwester in einem Zimmer zu sein, während diese gerade von Benny gezwungen wurde, sich auszuziehen, so ließ sie sich nichts anmerken. Benny wirkte nervös. Er schaute ständig aus dem Fenster, schnippte ab und zu mit den Fingern und sagte: »Macht schon, macht schon.«

Als sie nackt waren, kam Benny in die Mitte des Zimmers. Er musterte Cully kurz, dann forderte er Michelle auf: »Durchsuch seine Klamotten.«

Während sie das tat, trat er zu Kristin und sagte: »Meine Güte, Süße. Ständig trägst du solch auffälligen Kleider. Das solltest du nicht tun, deinen Körper so verstecken.« Zu Michelle gewandt, fuhr er lachend fort, indem er sie aufzog: »Hey, Schatzi, ich glaube, sie hat hübschere Titten als du.« Dann schwieg er, bis Michelle zu ihm sagte: »Da ist nichts.«

Benny blieb fast eine halbe Minute lang in der Zimmermitte stehen. Cully, der nackt dastand, hätte sich am liebsten hingehockt und sich die Hände vor den Schritt gehalten. Er wollte sich schützen, weil er sich so hilflos fühlte, fror und spürte, wie sein Schniepel schrumpelte. Er kam sich dämlich vor, weil er sich die ganze Zeit über, während dieser Scheiß ablief, bewußt war, daß die nackte Kristin neben ihm stand. Er hätte sie gern in die Arme genommen und an sich gedrückt, ihr gesagt, daß alles gut werden würde. Doch es war die falsche Reaktion, das wußte er. Wenn man vor Benny Angst zeigte, würde einen der Mann fertigmachen. So wie unten in Raiford, da kam irgendein Typ zum erstenmal in den Knast, und ein Häftling tat ihm einen Gefallen, gab ihm ein paar Zigaretten. Der Neue war total happy, weil er an seinem ersten Tag im Knast gleich mit einem Insassen Freundschaft geschlossen hatte. Bis der Freund später wiederkam und Rückzahlung forderte. Cully mußte einfach dastehen, als mache es ihm überhaupt nichts aus.

Er nahm den Blick nicht von Benny, glaubte zu wissen, was im Kopf des Mannes vorging. Vielleicht glaubte Benny, sie beide umbringen zu können. Vielleicht auch noch Michelle. Dann könnte er in aller Ruhe zu Dorrance rausfahren und nachsehen, ob der Mann die Diamanten hatte.

Cully räusperte sich. Benny sah ihn an und sagte: »Was zum Teufel willst du?«

Cully zuckte die Schultern und versuchte es mit Raten. »Es ist einen Versuch wert.«

Benny trat zu ihm und sagte: »Scheiße, was quatschst du da überhaupt, Sportsfreund?«

»Du läßt uns hier zurück, nimmst sie mit«, dabei deutete er auf Michelle, »und fährst raus. Vielleicht hast du ja Glück.«

Michelle fragte: »Was erzählt er da, Benny?«

Benny gab keine Antwort. Den Blick auf Cully gerichtet, fing er an zu grinsen. Er sagte: »Das würdest du tun, hä?«

Cully zuckte die Achseln. »Wir alle haben eine Menge Schwierigkeiten hinter uns.«

Benny nickte und erwiderte: »M-hm. Angenommen, ich lasse euch hier, dann haut ihr vielleicht ab und ruft die Bullen.«

Cully hielt die Hände in die Höhe und sagte: »Was soll ich ihnen denn sagen? Wenn die mich sehen, bringen die mich womöglich zurück in die Bank. Dieser Typ vergißt doch in einer halben Stunde mein Gesicht nicht.«

»Aber du bist da reinmarschiert und hast versucht, wie ich auszusehen.«

Cully sagte schulterzuckend: »Wenn sie mich jetzt sehen und zu dem Kerl zurückbringen, der mir Herbs Kassette ausgehändigt hat, dann bereitet dem das bestimmt keine großen Probleme.«

Schließlich nickte Benny. Er sah Michelle an und befahl: »Hol ihre Kleider.«

Sie sagte: »Was?«

Er wurde lauter, schrie fast: »Verdammt noch mal, hol ihre Kleider.«

Sie hob den Kleiderstapel auf, stand da und sah Benny an. So hatte Cully sie noch nie gesehen. Aber er hatte so etwas früher schon miterlebt. Jemand ist gewohnt, etwas auf eine bestimmte Art zu tun, und irgend etwas geht schief. Ganz plötzlich ändern sich die Regeln; oder es gibt gar keine Regeln mehr.

Michelle, die reiche Frau, konnte nach Belieben jeden wie ein Stück Dreck behandeln. Und jetzt war sie gar nicht mehr vorhanden. Er sah eine Person vor sich, die auf einmal Todesängste ausstand, weil sie vielleicht mit dem Feuer gespielt hatte, Benny gebumst hatte, der dabei wahrscheinlich viel brutaler gewesen war als noch vor vier Jahren. Allmählich begriff sie, daß sie jemandem gegenüberstand, den sie nicht kontrollieren konnte.

Benny fragte sie: »Wo steht dein Auto?«

»An der Seite des Gebäudes.«

Er nickte. »Hol es, leg ihre Kleider hinein. Bring es hierher und drück auf die Hupe, sobald du draußen stehst.« Wandte sich von ihr ab, bevor sie auch nur einen Schritt gemacht hatte, als wüßte er, daß sie es tun und dann zurückkommen würde.

Als sie gegangen war, sah Benny Cully an und lächelte. Er sagte: »Ich habe folgendes Problem, die Schwester der Frau ist bei dir. Hübsche Titten und so. Wenn ich dich umbringe . . . dann heißt das, ich muß sie auch umbringen.«

Er wies auf die Tür des Motels und sagte: »Ich glaube, meine Freundin da draußen fände das nicht so toll. Vielleicht würde sie ausrasten, zu den Bullen rennen.«

Cully nickte, verspürte Erleichterung, als sei er gerade pissen gewesen oder so was. Vielleicht würde Benny sie nicht erschießen.

Immer noch lächelnd trat Benny zu Kristin, berührte ihr Gesicht und sagte: »Wenn ich mehr Zeit hätte, ich würde vielleicht etwas hiervon probieren.« Und er fuhr ihr mit seiner Hand über Kinn und Oberkörper, wog eine ihrer Brüste in seiner Hand, lächelte sie an und sagte: »Hätte ich nie gedacht, aber offenbar hast du einen besseren Körper als deine Schwester.« Kristin fing wieder an zu zittern. Sie hatte fürchterliche Angst, das merkte Cully.

Zu Benny sagte er: »Brauchst gar nicht daran zu denken. Du hast da n Ding am Laufen, vielleicht kannst du es retten. Wenn du jetzt anfängst rumzuvögeln, löst es sich in Luft auf.«

Benny entfernte sich einen Schritt weit von Cully. Vor dem Haus hupte jemand. Benny schaute kurz zur Tür und dann wieder zu Cully. Er sagte: »Sportsfreund, seit ich dich kennengelernt habe, kommst du mir andauernd in die Quere. Verfolgst mich mit 'ner Kettensäge und nervst mich jedesmal, wenn du mir begegnest.« Er machte einen Schritt in Richtung Tür, drehte sich dann rasch um, schlug die Hand mit der .38er in Cullys Gesicht, erwischte ihn an der Wange und zog ihm den Lauf der Waffe über die Nase. Cully spürte sein Gesicht explodieren und fiel rückwärts aufs Bett. Er hörte Kristin aufschreien und Benny sagen: »Sportsfreund, du bist mir mächtig auf den Sack gegangen.«

Cully blieb, wo er war, dachte, sein Wangenknochen sei

vielleicht gebrochen. Bewegte den Mund hin und her und versuchte nicht aufzustehen, bis er merkte, daß Kristin neben ihm kniete und sagte: »Sie sind weg.«

Er setzte sich auf, die Schmerzen in seinem Schädel brachten ihn um, er spürte, wie ihm das Blut übers Kinn lief, und wartete, während Kristin ins Bad ging und ein Handtuch holte. Das Handtuch auf sein Gesicht gedrückt, kniete er sich wieder auf den Boden und tastete so lange, bis er die Wagenschlüssel fand.

Sie beobachtete ihn und fragte dann: »Was tust du jetzt?«

Er antwortete nicht, ging statt dessen zum Spiegel hinüber und betrachtete sein Gesicht. Er entdeckte eine klaffende Wunde, die in ein, zwei Tagen sogar noch schlimmer aussehen würde. Es waren wohl einige Stiche in die Wange und einer oder zwei für die Nase erforderlich. Aber es war nicht so schlimm, wie er zunächst befürchtet hatte. Er konnte den Mund bewegen, ohne daß es knirschte. Ein paar hintere Zähne waren locker, aber wenn er aufpaßte, kamen sie wieder in Ordnung. Im Spiegel sah er, wie Kristin näherkam und ihn an der Schulter berührte. Sie fragte erneut: »Was wirst du jetzt tun?«

Er schaute sie an. »Ich geh da raus. Versuche vielleicht, diese Sache zu beenden.«

Sie sagte: »Das kannst du nicht.«

Er entgegnete: »Sieh mal, Benny hat deine Schwester dabei. Er ist unterwegs zu Herbs Haus. Er wird keine Ruhe geben, ehe er nicht die Diamanten hat.«

»Du willst nur die Diamanten haben.«

Er schüttelte den Kopf. »Ich will bloß lebendig aus dieser Sache rauskommen und nicht wieder ins Gefängnis.«

Sie musterte ihn skeptisch. »Und wird dir das gelingen?«

Er ließ sich das durch den Kopf gehen. »Ich sehe nur eine Möglichkeit: Ich muß los und ihn aufhalten.«

Sie begann zu lachen. Als er sie ansah, merkte er, daß sie davor stand, in Panik zu geraten; ein Unterton in ihrer Stimme ließ vermuten, daß sie vielleicht nicht mehr aufhören konnte zu lachen.

Er packte sie und schüttelte sie sanft. Sie hörte auf zu lachen, sah ihn an und sagte zitternd: »Meine Güte, wir sind nackt, du hast eine klaffende Gesichtswunde, und dann erzählst du mir, du willst losziehen und Benny aufhalten.« Sie hielt kurz inne und fuhr fort: »Er hat deine Waffe, Herrgott noch mal.«

Cully nickte. »Ich weiß.« Er schaute sie an. Berührte ihr Gesicht und sagte: »Die Frage ist, was sollen wir sonst machen?«

25

Earl stellte Dave Ross die gleiche Frage, als er mit seinem Wagen auf dem Pancake-House-Parkplatz gegenüber des »Econolodge«-Motels stand und sah, wie Benny und Michelle auf die Straße fuhren, er fragte ihn: »Was sollen wir machen?«

Dave schaute hinter Benny her, bis der beinahe nicht mehr zu sehen war, sah dann auf das »Econolodge« und auf Earl. Er sagte: »Wir folgen ihnen. Finden raus, wohin sie fahren und was sie vorhaben.« Er sah Earl so lange an, bis der wegschaute. Er sagte zu ihm: »Das geht schon in Ordnung, Earl. Wir passen nur auf, daß Benny nichts passiert.«

Mit einem Blick auf seinen Boss fragte Earl: »Das ist alles?«

Dave Ross nickte. Aus dem Handschuhfach holte er eine Halbliterflasche Jack Daniels. Er nahm einen Schluck, reichte die Flasche Earl, sah zu, wie er trank, und sagte: »Wir sorgen dafür, daß deinem Bruder nichts zustößt. Und dann, dann bitten wir ihn vielleicht um einen Anteil von dem, was sie da am Laufen haben. Bloß weil wir ihm geholfen haben. Klar?«

Er wartete Earls Nicken ab. Als Ross sah, wie er die Flasche wieder an seine Lippen führte, bog er auf die Straße ein und folgte Benny.

Benny fuhr zu Herb Dorrances Haus, die Waffe in der Hand, und sagte mit einem Blick auf Michelle: »Wenn ich da aussteige, dann kannst du nur hoffen, daß dein Mann die Diamanten hat.«

Michelle erwiderte: »Benny, woher soll ich das wissen?«

Benny lächelte sie an. Er beugte sich zu ihrem Sitz hinüber, kniff sie kräftig in die Wange und sagte zu ihr, als sie laut aufschrie: »Hoffe einfach darauf, Schatzi.«

Inzwischen am Stadtrand von Beaufort angekommen, trat er ein wenig fester aufs Gas und fuhr etwas schneller als erlaubt. Hatte nicht einmal Angst, ein Bulle könnte ihn entdecken und vielleicht wegen Geschwindigkeitsübertretung anhalten.

Er hatte ein wenig Zeit zum Nachdenken gehabt. Vielleicht stimmte es ja. Herb Dorrance war vielleicht *wirklich* dahintergekommen, daß sie sein Bankschließfach knacken wollten. Er wollte schlau sein, die Diamanten herausholen, bevor irgendein anderer die Gelegenheit dazu hatte. Benny hatte nichts dagegen. Er fuhr auf der Route 21 und mußte lächeln. Denn wahrscheinlich rechnete Herb Dorrance nicht damit, daß Benny zum Haus rauskam, um sich die Scheißdinger zu holen.

Also, das würde prima funktionieren. Cully und vielleicht das gerade neben Benny sitzende Miststück – Michelle –, vielleicht hatten sie sich vorgestellt, sie könnten einen schnellen Coup landen. Doch es war, als wäre Benny schon längst dahintergekommen. Niemand konnte ihn aufhalten, wenn er immer auf der Höhe blieb.

Cully hätte fast gelacht, als er nackt zum Auto lief. Was würde passieren, wenn ein Polizist vorbeifuhr? Cully, der heute eine Bank überfallen hat, wird schließlich wegen Erregung öffentlichen Ärgernisses festgenommen.

Er schaffte es bis in den Wagen, fuhr vor das Zimmer und hupte. Die in ein Bettlaken gewickelte Kristin kam heraus und fluchte, während sie barfuß zum Wagen lief. Cully stellte das Auto am äußersten Ende des Parkplatzes ab und faßte auf den Rücksitz in die Tasche mit seinen anderen Klamotten. Die zog er heraus und reichte Kristin sein Hemd.

»Du ziehst das an. Ich muß Hose und Schuhe tragen, weil ich sie brauchen werde.« Er zog die Hose und dann seine Arbeitsschuhe an, wartete, während Kristin sein Hemd über die Schultern zog und unter ihr Gesäß stopfte. Er berührte ihre Schulter, lächelte sie an und versuchte, die

Stimmung einen Moment lang aufzulockern. Cully sagte: »Sieht gut aus, wie ein Minikleid.«

Sie versuchte ebenfalls zu lächeln und fragte dann mit leicht zittriger Stimme: »Wird alles gut werden?«

Er nickte, immer noch lächelnd, und sagte: »Wird schon klappen.« Insgeheim dachte er, verdammt, woher sollte er das wissen?

Als sie in die Auffahrt einbogen, wollte Michelle von Benny wissen: »Und wenn sie uns erwarten?«

Er lachte. »Falls sie uns erwarten, befassen wir uns damit, wenn es soweit ist.«

Sie packte ihn am Arm. »Benny, hör mir zu, wir müssen das nicht tun. Wir können jetzt umdrehen, die Stadt verlassen.« Und weiter: »Es ist aus. Herb weiß, was wir gemacht haben. Er muß es einfach wissen.«

Er lachte, amüsierte sich prächtig, weil er das Gefühl hatte, daß nur mehr eine Rolle spielte, daß er diese Sache zu Ende brachte. Er fuhr den Wagen langsam die Auffahrt hoch in Richtung Haus und sagte: »Diese Scheißdinger gehören mir. Zweimal hab ich versucht, ein Ding zu drehen. Hab vier beschissene Jahre im Knast verbracht. Ich zieh jetzt nicht den Schwanz ein. Ganz gleich, was ich tun muß.«

»Na dann, Pete, vielen Dank für deine Auskunft«, sagte Herb Dorrance und schritt in seinem Arbeitszimmer auf und ab, während Billy Eagle auf dem Ledersofa auf der anderen Seite des Zimmers saß und Herb beim Telefonieren zusah. Er unterhielt sich mit Sheriff Pete Williams und sagte gerade: »Das halte ich nicht für nötig, ich habe Billy hier. Falls irgendwas passiert, kommen wir schon zurecht.«

Herb hielt den Hörer noch ein paar Minuten lang ans Ohr, hörte zu und sagte dann: »Falls sie hier auftauchen, lasse ich dich's wissen.« Nickte vor sich hin, blinzelte Billy zu. Dann sagte er auf Wiederhören, legte auf und sah eine Weile vor sich hin.

Schließlich sagte Herb: »Verdammt, sie haben's gemacht. Pete Williams bekam vor einer Stunde den Anruf. Er ist jetzt in der Bank.« Herb ging zu der kleinen Bar in einer Ecke des Zimmers, griff sich eine Flasche Scotch, hielt sie kurz in der Hand, ohne den Deckel zu entfernen, als sei er paralysiert, und dachte über die Lage nach. Endlich schnappte er sich ein Glas und goß sich einen kräftigen Schluck Scotch ein.

Er trank ein wenig und sagte zu Billy: »Laut Aussage dieses Typen, Henderson oder so ähnlich – der in der Bank überfallen wurde –, nach dessen Beschreibung glaubt Williams, daß es Benny war.«

Billy nickte. »Das hätten wir ihm auch erzählen können.« Er wartete und fragte: »Was ist mit Cully?«

Mit einem Schulterzucken sagte Herb: »Den hat keiner gesehen.«

Billy sagte: »Er muß sich irgendwo in der Nähe herumtreiben«

»Stimmt.« Herb nahm noch einen Schluck. »Williams sagte, eine Frau sei auch dabeigewesen. Von der es keine gute Beschreibung gibt.« Als Billy schwieg, ergänzte Herb: »Ich schätze, wir wissen auch, wer das war.«

Billy zuckte mit den Achseln. »Läßt sich unmöglich sagen.«

Herb schaute ihn an und sagte: »He, ich bezahl dich nicht fürs dumm Rumreden. Du weißt verdammt gut, wer bei ihm war.«

Er trat ans Fenster und schaute hinaus. Als er redete, klang es wie ein Selbstgespräch. »Eins steht fest, diese Frau ist eine Nutte. Ich hätte es merken müssen. Gebe ihr alles, und sie zieht diesen Scheiß ab.« Er drehte sich wieder zu Billy um und fragte ihn in einem Tonfall, als sei es ihm eigentlich unbegreiflich: »Was ist das für ein Laden, für eine Bank, wo einfach einer reinmarschieren und Geld klauen kann? An die angeblich gesicherten Schließfächer rankommt und nimmt, was drin liegt?«

Billy sagte: »Keine Ahnung.« Er erhob sich, stand da und betrachtete seinen Boss, sah, daß der Mann hinter dem

Schreibtisch erregt war. Lieber Himmel, er rieb sich zwischen den Beinen und grinste. Billy schaute weg. Er kam zu dem Schluß, daß Herb schon die ganze Zeit darauf gewartet hatte und fragte ihn schließlich: »Was wollen Sie tun?«

Herb lächelte. »Also, Williams möchte, er will ein paar Leute herschicken, für alle Fälle, er glaubt, sie könnten hierherkommen. Ich hab gesagt: Kommt nicht in Frage.«

»Haben Sie ihm erzählt, daß das Fach leer war?«

Herb schüttelte den Kopf. »Er braucht nicht zu wissen, was in dem Fach war. Das geht ihn nichts an.«

Er ging zum Schreibtisch zurück, trank den Scotch aus und nahm dann Platz. Er öffnete die oberste Schreibtischschublade und zog eine Pistole heraus, eine Automatik, schob die Sicherung zurück und sah sich die Waffe an. In seinen Händen lag ein kleines Stück blauschimmernder Stahl. Er legte die Pistole zurück auf die Schreibtischplatte und nahm ein Samtbeutelchen, das er hochwarf und wieder auffing. Dann musterte er Billy lächelnd und sagte: »Ich wußte es. Benny, dieses Arschgesicht, was macht er, kaum daß er aus dem Knast kommt? Er dreht das gleiche dämliche Ding, das ihn überhaupt erst ins Gefängnis gebracht hat. Er glaubt, ich lasse die Steine in der Bank liegen, damit er da reinspazieren und sie sich nehmen kann, wie er das Geld genommen hat. Du meine Güte.« Er lachte und fuhr fort: »Ich verrate dir noch was. Diese Nutte – sie und ihr Freund, die wollen hierherkommen . . ., vielleicht wollen sie sich immer noch die hier abholen.« Er hob den Beutel mit einer Hand auf und nahm die Waffe in die andere, blinzelte Billy erneut zu. »Brillanten-Benny, dem läßt doch nur eins keine Ruhe, seit er aus dem Knast gekommen ist – er will in meinem Haus auftauchen und mir die Steine wegnehmen, wenn's geht. Darauf hab ich nur gewartet. Ich bring den Drecksack eigenhändig um. Wenn sie hier rausfahren und es versuchen – dann kriegen wir hier unseren Spaß.«

Billy dachte darüber nach und mußte an Benny denken, was der für einer war, hätte gern etwas gesagt, am liebsten Herb vorgeschlagen, daß sie ein wenig Hilfe, ein paar Hilfssheriffs hier draußen gebrauchen könnten. Doch als er seinen Boss ansah, der mit einem breiten Grinsen im Gesicht durch das Zimmer schritt, entschied er, daß Herb wußte, was er tat.

Als Benny aus dem Auto stieg, hatte er sich mit seinen Grübeleien in eine Wut hineingesteigert. Herb Dorrance – dieser primitive Sack – hatte alles. Und Benny, er mußte sich für jedes kleinste Stückchen Mist, das er haben wollte, den Arsch aufreißen. Leute wie Herb, die wurden reich geboren, wuchsen auf einem hübschen Anwesen wie diesem auf, und alles fiel ihnen in den Schoß.

Außerdem dachte er, daß er Cully in dem Motelzimmer hätte umlegen sollen, statt den Typ zu verschonen. Es war unvernünftig gewesen, daß er sich auf Cullys Vorschlag einließ. Benny kam zu dem Schluß, entweder bekam er die Diamanten, machte sie echt fix zu Geld und setzte sich im Eiltempo ab, oder alles ging den Bach runter.

Er schmiß die Tür des Camaros zu, ging schnell um den Wagen herum und packte Michelle am Arm. Halb zog und halb schob er sie Richtung Haustür.

Als sie die Treppe hinaufstiegen, zog er die Pistole aus seinem Gürtel und zischte ihr ins Ohr: »Tu, was ich dir sage. Ich schwöre bei Gott, Schatzi, wenn du mir in die Quere kommst, Scheiße baust, ich leg dich um.« Blieb auf der obersten Stufe stehen und schüttelte sie, bemerkte die Angst in ihren Augen und sagte: »Hast du mich verstanden?«

Sie nickte, und er schob sie zur Tür und versuchte, den Knauf zu drehen. Als das gelang, trat er die Tür auf, stieß Michelle hinein und folgte ihr. In der Hand hielt er die Waffe. Locker. Fühlte sich auf einmal prima. Weil es beinahe ein Vergnügen war, aufregend, so n Scheiß zu tun, in das Haus eines anderen einzudringen . . ., man ist gekommen, um ihn zu erledigen, ihm sein Zeug wegzunehmen, und was wollte er dagegen tun? Wie früher in Raiford, man sah welche und machte sie fertig, nahm ihnen ihre Privatsphäre weg und trampelte so lange auf ihnen herum, bis sie einem gehörten. Das verschaffte Benny ein gutes Gefühl, über Leute zu herrschen.

Er zerrte Michelle weiter ins Haus hinein und rief dabei Herbs Namen. Er schrie: »Herb, du kriegst Besuch«, rief so lange, bis er jemanden lachen hörte, drehte sich dann zu Michelle um und fragte: »Woher kommt das?«

Sie antwortete: »Aus dem Arbeitszimmer.«

Er sah sie an und mußte sie schütteln. Dann fragte er: »Verflucht noch mal, wo ist das Arbeitszimmer?« und schüttelte angewidert den Kopf, weil sie ein wenig Zeit brauchte, ehe sie antwortete.

Schließlich zeigte sie ihm die Richtung, und er schleppte sie durch den nächsten Flur zu dem Zimmer, in dem Herb und Billy Eagle saßen. Benny stieß Michelle hinein, sah die beiden Männer, Billy – drüben auf dem Sofa – und Herb, der dahockte wie ein gottverdammter Pharao oder so was, die Arme vor dem Brustkorb verschränkt und ein saudämliches Grinsen im Gesicht. Benny versetzte Michelle noch einen Stoß, sah sie der Länge nach hinschlagen, schaute dann wieder auf Herb und Billy Eagle. Billy schien unbewaffnet, aber Benny sah – auf dem Schreibtisch neben Herbs rechter Hand – eine Pistole. Er warf noch einen Blick auf Billy, hörte die auf dem Boden liegende Michelle schreien, das Miststück rief ihrem Mann etwas zu – kreischte: »Er hat mich dazu gezwungen, Herb« –, und dann zielte Benny mit der Pistole auf Billy Eagle, sagte: »Wofür hältst du das, Sportsfreund, für so 'ne Scheißfernsehshow?« und schoß ihm zwischen die Augen.

Er drehte sich um. Der Knall hallte von den Wänden zurück – Billys Körper war noch nicht einmal auf dem Boden aufgeschlagen –, und Benny richtete die Pistole auf Herb. Er feixte. Das Grinsen war aus Herbs Gesicht verschwunden. Herb starrte Benny an, sagte: »Verdammt, einen verfluchten Moment mal!« Mit einer Miene, die ausdrückte: He, das geht doch nicht. Benny grinste ihn an, denn wie eine Menge Leute war Herb für ihn nur Abschaum. Die denken, wenn sie genug in die Glotze gucken und vielleicht in der Zeitung etwas über Morde lesen, so könnten sie es mit jemandem aufnehmen, der so was schon getan hat.

Er sagte zu Herb: »Eins mußt du wissen« – und dabei deutete er auf den Samtbeutel neben Herb –, »wenn da nicht drin ist, weswegen ich hier bin, bist du ein toter Mann.«

Herb fing an zu zittern. Benny stand da, die .38er auf Herbs Brustkorb gerichtet, und beobachtete, wie etwas aus dem anderen Mann entwich. Wie Herb in Sekundenschnelle alterte, nicht mal mehr aufrecht dasaß, sondern auf seinem Stuhl zusammensackte und von der Waffe in Bennys Hand zu Billy Eagle hinüberschaute, der in drei Meter Entfernung tot auf dem Teppich lag. Benny wußte nicht, ob Herb sich nicht vielleicht schon in die Hose gepißt hatte.

Benny sagte: »Na, zeigst du sie mir?« Deutete auf den Samtbeutel.

Herb schien verwirrt. Er starrte den Beutel an, dann Benny und fragte: »Was?«

Benny fluchte. »Verdammt noch mal, Sportsfreund, es war ein scheißlanger Tag. Zeig mir die Scheißsteine.«

Herb nickte langsam, benommen, betrachtete lange den Beutel, ehe er ihn aufhob und sagte: »Sie sind wirklich recht hübsch.« Wie ein Schuljunge beim Teekesselchenraten. War weggetreten, weil er Billy Eagle hatte sterben sehen. Er knüpfte die Schnur um den Beutel auf, den er dann mit der Öffnung nach unten auf den Schreibtisch leerte.

Benny stand zwei Meter entfernt und konnte nicht glauben, wie die Dinger aussahen, die nun auf die Tischplatte kullerten. Hätte ihn jemand gefragt, wieviel Platz seiner Meinung nach die Diamanten im Wert von vierhundert Riesen einnähmen, hätte er geantwortet: vielleicht eine Kaffeekanne voll. Doch es war viel weniger. Es waren um die fünfundsiebzig Steine, keiner größer als eine Erbse; sie glitzerten gar nicht so stark, wie Benny gedacht hätte. Vielleicht waren sie nicht mal geschliffen. Benny wußte es nicht.

Und doch, wie sie da auf dem Schreibtisch lagen und er sie betrachtete, wohl wissend, was sie wert waren, übten sie eine magnetische Wirkung auf ihn aus. Er fühlte sich beinahe high. Als sei sein gesamtes bisheriges Leben das Vorspiel gewesen: sich die Scheißdinger schnappen und aus der Stadt verschwinden. Da lagen sie vor ihm.

Als er etwas sagen wollte, mußte er sich vorher räuspern. Doch dann befahl er Herb: »Tu sie weg.«

»Was?«

»Tu die Scheißdinger weg, zurück in den Beutel.« Während Herb die Diamanten wieder in den kleinen Samtbeutel füllte, wartete Benny, nickte und sagte zu Herb: »Tu alle rein.« Sah kurz zu Michelle hinüber. Sie lag immer noch auf dem Boden und starrte auch die Diamanten an.

Als Herb fertig war, nickte Benny. Er sagte: »Leg den Beutel an den Rand des Tisches.« Und dann fuhr er lächelnd fort: »Weil ich so n netter Mensch bin, gebe ich dir eine Chance.« Er wies zu der auf dem Schreibtisch liegenden Pistole und sagte: Das ist deine Chance.« Er lachte jetzt laut und sagte zu Herb: »Glaubst du, du Drecksack, glaubst du, daß du sie rechtzeitig erwischst?«

Michelle rührte sich. Sie rappelte sich auf, ließ sich Zeit dabei . . ., glotzte immer noch auf den Beutel, pendelte aber den Kopf in Richtung Benny.

Sie sagte: »Benny, lieber Himmel, tu's nicht. Laß uns einfach abhauen. Die Dinger nehmen und weg.«

Benny sah sie an und antwortete: »Halt's Maul.« Richtete den Blick wieder auf Herb und sagte: »Also?«

Herb begann, den Kopf zu schütteln, blickte von Michelle zu Benny und sagte: »Ich kann's nicht.« Er sabberte, ein kleiner Speichelfaden lief aus dem einen Mundwinkel, mittlerweile schüttelte er ununterbrochen den Kopf. Schaute Benny mit großen Augen an und begann zu schluchzen: »Ich kann's nicht.«

Benny brüllte ihn an: »Arschloch. Bring's. Du hast drei Sekunden. Mich haben sie in eine beschissene Gefängniszelle gesteckt, und jetzt heulst du wegen *so was.*« Das hätte Benny vorher sagen können. Dorrance, dieser arrogante Drecksack, hat sein Leben lang Leute zur Sau gemacht, aber jetzt, wo es drauf ankommt, macht sich der Wichser ins Hemd.

Benny wurde ein wenig wehmütig zumute. Wie früher im Knast, wenn er jemanden dazu brachte, etwas für ihn zu tun, einen Lustknaben aus ihm machte, dem er es unter der Dusche besorgen konnte. Der halbe Spaß, am aufregendsten daran war, sie dazu zu bringen. Ihm wurde klar, daß es ihm fehlte. Das Gefängnis. Nicht das Eingesperrtsein, aber die Situationen, in denen man allein gegen alle anderen stand. Wenn es darauf ankam, wie stark und verflucht bösartig man sein konnte. Das fehlte ihm.

Bei dem Gedanken wurde sein Haß auf Herb nur noch größer. Wie der an seinem Schreibtisch hockte, inzwischen heulte wie ein Schloßhund, flehte, und Benny hob angewidert die Pistole und sagte leise: »Bring's.« Er gab Herb noch zwei Sekunden und drückte dann ab. Sah, wie der Kopf des Mannes erst nach hinten fiel, dann vorwärts auf die Tischplatte knallte, wie John Kennedy, genau wie in diesem Amateurfilm.

Michelle fing an zu schreien, und Benny wandte den Blick von Herb, der ja nun tot war, und starrte sie an. Er blickte sie an und sah sie, wie es schien, zum erstenmal hysterisch, die ganze Schminke lief ihr das Gesicht hinunter. Benny fragte sich, was zum Teufel er eigentlich an ihr gefunden hatte. Dann hob er erneut die Waffe. Scheiß drauf, er würde keinen übriglassen, der ihn belasten könnte. Er würde ganz von vorn anfangen. Spannte den Hahn und machte sich bereit, den Abzug durchzuziehen, sah wie ihr Kopf langsam zu Herb zurückpendelte. Sein Arm war jetzt angespannt, auf den Rückstoß vorbereitet, Benny war bereit, ihren Kopf nach hinten fallen zu sehen – er sah das alles vor seinem inneren Auge, als er plötzlich ein von der Vorderseite des Hauses kommendes Geräusch hörte und sich umdrehte. Benny war mit zwei Schritten bei Michelle und schlang einen Arm um ihren Hals. Hielt ihr die .38er an den Kopf und drehte sich zur Arbeitszimmertür um.

26

Als Earl durch die Tür kam, hätte Benny ihn fast erschossen. Der Schock darüber, daß sein Bruder, der letzte Mensch, den er hier erwartet hätte, ins Zimmer spaziert kam, war so groß, daß Benny fast die Pistole auf ihn gerichtet und abgedrückt hätte. Endlich senkte er die Waffe, ohne Michelle loszulassen, und musterte Earl. Sah hinter seinem Bruder Dave Ross das Zimmer betreten und hörte Ross sagen: »O mein Gott.« Ross trug eine Pistole mit langem Lauf, etwas Großes, eine .44er oder so was, Benny wußte es nicht. Doch von dort aus, wo er stand, den Arm um Michelles Hals gelegt, sah die Knarre in Dave Ross' Hand wie eine Kanone aus, die einem den Kopf abriß, falls jemand damit auf einen schoß.

Er sah die beiden Männer an, die beide schwiegen, vollauf damit beschäftigt, die zwei Toten zu betrachten.

Ross wiederholte: »O mein Gott.« Dann schaute er Benny an.

Die Überlegungen jagten durch Bennys Kopf, als er die beiden Männer sah und ihm klar wurde, daß sie ihm gefolgt waren, vielleicht den ganzen Tag. Earl wäre nie auf die Idee gekommen, aber Benny ahnte, was geschehen war. Ross hatte bestimmt Earl irgendwas eingeredet, ihm eine Geschichte erzählt, damit Earl tat, was er verlangte.

Benny zwang sich, zu lächeln, als freue er sich, seinen Bruder zu sehen. Sagte: »Earl, du hast wohl vergessen, mir zu erzählen, was du vorhattest. Hier aufzutauchen... tja..., das ist eine Überraschung.« Benny trat einen Schritt vom Schreibtisch weg, schaute Ross an und sagte zu Earl: »Und dann bringst du auch noch deinen Freund mit.« Er schüttelte den Kopf, bewegte sich und Michelle weiter nach rechts und brachte sich dadurch in eine bessere Position, um so beide Männer gleichzeitig sehen zu können.

Earl fand seine Stimme wieder. »Benny, großer Gott, was ist passiert?«

»Also, der alte Herb und ich ..., es gab Streit.« Er sah, daß Ross sich kurz bewegte. Nicht stark, aber der Mann machte einen Schritt nach links, fort von Earl, woraufhin Benny den Kopf schüttelte und sagte: »Nein, ich finde, du solltest dich nicht bewegen.«

Ross sah Benny an, blieb aber stehen. Die Pistole an der Seite baumelte locker von seiner Hand.

Benny betrachtete sie und sagte dann zu Earl: »Earl würdest du mir einen Gefallen tun?« Wartete, bis Earl ihn ansah, und fuhr dann fort: »Wir haben hier eine knifflige Lage.« Er schaute sich im Zimmer um, dann wieder zurück zu seinem Bruder. »Zwei Tote haben wir schon.« Benny musterte seinen Bruder lange, ehe er fortfuhr: »Wenn wir eins nicht wollen, dann noch jemanden umbringen.« Er lächelte und fragte Earl: »Hab ich recht?«

Earl nickte, daraufhin sagte Benny: »Gut.« Und ergänzte, mit einem Blick auf Dave Ross: »Earl, warum tust du mir nicht einen Gefallen, nimm deinem Kumpel da die Kanone ab. Nimm sie bloß, halt sie in der Hand. Was du damit tust, ist mir egal. Aber wir wollen nicht, daß irgendwer etwas tut, was er später bereut.« Er nickte seinem Bruder zu. »Mir wäre wohler dabei, wenn du sie hättest.«

Earl fragte: »Was hast du mit ihr vor?« Zeigte auf Michelle und machte keine Anstalten, Dave Ross' Pistole zu holen.

Benny hob die Hand, in der er die Pistole hielt, und strich über Michelles Kopf. Er sagte: »Mann, wir beide haben nur so getan. Es sollte so aussehen, als nähme ich sie als Geisel, weil wir nicht wußten, wer da ins Haus kam.« Strich Michelle immer noch über den Kopf und sagte: »Stimmt das nicht, Schatzi? Wir dachten, ihr Burschen wärt vielleicht die Bullen.«

Er sah wieder seinen Bruder an und sagte: »Da wir jetzt wissen, wer ihr seid, können wir alles bereinigen. Einverstanden?«

Earl musterte ihn eine volle Minute, dann antwortete er: »Also gut.«

Benny nickte. »Das wäre dann geklärt.« Er zeigte auf Ross und sagte: »Nimm seine Knarre, und dann hauen wir ab.«

Earl machte einen Schritt auf Dave Ross zu, doch der wich rückwärts aus. Earl blieb stehen. Er schaute auf Benny und dann wieder auf Ross. »He, Dave, das ist in Ordnung. Er will bloß, daß ich die Knarre halte.« Mit einem Blick auf Benny fuhr er fort: »Er sagt ja nicht, wir sollen sie ihm geben.«

Benny sagte: »Das stimmt. Mir wäre nur wohler, wenn du sie hättest.«

Earl nickte und teilte Ross mit: »Siehst du, das geht in Ordnung. Ich kriege die Knarre, mehr nicht. Dann kriegen wir dieses Durcheinander geregelt.«

Ross schüttelte den Kopf. »Kommt nicht in Frage, ich gebe dir diese Pistole nicht.«

Benny tat, als werde er allmählich ein wenig sauer. »Jetzt hör mal zu Dave. Keiner wird irgendwas tun. Wir können diese Sache so drehen, daß es aussieht, als hätten sich Billy Eagle und Herb gestritten. Dann verschwinden wir in aller Ruhe. Gibt keinen Grund für noch mehr Schwierigkeiten.« Er schaute Earl an. »Hab ich recht?«

Earl nickte und sah aus, als könne er es kaum erwarten, Benny zufriedenzustellen. Er sagte: »Mach schon, Dave. Gib sie mir.«

Ross brauchte eine Weile, volle fünfundvierzig Sekunden, während deren er von einem Bruder zum anderen schaute, den Blick registrierte, den Earl ihm zuwarf, und Bennys gelassene Miene. Bis er schließlich »Also gut« sagte und die Pistole Earl reichte.

Der strahlte und sagte: »Das ist also in Ordnung.« Dann schaute er Benny an und fragte: »Was machen wir jetzt?«

Benny lächelte, schüttelte den Kopf, als könne er nicht fassen, daß sein eigener Bruder mit der großen Pistole in der Hand dastand, wie ein Dorftrottel aussah und ihn fragte: Was machen wir? Lieber Himmel, als sei das ein Krippenspiel in der Grundschule und Benny wüßte den dazugehörigen Text.

Wieder schüttelte Benny den Kopf und sagte: »Ich verrate dir, was wir machen.« Er schob Michelle von sich weg, gab ihr einen Stoß. Sie landete auf dem Fußboden ..., das gefiel ihm, sie wieder da unten liegen zu sehen, dort gehörte sie hin, fand er.

Zu Earl sagte er: »Als erstes schaffen wir uns den Ballast vom Hals.«

»Was soll das heißen?«

Benny lächelte. »Ich zeig's dir.« Er hob die Pistole und richtete sie auf Michelle.

Earl sagte: »Benny, tu's nicht.« Sein Tonfall verriet Unsicherheit, als sei ihm nicht klar, ob Benny nur herumalberte oder nicht. Er sagte: »Benny, hör auf. Laß sie in Ruhe.«

Benny schaute ihn an. Dave Ross stand neben Earl, beide Männer starrten auf die Waffe in Bennys Hand. Benny sagte: »Ach Gottchen, du besoffener Drecksack. Du wirst es nie lernen.« Er spannte den Hahn und sah nach unten auf Michelle.

Earl brüllte: »Benny, Scheiße, mach's nicht. Sie hat doch nie was getan.«

Benny schüttelte nur den Kopf. Seine gesamte Aufmerksamkeit galt jetzt Michelle, er war bereit, abzudrücken und sich dann um Earl und Ross zu kümmern, sah es im Geiste, wie er Michelle erledigte und sich dann beeilte, weil Ross wahrscheinlich versuchen würde, Earl die Pistole zu entreißen. Benny hörte, wie Earl etwas sagen wollte, wie die Stimme seines Bruders lauter wurde, bis Earl schließlich schrie. Doch er blendete es aus und zog den Abzug der .38er durch, spürte ein angenehmes Gefühl in den Knochen, denn das letzte, was er von Michelle zu sehen bekam, war ein Gesichtsausdruck, als halte sie das für unfair. Er spürte den Rückstoß der Waffe in seiner Hand und sah ihr Gesicht verschwinden – ersetzt durch einen leuchtend roten Vulkan, der plötzlich ausbrach, wo ihre Nase gewesen war. Es schien beinahe aus ihrem Inneren zu kommen. Ihr Gesicht: Eben noch sah es ziemlich normal aus, und gleich darauf schien es, als sei irgendeine Kreatur von unterhalb der Haut ausgebrochen, hätte gedacht: Scheiß drauf, und war herausgekommen, Knochen und Blut im Schlepptau. Benny stand da und war davon fasziniert, starrte ihr ins Gesicht, während die Leiche zurück auf den Boden knallte.

Er hörte Earl immer noch brüllen, das Geräusch drang allmählich bis zu seinem Hirn durch. Es klang, als wäre Earl irgendwie wütend. Er weinte vielleicht ein wenig und schrie, Benny hörte es jetzt. Earl war außer sich und rief: »Verdammt, verdammt«, immer und immer wieder.

Benny wandte sich ihm zu, immer noch leicht grinsend, weil man ihn jetzt nicht mehr aufhalten konnte. Er ignorierte Earl, der Mann stand einfach bloß da, eine beschissene Memme, aus seinen Augen quollen Tränen. Er schrie immer noch, doch Benny achtete gar nicht mehr darauf. Jetzt würde er Dave Ross eine verpassen, ihm vielleicht 'ne Kugel in den Brustkasten jagen. Das hörte sich gut an – in den Brustkasten –, wie ein medizinischer Fachbegriff. Und dann würde er die .38er auf Earl richten, ihm auch eine verpassen, aber auf nette Art – einen Kopfschuß. Schnell.

Er näherte sich Dave, der – voller Angst – zurückzuweichen versuchte, aber keinen Platz mehr hatte. Benny zielte, bekam aber ein Signal von seinem Gehirn. Etwas stimmte nicht, er spulte die Szene noch einmal in seinem Kopf ab . . ., das dauerte einen Sekundenbruchteil. Er spielte sie nochmals durch und begriff nun, was nicht stimmte. Er sah es vor sich, während er an seinem Bruder vorbeiblickte – der Mann weinte, aber das war nicht alles. Earl hob die Kanone in seiner Hand und richtete sie auf Benny. Benny wandte seinen Blick von Dave Ross wieder auf seinen Bruder. Er hatte sich nicht getäuscht. Earl zielte mit der .44er auf Bennys Gesicht.

Fast hätte Benny gelacht, doch er war zu wütend. Er sah seinen Bruder und dachte: Was zum Teufel bildete sich Earl eigentlich ein? Eine geladene Schußwaffe auf jemanden zu richten. Unhöflich zu sein. Vielleicht sollte Benny, vielleicht würde er es seinem Bruder ein wenig schwer machen; ihm eine in den Wanst jagen, damit er's ein Weilchen echt schwer hatte.

Er öffnete den Mund, betrachtete Earl, als wäre er schwachsinnig, und sagte: »Earl, was zum Teufel soll das eigentlich?« Wartete auf eine Antwort, hörte aber keine, weil ganz plötzlich eine Bombe hochging und Benny bloß noch eine gewaltige Feuerfontäne sah, die aus Earls Richtung kam, und dann hob ihn etwas in die Höhe und schleuderte ihn quer durch das Zimmer. Benny fragte sich eine Sekunde lang, was das wohl sein mochte, denn etwas Ähnliches hatte er, verdammt noch mal, nie gefühlt. Er sah den Fußboden, guckte ihn direkt an und fand, daß etwas nicht stimmen konnte. Es war ein Spiel, na klar, man verläßt das Zimmer, und jemand verändert etwas. Und wenn man wieder zurückkommt, muß man herausfinden, was sich in dem Zimmer verändert hat. Man läuft herum, und die Leute lachen und verraten einem, ob man heiß oder kalt ist. Er hatte es fast raus, wollte rufen: Halt, nicht verraten, weil er so dicht dran war, es rauszukriegen. Klar, er wußte es jetzt, und es war ziemlich gut. Sie hatten die ganze Sache umgedreht. Er sah nicht auf den Fußboden. Sie hatten das gesamte Scheißzimmer gekippt, und er glotzte jetzt die Zimmerdecke an. Eigentlich wollte er aufstehen und es ihnen zurufen. Sagen: Hey, ich hab's. Aber es lohnte sich nicht. Er würde es ihnen später sagen. Dachte: Leck mich, und schloß die Augen.

Cully verlor beinahe die Kontrolle über Kristins Wagen, als er kurz hinter dem Whale Branch River um eine Biegung schlitterte. Er überquerte die Brücke mit etwa hundertfünfzig Sachen und nahm die letzte Kurve zu weit. Er spürte, wie die Reifen auf dem Schotter am Straßenrand ins Rutschen kamen, sah wie Kristin neben ihm die Hände auf das Armaturenbrett stützte und starr wurde.

Er zwang sich, langsamer zu fahren und machte sich klar, daß es niemandem nützte, wenn sie bei einem Autounfall umkamen. Dann nahm er den Fuß ein wenig vom Gaspedal und verlangsamte seine Fahrt, weil er sowieso schon fast da war. Er sah Herb Dorrances Auffahrt vor sich – vielleicht vierhundert Meter entfernt – und ein Auto, das er zunächst niemandem zuordnen konnte. Es raste die Auffahrt hinunter, hielt nicht einmal an, sondern bog direkt auf die Straße ein und ließ auf dem Asphalt Reifenspuren zurück. Der Fahrer, wer auch immer es war, trat das Gaspedal durch und schleuderte auf Kristins Toyota zu.

Erst als der Wagen an ihnen vorbeigeprescht war, wurde ihm klar, wer es war. Dave Ross und jemand neben ihm auf dem Beifahrersitz. Könnte sich um Earl handeln. Cully war sich nicht sicher, nahm es aber an.

Er fuhr weiter, bog linker Hand zu Dorrances Anwesen ab und kam ins Grübeln. Was hatten Earl und Dave Ross hier gewollt?

Beim Haus angekommen, sah er Bennys Camaro davor stehen. Er stieg aus dem Wagen und beugte sich dann zu Kristin hinab. Er sagte: »Ich gehe jetzt da rein«, sah sie an, ihr angstverzerrtes Gesicht, und fuhr fort: »Ich will, daß du hier bleibst. Wenn ich nicht wieder rauskomme oder du etwas hörst – Schüsse oder Ähnliches –, haust du ab wie der Teufel. Fährst zur Polizei. Ganz egal. Hauptsache, du verschwindest von hier.«

Er musterte sie unverwandt. Sie blieb stumm, und er mußte sie fragen: »In Ordnung?«

Schließlich nickte sie, und er stand auf. Die Schmerzen in seinem Gesicht waren unerträglich, und er mußte sich zwingen, nicht daran zu denken, als er auf das Haus zuging. Hinter sich hörte er Kristin einmal seinen Namen rufen, der Klang ihrer Stimme schwebte zu ihm herüber. Er hörte sie noch einmal rufen, zwang sich aber, ohne zurückzublicken, weiterzugehen.

Er konnte es riechen. Zuerst wußte er nicht, was es war; als hätte etwas zu lange auf dem Herd gestanden. Es roch nicht nach Verbranntem, eher so, als wäre etwas zu lange gekocht worden. Wenn man eine Kanne Kaffee oder so etwas zu lange auf der Flamme stehenläßt, bekommt sie so einen metallischen Geschmack. Das war es. Wie überhitztes Metall. Dazu noch etwas anderes, etwas, das eher wie Fleisch roch.

Als er die Leichen fand, wußte er Bescheid. Wußte, was es war, das er schon früher gerochen hatte – als er einmal durch Chicago gefahren und in die Nähe der Schlachthöfe gekommen war, hatte es dort genauso gerochen. Dachte: Großer Gott, was war passiert? Denn solange er im Haus gewesen war – vielleicht fünf Minuten lang –, hatte er rein gar nichts gehört und sich nur langsam ausgemalt, was er vorfinden würde.

Doch ihn überraschte, sie *alle* so vorzufinden. Herb und Billy Eagle. Darauf war er vorbereitet. Aber die anderen zwei – Benny und Michelle. Das war für ihn unfaßbar. Als hätten alle bis zehn gezählt und sich dann gegenseitig erschossen. Der Gestank da drin war unglaublich. Blut und Schießpulver.

Ein paar Minuten lang stand er einfach nur da und starrte. Betrachtete die Leichen und die blutbespritzten Wände. Ging schließlich zu Michelle hinüber und kniete sich nieder. Sah sie an, ihr völlig verunstaltetes Gesicht. Konnte sie sich nicht mehr als Person vorstellen, weil sie kaum noch menschliche Züge aufwies. Cully war überrascht, weil er sich so scheußlich dabei fühlte, sie so daliegen zu sehen und zu wissen, wie sie einmal ausgesehen hatte. Ein Biest vielleicht, aber eben doch lebendig. Manche Leute verbrachten ihr ganzes Leben damit, ein Spiel zu spielen. Aber auf diese Weise hätte sie nicht enden müssen.

Er hörte ein Geräusch, jemand rief seinen Namen, und fuhr herum. Wollte noch rechtzeitig an der Tür sein, um Kristin am Eintreten zu hindern, doch es war zu spät. Sie betrat langsam das Zimmer, wie in Trance, sah ihn nicht einmal an, sondern wiederholte weiter seinen Namen, wie während einer Beschwörung, und sagte immer und immer wieder »Cully«, leise. Ging einfach an ihm vorbei und weiter zu Michelles Leiche, kniete nieder, betrachtete ihre Schwester. Sagte kein Wort. Starrte einfach nur Michelle an.

Er trat zu ihr und versuchte, sie zum Aufstehen zu bewegen, sagte: »Komm, wir verschwinden von hier.«

Doch sie schüttelte den Kopf. Er sah sie kurz an und entschied dann, sie in Ruhe zu lassen, denn er mußte sich unbedingt überlegen, wie sie aus diesem Schlamassel herauskamen. Cully dachte, die Lösung liege direkt vor ihm. Jetzt mußte er sie nur noch davon überzeugen, daß es das Richtige war. Er schaute sie an und fragte sich, ob er sie eine Minute allein lassen konnte. Doch sie schien nicht einmal zu merken, daß er da war.

Er verließ das Arbeitszimmer, ging zurück zur Haustür, um herauszufinden, ob er beim Eintreten irgend etwas getan, irgendwelche Spuren hinterlassen hatte. Dann ging er von Tür zu Tür und wischte über die Türklinken. Er säuberte sie aber nicht gründlich, weil das ausgesehen hätte, als hätte es jemand absichtlich getan. Er verwischte nur die Spuren, damit es keine brauchbaren Abdrücke gab.

Dann begab er sich wieder ins Arbeitszimmer. Er trat ein und sah Kristin. Sie war aufgestanden, stand neben dem Schreibtisch und schaute auf Herb Dorrance herab. Er ging zu ihr und berührte sie an der Schulter, legte den Arm um sie und führte sie aus dem Zimmer.

Er brachte sie zum Wagen, sah sich um, schaute in Richtung Route 21 und zu den Feldern hinter Herb Dorrances Haus. Dann vergewisserte er sich, daß niemand sonst in der Nähe war, ehe er Kristin auf den Beifahrersitz des Toyotas half.

Den längsten Teil der Fahrt zu Kristins Haus grübelte er darüber nach, was er tun und welche Geschichte er nehmen würde. Sie sagte während der gesamten Fahrt kein Wort, und er ließ sie mit ihren Gedanken allein.

Am »Shrimp Boat« angekommen, fuhr er am Parkplatz vorbei nach hinten, wo ihr Wohnhaus stand. Er blieb sitzen, sah sie eine Weile an und sagte dann: »Ich muß deinen Wagen benutzen.«

Endlich sah sie ihn an, und er war froh, daß sie nicht weinte. Das war ein gutes Zeichen. Und als sie sprach, klang ihre Stimme ziemlich fest. Nicht benommen, als stünde sie unter Schock. Sondern fast normal, als sei sie zwar bestürzt, wisse aber sehr wohl, daß es noch nicht ausgestanden war. Sie mußten noch einiges bewältigen, wenn sie aus diesem Schlamassel herauskommen wollten. Sie sagte: »Was machen wir?«

Er antwortete mit einem leisen Lächeln. »Ganz einfach. Wir machen gar nichts. Ich fahre wieder zurück, als wäre ich den ganzen Nachmittag bei dir gewesen. Ich pumpe dein Auto – du leihst es mir, damit ich wiederkomme.« Er hielt inne, ordnete alles im Kopf und fuhr dann fort: »Wenn ich dort bin, verhalte ich mich, als wüßte ich von überhaupt nichts. Warte, mache dann die Entdeckung. Finde sie alle. Dann rufe ich die Polizei.«

»Glaubst du, sie nehmen es dir ab?«

Er zuckte mit den Achseln. »Keine Ahnung.«

Eine Zeitlang schwiegen beide. Er wollte ihr soviel erzählen, sie wissen lassen, daß wohl alles gut werden würde. Aber er wußte nicht recht, vielleicht wäre es genau das Falsche. Schließlich ließ er den Wagen wieder an und sagte: »Ich muß zurück.«

Sie sah ihn an, öffnete dann die Tür und stieg aus. Sie lehnte sich durchs Wagenfenster und sagte seinen Namen: »Cully . . .«, so als wolle sie ihm etwas sagen.

Doch er mußte aufbrechen und konnte es fast nicht ertragen. Er wußte, was er zu tun hatte, und wollte es hinter sich bringen.

Er lächelte sie an: »Ich muß jetzt los.« Und weiter: »Alles wird gut. Du wirst sehen.« Er wartete keine Antwort ab, sondern legte den Rückwärtsgang ein und fuhr los. Warf einen Blick in den Rückspiegel und sah sie dastehen, außer seinem Hemd hatte sie immer noch nichts an, ihre Beine sahen hübsch aus, sie starrte ihm einfach nur nach, als er wieder auf die Straße bog.

Er zog ein Hemd an. Das kam an erster Stelle. Er zwang sich zu warten, während er in den Spiegel schaute und sein Äußeres überprüfte. Dann ging er zum Haupthaus hinüber. Dort angekommen, rieb er sich mit der Hand über Nase und Wange, bis sie wieder zu bluten anfingen, und wischte dann seine Hand an der Steinsäule neben der Haustür ab. Die Bullen sollten das Blut finden, und er würde sagen, daß es dort passiert sei, er sei die Treppe hinuntergelaufen, nachdem er die Leichen gefunden habe, und in Panik geraten. Sei ausgerutscht und habe sein Gesicht an der Säule verletzt.

Und dann ging er ins Haus und telefonierte.

27

Es war dieselbe Zelle wie beim erstenmal – als hätte man sie für ihn reserviert. Sie ließen ihn anderthalb Tage dort sitzen, redeten kaum mit ihm. Es brachte ihn fast um. Er saß da, hätte sie am liebsten angeschrien, sie gefragt, ob sie ihm nun glauben oder was? Doch er schwieg, wartete und sagte nichts, als der Wärter schließlich kam, um ihn nach unten zu bringen.

Es war auch dasselbe Zimmer, und Cully hatte sein Déjà-vu-Erlebnis, weil der Sheriff wieder dasaß. Doch diesmal allein. Umgeben von denselben beknackten Tierköpfen.

Cully nahm auf dem Stuhl Platz und starrte den Mann an. Der Sheriff erwiderte den Blick eine volle Minute lang und sagte dann: »Ich wollte, daß Sie es waren. Ich konnte es schmecken. Sie tauchen hier auf, in meiner Stadt. Und schon geht die ganze Scheiße los. Ich wollte, daß Sie dran beteiligt waren.«

Am liebsten hätte Cully sich aufrecht hingesetzt, den Sheriff aufgefordert, seine Worte zu wiederholen, so gut hatte sich das angehört. Sechsunddreißig Stunden lang hatte Cully darauf gewartet, das zu hören. Doch er zwang sich, ruhig sitzen zu bleiben.

Der Sheriff fuhr fort: »Ich war kurz davor, einen Haftbefehl zu erwirken, Sie vor Gericht zu stellen und die Beweise später zu erbringen.«

Zum erstenmal meldete sich Cully zu Wort. »Sheriff, klar, ich bin vorbestraft, aber Sie und ich wissen«, und seine Miene blieb ernst, »wenn ich etwas damit zu tun gehabt hätte, wäre ich schon längst über alle Berge.«

»Vielleicht.«

Cully schüttelte den Kopf. »Kein vielleicht, das ist so sicher wie das Amen in der Kirche.«

Nach einer Pause sagte der Sheriff: »Wir haben Earl

Marsh festgenommen. Er war so betrunken, daß man nicht so recht schlau aus ihm wurde. Aber das meiste haben wir herausbekommen.«

»Was hat er gesagt?«

Der Sheriff betrachtete eine Stelle irgendwo über Cullys Kopf und antwortete: »Offenbar ist er seinem Bruder die ganze Zeit über gefolgt. Betrat nach ihm das Haus und sah, was geschehen war.«

Cully fragte: »Und was war das?«

»Benny ist ausgerastet. Hat Billy Eagle und dann Herb Dorrance umgebracht. Als Earl reinkam, erschoß Benny Michelle. Vor Earls Augen. Und das war zuviel für ihn. Er sagte, er sei einfach durchgedreht. Als sei etwas in ihm verrückt geworden. Sagte zu mir, er könne sich nicht mehr mal daran erinnern, er habe die Waffe in der Hand gehalten, und dann lag Benny auf dem Boden.«

Cully sah den Sheriff an. »Kommt einem so überflüssig vor. Das ist alles so tragisch.«

Der Sheriff zog ein Grimasse. »Ja, dachte mir schon, daß Sie das übel mitnimmt.«

Cully musterte den Sheriff und sagte: »Sehen Sie, das machen Sie andauernd. Sie wollen das Schlimmste von den Leuten glauben. Ich sitze hier, Sie wissen, wo ich war. Und für Sie hinterläßt das Spuren. In Ihren Augen bleibt immer etwas an mir hängen.«

Im Raum war es still, bis der Sheriff sagte: »Tja, das ist wohl berufsbedingt.« Er stand auf. »Sie können gehen.«

»Einfach so?«

»M-hm. Es sei denn, Sie machen einen Aufstand, weil ich Sie hier reingeschleppt und anderthalb Tage eingesperrt habe.«

Cully lächelte zum erstenmal und erwiderte: »Nein, so was dürfte vermutlich Zeitverschwendung sein.«

Der Sheriff lächelte zurück. »Und ob ...«

28

Er stand auf der Brücke über den Beaufort River, bis ihn ein mit zwei Marineinfanteristen besetztes Auto mitnahm, und fuhr die ganze Strecke per Anhalter. Sie tranken Bier und boten Cully eins an, aber er wollte nicht. Er saß hinten, schwieg, betrachtete die vorbeihuschenden Häuser und sagte, als sie in die Nähe seines Zieles kamen: »Irgendwo hier wäre prima.«

Sie setzten ihn einen halben Kilometer entfernt ab. Er ging langsam und benutzte die verbleibende Zeit, um zu überlegen, was er sagen würde. Cully kam sich komisch vor, weil er seiner Meinung nach noch nie soviel Glück gehabt hatte. In so einen Haufen Scheiße verwickelt zu sein, das hätte für ihn viel schlimmer enden können. Und doch fühlte er sich nicht richtig gut, weil er unbedingt etwas von Kristin hören mußte.

Beim »Shrimp Boat« angekommen, überquerte er den Parkplatz, sah, daß das Restaurant geschlossen war, und fragte sich, ob sie überhaupt da war. Doch als er in die Nähe des Hauses kam, vielleicht noch sechs, sieben Meter entfernt war, öffnete sie die Tür. Hatte sie etwa auf ihn gewartet? Er blieb abrupt stehen und schaute sie an; ihm war, als sähe er sie zum erstenmal. Er dachte: Du meine Güte, ist es möglich, daß sie noch schöner geworden ist, während er im Gefängnis gesessen hatte? Sie sah zwar mitgenommen aus, durchaus, aber sie sah auch sehr gut aus, wie er fand.

Sie standen da, starrten einander an, und Cully war auf einmal zu ängstlich, etwas zu sagen, bis sie sprach. Fragte: »Alles in Ordnung mit dir?«

Er nickte. Räusperte sich und sagte: »Und mit dir?«

»Auch.«

Und dann sagte er es, was ihm durch den Kopf gegangen war, seit ihn die Polizei festgenommen hatte. Er hatte in der

Zelle gesessen und beschlossen, ganz gleich, was geschah, wenn er Glück hatte, würde er rauskommen und ihr sagen, was er empfand.

Er fing an: »Kristin . . ., ich muß dir etwas sagen« – stolperte über die Worte, bekam sie aber über die Lippen –, »ich will nicht, daß es zu Ende ist. Ich will nicht, daß ich dich nie wiedersehe.« Wartete, so schien es ihm, eine Ewigkeit, denn etwas Besseres brachte er nicht heraus. Nur so konnte er ihr seine Liebe gestehen.

Die nächsten dreißig Sekunden stand er da. Sah sie nur an. Bewegte sich nicht, als sie auf ihn zukam. Blieb starr stehen, während sie zu ihm trat und sein Gesicht berührte, wo es verletzt worden war. Er fühlte etwas in sich drin, etwas, daß er noch nie gefühlt hatte. Hörte sie sagen: »Ich liebe dich auch.«

Und dann spürte er ihre Hand in seiner und ließ sich von ihr ins Haus führen, hörte sie sagen: »Ich habe etwas für dich.«

Sie blieb stehen, als sie das Haus betreten hatten, drehte sich zu ihm um und sagte: »Da drüben, in Michelles Haus, bei all diesen Leichen. Und du gingst aus dem Zimmer. Ich dachte, ich drehe durch. Werde direkt neben meiner toten Schwester verrückt.«

Er sagte: »Ich mußte es tun. Ich wollte dich nicht allein lassen, aber es mußte sein.«

Sie nickte. »Ich weiß.« Dann sah sie ihn an und sagte: »Aber ich war ganz allein in dem Zimmer, und du bist lange weggewesen.« Sie griff in die Tasche ihrer Jeans. »Und dann bin ich zum Schreibtisch gegangen.« Sie hielt inne, um auf die Hand in ihrer Hosentasche zu schauen, blickte dann aber wieder hoch in sein Gesicht und sagte: »Und da sah ich das hier.« Sie zog die Hand aus der Tasche und zeigte ihm, was drin lag: ein kleiner Samtbeutel.

Er sagte: »Allmächtiger.«

Sie erzählte weiter: »Ich kann mich nicht mal daran erinnern . . ., daß ich ihn an mich genommen habe. Als hätte es jemand anderes getan. Die ganze Zeit, als ich im Wagen hierher zurückfuhr, hatte ich sie und wußte es gar nicht.« Sie lokkerte die Schnur und leerte den Inhalt in ihre hohle Hand. Beide beobachteten gebannt, wie die Steine herauspurzelten.

Sie starrten die Dinger an, beide stumm, bis sie zu Cully aufsah und sagte: »Das Dümmste, was man nach all dem Ärger tun könnte, wäre, wegen der Steine auszuklinken. Zu versuchen, sie alle auf einmal loszuschlagen. Daß die Leute aufmerksam werden und Fragen stellen.«

Er lächelte. »Das wäre dumm.«

»Aber wenn wir es allmählich täten, immer nur einen auf einmal, wenn wir Geld brauchten. Das wäre doch in Ordnung, oder?«

Er nickte. »Mir hat mal jemand erzählt, ich hätte das ganze Geld von meinen Überfällen sparen sollen.« Mußte kurz an Michelle und ihr Gespräch am Pool denken.

Sie schaute ihn an. »Das Restaurant behalten wir. Wenn wir etwas Geld brauchen, könnten wir auf diese Klunkern zurückgreifen. Aber nur, wenn es wirklich nötig ist.«

Cully grinste. Betrachtete Kristin, sah die ganze Sache vor sich und lächelte, weil er zum erstenmal, seit sie ihn damals in Miami festgenommen hatten, wußte, was er wollte, und ihm fiel ein, was er damals seinem Zellengenossen unten in Raiford geantwortet hatte: »Vielleicht könnte ich ein Restaurant eröffnen, so was in der Art.« Er sah Kristin an und sagte: »Ja, die Idee ist gut« und hörte einen Schrei über seinem Kopf – eine Möwe flog über das Haus in Richtung Meer.

Er sah das Restaurant und das Haus dahinter an, dann wieder Kristin. Wußte, es war in Ordnung, er konnte sein Leben hier verbringen. Shrimps essen und diese Frau lieben.

Warum eigentlich nicht.

TIMOTHY WATTS lebt als Automechaniker in Paoli, Pennsylvania.

Haffmans Kriminalromane im Heyne-Taschenbuch

Harte Thriller

Psychopathische Killer, Serienmörder, korrupte Bullen und heroische Polizisten, vornehme Gentleman-Verbrecher und hartgesottene Mafiosi – die schwarze Seite der Menschenseele wird nirgends so sichtbar wie im Thriller.

Thomas Adcock
Hell's Kitchen
Thriller
05/1

Nicolas Bissantz
Adrenalin
Thriller
05/9

Joe Gores
Runyans Coup
Thriller
05/38

Ken Harper
Payback
Thriller
05/11

Joseph Koenig
Little Odessa
Kriminalroman
05/35

Elmore Leonard
Glitz
Thriller
05/40

Joseph Wambaugh
Die Chorknaben
Polizeithriller
05/39

Wilhelm Heyne Verlag
München